CUISINE SANGLANTE

DU MÊME AUTEUR
CHEZ POCKET

CHAMBRE FROIDE
LA MUSELIÈRE
LUMIÈRE NOIRE
RÉSONANCES...

MINETTE WALTERS

CUISINE SANGLANTE

STOCK

Titre original de l'ouvrage
THE SCULPTRESS

Traduit de l'anglais
par Philippe Bonnet

ISBN 2-266-06624-2

Pour Roland et Philipp

« La vérité se meut dans d'étroites limites, mais le champ de l'erreur est immense. »

Henri St John, Lord Bolingbroke,
Réflexions sur l'exil.

Plan du rez-de-chaussée du 22 Leven Road à Dawlington tel qu'il était à l'époque des meurtres. Dessiné par l'actuelle propriétaire pour Miss Rosalind Leigh.

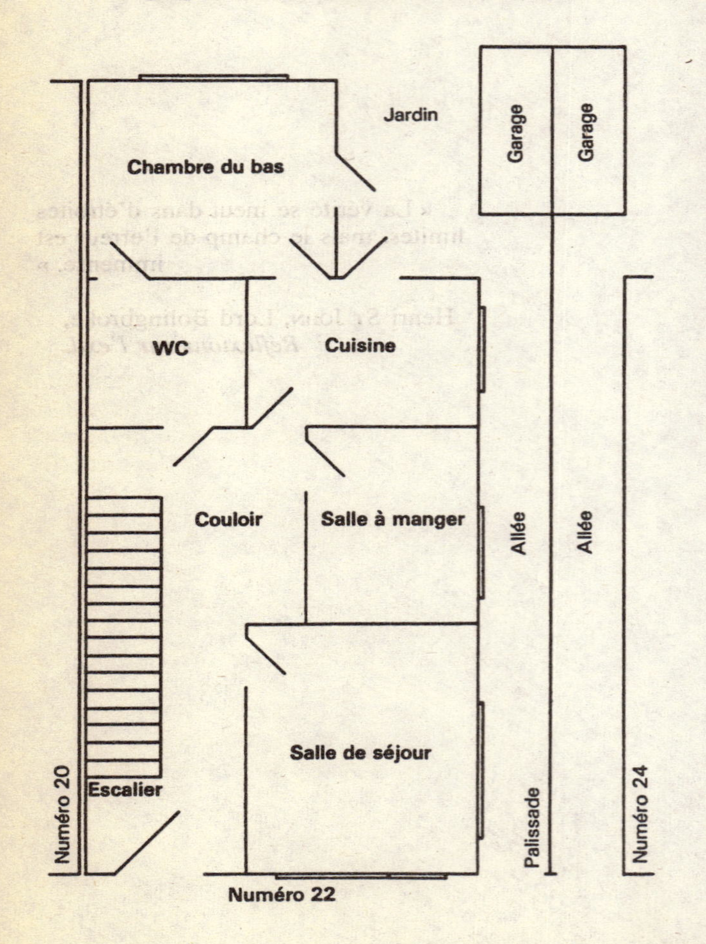

PROLOGUE

Dawlington Evening Herald, janvier 1988

VINGT-CINQ ANS POUR UN DOUBLE MEURTRE

Aujourd'hui, au tribunal de Dawlington, Olive Martin, vingt-trois ans, demeurant 22 Leven Road, a été condamnée à la prison à perpétuité, avec une peine de sûreté de vingt-cinq ans, pour les meurtres sanglants de sa mère et de sa sœur. Le juge, après avoir qualifié l'accusée de « monstre sans la moindre humanité », a déclaré que rien ne pouvait excuser la cruauté dont elle avait fait preuve à l'égard de ces deux femmes sans défense. Que le meurtre d'une mère par sa fille était le plus barbare qui soit et méritait la sanction la plus lourde prévue par la loi. Et que le meurtre d'une sœur par sa sœur n'était pas moins odieux. « La manière dont Martin s'est acharnée sur les corps, a-t-il ajouté, constitue une profanation impardonnable et barbare qui prendra place dans les annales du crime comme un acte de perversité suprême. » La lecture du verdict n'a suscité chez Martin aucune émotion.

1

Il suffisait de la voir arriver pour en être saisi de dégoût. Elle ressemblait à un personnage de caricature, immense paquet de chair boursouflée d'où tête, bras et jambes dépassaient, ridiculement petits, comme des pièces rapportées. Ses cheveux d'un blond sale, luisants et clairsemés, collaient à son crâne et ses aisselles dessinaient des cernes brunâtres. Elle marchait avec peine, d'un pas traînant, les pieds rentrés, les jambes contraintes à l'écart par la masse des cuisses frottant l'une contre l'autre, si bien qu'elle devait lutter pour garder l'équilibre. À chacun de ses mouvements, même les plus infimes, le poids écrasant de son corps, roulant d'un côté à l'autre, semblait près de faire craquer les coutures de sa robe. Sa physionomie aurait pu racheter le reste. Mais même ses yeux, d'un bleu vif, n'échappaient pas à cet étalage de laideur, perdus dans les replis de graisse blafarde semée de petite vérole.

Curieusement, malgré les années écoulées, elle demeurait une attraction. Elle avait beau traverser tous les jours le couloir, on la regardait comme si on ne l'avait jamais vue. D'où provenait cette fascination ? Du spectacle grotesque de son mètre cinquante-cinq pour quelque cent vingt kilos ? De sa sinistre notoriété ? De la répulsion qu'elle inspirait ? Personne ne souriait sur son passage. La plupart l'observaient d'un air impassible, sans doute peu désireux d'attirer son attention. Elle avait débité sa mère et sa sœur en morceaux qu'elle avait rassemblés sur le sol de la cuisine en une composition abstraite sanguinolente. De fait, ce n'était pas le genre de créature facile à oublier.

L'énormité du crime, jointe à l'impression terrifiante que sa silhouette apocalyptique avait produite sur les membres du tribunal, lui avait valu une condamnation à la prison à perpétuité, assortie d'une peine incompressible de vingt-cinq ans. Le crime mis à part, ce qui rendait son cas exceptionnel, c'était qu'elle avait plaidé coupable et même refusé de se défendre.

Dans l'enceinte de la prison, on l'appelait la sculptrice ou l'artiste, selon. Son véritable nom était Olive Martin.

En l'apercevant, Rosalind Leigh, qui attendait sur le seuil du parloir, fut parcourue d'un frisson, comme si le mauvais génie d'Olive Martin, abandonnant celle-ci, l'avait brusquement effleurée. « Seigneur, se dit-elle, en proie à la panique, je ne vais pas tenir le coup ! » Mais elle n'avait plus le choix. Les portes hermétiquement closes constituaient à présent un barrage aussi infranchissable pour la visiteuse que pour les hôtes du lieu. Elle pressa une main tremblante contre sa cuisse, agitée de contractions nerveuses. Derrière elle, le porte-documents à peu près vide, reflet de son imprévoyance, ne lui semblait d'aucun secours et elle se sentait terriblement stupide d'avoir cru que cet entretien ressemblerait à n'importe quel autre. Pas un instant elle n'avait songé que la peur pourrait lui ôter tous ses moyens.

Ces mots repassaient dans son esprit comme une comptine au rythme lancinant. *Olive Martin prit une hache, une hache, et en donna quarante coups à sa mère, à sa mère. Lorsqu'elle vit ce qu'elle avait, avait fait, elle en donna quarante et un coups à sa sœur, à sa sœur...*

Elle recula d'un pas, tout en se forçant à sourire.

« Bonjour, Olive. Je suis Rosalind Leigh. Ravie de pouvoir vous rencontrer. »

Elle lui tendit la main en espérant que cette marque de cordialité suffirait à dissimuler son aversion. Olive Martin, pour sa part, serra à peine les doigts de son interlocutrice.

« Merci, fit brusquement Roz à l'adresse de la surveillante qui déambulait à proximité. Ça ira. La directrice nous a autorisées à parler pendant une heure. »

Olive Martin prit une hache, une hache... Dis-lui que tu as changé d'avis... *et en donna quarante coups à sa mère, à sa mère...* Bonté divine, c'est trop pour moi !

« Très bien », répondit avec un haussement d'épaules la femme en uniforme. Elle lâcha négligemment la chaise métallique dont elle s'était emparée et la remit d'aplomb avec le genou. « Prenez donc ceci, vous en aurez besoin. C'est la seule chose qu'elle ne risque pas de démolir en s'asseyant dessus. »

Elle rit d'un air amical. Elle ne manquait pas de charme.

« L'année dernière, elle est restée coincée dans ces satanés cabinets et il a fallu quatre types pour la tirer de là. Toute seule, vous n'arriveriez jamais à la relever. »

Roz réussit tant bien que mal à passer la chaise par l'embrasure de la porte. Elle éprouvait la désagréable impression d'être prise entre deux feux. Mais Olive Martin l'intimidait comme la surveillante n'aurait pu le faire.

« Je vais enregistrer la conversation, prononça-t-elle d'un ton saccadé. La directrice est d'accord. Vous n'avez pas à vous inquiéter. »

Il y eut un bref silence. La surveillante leva un sourcil.

« Si vous le dites. J'espère qu'on a pensé à demander son avis à l'artiste. En cas de pépin, d'une réaction violente de sa part — elle passa un doigt devant sa gorge avant de donner une tape sur le panneau vitré à côté de la porte d'où l'on pouvait observer toute la pièce —, cognez là-dessus. À supposer, bien sûr, qu'elle vous en laisse le temps. » Elle gratifia Roz d'un sourire réfrigérant.

« Je suppose que vous avez lu le règlement. Vous ne devez faire entrer ni sortir aucun objet. Elle peut fumer vos cigarettes dans le parloir, mais pas en emporter. Il vous est interdit de lui transmettre un message, ou d'en délivrer à un tiers, sans la permission de la directrice. Si vous avez le moindre doute, adressez-vous à une surveillante. Est-ce clair ? »

Chameau ! se dit Roz, furieuse.

« Très clair, merci. »

Mais la colère n'était pour rien dans son irritation, uniquement la peur, bien sûr. La peur de se retrouver enfermée dans une pièce exiguë avec un être aussi monstrueux, qui dégageait cette odeur de transpiration particulière aux femmes obèses et dont le visage incroyablement bouffi ne trahissait aucune émotion.

« Alors c'est parfait », fit la surveillante.

Et elle tourna les talons, avec un clin d'œil appuyé en direction d'une de ses collègues.

Roz la regarda s'éloigner.

« Venez, Olive. »

Elle choisit le coin le plus éloigné de la porte. Une sorte de gage de confiance. Mais elle était tellement énervée qu'elle se sentit une brusque envie de faire pipi.

L'idée du livre était venue de son agent sous forme d'ultimatum.

« Roz, ton éditeur est sur le point de te balancer. Je te répète textuellement ce qu'il m'a dit : "Si, dans une semaine, elle ne s'est pas engagée à écrire un truc vendable, je la vire du catalogue." Ce n'est pas que je tienne à en rajouter, mais je suis à deux doigts d'en faire autant. »

Le visage d'Iris s'adoucit un tout petit peu. Elle savait que Roz était têtue comme une mule et que la sermonner ne servirait à rien. Elle était sa meilleure amie, peut-être même la seule. Les barrières que Roz avait dressées autour d'elle avaient fini par décourager les plus opiniâtres. Désormais, on ne prenait même plus la peine de demander de ses nouvelles. Avec un soupir intérieur, Iris se décida néanmoins à mettre les pieds dans le plat.

« Voyons, ma chérie, tu ne peux pas continuer ainsi. Ce n'est pas en passant ton temps enfermée chez toi, à broyer du noir, que tu vas remonter la pente. Tu as pensé à ce que je t'ai dit la dernière fois ? »

Roz ne l'écoutait pas.

« Je suis désolée », murmura-t-elle avec ce regard lointain qui avait le don d'exaspérer Iris.

Elle s'aperçut de l'irritation de son amie et se força à se concentrer. Elle devinait qu'Iris allait encore lui faire la leçon. Quelle satisfaction pouvait-elle bien en retirer ? Comme si les conseils n'étaient pas assommants pour tout le monde, ceux qui les donnent comme ceux qui les reçoivent.

« Tu as téléphoné à ce psychiatre dont je t'ai parlé ? interrogea Iris sans ménagement.

— Non, c'est inutile. Je me sens très bien. »

Elle scruta le visage impeccablement maquillé qui

n'avait guère changé en quinze ans. On avait dit un jour à Iris Fielding qu'elle ressemblait à Liz Taylor dans *Cléopâtre*.

« Une semaine, c'est trop court, poursuivit Roz, revenant à son éditeur. Propose-lui un mois. »

D'une chiquenaude, Iris expédia une feuille dans sa direction.

« J'ai bien peur que tu n'aies plus aucune marge de manœuvre. Il ne te laisse même pas le choix du sujet. Il veut que ce soit Olive Martin. Voilà le nom et l'adresse de l'avocat. Essaie de savoir pourquoi on ne l'a pas enfermée à Broadmoor ou à Rampton. Pourquoi elle a refusé de se défendre. Et avant tout, pourquoi elle a commis ces deux meurtres. Il y a sûrement une histoire quelque part. »

Elle vit le froncement de sourcils de Roz et haussa les épaules.

« Je sais, ce n'est pas exactement ton genre, mais avoue que tu ne l'as pas volé. Cela fait des mois que je te tanne pour avoir un synopsis. Maintenant, c'est ça ou rien. Au fond, je pense qu'il l'a fait exprès. Si tu acceptes, ça se vendra comme des petits pains, et si tu refuses parce que c'est de la littérature pour concierge, il aura un bon prétexte pour se débarrasser de toi. »

La réaction de Roz la laissa interdite.

« Très bien, répondit-elle d'une voix douce en prenant le bout de papier et en le fourrant dans son sac.

— Je pensais que tu allais refuser.

— Pourquoi ça ?

— À cause de la façon dont les feuilles de chou ont parlé de ta propre affaire. »

Roz eut un haussement d'épaules.

« Il est grand temps de leur montrer comment on peut traiter avec dignité un drame humain. »

Naturellement, elle n'avait pas l'intention d'écrire une ligne — ni là-dessus ni sur autre chose —, mais elle lança à Iris un sourire encourageant.

« Figure-toi que je n'ai jamais rencontré de meurtrière. »

Afin de rendre visite à Olive Martin et d'obtenir les renseignements dont elle avait besoin, Roz adressa une demande à la directrice de la prison qui la transmit au ministère de la Justice. Après plusieurs semaines, l'accord lui fut signifié par un fonctionnaire en un style laconique et contraint. Olive Martin avait accepté de répondre à des questions tout en se réservant la possibilité d'y mettre un terme à n'importe quel moment, sans préavis ni justification. Ces visites, insistaient la missive, n'étaient autorisées que dans la mesure où elles n'enfreignaient pas le règlement. La directrice restait libre de ses décisions, et Miss Leigh serait tenue pour personnellement responsable de tout manquement à la discipline dont elle serait la cause.

Roz n'arrivait pas à regarder la prisonnière en face. Sa propre éducation et la laideur de celle-ci l'en empêchaient, si bien que son regard glissait sur les traits mous et inexpressifs comme un morceau de beurre sur une pomme de terre cuite. Olive Martin, pour sa part, ne se privait pas de la dévisager. La beauté n'impose pas les mêmes limites à la contemplation, elle y inviterait plutôt, et, dans tous les cas, Roz représentait une tête nouvelle. Les visites étaient rares dans la vie d'Olive Martin, du moins celles que n'animait aucun zèle missionnaire.

Lorsqu'elle eut enfin réussi à s'asseoir, Roz lui désigna le magnétophone.

« Dans ma seconde lettre, je vous disais, si vous vous en souvenez, que je souhaitais enregistrer notre conversation. Je suppose que la directrice vous a consultée avant de donner son aval. » Elle avait parlé d'une voix trop haut perchée.

Olive Martin haussa les épaules en signe d'approbation.

« Vraiment, cela ne vous dérange pas ? »

Hochement de tête.

« Alors j'y vais. Lundi 12 avril. Entretien avec Olive Martin. » Elle parcourut les quelques questions figurant sur sa liste. « Commençons par le début. Quand êtes-vous née ? »

Pas de réponse.

Roz leva la tête avec un sourire engageant et vit que la jeune femme ne la quittait pas des yeux.

« Peu importe, j'ai dû déjà le noter quelque part. Voyons. Le 8 septembre 1964, ce qui vous fait vingt-huit ans. Est-ce exact ? »

Pas de réponse non plus.

« Vous êtes née à Southampton, de Gwen et Robert Martin. Deux ans plus tard, le 15 juillet 1966, naissait votre sœur Ambre. Vous étiez contente ? Vous auriez peut-être préféré un frère ? »

Aucune réaction.

Cette fois, Roz ne prit même pas la peine de relever la tête. Elle sentait le regard de la prisonnière peser sur elle.

« Le moins qu'on puisse dire, c'est que vos parents avaient une prédilection pour les couleurs. Je me demande quel nom ils auraient choisi s'ils avaient eu un garçon. » Elle eut un petit rire nerveux. « Topaze ? Safran ? Cela vaut peut-être mieux qu'ils aient eu une seconde fille. »

Elle réfléchit à ce qu'elle venait de dire et en fut écœurée. Comment avait-elle pu se laisser embringuer dans un truc pareil ? Sa vessie lui faisait mal.

Un doigt épais traversa l'air et arrêta le magnétophone. Roz l'observa, pétrifiée.

« Vous n'avez pas besoin d'avoir peur, prononça une voix grave, étonnamment distinguée. Miss Henderson a juste voulu vous taquiner. Tout le monde sait bien que je ne ferais pas de mal à une mouche. Sinon, je serais déjà à Broadmoor. »

Un étrange grondement emplit l'air. Un rire, sans doute.

« C'est évident. »

Le doigt plana au-dessus des boutons.

« Voyez-vous, quand je ne suis pas d'accord, je fais comme tout le monde, je le dis. »

Le doigt s'arrêta sur « enregistrement » et pressa la touche.

« Si mes parents avaient eu un garçon au lieu d'une fille, ils lui auraient donné le prénom de mon grand-père maternel : Jeremy. La couleur n'a rien à voir là-dedans. En réalité, Ambre se prénommait Alison. Je l'appelais Ambre parce que, à l'âge de deux ans, j'avais du mal à prononcer les "l" et les "s". Cela lui allait à ravir. Elle avait de splendides cheveux blonds et, après quelques années, elle n'a plus voulu qu'on l'appelle autrement. Elle était très jolie. »

Roz attendit d'avoir recouvré la complète maîtrise de ses cordes vocales.

« Je suis désolée.

— Aucune importance. J'ai l'habitude. Au début, je fais peur à tout le monde.

— Ça vous ennuie ? »

Autour des yeux, les bourrelets de chair se plissèrent en une expression amusée.

« Ça vous ennuierait si vous étiez à ma place ?

— Oui.

— Alors vous avez trouvé. Auriez-vous une cigarette ?

— Bien sûr. »

Roz tira de son porte-documents un paquet non entamé et le posa sur la table avec une boîte d'allumettes.

« Servez-vous. Je ne fume pas.

— Attendez d'être ici. Tout le monde fume. »

Elle fourragea dans le paquet, prit une cigarette et l'alluma avec un soupir de satisfaction.

« Quel âge avez-vous ?

— Trente-six ans.

— Mariée ?

— Divorcée.

— Des enfants ? »

Roz secoua la tête. « Je ne suis pas du genre maternel.

— C'est pour ça que vous avez divorcé ?

— Probablement. Je me souciais surtout de ma carrière. Nous nous sommes quittés bons amis. »

Elle songea qu'il était ridicule d'essayer d'en faire accroire à son interlocutrice. L'ennui, c'est qu'à force de répéter les mêmes balivernes, elle avait presque fini par s'en persuader. Alors, la douleur ne revenait plus que de temps à autre, dans ces moments étranges et déconcertants où elle se voyait chez elle, tenant dans ses bras un corps chaud, l'étreignant, le caressant, l'embrassant gaiement.

Olive Martin lâcha un rond de fumée.

« Moi, j'aurais bien aimé avoir des enfants. Une fois je suis tombée enceinte, mais, comme ma mère insistait, j'ai accepté de le faire passer. Maintenant, je le regrette. Je me demande si c'était un garçon ou une fille. J'en rêve parfois. » Elle resta un instant les yeux fixés au plafond où rampaient des volutes grisâtres. « Pauvre petite chose ! Une femme d'ici m'a dit qu'ils les balançaient dans les lavabos — vous savez, après les avoir aspirés à l'intérieur. »

Roz regarda les grosses lèvres humides tirer sur la minuscule cigarette, tout en songeant à ces fœtus qu'on aspirait des entrailles.

« Je l'ignorais.

— Pour les lavabos ?

— Non, que vous aviez avorté.

— Qu'est-ce que vous savez de moi ?

— Pas grand-chose.

— Qui vous a renseignée ?

— Votre avocat. »

Un nouveau hennissement s'éleva des profondeurs de l'immense poitrine.

« Sans blague ? J'ignorais que j'en avais un.

— Peter Crew, fit Roz avec un froncement de sourcils en tirant une feuille de ses papiers.

— Ah oui ! Vous parlez d'un fumier ! s'exclama Olive Martin sans chercher à dissimuler sa rancœur.

— Dans cette lettre, il affirme être votre avocat.

— Et après ? Ces types-là racontent tous la même chose. Cela fait bien quatre ans que je n'ai plus de ses nouvelles. Il n'avait rien trouvé de mieux, pour me tirer du pétrin, que de me proposer un séjour illimité à Broadmoor et je l'ai envoyé paître. Un beau salaud ! Il ne pouvait pas me blairer. Si les experts m'avaient déclarée folle, il en aurait pissé de joie.

— Il dit ceci — Roz se mit à parcourir machinalement la lettre —, voilà : "Olive Martin n'a malheureusement pas compris que plaider la responsabilité atténuée lui aurait permis de bénéficier d'un traitement dans un établissement psychiatrique surveillé, et, selon toute vraisemblance, d'être libérée au maximum dans les quinze ans à venir. Il m'a toujours semblé..." »

Elle s'arrêta net, le dos trempé de sueur. *En cas de pépin, comme une réaction violente de sa part...* Avait-elle dépassé la limite ? Elle sourit faiblement.

« Le reste est sans intérêt.

— "Il m'a toujours semblé qu'Olive souffrait de troubles psychologiques pouvant aller jusqu'à la schizophrénie ou la psychopathie paranoïde". C'est ce qu'il dit ? »

Olive posa le mégot encore rouge debout sur la table et prit une autre cigarette dans le paquet. « Je ne dis pas que je n'ai pas hésité. À supposer que les jurés se soient laissé convaincre que j'avais agi dans un accès de démence, je serais sans doute une femme libre à la minute présente. Vous avez consulté les rapports médicaux ? »

Roz acquiesça.

« Hormis une forte propension à la goinfrerie, généralement considérée comme un signe de déséquilibre — et qualifiée par un psychiatre de forte pulsion autodestructrice —, on me trouve "normale". » Elle souffla sur l'allumette avec une mine amusée. « Pour autant que ce mot ait un sens. Quand bien même vous auriez dix fois plus de problèmes que moi, je peux vous assurer que vous avez le bon profil.

— Je me le demande, répondit Roz, troublée. Je ne me suis jamais fait analyser. »

J'aurais bien trop peur de ce qu'on pourrait découvrir.

« Ici, ça devient une routine. Le fait est qu'ils ont du pain sur la planche et qu'il est sans doute plus rigolo de discuter avec une matricide qu'avec une vieille emmerdeuse hypocondriaque. J'ai eu droit à être examinée par cinq psychiatres différents. Ils adorent les étiquettes. Ça simplifie les dossiers, au moment de trancher votre cas. Avec moi, ils ont eu du fil à retordre. Je suis saine d'esprit mais dangereuse, alors où pouvait-on m'envoyer ? La semi-liberté était hors de question, des fois que je me débine pour remettre ça. L'opinion publique n'apprécie guère ce genre de bavures. »

Roz leva la lettre.

« Vous avez hésité, dites-vous. Pourquoi ne pas avoir accepté si vous pensiez que vous aviez une chance de sortir plus vite ? »

La jeune femme lissa sa robe informe à l'endroit des cuisses avant de répondre.

« Dans la vie, on fait des choix, bons ou mauvais, et ensuite il faut vivre avec. Avant de venir ici, je ne savais rien. Depuis, j'ai acquis une certaine expérience. » Elle tira une longue bouffée de sa cigarette.

« Psychologues, policiers, gardiens ou juges, ces gens-là sont du même tonneau. D'un mot, ils peuvent changer le cours de votre existence. Imaginez que j'aie opté pour la responsabilité atténuée et qu'ils se soient dit :

cette fille est irrécupérable. C'était réglé comme du papier à musique. Et je préférais encore passer vingt-cinq ans avec des êtres sensés que toute une vie avec des dingues.

— Et aujourd'hui, qu'en pensez-vous ?

— On découvre les choses petit à petit, n'est-ce pas ? Ici, on en voit défiler de toute sorte, y compris de vraies fêlées, avant qu'on les transfère ailleurs. Eh bien, elles ne sont pas si terribles que ça. La plupart ont même le sens de l'humour. » Elle posa un second mégot sur la table à côté du premier. « Et laissez-moi vous dire ceci : ce ne sont pas, et de loin, les plus barjots. Il suffit de me voir pour s'en rendre compte. »

Elle scruta Roz entre ses cils clairsemés.

« Cela ne signifie pas que j'aurais adopté une autre tactique au procès si j'avais mieux compris le fonctionnement du système. Je continue à penser qu'il aurait été immoral de ma part de prétendre que je ne savais pas ce que je faisais alors que je le savais très bien. »

Roz s'abstint de tout commentaire. Que répondre à une criminelle qui, après avoir dépecé la moitié de sa famille, se mettait à disserter sur le fait de savoir s'il est moral ou non d'invoquer les circonstances atténuantes ?

Olive Martin dut deviner ses pensées car elle éclata de son rire caverneux.

« Eh bien, pour moi, cela a un sens. D'après mes principes, je n'ai rien fait de mal. C'est uniquement la loi, les conventions sociales, que j'ai transgressées. »

Cette dernière phrase avait quelque chose de solennel qui rappela à Roz que c'était le lundi de Pâques.

« Vous croyez en Dieu ?

— Non. Je suis une païenne. Je crois aux forces de la nature. Adorer le soleil est logique. Adorer une entité invisible ne rime à rien.

— Jésus-Christ n'était pas invisible.

— Ce n'était pas un dieu non plus, répliqua son interlocutrice avec un haussement d'épaules. C'était un prophète, comme Billy Graham. La Trinité, vous croyez à ce genre de fumisterie ? Je veux dire, ou bien il existe un dieu unique, ou bien il en existe des flopées. Tout dépend de votre degré d'imagination. Pour ma part, je ne vois aucune raison de célébrer la résurrection du Christ. »

Roz, qui avait depuis longtemps perdu la foi, n'était pas loin de penser de même.

« Ainsi, pour vous, le bien et le mal n'existent pas dans l'absolu, c'est uniquement une affaire de conscience individuelle et de règles sociales. »

Son interlocutrice hocha la tête.

« Et vous ne vous sentez pas coupable parce que vous n'avez rien à vous reprocher ?

— C'est cela », approuva Olive.

Roz se mordilla les lèvres.

« Ce qui signifie, selon vos critères, que votre mère et votre sœur méritaient de mourir. Dans ce cas, poursuivit-elle avec un froncement de sourcils, je ne comprends pas. Pourquoi ne pas avoir tenté de vous défendre au procès ?

— Avec quel argument ?

— Provocation. Cruauté mentale. Négligence. Elles ont bien dû vous faire quelque chose pour que vous estimiez avoir eu raison de les tuer. »

Olive Martin prit une nouvelle cigarette dans le paquet mais ne répondit pas.

« Alors ? »

Les yeux bleus transpercèrent Roz à nouveau. Cette fois, elle ne détourna pas la tête.

« Alors ? » répéta-t-elle.

Tout à coup, du revers de la main, la prisonnière tapa sur la paroi vitrée.

« Miss Henderson, je suis prête ! » cria-t-elle.

Roz la regarda, déconcertée.

« Nous avons encore quarante minutes.

— J'en ai assez dit.

— Je suis désolée. Je vous ai sûrement froissée. » Elle attendit. « Ce n'était pas mon intention. »

Olive Martin ne desserra pas les dents et guetta, impassible, l'arrivée de la surveillante. Puis elle agrippa le bord de la table et, avec un douloureux effort, se remit sur ses jambes. La cigarette non allumée restait collée à ses lèvres comme un morceau de coton.

« À la semaine prochaine », fit-elle.

Elle franchit en crabe l'ouverture de la porte et s'éloigna d'un pas traînant le long du couloir, escortée par la surveillante tirant derrière elle la chaise métallique.

À travers la vitre, la journaliste les suivit un instant des yeux. Pourquoi Olive avait-elle soudain battu en retraite et refusé d'expliquer les motifs de son geste ? Roz avait la vague impression de s'être fait rouler — c'était un des rares points sur lesquels elle avait espéré une réponse —, et cependant... Comme un animal longtemps assoupi, sa curiosité s'était éveillée. Si invraisemblable que cela puisse paraître — alors que tout les séparait —, elle ne pouvait se retenir d'éprouver une certaine sympathie pour la meurtrière.

Elle referma son porte-documents, sans remarquer que son crayon avait disparu.

Iris avait laissé sur son répondeur un message fébrile.

« Rappelle-moi, je veux tout savoir... Est-ce une horrible gorgone ? Si elle est aussi dingue et obèse que l'affirme son avocat, ça doit être terrifiant. J'attends avec impatience les détails macabres. Sans coup de fil de ta part, je viendrai chez toi te tirer les vers du nez. »

Roz se servit un gin-tonic en se demandant si l'insensibilité d'Iris était d'origine génétique ou professionnelle. Elle forma son numéro.

« J'ai préféré te téléphoner. J'aime encore mieux ça que de te voir baver de concupiscence sur ma moquette. »

Sa chatte blanche se glissa entre ses jambes, la queue levée, en ronronnant. Roz lui adressa un clin d'œil. Mrs Antrobus et elles entretenaient une relation déjà fort ancienne, dans laquelle la première dictait ses ordres et la seconde se contentait d'obéir. De fait, personne n'aurait pu obliger Mrs Antrobus à quoi que ce soit.

« Chouette ! Elle te plaît ?

— Quel odieux personnage tu fais. »

Puis, après avoir avalé une gorgée :

« Plaire n'est pas tout à fait le mot adéquat.

— Elle est grosse ?

— Énorme. Et cela n'a rien d'amusant.

— Elle t'a parlé ?

— Oui. Elle s'exprime comme une jeune fille de bonne famille et tient des raisonnements d'intello. Pas du tout le genre auquel je m'attendais. Et avec ça, on ne peut plus sensée.

— Son avocat n'a pas dit que c'était une psychopathe ?

— Si. Je le vois demain. Je serais curieuse de savoir qui lui a mis cette idée dans le crâne. D'après Olive, cinq psychiatres l'ont examinée, qui l'ont tous déclarée normale.

— Elle t'a peut-être raconté des salades.

— Non. J'ai vérifié auprès de la directrice. »

Roz se baissa pour prendre Mrs Antrobus, laquelle se mit à ronronner de plus belle et à lui lécher le nez. Cette démonstration ne lui sembla pas tout à fait désintéressée. La faim y était sans doute pour beaucoup.

« À ta place, j'attendrais un peu avant de m'emballer. Olive peut très bien refuser une nouvelle visite.

— Pourquoi ça... et d'abord, qu'est-ce qui fait tout ce boucan ?

— Mrs Antrobus.

— Cette sale bestiole ! s'exclama Iris, changeant brusquement de sujet. On dirait que tu as des marteaux piqueurs chez toi. Mon Dieu, et tu as trouvé une solution ?

— Oui. M'en occuper. C'est la seule chose qui me donne envie de rentrer dans cet appartement.

— Tu es givrée ! lança Iris, dont la haine des chats ne le cédait qu'à celle des auteurs. Mais aussi, qu'est-ce qui t'a prise de louer une bauge pareille ? Sers-toi de l'argent du divorce pour t'acheter un appartement décent. Pourquoi Olive refuserait-elle de te voir ?

— Difficile à dire. Elle s'est brusquement mise en rogne contre moi et a interrompu l'entretien. »

Roz devina le soupir d'Iris plus qu'elle ne l'entendit.

« Franchement, tu me désoles. J'espère que tu n'as pas tout bousillé.

— Je n'en sais trop rien, répondit Roz avec un sourire. On verra ça. Je dois y aller. Salut ! »

Elle raccrocha vivement, abrégeant le cri rageur d'Iris, et se rendit dans la cuisine pour donner à manger à Mrs Antrobus. Lorsque le téléphone se remit à sonner, elle prit son verre et l'emporta dans sa chambre où elle s'installa devant le clavier de sa machine.

Olive prit le crayon qu'elle avait dérobé à Roz et le posa avec précaution près de la statuette calée sur le bord intérieur de la commode. Tandis qu'elle scrutait l'objet, ses lèvres moites remuaient en un mouvement involontaire de succion et de mastication. C'était une figurine grossièrement exécutée, en terre séchée non vernie, mais, comme les symboles de fertilité des temps primitifs, elle exprimait avec force la féminité. Olive choisit un feutre rouge dans un pot et, avec application, entreprit de colorer la masse de cheveux autour du visage. Puis, prenant un feutre vert, elle se mit à tracer des lignes rappelant vaguement le chemisier en soie porté par Roz.

Cette activité aurait pu sembler puérile. Saisissant la statuette, elle la tint comme une minuscule poupée et se mit à fredonner, penchée sur elle, avant de la replacer à côté du crayon, qui conservait, à une dose presque imperceptible pour un odorat humain, le parfum de Rosalind Leigh.

2

Peter Crew avait son cabinet au centre de Southampton, dans une rue truffée d'agences immobilières. Signe des temps, songea Roz en passant devant les vitrines, la plupart étaient vides. La crise avait gagné là aussi, comme une épidémie.

Peter Crew était un grand type maigre et sans âge, les yeux ternes, le crâne couvert d'une perruque blonde séparée par une raie sur le côté. Des mèches jaunâtres, naturelles celles-là, s'en échappaient, formant une auréole de paille flétrie. De temps à autre, il glissait un doigt dans un interstice pour se gratter la tête. Et ce geste inconsidéré relevait invariablement la moumoute sur son front. Cela lui donnait l'air, se dit Roz, d'avoir un poulet perché sur la tête. Elle n'était pas loin de partager le mépris d'Olive Martin.

Comme elle exprimait le désir d'enregistrer leur conversation, il sourit légèrement, d'un mouvement des lèvres qui n'avait rien de spontané.

« Je vous en prie », Miss Leigh. Il croisa les bras sur son bureau. « Alors, vous avez rencontré ma cliente. Comment va-t-elle ?

— Elle n'en revenait pas de savoir qu'elle avait encore un avocat.

— Je ne comprends pas.

— Elle prétend que vous ne lui avez pas donné signe de vie depuis quatre ans. Vous la représentez toujours ? »

Il la regarda avec une expression de désarroi comique aussi dénuée de conviction que son sourire.

« Grand Dieu, cela fait si longtemps ? C'est impossible. Je ne lui ai pas adressé une lettre l'année dernière ?

— Vous devez le savoir mieux que moi, Mr Crew. »

Il se dirigea vers un placard situé dans un coin de la pièce et remua des dossiers.

« Je l'ai. Olive Martin. Sapristi, vous avez raison. Quatre ans. Remarquez qu'elle ne nous a rien demandé non plus », ajouta-t-il d'une voix sèche. Il sortit le dossier et le déposa sur son bureau. « La justice coûte cher, Miss Leigh. Nous n'écrivons pas pour le plaisir. »

Roz leva un sourcil.

« Dans ce cas, qui règle la note ? Je pensais qu'elle bénéficiait de l'assistance judiciaire. »

Mr Crew rajusta sa moumoute jaunâtre.

« Son père. À l'époque. Aujourd'hui, je ne connais pas la situation. Il est mort, vous savez.

— Je l'ignorais.

— D'un infarctus. Il y a un an. On ne l'a découvert qu'au bout de trois jours. Sale affaire. On en est encore à dresser l'inventaire. »

Il alluma une cigarette et l'abandonna sur le bord d'un cendrier rempli à ras bord.

Roz griffonna quelques mots sur son bloc.

« Olive est au courant du décès de son père ? »

Mr Crew ouvrit des yeux ronds.

« Évidemment !

— Qui l'a avertie ? Vos services m'ont plutôt l'air avares de courrier. »

Il la considéra avec une soudaine méfiance, comme un promeneur étourdi qui vient de marcher sur un serpent.

« J'ai téléphoné à la directrice de la prison. Il me semblait que le choc serait moins rude pour Olive si quelqu'un pouvait la prévenir personnellement. » De l'inquiétude se lut sur son visage. « Qu'insinuez-vous ? Qu'on ne lui a rien dit ?

— Non. Je me demandais simplement pourquoi, si son père a laissé de l'argent, il n'y avait eu aucune correspondance. Qui est le bénéficiaire ? »

Mr Crew secoua la tête.

« Il m'est impossible de vous répondre. Pas Olive, bien sûr.

— Pourquoi, bien sûr ? »

Il la regarda d'un air outré.

« Qu'est-ce que vous croyez ? Elle a tué l'épouse et la fille cadette de son père, et condamné le malheureux à finir ses jours sur le lieu du crime. Après le drame, la maison était devenue invendable. Vous imaginez l'enfer que cela a dû être pour lui ? Il vivait en ermite, ne sortait jamais, ne recevait personne, et c'est seulement parce que les bouteilles de lait s'entassaient sur le perron que quelqu'un a songé à donner l'alerte. Comme je vous l'ai dit, cela faisait déjà trois jours qu'il était mort. Il n'allait tout de même pas laisser de l'argent à Olive. »

Roz esquissa un geste de protestation.

« Dans ce cas, pourquoi réglait-il les frais d'avocat ? Ce n'est pas très logique, vous ne pensez pas ? »

Il s'abstint de répondre à la question.

« De toute façon, enchaîna-t-il, Olive n'aurait jamais pu être sa légataire. On ne l'aurait pas laissée tirer profit du meurtre de sa mère et de sa sœur. »

Roz voulut bien l'admettre.

« L'héritage est important ?

— Curieusement, oui. Mr Martin avait gagné une jolie petite fortune à la Bourse. » Une lueur de regret passa dans ses yeux tandis qu'il se grattait vigoureusement le crâne sous sa perruque. « Chance ou flair, lorsque est arrivée la crise il avait revendu toutes ses actions. L'héritage est estimé pour le moment à un demi-million de livres.

— Bonté divine ! »

Roz resta un instant silencieuse.

« Olive le sait ?

— Certainement, si elle lit les journaux. Le chiffre a été rendu public. Avec ces deux meurtres, la presse ne pouvait pas ne pas en parler.

— Le bénéficiaire a déjà touché la somme ? »

Mr Crew fronça énergiquement ses sourcils, qui semblèrent vouloir se détacher de son front.

« Je crains de ne pouvoir aborder ce sujet. Le testament est formel. »

Roz haussa les épaules et se tapota les dents avec son crayon.

« La crise est survenue en octobre 1987. Les meurtres

ont eu lieu le 9 septembre de la même année. C'est étrange, vous ne trouvez pas ?

— Comment cela ?

— On aurait pu penser qu'après une telle tragédie, Mr Martin se serait soucié de ses actions comme d'une guigne.

— À moins de supposer, répliqua Mr Crew d'une voix pondérée, qu'il avait, au contraire, besoin de s'occuper l'esprit. Presque aussitôt, il a commencé à se cloîtrer. Les pages financières étaient peut-être la dernière passion qui lui restait. » Il consulta sa montre. « Mais les heures filent. Avez-vous autre chose ? »

Roz était sur le point de lui demander pourquoi, si Robert Martin avait décroché la timbale en spéculant à la Bourse, il avait choisi de moisir dans une maison invendable. Quand on possédait un demi-million, on n'avait pas besoin d'attendre d'avoir revendu pour déménager. Que pouvait bien contenir cette maison, qui avait incité Martin à y sacrifier le temps qui lui restait à vivre ? Sentant l'hostilité de Crew, Roz préféra s'abstenir. La discrétion est la meilleure des vertus. L'avocat représentait une précieuse source de renseignements, et elle aurait sans doute à nouveau besoin de lui, même s'il préférait manifestement le père à la fille.

« Encore une ou deux questions, et j'en aurai fini pour ce matin. » Elle lui adressa un sourire aimable, aussi factice que ceux de l'avocat. « Voyez-vous, Mr Crew, j'essaie de me faire une idée. Et, franchement, je ne suis pas certaine qu'il y ait là matière à un livre. »

C'était peu dire. Elle n'avait pas la moindre intention d'écrire ce bouquin. Sauf si...

Mr Crew joignit les mains et se mit à les taper impatiemment l'une contre l'autre.

« Si vous vous en souvenez, Miss Leigh, j'ai été fort clair dans ma lettre. »

Elle acquiesça avec gravité, histoire de satisfaire l'ego de son interlocuteur.

« Oui, et comme je vous l'ai moi-même indiqué, je n'ai aucune envie de raconter l'histoire d'Olive à seule fin d'accumuler des détails horribles sur ce qu'elle a fait. Cependant, un passage de votre lettre me paraît présenter ce drame sous un jour intéressant. Vous lui avez conseillé de plaider non coupable en invoquant l'irresponsabilité. En cas de succès, affirmiez-vous, elle aurait été convaincue d'homicide involontaire et probablement condamnée à une détention illimitée. Si je ne me trompe, vous estimiez cette peine à un maximum de quinze ans dans un service psychiatrique, sous réserve d'un rapport favorable.

— Tout à fait, approuva-t-il. Et c'était, à mon avis, une estimation raisonnable. Elle n'aurait jamais écopé des vingt-cinq ans de peine incompressible décidés par le juge.

— Mais elle s'est refusée à suivre votre conseil. Savez-vous pourquoi ?

— Oui. Elle avait terriblement peur de se retrouver chez les fous et n'a pas compris ce que signifiait une peine illimitée. Elle a cru qu'on l'enfermerait à vie. Nous avons eu beau faire, il a été impossible de la convaincre du contraire.

— En ce cas, pourquoi ne pas avoir agi en son nom ? Le fait qu'elle n'ait pas saisi vos explications indiquait suffisamment qu'elle était incapable de décider par elle-même. Pourtant, elle devait avoir de solides excuses, sinon vous ne lui auriez pas conseillé une telle stratégie. »

L'avocat sourit d'un air lugubre. « J'ignore pourquoi, Miss Leigh, mais vous semblez persuadée que nous avons mal servi les intérêts d'Olive Martin. »

Il saisit une feuille de papier sur laquelle il écrivit un nom et une adresse.

« Je vous conseille vivement d'aller voir cet homme afin de vous éviter de nouvelles méprises. » Il poussa la feuille vers elle. « C'est l'avocat que nous avions chargé de sa défense. Graham Deedes. En réalité, elle nous a manœuvrés et il n'a jamais été appelé à la barre. »

Roz fronça les sourcils.

« Pour quelle raison ? Comment aurait-elle pu vous manœuvrer ? Je suis désolée d'insister, Mr Crew, et croyez bien que je ne nourris aucune idée préconçue. » Mais était-ce bien vrai ? se demanda-t-elle aussitôt. « J'essaie simplement de m'y retrouver et c'est pourquoi je vous pose toutes ces questions. Si ce Deedes avait de sérieux doutes quant à l'état de santé mentale de sa cliente, pourquoi ne l'a-t-il pas fait valoir auprès des magistrats afin de la défendre le mieux possible, avec ou sans son accord ? Pour dire les choses carrément, si elle était réellement cinglée, le tribunal avait le devoir d'en tenir compte quand bien même elle aurait affirmé le contraire. »

L'homme perdit un peu de sa raideur.

« Vous êtes quelqu'un de très sensible, Miss Leigh. En l'occurrence, personne n'a jamais songé à invoquer la folie, seulement la responsabilité atténuée, mais je comprends votre point de vue. J'ai utilisé sciemment le mot manœuvrer. La vérité est que, quelques semaines avant son procès, Olive a écrit au ministre de la Justice pour savoir si, aux termes de la loi, elle avait le droit de plaider coupable. Elle affirmait qu'elle était l'objet de pressions indues visant à faire traîner le procès en longueur, ce qui ne servirait qu'à prolonger le supplice de son père. Le procès fut reporté et on lui fit subir des examens. Les experts reconnurent qu'elle était parfaitement saine d'esprit et, en conséquence, habilitée à plaider coupable.

— Ça alors ! s'exclama Roz en se mordillant la lèvre inférieure. C'est incroyable ! Et ils avaient raison ?

— Naturellement. » Apercevant sa cigarette qui se consumait dans le cendrier, il l'écrasa d'un geste désabusé. « Elle savait exactement à quoi elle s'exposait. On avait pris bien soin de lui préciser la nature de la peine encourue. En outre, la prison n'avait plus de mystère pour elle. Elle venait de passer les quatre mois avant le procès en détention préventive. À vrai dire, même si elle avait accepté de se défendre, le résultat n'eût probablement pas été différent. Les indices qui nous auraient permis d'invoquer la responsabilité atténuée étaient plutôt minces. Je doute que nous eussions réussi à emporter la conviction des jurés.

— Et malgré cela, vous restez, à en croire votre lettre, convaincu qu'il s'agit d'une psychopathe. Pourquoi ? »

Mr Crew désigna le dossier posé sur son bureau.

« À cause des photographies de Gwen et d'Ambre prises dans la cuisine avant qu'on enlève les corps. Un vrai carnage, croyez-moi, du sang partout, la chose la plus horrible que j'aie jamais vue ! On ne me fera jamais croire qu'un être sensé aurait pu commettre de telles atrocités, qui plus est à l'égard de sa mère et de sa sœur. Non, les psychiatres auront beau dire — et n'oubliez pas, Miss Leigh, que le diagnostic de la psychopathie demeure un sujet controversé —, Olive Martin est une créature tout ce qu'il y a de dangereuse. Et je vous conseille la plus grande prudence dans vos rapports avec elle. »

Roz arrêta le magnétophone et empoigna son porte-documents.

« Je suppose que sa culpabilité ne fait aucun doute. »

L'avocat la regarda comme si elle avait lâché un gros mot.

« Aucun. À quoi pensiez-vous ?

— À une hypothèse assez simple, qui permettrait d'expliquer le décalage entre l'apparente normalité d'Olive et le caractère abominable d'un tel crime : elle n'y est pour rien et s'efforce de protéger le coupable. » Elle se leva et, devant l'air buté de son interlocuteur, haussa imperceptiblement les épaules. « Ce n'était qu'une idée en l'air. J'avoue que cela n'a pas grand sens, mais dans cette histoire rien n'en a. Une folle sanguinaire ne se serait guère souciée d'éviter à son père l'épreuve d'un long procès. Merci d'avoir bien voulu me consacrer un peu de votre temps, Mr Crew. Je connais le chemin. »

L'avocat fit un geste pour la retenir.

« Avez-vous lu sa déposition, Miss Leigh ?

— Pas encore. Votre secrétariat a promis de me l'envoyer. »

Crew feuilleta le dossier et en tira quelques pages agrafées qu'il lui tendit par-dessus son bureau.

« Vous pouvez conserver cette copie. Je vous recommande de la lire attentivement avant d'aller plus loin. Elle vous convaincra, je pense, comme elle m'a convaincu, de la culpabilité d'Olive. »

Roz prit les papiers.

« À vrai dire, vous la détestez, n'est-ce pas ? »

Le regard de l'avocat se durcit.

« Je n'éprouve à son égard aucun sentiment, ni dans un sens ni dans l'autre. Simplement, je me demande ce qui oblige la société à la garder en vie. Elle a tué deux personnes. Ne l'oubliez pas, Miss Leigh. Bonne journée. »

Roz mit une heure et demie à regagner Londres et, durant tout ce temps, la phrase de Crew — *elle a tué deux personnes* — domina ses pensées. L'isolant de son contexte, elle l'inscrivit en grosses lettres sur l'écran de son esprit et s'absorba dans sa contemplation avec une sorte de plaisir morbide.

C'est seulement plus tard, une fois rentrée chez elle et confortablement installée dans un fauteuil, qu'elle se rendit compte que ce voyage de retour n'avait laissé aucune trace dans sa mémoire. Elle ne se souvenait même pas d'avoir quitté Southampton, ville qui ne lui était pourtant pas familière. Elle aurait pu tuer quelqu'un, écraser un passant, qu'elle n'aurait pas su dire quand ni comment l'événement s'était produit. Son regard se porta vers les immeubles mornes et gris qui faisaient face à la fenêtre du salon, et elle se mit à réfléchir sérieusement à ce que signifiait la responsabilité atténuée.

DÉPOSITION FAITE PAR OLIVE MARTIN LE 9 SEPTEMBRE 1987 À 21H30 PRÉSENTS : INSP. HAWKSLEY, INSP. WYATT, P. CREW (AVOCAT)

Je m'appelle Olive Martin. Je suis née le 8 septembre 1964. J'habite 22 Leven Road à Dawlington, Southampton. Je travaille au bureau de Sécurité sociale situé dans la grand-rue de Dawlington. Hier, c'était mon anniversaire. J'ai vingt-trois ans. J'ai toujours vécu chez mes parents. Je ne me suis jamais très bien entendue avec ma mère et ma sœur. Avec mon père, je n'ai pas de problèmes. Je pèse cent dix-huit kilos. Ma mère et ma sœur ne cessaient de se moquer de moi. Elles m'avaient surnommée Elephant Woman. J'ai horreur qu'on me plaisante sur mon physique.

On n'avait rien prévu pour mon anniversaire et cela m'avait contrariée. Ma mère m'a dit que je n'étais plus une enfant et que je n'avais qu'à m'organiser quelque chose. J'ai décidé de la prendre au mot. Je me suis arrangée pour ne pas travailler aujourd'hui, avec l'idée d'aller en train à Londres et de me promener toute la journée. J'aurais pu y aller hier, jour de mon anniversaire, mais je pensais que ma mère me ferait peut-être une surprise le soir, comme elle l'a fait à ma sœur en juillet pour ses vingt et un ans. Nous avons passé la soirée à regarder la télévision. En me couchant, j'avais le cafard. Mes parents m'ont offert un pull rose pâle. Il était trop petit et je ne l'aimais pas. Ma sœur m'a donné une paire de pantoufles qui m'ont bien plu.

Le matin, en me réveillant, je me sentais angoissée d'avoir à aller à Londres toute seule. J'ai demandé à Ambre de téléphoner à son travail pour dire qu'elle avait la grippe. Depuis un mois elle était vendeuse dans une boutique de mode, Glitzy, à Dawlington. Ma mère s'est mise en colère et l'en a empêchée. Au petit déjeuner, nous avons eu une dispute. Au beau milieu, mon père a quitté la table pour se rendre à son bureau. Il a cinquante-cinq ans et est employé trois jours par semaine comme comptable dans une société de transports. Il a eu longtemps un garage et l'a vendu en 1985 parce qu'il n'avait pas de fils pour prendre la succession.

Le départ de mon père n'a fait qu'empirer les choses. Ma mère m'a reproché d'avoir une mauvaise influence sur Ambre. Elle n'a pas cessé de m'appeler « ma grosse » et elle m'a traitée de poule mouillée parce que j'avais peur d'aller à Londres toute seule. Elle a ajouté que, depuis le jour de ma naissance, je n'avais pas arrêté de la décevoir. J'en avais mal au crâne de l'entendre. J'étais encore furieuse qu'elle n'ait rien fait pour mon anniversaire et jalouse qu'elle ait fêté celui d'Ambre.

J'ai ouvert le tiroir et pris le rouleau à pâtisserie. Je lui en ai flanqué un coup pour la calmer un peu, puis un autre lorsqu'elle s'est mise à hurler. J'aurais dû m'arrêter, mais Ambre s'est mise à hurler à son tour. J'ai été obligée de la frapper elle aussi. J'ai toujours eu horreur des cris.

Je me suis préparé une tasse de thé et j'ai attendu. Je pensais qu'elles étaient seulement évanouies. Elles gisaient sur le sol. Au bout d'une heure, j'ai commencé à m'inquiéter. Elles étaient très pâles et n'avaient pas bougé. Je savais que si l'on place un miroir devant la bouche de quelqu'un et qu'on ne voie pas de buée, c'est qu'il est mort. Je me suis servie de celui que j'avais dans mon sac. Je l'ai tenu longtemps devant elles, mais il n'y avait aucune trace. Rien.

J'ai pris peur et j'ai essayé de réfléchir à un moyen de cacher les corps. J'ai d'abord pensé les transporter au grenier, mais ils étaient trop lourds pour que je les hisse dans les escaliers. Le mieux était de les jeter à la mer, qui est seulement à trois kilomètres, mais je ne sais pas conduire et, de toute façon, mon père avait pris la voiture. Je me suis alors dit que si j'arrivais à ce qu'ils tiennent moins de place, je pourrais les fourrer dans des valises et les emporter. J'avais souvent découpé des poulets. Il me suffirait d'en faire autant avec ma mère et ma sœur. Je me suis munie d'une hache qui se trouvait au garage et du couteau à découper rangé dans le tiroir de la cuisine.

Ce n'était pas aussi facile que de découper des poulets. À deux heures de l'après-midi, j'étais exténuée, et je n'avais réussi qu'à détacher les têtes, les jambes et trois bras sur quatre. Il y avait des mares de sang et mes mains glissaient sans cesse. Je savais que mon père ne tarderait pas à rentrer et que je n'aurais jamais fini d'ici là, car il me restait encore à me débarrasser des morceaux. J'ai compris qu'il était préférable que j'appelle la police et que j'avoue ce que j'avais fait. Ma décision prise, je me suis sentie beaucoup mieux.

Je n'ai jamais songé à quitter la maison et à prétendre que je n'avais rien à voir dans tout ça. Pour quelle raison, je l'ignore. Peut-être parce que j'étais surtout préoccupée de dissimuler les corps. Je ne pouvais penser à rien d'autre. Je ne les ai pas dépecés par plaisir. Il m'a fallu les dévêtir pour trouver les articulations. Sur le moment, je ne me suis pas aperçue que j'avais mélangé les morceaux. Je voulais les remettre en ordre, afin qu'on ne les découvre pas comme ça, mais, avec tout le sang, je n'arrivais plus à m'y reconnaître. J'ai dû me tromper et poser la tête de ma mère sur le corps d'Ambre. J'ai agi entièrement seule.

Je regrette ce que j'ai fait. J'ai perdu mon sang-froid et me suis conduite comme une idiote. J'atteste que les faits consignés ici sont la stricte vérité.

Olive MARTIN

La déposition occupait trois pages de format standard. Au dos de la dernière figurait un extrait de rapport médical, probablement celui du médecin légiste. Il était bref, se réduisait au paragraphe de conclusion et n'était pas signé.

Les blessures relevées sur les crânes résultent d'un ou de plusieurs coups portés à l'aide d'un objet contondant. Elles ont été infligées avant le décès et n'avaient pas un caractère mortel. Les analyses n'ont pas permis de révéler si le rouleau à pâtisserie était bien l'objet employé, mais rien n'indique le contraire. Dans les deux cas, la mort a été provoquée par le sectionnement de la carotide au cours de la décapitation. Un examen de la hache a mis en évidence la présence d'importants dépôts de rouille sous les taches de sang. Vraisemblablement le tranchant était déjà émoussé depuis longtemps. Les ecchymoses, assez larges, bordant les entailles sur le cou et le tronc d'Ambre Martin impliquent que trois ou quatre coups de hache ont été donnés avant que le couteau à découper soit utilisé pour trancher la gorge. Il est peu probable que la victime ait, même brièvement, repris connaissance. En revanche, s'agissant de Gwen Martin, il est presque certain, d'après les lacérations sur les bras et les avant-bras, qu'elle est sortie un moment de son inconscience et a tenté de se défendre. Les deux estafilades sous le menton semblent indiquer que les deux premières tentatives ont été infructueuses et que c'est seulement à la troisième que le couteau a tranché la gorge. Les coups ont été donnés avec une exceptionnelle sauvagerie.

Roz posa les feuilles sur le guéridon qui se trouvait à côté d'elle et fixa du regard un point invisible dans l'espace. Elle avait froid. *Olive Martin prit une hache...* Seigneur Dieu, pas étonnant que Peter Crew ait qualifié sa cliente de psychopathe ! À trois ou quatre reprises, la lame rouillée s'était abattue sur Ambre qui s'obstinait à vivre. Roz sentit venir une nausée. Il lui fallait à tout prix oublier cette histoire. Mais, bien sûr, elle en était incapable. Il lui semblait entendre le bruit mat de l'acier dérapant sur la chair élastique. *On n'y voit plus rien ici!* Elle étendit le bras et pressa le bouton de la lampe, mais le flot de lumière ne réussit pas à dissiper les images terrifiantes qui l'assaillaient, où une furie pataugeait dans le sang... entre des corps mutilés...

S'était-elle réellement engagée à écrire ce livre ? Avait-elle signé un contrat ? Touché une avance ? Elle ne s'en souvenait pas et se sentit soudain perdre pied. Elle avait l'impression de vivre dans un monde de brume, si gris que chaque jour s'écoulait semblable au précédent. Elle se leva d'une brusque détente et se mit à arpenter la pièce, tout en accusant Iris de lui avoir forcé la main, elle-même d'avoir perdu la raison et Peter Crew de ne pas lui avoir envoyé la déposition lorsqu'elle la lui avait demandée.

Elle saisit le téléphone et appela Iris.

« Est-ce que j'ai signé quelque chose pour ce bouquin sur Olive Martin ? Pourquoi ? Parce qu'il est hors de question que je l'écrive, pardi ! Cette cinglée m'a flanqué la trouille et je n'ai aucune envie de la revoir.

— Je croyais qu'elle t'avait tapé dans l'œil. »

La voix d'Iris était calme.

Roz ignora la remarque.

« J'ai sa déposition et le rapport rédigé par le médecin légiste, du moins les conclusions. J'aurais dû commencer par les lire. Ne compte pas sur moi. Je ne tiens pas à célébrer ses exploits. Iris, sa mère et sa sœur vivaient encore quand elle leur a coupé la tête. La pauvre Gwen Martin a même essayé d'éviter les coups de hache. J'en suis malade rien que d'y penser.

— Très bien.

— Comment ça, très bien ?

— Ne l'écris pas. »

Roz plissa les yeux en une expression soupçonneuse.

« Je pensais que tu allais au moins protester.

— Pourquoi ? S'il y a bien une chose que j'ai apprise dans ce métier, c'est qu'on ne peut forcer personne à écrire. Erreur. On peut, à condition d'être assez têtu et retors pour ça, mais le résultat est toujours décevant. »

Roz l'entendit se verser à boire.

« De toute façon, j'ai reçu ce matin les dix premiers chapitres du nouveau livre de Jenny Atherton. Du bon boulot, sur les dangers du manque de confiance en soi, avec comme premier facteur l'obésité. Elle a réussi à dénicher un tas de zèbres du cinéma et de la télévision qui ont sombré dans des désespoirs inexprimables après avoir pris du poids et s'être fait virer des studios. C'est naturellement d'un mauvais goût parfait, comme tout ce qu'écrit Jenny. Mais ça se vendra. Tu devrais lui refiler tes tuyaux, si je puis dire. Olive ferait une conclusion des plus poignantes, tu ne crois pas, surtout si nous pouvions avoir une photo d'elle dans sa cellule.

— Aucune chance.

— D'avoir une photo ? Dommage.

— Non, que je donne le moindre renseignement à Jenny Atherton. Franchement, Iris, poursuivit-elle, incapable de se maîtriser plus longtemps, dire que tu es abjecte serait un euphémisme. Tu devrais travailler pour la presse à scandale. Pourvu que ça rapporte, tu vendrais père et mère. Jenny Atherton est bien la dernière personne que j'enverrais à Olive.

— Pourquoi ? s'enquit Iris, la bouche manifestement pleine. Si tu ne veux pas écrire sur elle ni retourner la voir, en quoi ça te dérange ?

— Question de principe.

— Désolée, ma vieille, je ne pige pas. Je crois plutôt que tu as envie de jouer les rabat-joie. Écoute, je ne peux pas rester au téléphone. Nous avons des invités. Au moins, laisse-moi dire à Jenny qu'Olive n'est pas une chasse gardée. Jenny repartira de zéro. De toute façon, tu n'avais pas récolté grand-chose, n'est-ce pas ?

— J'ai changé d'avis, répliqua Roz d'un ton sec. Je vais le faire, ton maudit bouquin. Salut. »

Et elle raccrocha brutalement. À l'autre bout du fil, Iris adressa un clin d'œil à son mari.

« Et toi qui prétends que je ne suis pas délicate, lui murmura-t-elle. Hein, qu'est-ce que tu connais de mieux ?

— Des chaussures à clou », répondit d'un ton acide Gerry Fielding.

Roz relut la déposition d'Olive. « Je ne me suis jamais très bien entendue avec ma mère et ma sœur. » Elle sortit son magnétophone et rembobina la bande jusqu'à ce qu'elle ait trouvé le passage qu'elle cherchait. « Je l'appelais Ambre parce que, à l'âge de deux ans, j'avais du mal à prononcer les "l" et les "s". Cela lui allait à ravir. Elle avait de splendides cheveux blonds et, par la suite, elle n'a plus voulu qu'on l'appelle autrement. Elle était très jolie... »

Bien sûr, en soi cela ne signifiait pas grand-chose. Rien n'interdisait à une psychopathe de jouer la comédie. C'était plutôt le contraire. Cependant, lorsqu'elle parlait de sa sœur, sa voix se chargeait d'une douceur, d'une tendresse évidente qui, venant de toute autre, aurait été considérée par Roz comme une marque d'affection. Pourquoi n'avait-elle pas mentionné sa dispute avec sa mère ? Oui, c'était bizarre. Cela aurait pu expliquer son comportement ce jour-là.

Se croyant seul, l'aumônier sursauta violemment lorsque la main robuste d'Olive se posa sur son épaule. Ce n'était pas la première fois qu'elle le prenait au dépourvu et, cette fois encore, il se demanda comment elle avait réussi à faire aussi peu de bruit. D'ordinaire, elle traînait les pieds à longueur de temps, ce qui avait le don de lui taper sur les nerfs. Se maîtrisant, il se tourna vers elle et lui adressa un sourire affable.

« Tiens, Olive, quel plaisir de vous voir ! Qu'est-ce qui vous amène à la chapelle ? »

Elle le regarda, une lueur d'ironie scintillant entre ses paupières.

« Je vous ai fait peur ?

— Vous m'avez surpris. Je ne vous ai pas entendue venir.

— Vous n'écoutiez probablement pas. Il faut d'abord écouter pour pouvoir entendre, mon père. On a dû vous l'enseigner au séminaire. Les paroles de Dieu sont muettes. »

Cela aurait grandement simplifié les choses, se disait-il parfois, s'il l'avait méprisée, mais il n'en avait pas la force. Il la craignait, la détestait, mais ne la méprisait pas.

« Que puis-je faire pour vous ?

— Ce matin, vous avez reçu de nouveaux agendas. J'en voudrais un.

— Vraiment ? Ils sont pareils aux autres. Avec un passage de l'Écriture sainte pour chaque jour de l'année. Le dernier que je vous ai donné, vous l'avez mis en miettes. »

Elle haussa les épaules.

« Puisqu'il m'en faut un, je suis prête à supporter ces petites homélies.

— Ils sont dans la sacristie.

— Je sais. »

Elle n'était pas venue pour l'agenda. Cela crevait les yeux. Qu'avait-elle l'intention de prendre pendant qu'il aurait le dos tourné ? Il n'y avait rien à voler, à part des bibles et des missels.

Une chandelle, déclara-t-il plus tard à la directrice. Une chandelle de quinze centimètres de long qui se trouvait sur l'autel. Bien sûr, elle nia catégoriquement l'avoir emportée et l'on eut beau passer la cellule au peigne fin, on ne retrouva pas de chandelle.

3

Graham Deedes était jeune, noir et sous pression. En voyant l'étonnement de Roz alors qu'elle pénétrait dans la pièce, il fronça les sourcils, manifestement irrité.

« Les avocats noirs sont donc si rares, Miss Leigh ?

— Pourquoi dites-vous ça ? fit-elle en s'asseyant sur la chaise qu'il lui indiquait.

— Vous avez l'air surprise.

— Oui, mais pas à cause de votre couleur. Vous êtes beaucoup plus jeune que je ne pensais.

— Trente-trois, dit-il. Ce n'est pas si jeune.

— Non, mais au moment du procès d'Olive Martin vous ne deviez en avoir guère plus de vingt-huit ou vingt-neuf. C'est peu pour une affaire d'homicide.

— Exact. Mais je n'étais que l'avocat en second.

— Cependant, c'est vous qui avez préparé l'essentiel du dossier ? »

Il acquiesça.

« Si l'on peut appeler ça un dossier. Ce n'était pas un cas banal, loin de là. »

Roz sortit son magnétophone de son sac.

« Voyez-vous un inconvénient à ce que j'enregistre vos propos ?

— Aucun, si cela concerne Olive Martin.

— Alors j'y vais. »

Il se mit à rire.

« Et cela pour la bonne raison que je ne peux pratiquement rien vous dire sur elle. Je l'ai aperçue une fois, le jour du verdict, et je ne lui ai même jamais adressé la parole.

— Pourtant, d'après ce que j'ai cru comprendre, vous vous efforciez de réunir assez d'éléments pour invoquer la responsabilité atténuée. Vous ne l'avez pas rencontrée à ce moment-là ?

— Non. Elle a refusé de me voir. J'ai dû me contenter des documents que m'avait remis son avocat-conseil. » Il eut un sourire dépité.

« Et je dois dire que cela ne faisait pas lourd. Heureusement que nous n'avons pas eu besoin d'intervenir, sinon nous nous serions littéralement couverts de ridicule. Aussi, lorsque j'ai appris que le juge consentait à ce qu'elle plaide coupable, j'ai poussé un ouf de soulagement.

— Si vous aviez dû la défendre, de quels arguments vous seriez-vous servi ?

— Nous avions prévu de présenter les choses sous deux angles différents. » Deedes réfléchit un instant. « D'une part, elle avait été traumatisée — si je ne me trompe, c'était le lendemain de son anniversaire et elle avait mal supporté que sa mère, au lieu de se montrer prévenante, se mette à l'asticoter. »

Il interrogea du regard Roz, qui acquiesça.

« En outre, il me semble que, dans sa déposition, elle affirmait détester le bruit. Nous avions trouvé un médecin prêt à faire la démonstration que, chez certains individus, le bruit peut provoquer une souffrance telle qu'ils feraient n'importe quoi pour l'arrêter. Malheureusement, rien, dans les rapports médicaux ou psychiatriques, ne permettait de conclure avec certitude qu'Olive appartenait à cette catégorie. »

Il tapota ses doigts.

« D'autre part, nous comptions évoquer l'incroyable férocité avec laquelle avaient été perpétrés les deux meurtres, de façon à amener le jury, après l'avoir persuadé, espérions-nous, qu'elle avait cédé à une force irrépressible, à reconnaître qu'elle était une psychopathe. Pour le traumatisme, nous n'avions absolument aucune chance, pour la psychopathie — il balança la main — peut-être. Nous avions montré les photographies des cadavres à un professeur de psychologie qui avait accepté d'apporter son témoignage.

— Mais est-ce qu'il lui a parlé ?

— Non, il n'en a pas eu besoin et, de toute façon, elle aurait refusé de le voir. Elle était absolument décidée à plaider coupable. Mr Crew vous a dit qu'elle avait écrit au ministre de la Justice pour réclamer un examen psychiatrique visant à établir qu'elle jouissait de toutes ses facultés ? »

Roz hocha la tête.

« Après cela, il n'y avait plus rien à faire. Une histoire invraisemblable, prononça-t-il d'un ton rêveur. Alors que la plupart des accusés ne cherchent qu'à s'inventer des excuses !

— Mr Crew, pour sa part, semble convaincu que c'est une psychopathe.

— Je serais assez d'accord avec lui.

— À cause de ce qu'elle a fait à sa mère et à sa sœur ? Vous ne voyez aucune autre raison ?

— Non. Ce n'est pas assez ?

— Dans ce cas, comment expliquez-vous que cinq psychiatres aient déclaré qu'elle était normale ? D'après ce que je sais, elle a subi plusieurs examens en prison.

— Qui vous a dit ça ? interrogea-t-il d'un ton sceptique. Olive ?

— Oui, mais j'ai ensuite parlé à la directrice, qui me l'a confirmé.

— À votre place, je ne m'y fierais pas trop. Il faudrait avoir lu les rapports. Tout dépend de qui les a rédigés et pour montrer quoi.

— Tout de même, c'est bizarre, vous ne trouvez pas ?

— En quel sens ?

— On aurait au moins pu s'attendre à ce qu'elle manifeste, durant son séjour en prison, des signes d'associabilité.

— Pas forcément. Il est possible que ce genre de cadre, très contraignant, lui convienne. Il est possible aussi que son agressivité ait été entièrement dirigée contre sa famille. Ce jour-là, un déclic s'est produit et, après avoir tué, elle a recouvré son état normal. » Il haussa les épaules. « Qui sait ? La psychiatrie est loin d'être une science exacte. »

Puis, après un silence :

« Pour ma part, je n'ai jamais entendu dire que des gens équilibrés aient haché menu leur mère et leur sœur. Saviez-vous qu'elles étaient encore en vie lorsqu'elle les a dépecées ? »

Il sourit, d'un sourire sinistre.

« Elle le savait aussi. N'en doutez pas. »

Roz fronça les sourcils.

« J'ai pensé à une autre explication, prononça-t-elle lentement. Mais elle a beau s'accorder avec les faits, elle semble trop absurde pour être vraie. »

Il attendit.

« Eh bien ? finit-il par demander.

— Olive n'y est pour rien. »

Devant sa mine goguenarde, elle s'empressa d'ajouter :

« Je ne prétends pas que ce soit la bonne, je dis seulement qu'elle s'accorde avec les faits.

— Selon vous, fit-il gentiment remarquer. Vous avez une façon quelque peu subjective d'envisager les faits.

— Possible », admit-elle en songeant à ses sautes d'humeur du soir précédent.

Il resta un moment à l'observer.

« Pour une innocente, elle en savait sacrément long sur ces deux meurtres.

— Vous trouvez ?

— Naturellement. Pas vous ?

— Elle n'a jamais raconté que sa mère s'était débattue pour se protéger des coups de hache et de couteau à découper. Pourtant, cela a dû être terrible, le plus terrible peut-être. Pourquoi n'en a-t-elle pas parlé ?

— Par honte. Par gêne. Ou parce que le choc l'avait rendue amnésique. Vous seriez surprise du nombre de meurtriers qui ne conservent aucun souvenir de leur forfait. Il s'écoule parfois des années avant qu'ils en prennent conscience. Quoi qu'il en soit, je doute que lutter avec sa mère ait été pour Olive aussi terrible que vous le dites. Gwen Martin était une femme de petite taille, un mètre cinquante tout au plus, assez mince. Physiquement, Olive tient de son père, et maîtriser sa mère a dû lui être facile. »

Il lut une hésitation dans le regard de Roz.

« Laissez-moi vous poser à mon tour une question.

Pourquoi Olive aurait-elle avoué deux crimes qu'elle n'aurait pas commis ?

— Cela arrive.

— Pas quand l'inculpé peut exiger la présence d'un avocat, Miss Leigh. Je veux bien que le cas se soit déjà produit, d'où les nouvelles lois sur l'obtention des dépositions, mais Olive n'a subi aucune pression et ses déclarations ont été fidèlement transcrites. Elle a bénéficié d'un bout à l'autre d'une représentation légale. Aussi, je vous le demande à nouveau, pourquoi se serait-elle accusée de crimes qu'elle n'aurait pas commis ?

— Pour couvrir quelqu'un d'autre ? »

Elle avait de la chance de ne pas témoigner dans un tribunal face à lui : il lui aurait certainement mené la vie dure.

« Qui ? »

Roz secoua la tête.

« Je n'en ai aucune idée.

— Il ne restait que son père, et il travaillait. La police a vérifié son emploi du temps. Il ne s'est pas absenté de la journée.

— Oui, mais son amant ? »

Deedes la regarda avec des yeux ronds.

« Elle m'a dit avoir avorté, cela suppose qu'elle en avait un. »

Cette idée eut le don de mettre l'avocat en joie.

« La pauvre ! lança-t-il en s'esclaffant. Évidemment, c'est une façon comme une autre d'attirer la pitié. Surtout... — il eut un nouvel éclat de rire — quand on dispose d'un bon public. À votre place, je serais moins candide. »

Roz lui adressa un sourire glacé.

« Candide, c'est plutôt vous qui l'êtes en cédant à ce stupide préjugé masculin selon lequel une femme comme Olive ne pourrait pas avoir d'amant. »

Deedes scruta le visage de Roz comme pour y chercher la raison de son entêtement.

« D'accord, Miss Leigh, c'était stupide de ma part et je m'en excuse. » Il leva les mains et les laissa retomber. « Mais c'est bien la première fois que j'entends parler de cette histoire d'avortement. Disons que cela me paraît légèrement invraisemblable. Et un peu facile aussi. Comme vous le savez, il n'est guère possible de vérifier ce genre de choses, du moins sans l'accord de l'intéressée. Si chacun avait le droit de fourrer le nez dans le dossier médical de son voisin, il n'y aurait bientôt plus de vie privée. »

Roz regretta son emportement. Deedes était un type beaucoup plus ouvert que Crew et il n'avait pas mérité cette pique.

« Olive a seulement parlé d'avortement. C'est moi qui ai dit qu'elle avait un amant. Mais peut-être l'a-t-on violée. »

Il eut un geste dubitatif.

« J'ai peur qu'elle ne vous ait menée en bateau, Miss Leigh. Dès l'ouverture du procès, Olive Martin a dominé les débats. J'avais l'impression, et cela n'a pas changé, que c'était elle qui menait la danse, pas nous. »

Dawlington était une modeste banlieue située à l'est de Southampton, jadis simple village que l'irrésistible extension urbaine avait totalement absorbé. Malgré cela, elle conservait une sorte d'autonomie grâce à la frontière de macadam formée par la route nationale fortement encombrée, et il était facile de passer à côté sans l'apercevoir. Seule une vieille enseigne écaillée indiquant DAWLINGTON-DÉPÔT DE JOURNAUX avertit Roz qu'elle avait quitté une banlieue et pénétré dans une autre. Elle se rangea le long du trottoir, juste avant un croisement, et consulta la carte. Cela devait être la grand-rue et, à sa gauche — elle releva la tête, cherchant une plaque —, se trouvait Ainsley Street. Son doigt remonta lentement le fouillis de lignes enchevêtrées. « Allons bon, murmura-t-elle. Nom d'un chien, où ça peut se trouver ? Ah, je l'ai ! Leven Road. Première à droite, seconde à gauche. » Un coup d'œil au rétroviseur et elle s'élança dans la circulation, puis tourna à droite.

À peine avait-elle examiné, par la vitre de la voiture, la façade du numéro 22, que l'histoire d'Olive Martin lui sembla se charger de nouveaux mystères. Mr Crew avait déclaré que la maison était invendable. Elle s'était imaginé une vieille bâtisse tarabiscotée tout droit sortie d'un roman gothique et vouée, depuis la mort de Robert Martin voilà un an, à l'abandon et à la décrépitude en raison du drame horrible qui s'était déroulé dans la cuisine. À la place se dressait une maisonnette à l'aspect riant, fraîchement repeinte, avec aux fenêtres des jardinières où des géraniums rouges, blancs et roses inclinaient la tête. Qui, se demanda-t-elle, avait bien pu l'acheter? Qui avait eu assez de courage (ou de morbidité?) pour venir vivre au milieu des spectres de cette famille décimée? Elle vérifia une seconde fois l'adresse sur les coupures de presse qu'elle s'était procurées, le matin aux archives du canard local. Pas d'erreur. La photographie noir et blanc de « La maison de l'épouvante » montrait le même pavillon pimpant, mais sans les fleurs sur les rebords des fenêtres.

Elle descendit de voiture et traversa la rue. Son coup de sonnette ne recueillit qu'un silence tenace, et elle décida de tenter sa chance à la porte d'à côté. Une jeune femme lui répondit, un bambin ensommeillé cramponné à son cou.

« Oui?

— Bonjour. Je suis désolée de vous déranger. En fait, je désirais parler à vos voisins, mais il n'y a personne. Savez-vous à quelle heure ils rentrent? »

La jeune femme se cambra pour mieux supporter son fardeau et lui lança un regard inquisiteur.

« Il n'y a rien à voir, croyez-moi. Vous perdez votre temps.

— Pardon?

— Ils ont complètement démoli l'intérieur de la maison pour la refaire et la redécorer. Du très joli travail. Alors il n'y a rien à voir, ni taches de sang, ni fantômes, rien. » Elle pressa la tête de l'enfant contre son épaule en un geste maternel, protecteur, dont la tendresse contrastait avec l'hostilité de sa voix. « Et vous voulez que je vous dise? Vous devriez aller consulter un psychiatre. Dans cette société, les vrais malades, ce sont les gens comme vous! » Elle s'apprêtait à refermer la porte.

Roz leva les mains en un geste de capitulation. Elle lui sourit d'un air penaud.

« Je ne suis pas venue jouer les voyeurs. Je m'appelle Rosalind Leigh et je travaille pour l'avocat de feu Mr Martin. »

La jeune femme la considéra d'un air suspicieux.

« Ben voyons ! Comment s'appelle-t-il ?

— Peter Crew.

— Vous avez pu relever le nom dans le journal.

— J'ai une lettre de lui. Vous voulez que je vous la montre ? Cela vous prouvera que je suis bien ce que je dis.

— Si vous y tenez. »

Roz se hâta de récupérer son porte-documents dans le coffre, mais en revenant elle trouva porte close. Elle sonna plusieurs fois et attendit une dizaine de minutes. La jeune femme n'avait manifestement pas l'intention de répondre. D'une fenêtre de l'étage supérieur lui parvinrent les pleurs d'un bébé. Elle grimpa les quelques marches du perron et put distinguer les paroles réconfortantes de la mère. Tout en s'en voulant de sa maladresse, elle retourna dans la voiture afin de réfléchir à ce qu'elle allait faire.

Les coupures de journaux ne contenaient rien d'intéressant. Elle avait espéré des noms, d'amis, de voisins, voire de quelque vieille institutrice, qui lui auraient fourni des détails du quotidien. Mais la presse locale, tout comme la presse nationale, n'avait vu que l'aspect sensationnel de l'affaire et ne s'était guère souciée d'apporter des éléments concrets sur la vie d'Olive ou les motifs de son acte. Figuraient, de façon anonyme bien sûr, les habituelles déclarations de gens du quartier qui savaient que cela devait arriver, déclarations formulées en des termes si uniformément vagues que Roz se demanda si elles n'avaient pas été fabriquées de toutes pièces.

« Non, ça ne m'a pas surpris, affirmait l'un d'eux. Indigné, consterné, oui, mais pas surpris. C'était une fille bizarre, distante, toujours silencieuse. Tout le contraire de sa sœur. Ambre était jolie et pas renfermée. Nous l'aimions tous. »

« Ses parents lui trouvaient un caractère difficile. Elle ne voyait personne, n'avait pas d'amis. Par timidité, je suppose, à cause de sa corpulence, n'empêche qu'elle vous regardait d'une drôle de façon. »

Il est vrai qu'à part les crimes eux-mêmes, le reste n'offrait guère de quoi alimenter la chronique. La police n'avait pas eu à mener d'enquête : Olive l'avait avertie par téléphone, était passée aux aveux en présence de Crew et avait été aussitôt inculpée de meurtre. Comme elle avait plaidé coupable, les révélations croustillantes auxquelles auraient pu donner lieu de longs débats, l'évocation de fréquentations douteuses ou de complicités avaient totalement manqué et l'énoncé du verdict s'était réduit à un seul paragraphe au-dessous d'un gros titre : VINGT-CINQ ANS POUR UN DOUBLE MEURTRE. En fin de compte, l'histoire elle-même semblait avoir anesthésié toutes les plumes. Sur les cinq sacro-saintes questions, credo du journalisme : où ?, quand ?, comment ?, qui ?, pourquoi ?, les quatre premières avaient déjà largement trouvé une réponse. Tout le monde savait ce qui était arrivé, par qui, quand et comment. Mais personne, de toute évidence, ne savait pourquoi. Ni même, et là résidait le vrai mystère, ne se l'était réellement demandé. Quelques paroles acerbes pouvaient-elles suffire à mettre une jeune femme en colère au point qu'elle découpe sa famille en rondelles ?

Avec un soupir, Roz brancha l'auto-radio et glissa une cassette de Pavarotti. Pas de chance, se dit-elle, tandis que l'air de « Nessun dorma » envahissait la voiture, réveillant le douloureux souvenir d'un été qu'elle aurait préféré à jamais enseveli dans sa mémoire. Quel étrange pouvoir d'évocation possédait la musique ! À vrai dire, ils avaient pratiquement passé les semaines précédant leur séparation devant le poste de télévision, « Nessun dorma » ponctuant le début et la fin de leurs disputes. Elle se rappelait avec précision chacun des matches de la Coupe du monde de football. C'étaient à peu près les seuls moments d'accalmie au milieu de la tempête. Si seulement elle avait eu la force de mettre fin au supplice, au lieu de le prolonger jusqu'à l'issue finale !

Un rideau de tulle, à droite, au numéro 24, bougea derrière un macaron collé au beau milieu de la vitre, assurant que le quartier était placé sous surveillance. Précaution après coup, ou bien le rideau s'agitait-il aussi le jour où Olive avait joué du couteau à découper ? Deux garages séparaient les maisons, mais les occupants avaient très bien pu entendre quelque chose. *Olive Martin prit une hache, une hache, et en donna quarante coups à sa mère, à sa mère...* Le refrain stupide lui trotta dans la tête comme il n'avait cessé de le faire au cours des jours précédents.

Elle se remit à contempler le numéro 22, tout en surveillant du coin de l'œil le rideau de tulle. Il bougea de nouveau, tiré par une main invisible, et Roz fut prise d'une colère irraisonnée à l'égard de cet être à l'affût. Une sale pipelette qui n'avait rien à faire de ses dix doigts. Quelque vieille fille frustrée qui se soulageait dans le voyeurisme. Ou une épouse accablante et accablée cherchant la faute partout. Et, soudain, ce fut l'étincelle, comme un aiguillage qui pivote, lançant ses pensées sur une nouvelle voie. Une pipelette, bien sûr, voilà ce qu'il lui fallait. Comment n'y avait-elle pas songé plus tôt? Vraiment, elle commençait à s'inquiéter elle-même. Elle vivait trop dans une sorte de brouillard, uniquement attentive aux bribes du passé qui résonnaient de façon absurde dans sa mémoire.

Un vieillard frêle ouvrit la porte, petit, ratatiné, les épaules voûtées et la peau diaphane.

« Entrez, entrez, dit-il en s'effaçant pour laisser passer Roz. Je vous ai entendue parler à Mrs Blair. Elle ne vous dira rien et, quand bien même, cela ne vous avancerait pas à grand-chose. Ils sont arrivés il y a tout juste quatre ans, alors qu'ils avaient déjà mis le premier en route. Ils ne connaissaient pas la famille, je crois même qu'ils n'ont jamais adressé la parole à ce pauvre Bob. Y a pas à dire. Pour ça, elle a du toupet. Comme tous les jeunes de maintenant. Ils voudraient avoir tout pour rien. » Il précéda Roz dans le salon tout en continuant à grommeler. « Se plaignent de vivre dans un bocal en oubliant que, s'ils ont eu la maison pour une bouchée de pain, c'est justement parce que c'est un bocal. Ted et Dorothy Clarke leur en ont pratiquement fait cadeau vu qu'ils ne supportaient plus d'être là. Y a pas à dire. Des ingrats et voilà tout! Est-ce que je me plains, moi qui ai toujours vécu dans cet endroit? Pas le choix, hein? Il faut bien s'en arranger. Asseyez-vous, asseyez-vous.

— Merci.

— Alors ainsi, vous venez de la part de Mr Crew? Ils ont retrouvé l'enfant? »

Il braqua sur elle des yeux d'un bleu déconcertant.

Roz le dévisagea à son tour, son cerveau fonctionnant à plein régime.

« J'ignore où ils en sont, répondit-elle prudemment. Ce n'est pas de mon ressort. Je m'occupe du dossier d'Olive. Mr Crew la représente toujours, vous le saviez ?

— Qu'est-ce que ça change ? » Déçu, il laissa son regard vagabonder dans la pièce.

« Cette pauvre petite Ambre. Ils n'auraient jamais dû la forcer à l'abandonner. Je leur avais bien dit que ça ferait du vilain. »

Roz resta silencieuse, les yeux fixés sur le tapis râpé.

« Mais, naturellement, les gens ne vous écoutent pas, reprit-il, la mine renfrognée. On essaie de les aider et ils vous envoient sur les roses. Y a pas à dire. Je me doutais de ce qui arriverait. » Il sombra dans un silence amer.

« Vous parliez de l'enfant », dit enfin Roz. Le vieux la regarda avec curiosité.

« Si on l'avait retrouvé, son gamin, vous le sauriez. »

C'était donc un garçon.

« Certainement.

— Bob a agi au mieux, mais il y a des règles pour ce genre de choses. Ils avaient signé des papiers comme quoi ils renonçaient à tous leurs droits sur lui. On aurait pu penser que, pour l'argent, ça ne serait pas pareil, mais allez donc discuter avec l'État. Y a pas à dire. Une jolie bande de voleurs ! »

Roz essaya de se repérer dans ce galimatias. Voulait-il parler de l'héritage de Mr Martin ? L'enfant, celui d'Ambre, était-il le bénéficiaire ? Feignant de chercher un mouchoir, elle ouvrit son sac et mit discrètement le magnétophone en marche. La conversation ne s'annonçait pas de tout repos.

« Vous pensez, risqua-t-elle, que l'État va empocher l'argent ?

— Et comment ! »

Elle acquiesça docilement. « Pour les braves gens, la vie n'est pas toujours facile.

— Vous voulez dire jamais. De sacrés voleurs, oui ! Ils vous prendraient jusqu'au dernier sou. Et tout ça pour quoi ? Pour permettre à un tas de fainéants de se reproduire comme des lapins. De quoi vous dégoûter. Il y a une femme, dans la cité HLM, avec cinq marmots. Tous de père différent. Eh bien, croyez-moi, ils ne valent pas cher !

Vous trouvez qu'on a besoin de ça dans ce pays ? Des bons à rien, sans une once de jugeote. À quoi ça rime d'encourager une bonne femme pareille ? Y a pas à dire. On devrait la stériliser, le problème serait résolu.

— Vous avez probablement raison, répondit-elle, craignant de se fourvoyer et encore plus de le contredire.

— Bien sûr que j'ai raison ! Ainsi, on n'en entendrait plus parler. Avant même de s'inscrire au chômage, elle aurait crevé de faim et sa progéniture avec. Et personne s'en plaindrait. Croyez-moi, dans ce monde, ce sont les plus aptes qui survivent. Y a pas une autre espèce qui s'embarrasserait de mauvaise graine, et en tout cas pas une qui paierait de la mauvaise graine pour produire de la mauvaise graine. De quoi vous dégoûter. Combien d'enfants avez-vous ? »

Roz esquissa un sourire.

« Aucun, malheureusement. Je ne suis pas mariée.

— Vous voyez ? » Il se racla bruyamment la gorge. « De quoi vous dégoûter, oui. Y a pas à dire. Ce sont les personnes convenables comme vous qui devraient en avoir.

— Et vous-même, vous en avez, Mr... » Elle fit mine de chercher dans son agenda.

« Hayes. Mr Hayes. Deux fils. De braves garçons. Bien sûr, ils sont grands, maintenant. Et une seule et unique petite-fille, ajouta-t-il avec morosité. Ce n'est pas juste. J'ai beau leur dire qu'ils devraient songer à assurer leur descendance, c'est comme si, pardonnez-moi, je pissais dans un violon. »

Son visage se plissa en une expression irritée qui devait lui être coutumière. Manifestement, son obsession avait des racines profondes.

Roz résolut de se lancer, consciente qu'il allait continuer à égrener les petites phrases comme on récite un chapelet.

« Vous êtes quelqu'un de très avisé, Mr Hayes. Comment saviez-vous que le fait d'obliger Ambre à abandonner son fils provoquerait des problèmes ?

— Parbleu. Elle le regretterait forcément un jour ou l'autre. C'est toujours pareil, pas vrai ? Il suffit de jeter quelque chose pour en avoir besoin la minute suivante.

Sauf qu'alors, c'est trop tard. C'est parti. Tenez, ma femme, tout ce qui ne servait pas, il fallait qu'elle le flanque à la poubelle : pots de peinture, vieux tapis, et deux ans plus tard, pof, voilà qu'il y avait quelque chose à bricoler. Alors, je garde tout. Y a pas à dire. Je connais la valeur des choses.

— Ainsi, avant les meurtres, Mr Martin ne se souciait guère de son petit-fils ? »

Mr Hayes se frotta le bout du nez.

« Qui vous a dit ça ? Bob, il gardait ses idées pour lui. C'est Gwen qui tenait à s'en débarrasser. Elle ne voulait pas l'avoir à la maison. Remarquez, ça se comprend. Ambre était tellement jeune.

— Quel âge avait-elle ? »

Il fronça les sourcils. « Je croyais que Mr Crew savait tout ça. »

Roz le gratifia d'un sourire.

« Naturellement, mais, je vous le répète, ce n'est pas mon rayon. Cela m'intéresse, voilà tout. Une histoire si tragique...

— Comme vous dites ! Elle avait treize ans, poursuivit-il d'un ton morose. La pauvre. Elle était ignorante comme tout. Sûrement un garnement de l'école... » Il indiqua d'un signe de tête l'arrière de la maison.

« Le collège de Parkway...

— C'est là qu'allaient Ambre et Olive ?

— Oh ça ! fit-il, une lueur d'ironie dans son regard las, Gwen n'aurait jamais voulu. Elle les a collées au couvent, l'établissement chic, où elles ont appris leurs tables de multiplications et rien sur la vie.

— Pourquoi Ambre n'a-t-elle pas avorté ? Ses parents étaient catholiques ? » Elle repensa à Olive et aux fœtus qu'on aspire.

« Ils ne se doutaient pas qu'elle était enceinte, pardi. Ils croyaient qu'elle avait un peu grossi, comme ça se produit à l'adolescence. » Il poussa soudain un gloussement. « Voilà qu'ils l'envoient à l'hôpital en croyant à une appendicite et qu'est-ce qu'ils découvrent, un joli petit polichinelle. Ils l'ont embarqué, lui aussi. Jamais vu un secret mieux gardé. Mêmes les bonnes sœurs n'en ont rien su.

— Mais vous, si, enchaîna Roz aussitôt.

— C'est la patronne qui a deviné, dit-il avec des yeux de hibou. Ça se voyait qu'il s'était passé quelque chose, et pas simplement une appendicite. Ce jour-là, Gwen n'a pas décoléré de la soirée et Jeannie n'a pas eu besoin de réfléchir longtemps. N'empêche qu'on l'a bouclée. Cette gamine, il n'y avait pas de raison de lui rendre la vie encore plus difficile. Ce n'était pas sa faute, après tout. »

Roz se livra à un rapide calcul mental. Ambre avait deux ans de moins qu'Olive, ce qui lui aurait fait vingt-six ans.

« Son fils a maintenant treize ans et devrait hériter d'un demi-million de livres. Je me demande pourquoi Mr Crew n'arrive pas à le retrouver. Il doit bien exister un dossier.

— Il paraît qu'ils l'ont localisé. » Le vieil homme fit grincer son dentier. « C'est sûrement du vent : Brown, Australie, lâcha-t-il avec une moue dégoûtée, comme si cela voulait tout dire. Je vous demande un peu ! »

Roz se contenta de cette déclaration quelque peu énigmatique. Elle aurait bien le temps d'y revenir, sans avoir à avouer une nouvelle fois son ignorance.

« Parlez-moi d'Olive. Quand vous avez appris ce qu'elle avait fait, avez-vous été étonné ?

— Je la connaissais très peu. » Il émit un bruit de succion. « Et d'abord, jeune femme, quand des gens que vous voyez tous les jours sont réduits en chair à pâté, ça ne vous étonne pas, ça vous rend malade. C'est ce qui est arrivé à Jeannie. Après, elle n'a plus été la même. Elle est morte deux ans plus tard.

— Je suis désolée. »

Il hocha la tête, mais c'était manifestement une plaie ancienne depuis longtemps cicatrisée.

« Je la voyais aller et venir, la gamine, mais elle n'était pas causante. Question de timidité, je suppose.

— À cause de son physique ? »

Il pinça les lèvres pensivement.

« Peut-être bien. D'après Jeannie, ça la tourmentait, mais j'ai connu des filles bien en chair qui étaient les reines des soirées où elles allaient. Je dirais plutôt que c'était sa nature d'être taciturne. Elle ne riait pas souvent. Elle n'avait aucun sens de l'humour. Y a pas à dire. Ça n'aide pas à se faire des amis.

— Et Ambre en avait ?

— Oh oui ! Elle avait beaucoup de succès. C'était une jolie fille.

— Olive était jalouse ?

— Jalouse ? répondit Hayes l'air surpris. Je n'y avais jamais pensé. Croyez-moi, elles semblaient très attachées l'une à l'autre.

— Dans ce cas, objecta Roz sans dissimuler sa perplexité, pourquoi Olive l'a-t-elle tuée ? Et pourquoi a-t-elle mutilé les corps ? C'est incompréhensible. »

Hayes lui jeta un regard suspicieux.

« Puisque vous la représentez, vous devriez le savoir mieux que personne.

— Elle refuse d'en parler.

— Alors », fit-il en se tournant vers la fenêtre.

Alors quoi ?

« Avez-vous une idée ?

— D'après Jeannie, c'étaient les hormones.

— Les hormones ? répéta-t-elle, ébahie. Quelles hormones ? »

Il parut gêné.

« Vous savez bien, tous les mois... »

Il appartenait à une génération où l'on ne parlait jamais de règles ni de menstruation et Roz ne jugea pas utile d'insister.

« Mr Martin ne vous a jamais dit ce qu'il en pensait ? »

Il secoua la tête.

« L'occasion ne s'est pas présentée. Y a pas à dire. Après ça, on ne le voyait presque plus. Une fois ou deux, il a fait allusion à son testament, et à l'enfant... il ne pensait plus qu'à ça. » Il se racla à nouveau la gorge. « Il restait enfermé chez lui, voyez-vous. Il ne voulait plus recevoir personne, même pas les Clarke. Et pourtant, à une époque, Ted et lui étaient comme des frères. » Il fit la grimace. « Notez que c'est la faute de Ted. Il s'est disputé avec Bob pour Dieu sait quoi et il n'y a plus remis les pieds. Les autres ont suivi, comme toujours. M'est avis qu'à la fin, j'étais à peu près le seul ami qui lui restait. C'est moi qui ai prévenu, en voyant toutes les bouteilles devant la porte.

— Mais pourquoi n'est-il pas parti ? Avec tout l'argent

qu'il avait, il aurait aussi bien pu brader sa maison. Un être normal serait allé n'importe où plutôt que de demeurer au milieu de tels souvenirs.

— Jamais compris non plus, murmura-t-il comme pour lui-même. Peut-être qu'il préférait ne pas quitter ses amis.

— Vous m'avez dit que les Clarke avaient déménagé. Pour aller où ? »

Il secoua la tête.

« Aucune idée. Ils ont décampé un beau matin, sans même dire au revoir. Trois jours plus tard, un camion de déménagement a embarqué les meubles et la maison est restée vide pendant près d'un an, jusqu'à ce que les Blair la rachètent. Jamais eu de nouvelles depuis. Aucune adresse. Rien. Y a pas à dire. On s'entendait bien tous les six, et maintenant il n'y a plus que moi. C'est curieux, non ? »

Plutôt ! se dit Roz.

« Vous souvenez-vous du nom de l'agence qui a vendu la maison ?

— Peterson, mais vous ne tirerez rien de ces gens-là. Des butors, qui se prennent pour le bon Dieu en personne. Comme j'étais allé voir ce qui se passait, ils m'ont dit de m'occuper de mes oignons. On est libre, non, je leur ai répondu, rien n'interdit à un homme de s'informer de ses amis. Oh, mais pas du tout, ils avaient des directives, des consignes de discrétion et tout le tremblement. Y a pas à dire. Ça ne me surprendrait pas si c'était de moi que les Clarke avaient voulu se débarrasser. Plus que de Bob, je leur ai fait, ou des fantômes des deux autres. Ils ont menacé de me poursuivre si je ne tenais pas ma langue. Et vous savez à qui j'en veux ? Le syndicat des agents immobiliers, si ça existe, ce qui m'étonnerait... »

Il continua à maugréer, comme pour se soulager d'un trop-plein d'amertume. Roz en fut peinée.

« Vos fils viennent souvent vous voir ? demanda-t-elle à la faveur d'une pause.

— De temps à autre.

— Quel âge ont-ils ?

— Dans les quarante, répondit-il après un moment de réflexion.

— Que pensaient-ils d'Olive et d'Ambre ? »

Il se frotta à nouveau le nez, qu'il tortilla de droite et de gauche.

« Rien du tout. Elles n'avaient pas dix ans quand ils ont quitté la maison.

— Ils n'ont jamais fait de baby-sitting ou ce genre de choses ?

— Mes garçons, du baby-sitting ? Vous ne demanderiez pas ça si vous les connaissiez ! »

Le regard mouillé, il indiqua d'un signe de tête le buffet couvert de photographies représentant deux jeunes hommes en uniforme.

« De bons petits gars. Des soldats. » Il bomba la poitrine. « Ils se sont engagés dans l'armée, comme je le leur avais conseillé. Sauf que, maintenant, ils se retrouvent au chômage, eux et les trois quarts de leur fichu régiment. Si c'est pas malheureux. Quand je pense qu'entre eux et moi, on aura servi près de cinquante ans la reine et le pays. Vous ai-je dit que j'étais dans le désert durant la guerre ? » Il promena dans la pièce un regard rêveur. « Il doit y avoir une photo de Churchill et de Monty en Jeep. Ils en donnaient une à tous ceux qui étaient envoyés là-bas. Ça doit bien valoir quelques sous aujourd'hui. Bon sang, où est-elle passée ? »

Il devenait agité. Roz ramassa son porte-documents.

« Inutile de la chercher pour l'instant, Mr Hayes. La prochaine fois, peut-être.

— Vous reviendrez ?

— Si cela ne vous dérange pas. » Elle tira une carte de visite de son sac et en profita pour arrêter le magnétophone. « Voilà mon nom et mon téléphone. Rosalind Leigh. C'est un numéro à Londres, je serai souvent par ici durant les prochaines semaines, aussi n'hésitez pas à m'appeler si vous avez envie de bavarder un peu », acheva-t-elle avec un sourire encourageant.

Il la regarda, étonné.

« Bavarder. Bonté divine ! Une demoiselle comme vous a sûrement mieux à faire de ses journées. »

Exact, pensa-t-elle, mais j'ai aussi besoin de renseignements. Son sourire était aussi faux que celui de Peter Crew.

« Alors à bientôt, Mr Hayes. »

Il s'extirpa gauchement de son fauteuil et lui tendit une main parcheminée.

« Ravi d'avoir fait votre connaissance, Miss Leigh. Y a pas à dire. Un vieillard a rarement la chance de voir une aussi charmante jeune femme s'intéresser à lui. »

Il avait dit cela avec une telle sincérité qu'elle eut honte de son cynisme. Pourquoi fallait-il que la vie soit si cruelle ?

4

Pour trouver l'école religieuse, Roz dut demander l'aide d'un policier.

« Sans doute St Angela, lui répondit-il. À gauche au feu et encore à gauche. Un grand bâtiment en brique rouge un peu en retrait de la route. Vous ne pouvez pas le rater. C'est le seul édifice encore digne de ce nom dans le coin. »

St Angela dressait sa robuste splendeur victorienne au milieu d'un bric-à-brac de béton gangrené, hommage à l'éducation qu'aucun préfabriqué moderne ne saurait jamais égaler. En pénétrant par l'entrée principale, Roz éprouva un sentiment familier, car elle avait elle aussi fréquenté ce genre d'endroit. Des portes vitrées lui laissèrent entrevoir des rangées de tables, des tableaux noirs, des étagères chargées de livres, des jeunes filles en blouse bien propre. Un lieu paisible et studieux où les parents pouvaient encore influer sur les études de leurs enfants en menaçant de les inscrire ailleurs et de cesser de payer. Et, comme dans chaque établissement où ils conservaient ce droit, régnaient la discipline, l'organisation, l'efficacité. Par une fenêtre, elle jeta un coup d'œil discret à ce qui devait être la bibliothèque. Pas étonnant que Gwen Martin ait tenu à y envoyer ses filles. Elle aurait parié que le collège de Parkway était une vraie pétaudière, où l'on se contentait d'enseigner l'anglais, l'histoire et la géographie, où l'orthographe constituait un anachronisme, le français une curiosité, le latin une langue inconnue et les sciences un vague bavardage sur le principe d'Archimède...

« Puis-je vous aider ? »

Elle se tourna, le sourire aux lèvres.

« Je l'espère. »

Une femme élégante approchant la soixantaine se tenait devant une porte marquée « Secrétariat ».

« Êtes-vous la mère d'une future élève ?

— Hélas non. C'est une belle école. Mais je n'ai pas d'enfants, expliqua-t-elle pour répondre au regard intrigué de son interlocutrice.

— Dans ce cas, que puis-je faire pour vous ? »

Roz sortit une de ses cartes.

« Je m'appelle Rosalind Leigh. Me serait-il possible de parler à la directrice ?

— Maintenant ?

— Oui, si elle n'est pas occupée. Sinon, je peux prendre rendez-vous et revenir plus tard. »

La femme prit la carte et la lut avec soin.

« Est-il indiscret de vous demander ce que vous lui voulez ?

— J'aurais aimé lui poser quelques questions générales sur l'école et le genre de filles qui la fréquentent.

— Ne seriez-vous pas, par hasard, l'auteur d'*À travers le miroir ?* »

Roz hocha la tête. *À travers le miroir*, son dernier livre, et de loin le meilleur, avait fait un bon score et obtenu d'excellentes critiques. C'était une étude des diverses perceptions de la beauté féminine à travers les âges, et elle en était encore à se demander où elle avait trouvé l'énergie de l'écrire. L'enthousiasme, sans doute, car le sujet l'avait passionnée.

« Je l'ai lu, déclara l'autre avec un sourire. Même si je ne suis guère d'accord avec vos conclusions, j'avoue que cela forçait à penser, et c'est peu dire. Vous avez une jolie plume, mais vous le savez sûrement. »

Roz se mit à rire. Son interlocutrice lui parut d'emblée sympathique.

« Au moins, vous êtes franche. »

La femme consulta sa montre.

« Venez dans mon bureau. Je dois voir des parents dans

une demi-heure, mais, jusque-là, je serai enchantée de pouvoir répondre à vos questions. Par ici. »

Elle ouvrit la porte du secrétariat et conduisit Roz dans un bureau attenant.

« Asseyez-vous. Café ?

— Avec plaisir. »

Roz s'installa sur la chaise qu'elle lui indiquait et la regarda prendre une bouilloire et des tasses.

« Êtes-vous la directrice ?

— Oui.

— De mon temps, c'étaient toujours des religieuses.

— Ainsi, vous avez fait vos études dans une de nos écoles ? Je me disais aussi. Lait ?

— Ni lait, ni sucre, merci. »

Elle posa une tasse fumante sur le bureau, devant Roz, et s'assit en face d'elle.

« En fait, je suis moi-même une religieuse. Sœur Bridget. Notre ordre a abandonné le port de l'habit depuis déjà un certain temps. Il nous semblait que cela créait une barrière artificielle entre le reste de la société et nous. »

Elle laissa échapper un gloussement.

« J'ignore à quoi cela tient, mais il suffit que les gens nous voient habillées en religieuses pour qu'ils se mettent à nous éviter. Je suppose qu'ils se sentent obligés de se conduire le mieux possible. C'est très frustrant. Cela rend souvent les conversations extrêmement guindées. »

Roz croisa les jambes, adoptant une position détendue. À son insu, son regard la trahissait. Il reflétait cette cordialité et ce sens de l'humour qui, un an plus tôt, constituaient les traits les plus évidents de sa personnalité. Le pouvoir de corrosion de l'amertume avait, semble-t-il, ses limites.

« La culpabilité, sans doute, dit-elle. On surveille sa langue pour ne pas s'attirer le sermon que l'on sait avoir mérité. » Elle avala une gorgée de café.

« Comment avez-vous deviné que j'avais fréquenté une école religieuse ?

— En lisant votre livre. Vous sembliez avoir une dent contre les religions officielles. J'en ai déduit que vous étiez une déçue du judaïsme ou du catholicisme. Il est plus facile de se sortir du protestantisme, moins oppressif au premier abord.

— En fait, je n'étais une déçue de rien du tout lorsque j'ai écrit *À travers le miroir*, répondit doucement Roz. J'avais encore la foi.

— Mais plus maintenant, compléta sœur Bridget.

— Non. Dieu m'a abandonnée. » Elle eut un léger sourire devant le regard de compréhension de son interlocutrice. « Vous avez vu ça dans la presse. Je ne vous complimente pas pour vos lectures.

— Je suis une éducatrice, ma chère. Je lis ce qui se publie. » Elle ne baissa pas les yeux, ne montra aucune gêne, ce dont Roz lui fut reconnaissante. « Oui, je l'ai lu dans les journaux et j'en aurais voulu à Dieu moi aussi. Il vous a traitée très durement. »

Roz hocha la tête.

« Si je me souviens bien, dit-elle, pour en revenir à mon livre, un seul chapitre parlait de religion. Pourquoi mes conclusions vous ont-elles paru si difficiles à accepter ?

— Parce qu'elles découlaient toutes d'un même postulat. N'acceptant pas le postulat, comment aurais-je pu approuver les conclusions ? »

Roz plissa le front.

« Quel postulat ?

— Que la beauté est une pure apparence.

— Et d'après vous, cela n'est pas vrai ? interrogea Roz, éberluée.

— Pas en règle générale.

— J'en reste sans voix. Vous, une religieuse ?

— Cela n'a rien à voir. Je n'en ai pas moins acquis une certaine expérience. »

C'était comme un écho involontaire aux paroles d'Olive.

« Vous pensez vraiment que les gens beaux le sont aussi intérieurement ? Je me refuse à y croire. De la même façon, les gens laids ne seraient que laideur.

— Ne me faites pas dire ce que je n'ai pas dit, ma chère, protesta sœur Bridget d'un ton amusé. Je conteste seulement l'idée que la beauté ne serait qu'une qualité superficielle. » Elle prit sa tasse dans ses mains. « C'est une idée rassurante, bien sûr — ainsi, chacun peut avoir une bonne image de soi —, mais la beauté, tout comme la richesse, est un avantage moral. Les riches peuvent se permettre de respecter la loi, de faire preuve de bonté et de générosité. Les pauvres n'en ont guère les moyens. Même rendre service devient un problème quand on est sans le sou. »

Elle eut un petit sourire en coin. « La pauvreté n'est une vertu qu'à partir du moment où on l'a choisie.

— Je vous l'accorde volontiers, mais je ne saisis pas le lien entre la beauté et la richesse.

— La beauté protège des sentiments négatifs que suscitent le rejet et la solitude. Les gens beaux sont l'objet de louanges — et il en a toujours été ainsi, comme vous l'avez vous-même montré —, aussi ont-ils moins de raisons d'être rancuniers, jaloux, envieux de ce qu'ils possèdent déjà. S'ils sont fréquemment la cible de tels sentiments, il est rare qu'ils les éprouvent eux-mêmes. » Elle fit un geste vague. « Naturellement, on peut toujours trouver des exceptions — vous en citez un grand nombre dans votre ouvrage — mais, à ma connaissance, pour peu qu'une personne soit séduisante, cette séduction ne s'arrête pas à la surface. Quant à savoir laquelle vient en premier, de la beauté apparente ou de la beauté intérieure... Elles ont tendance à aller de pair.

— Ainsi, soyez riche et beau, et les portes du Paradis vous seront ouvertes ! lança Roz d'un ton sarcastique. De la part d'une catholique, voilà une théorie tout à fait révolutionnaire. Je pensais que Jésus avait prêché exactement le contraire. Entre autres, qu'il est plus facile à un chameau de passer par le trou d'une aiguille qu'à un homme riche d'entrer dans le royaume des cieux. »

Sœur Bridget éclata d'un rire jovial.

« Je vois que vous êtes allée à bonne école. » Elle se mit à tourner machinalement son café avec son stylo. « Oui, c'est ce qu'il a dit. Mais replacez ces paroles dans leur contexte et vous verrez, je pense, qu'elles corroborent mon point de vue plus qu'elles ne le contredisent. Si vous vous en souvenez, un jeune homme riche Lui a demandé comment il pourrait gagner la vie éternelle. Jésus lui a répondu : “Tu n'as qu'à suivre les commandements.” Le jeune homme a alors demandé : “Je les suis depuis mon enfance, que puis-je faire de plus ?” Et Jésus a répondu : “Si tu veux être parfait” — j'insiste sur ce mot — “vends tout ce que tu as, distribue l'argent aux pauvres et viens avec moi". Sur ce, le jeune homme est reparti en se lamentant car il possédait beaucoup de biens et ne pouvait se résoudre à les vendre. C'est alors que Jésus s'est servi de cette image du chameau passant par le trou d'une aiguille. » Elle suçota l'extrémité de son stylo. « Pour être juste, j'ai toujours pensé que vendre ses biens aurait signifié pour ce jeune homme vendre les maisons et les fermes avec les métayers et les serviteurs qu'elles contenaient, ce qui n'aurait pas été sans lui poser un grave problème moral. Mais ce que, selon moi, voulait dire Jésus, c'est : "Très bien, tu as agi en homme bon, mais si tu veux savoir jusqu'où va ta bonté, réduis-toi à la plus abjecte pauvreté. La perfection, c'est de venir avec moi et d'observer les commandements quand on est si pauvre que mentir et voler devient la seule façon de vivre jusqu'au lendemain — un idéal inaccessible." » Elle but une gorgée de café. « Naturellement, je peux me tromper, ajouta-t-elle, une lueur dans les yeux.

— Ma foi, je ne me risquerais pas à polémiquer avec vous sur ce terrain, déclara Roz tout à trac. J'aurais bien trop peur d'y laisser des plumes. J'avoue que votre point de vue est assez troublant, mais que dire des travers qui accompagnent souvent la beauté, tels que l'arrogance et la vanité ? Et comment expliquez-vous que certains des êtres les plus gentils que je connaisse ne puissent en aucune manière, même avec des trésors d'imagination, être qualifiés de beaux ? »

Sœur Bridget se remit à rire.

« Vous déformez mes propos. Je n'ai jamais dit qu'il fallait être beau pour être gentil. Je discutais seulement votre assertion selon laquelle les gens beaux ne seraient pas gentils. L'un n'exclut pas l'autre. À mon avis, ils se confondraient même la plupart du temps. Au risque de me répéter, ils peuvent se le permettre.

— Nous voilà donc revenues à ma première question. Pour autant, peut-on dire que les gens laids sont rarement gentils ?

— Pas plus qu'on ne peut dire qu'ils sont invariablement méchants. C'est seulement plus difficile pour eux. » Elle inclina la tête sur le côté. « Prenons l'exemple d'Ambre et d'Olive. Après tout, c'est pour cela que vous êtes venue me voir. Ambre menait une vie attrayante. Je n'ai jamais rencontré d'enfant plus charmante ni plus sociable. Tout le monde l'adorait. Olive, en revanche, était universellement détestée. Elle n'avait pas grand-chose pour elle. Elle était cupide, sournoise et souvent cruelle. Moi-même, je ne pouvais pas m'empêcher de la trouver antipathique. »

Roz ne prit pas la peine de dissimuler son intérêt. Aussi bien avait-elle été captivée depuis le début par la conversation.

« Et vous avez essayé de savoir à quel point cette antipathie était justifiée. Avez-vous trouvé ? N'avait-elle rien d'attachant ?

— Cela n'a pas été facile, du moins jusqu'à l'arrivée d'Ambre à l'école. Olive possédait au moins cette qualité d'aimer sa sœur sans réserve ni égoïsme. C'était vraiment touchant. Elle veillait sur Ambre comme une mère poule, se sacrifiant sans cesse pour l'aider. Je n'avais jamais vu une telle affection entre deux sœurs.

— Dans ce cas, pourquoi l'a-t-elle tuée ?

— Oui, pourquoi ? Il serait bien temps de se poser la question. »

Sœur Bridget pianota sur son bureau avec impatience. « Je lui rends visite quand je peux. Elle ne veut rien me dire, et la seule explication que je vois est que son amour, véritablement obsessionnel, s'est changé en une haine tout aussi obsessionnelle. L'avez-vous rencontrée ? »

Roz hocha la tête.

« Quelle est votre opinion ?

— Elle est intelligente.

— C'est vrai. Elle aurait pu s'inscrire à l'université si la directrice d'alors avait seulement insisté auprès de sa mère. Je n'étais encore que simple professeur, précisa-t-elle avec un soupir. Mrs Martin était une femme têtue et Olive lui obéissait quasiment au doigt et à l'œil. Nous n'avions aucun moyen de la faire changer d'avis. Les deux filles ont quitté l'école ensemble, Olive avec une mention très bien et Ambre une mention passable. » Elle poussa un nouveau soupir. « Pauvre Olive. Elle est entrée comme caissière dans un supermarché, tandis qu'Ambre, me semble-t-il, a essayé la coiffure.

— Quel supermarché ?

— Pettit's, dans la rue principale. Mais il a fermé. À la place s'est installé un marchand de vins.

— Est-ce qu'elle n'était pas employée à la Sécurité sociale au moment des meurtres ?

— Oui, je crois même qu'elle s'en tirait très bien. C'est sa mère qui l'avait placée là, naturellement. » Sœur Bridget réfléchit un instant. « C'est drôle. Environ une semaine avant, je l'ai croisée par hasard. J'étais ravie de la voir. Elle paraissait — elle marqua un temps d'arrêt — heureuse. Oui, heureuse, c'est le mot. »

Roz s'efforça de rassembler ses idées. Tant de choses dans cette histoire semblaient incohérentes.

« Elle s'entendait bien avec sa mère ? finit-elle par demander.

— Je l'ignore. Il m'a toujours semblé qu'elle préférait son père. Naturellement, c'est Mrs Martin qui portait la culotte. Elle prenait toutes les décisions. Elle était très autoritaire, mais je ne me souviens pas qu'Olive ait jamais fait allusion à une dispute entre elles. Ce n'était d'ailleurs pas le genre de femme à supporter la contradiction. Toujours très polie. Elle donnait l'impression de peser chacune de ses paroles comme si elle craignait d'en dire trop. » Sœur Bridget secoua la tête. « Mais je n'ai jamais réussi à savoir ce qu'elle avait à cacher. »

On frappa à la porte de séparation avec la pièce voisine et une femme passa la tête par l'embrasure.

« Mr et Mrs Barker vous attendent, ma sœur. Pouvez-vous les recevoir ?

— Dans deux minutes, Betty. »

Puis, se tournant avec un sourire vers Roz :

« Désolée. J'ai bien peur de ne pas vous avoir été très utile. À l'école, Olive avait une amie. Pas une amie au sens habituel du terme, mais une fille à qui elle parlait plus volontiers qu'aux autres. Elle s'est mariée et s'appelle maintenant Wright, Geraldine Wright. Elle vit à Wooling, un bourg à une dizaine de kilomètres d'ici. Si elle accepte de vous recevoir, je suis sûre qu'elle vous en apprendra bien plus que je ne pourrais le faire. Elle habite une maison appelée Les Chênes. »

Roz nota ces détails dans son carnet.

« Vous m'attendiez, ou est-ce que je me trompe ?

— Olive m'a montré votre lettre lors de ma dernière visite. »

Roz se leva, prit son porte-documents et son sac. Elle considéra son interlocutrice d'un air pensif.

« Je suis peut-être uniquement capable d'écrire un livre sans pitié.

— Je ne le pense pas.

— Moi non plus. » Elle s'arrêta sur le pas de la porte. « Cela m'a fait plaisir de vous rencontrer.

— Alors revenez me voir pour me dire comment vous vous en sortez. »

Roz hocha la tête.

« Je suppose qu'il ne fait aucun doute qu'elle les a tuées ?

— Sincèrement, je n'en sais rien. Bien sûr, dit lentement sœur Bridget, je me le suis souvent demandé. Il est difficile d'admettre des faits aussi abominables. » Puis en guise de conclusion, elle ajouta : « Soyez prudente, ma chère. Ce qu'il y a de certain, c'est qu'Olive ment comme elle respire. »

Roz releva dans ses coupures de presse le nom de l'inspecteur qui avait procédé à l'arrestation et s'arrêta au commissariat de police sur le chemin du retour.

« Je désirerais parler au sergent Hawksley, dit-elle au jeune agent assis derrière le comptoir. En 1987, il travaillait dans cette circonscription. »

Le policier secoua la tête.

« Voilà un an qu'il nous a plaqués — dix-huit mois pour être exact. » Il se pencha, les coudes étalés sur la table, et lança à Roz un regard admiratif. « Mais je veux bien le remplacer. »

Roz ne put s'empêcher de sourire.

« Pourriez-vous me dire ce qu'il est devenu ?

— Bien sûr. Il a ouvert un restaurant dans Wenceslas Street. Il habite l'appartement au-dessus.

— Et où se trouve Wenceslas Street ?

— Pour ça..., répondit le policier en se frottant énergiquement la joue, le plus simple serait encore d'aller vous balader une demi-heure, jusqu'à ce que j'aie fini mon service. Je vous y conduirai.

— Et que dira votre fiancée ? répliqua Roz en riant.

— Elle va me massacrer. Elle a une langue comme une tronçonneuse. » Il lui lança un clin d'œil. « Mais on n'est pas forcés de lui dire.

— Désolée, beau masque. Je suis mariée à une brute qui déteste les flics presque autant que les gigolos. »

Le jeune homme sourit largement : « À gauche en sortant. Wenceslas Street est à un peu plus d'un kilomètre sur la gauche. Il y a une boutique vide au coin. Le restaurant du sergent est juste à côté. Ça s'appelle Le Pique-Assiette. » Il tapota la table avec son stylo. « Vous comptez y manger ?

— Non, répondit-elle. Deux ou trois questions à poser et je repars tout de suite. »

Il approuva d'un signe de tête.

« Vous avez bien raison. Le sergent n'a rien d'un cordon bleu. Il aurait mieux fait de rester dans la police. »

Il lui fallait passer devant le restaurant pour rejoindre la route de Londres. Elle alla se garer, sans grande conviction, sur le parking désert. Elle se sentait fatiguée. De plus, elle n'avait pas prévu de parler immédiatement à Hawksley et le badinage du jeune flic l'avait déprimée parce qu'il n'avait suscité en elle que de l'indifférence.

Le Pique-Assiette était une élégante construction en brique, séparée de la route par un parking. Des baies vitrées s'étendaient de chaque côté d'une solide porte en chêne, tandis que des glycines chargées de fleurs en bouton couraient allégrement le long de la façade. Comme l'école St Angela, le bâtiment contrastait étrangement avec le reste du quartier. Les deux boutiques situées de part et d'autre, manifestement abandonnées, la vitrine constellée d'autocollants, exhibaient des matériaux vétustes datant de l'après-guerre, sans égard pour la beauté au charme suranné de leur voisin. Pis encore, derrière la façade de brique rouge, un conseil municipal peu exigeant avait autorisé au précédent propriétaire une élévation de deux étages dont la masse de béton recouverte de crépi moucheté surplombait le toit de tuile du restaurant, le noyant dans l'ombre. On avait bien tenté d'orienter la glycine le long du faîtage, mais les jeunes rameaux, privés de lumière par ce géant dressé sur leur droite, montraient peu d'empressement à dissimuler le triste édifice.

Roz poussa la porte et entra. L'endroit était sombre et désert. Des tables vides dans une salle vide, songea-t-elle avec découragement. À l'image de sa propre existence. Elle allait appeler mais elle se ravisa. Il régnait un tel calme, et elle n'était pas pressée. Elle se dirigea à pas feutrés vers un bar dans un coin et s'assit sur un tabouret. Une odeur de cuisine à l'ail flottait dans l'air, alléchante, qui lui rappela qu'elle n'avait rien pris de la journée. Elle attendit un long moment, sans un mot ni un geste, comme une intruse dans le silence d'une autre vie. Elle s'apprêtait à repartir comme elle était venue, mais l'atmosphère était étrangement reposante. Roz laissa tomber sa tête entre ses mains. Le désespoir, son fidèle compagnon, l'enveloppa à nouveau, lui inspirant des visions de mort. Un jour, oui, elle finirait par le faire. Somnifères ou voiture. Plutôt la voiture, comme toujours. Seule, un soir de pluie. Ce serait si facile, d'un brusque coup de volant, de gagner le repos et l'oubli. Elle avait mal à l'intérieur du crâne, là où la haine s'enflait et palpitait. Seigneur, où en était-elle arrivée ! Si seulement quelqu'un avait pu, d'un coup de bistouri, percer l'abcès destructeur pour en faire sortir le venin. Iris avait-elle raison ? Devrait-elle s'adresser à un psychiatre ? Et, soudain, elle fut submergée par une telle vague de tristesse qu'elle faillit éclater en sanglots.

« Et merde ! » marmonna-t-elle entre ses dents tout en se frappant le front avec les paumes de ses mains. Elle fourragea dans son sac pour y trouver ses clés de voiture. « Merde et merde ! Où sont-elles passées, bon sang de bois ? »

Elle distingua un léger mouvement et releva brusquement la tête. Dans la pénombre derrière le bar, un inconnu, les yeux fixés sur elle, essuyait tranquillement un verre.

Elle rougit violemment et détourna la tête.

« Depuis combien de temps êtes-vous là ? interrogea-t-elle, furieuse.

— Un moment. »

Elle récupéra ses clés entre les pages de son agenda et lui jeta un bref regard.

« Ce qui signifie ?

— Un moment, répéta-t-il avec un haussement d'épaules.

— Eh bien, manifestement, ce n'est pas encore l'heure de l'ouverture, aussi je préfère m'en aller. »

Elle se leva du tabouret.

« Comme vous voudrez, lança-t-il avec une suprême indifférence. J'allais me servir un verre de vin. Vous êtes libre de partir ou de m'accompagner. Pour moi, c'est du pareil au même. »

Il lui tourna le dos et déboucha une bouteille. Roz sentit le sang lui monter aux joues.

« Êtes-vous le sergent Hawksley ? »

Il porta le bouchon à ses narines et le huma en connaisseur.

« C'était autrefois. Aujourd'hui, je suis seulement Hal. » Il se retourna et emplit deux verres. « À qui ai-je l'honneur ? »

Roz rouvrit son sac.

« Je dois avoir une carte quelque part.

— Une voix fera aussi bien l'affaire. »

Il poussa un des verres dans sa direction.

« Rosalind Leigh », dit-elle vivement en posant sa carte contre le téléphone qui se trouvait sur le bar.

Sa gêne avait disparu et elle prit le temps d'observer l'homme dans la lumière grise. Il ne répondait guère à l'image que l'on se fait habituellement d'un restaurateur. Si elle avait eu le moindre bon sens, elle aurait filé sur-le-champ. Il n'était pas rasé et son costume sombre faisait des plis comme s'il avait dormi avec. Il ne portait pas de cravate et la moitié des boutons de sa chemise manquait, découvrant des boucles de poils noirs et drus. Le haut de sa joue gauche s'ornait d'un hématome qui menaçait de lui fermer l'œil à brève échéance et du sang séché maculait son nez.

Il leva son verre avec un sourire ironique.

« À votre santé, Rosalind. Bienvenue au Pique-Assiette. »

Il parlait avec une pointe d'accent écossais, qu'un long séjour dans le Sud avait dû émousser.

« C'est à vous qu'il faut souhaiter ça, répondit-elle rudement. Vous paraissez en avoir sacrément besoin.

— Alors, à nous deux. Puissions-nous triompher du malheur qui nous frappe !

— Dans votre cas, il aurait assez la forme d'un rouleau compresseur.

— Pas loin, admit-il en tâtant sa joue meurtrie. Et vous ? Qu'avez-vous comme malheur ?

— Aucun, dit-elle d'un ton dégagé. Ça va très bien.

— Ben voyons ! »

Les yeux aux pupilles noires s'attardèrent un instant sur Roz avec une expression bienveillante.

« Vous êtes à moitié en vie et moi je suis à moitié mort. » Il vida son verre et s'en remplit un autre. « Que lui voulez-vous, au sergent Hawksley ?

— Est-ce que vous ne devriez pas ouvrir ? s'enquit-elle en considérant la salle.

— Pourquoi ça ?

— Les clients, pardi.

— Les clients, fit-il en écho d'un ton rêveur. Quel mot merveilleux ! » Il eut un léger gloussement. « Une espèce en voie de disparition, vous ne le saviez pas ? Le dernier que j'ai vu, c'était il y a trois jours, un petit maigrichon avec un sac à dos qui m'a bassiné pendant une heure pour avoir une omelette végétarienne et un décaféiné. »

Il laissa le silence retomber.

« Déprimant, lâcha Roz.

— Comme vous dites. »

Roz reprit sa place sur le tabouret.

« Mais vous n'y êtes pour rien, déclara-t-elle avec compassion. C'est la crise. Elle n'épargne personne. En tout cas, elle n'a pas épargné vos voisins », ajouta-t-elle avec un geste en direction de la porte.

Il se pencha et pressa un bouton de l'autre côté du bar. Des lampes le long des murs répandirent une lumière tamisée qui fit scintiller les verres sur les tables. Elle le regarda, inquiète. L'ecchymose sur la joue était encore le plus bénin. D'une plaie derrière l'oreille un filet de sang rouge vif serpentait jusqu'au cou. Il semblait ne pas s'en être aperçu.

« Quel nom, m'avez-vous dit ? »

Son regard sombre chercha celui de Roz puis alla se perdre dans les profondeurs de la salle.

« Rosalind Leigh. Il vaudrait mieux appeler une ambulance, suggéra-t-elle, à toutes fins utiles. Vous saignez. »

Elle avait l'étrange impression de ne pas être elle-même, de se trouver ailleurs, très loin de cette scène abracadabrante. Qui était cet homme ? Elle n'avait rien à voir avec lui. Elle l'avait rencontré par hasard, en passant.

« Je vais prévenir votre femme. »

Il grimaça un sourire.

« Pourquoi pas ? Elle a toujours aimé la plaisanterie. Cela n'a pas dû beaucoup changer. » Il s'empara d'un torchon et le pressa contre sa tempe. « Rassurez-vous, vous n'aurez pas un macchabée sur les bras. Les blessures à la tête sont toujours moins graves qu'elles ne le paraissent. Vous êtes ravissante. "De l'est à l'ouest de l'Inde, aucun joyau n'égale Rosalind."

— On m'appelle Roz, et vous pouvez vous dispenser de ce genre de citation, répliqua-t-elle d'une voix tranchante, je l'ai déjà entendue cent fois.

— *Comme il vous plaira*, murmura-t-il avec un haussement d'épaules. »

Elle aspira de l'air, les lèvres pincées.

« Vous vous croyez sans doute très spirituel.

— Et susceptible avec ça. À qui la faute ? demanda-t-il en lorgnant l'anneau qu'elle portait au doigt. Le mari, l'ex-mari, l'amant ?

— Il y a quelqu'un d'autre avec vous ? Dans la cuisine ? Il faut nettoyer cette blessure. » Elle fronça le nez. « En fait, il faudrait même nettoyer partout. Ça pue le poisson. »

À présent qu'elle l'avait sentie, l'odeur lui paraissait insupportable.

« Vous êtes toujours aussi malpolie ? » Il rinça le torchon sous un robinet et regarda le sang s'écouler. « C'est moi, dit-il d'une voix neutre. J'ai dû me coltiner deux cents kilos de maquereaux. Et ça n'a rien d'une partie de plaisir. »

Il s'agrippa au rebord de l'évier et resta immobile à contempler le fond, la tête courbée sous le poids de la fatigue, comme un taureau attendant le coup de grâce.

« Ça ne vas pas ? »

Roz l'observait, perplexe, une ride lui barrant le front. Elle ne savait que faire. Cela ne la concernait pas, et en même temps elle ne pouvait pas s'en aller comme ça. S'il allait tomber dans les pommes ? « Il y a bien quelqu'un que je pourrais appeler. Un ami. Un voisin. Où habitez-vous ? »

Mais elle le savait déjà. Dans l'appartement au-dessus, avait dit le policier.

« Bonté divine, lâchez-moi les baskets ! grommela-t-il.

— J'essaie seulement de vous aider.

— De m'aider ou de me casser les pieds ? »

Il se releva soudain et tendit l'oreille, attentif à un bruit dont elle n'avait pas conscience.

« Qu'est-ce qu'il y a ? demanda-t-elle en voyant l'expression de son visage.

— Vous avez verrouillé la porte derrière vous ? »

Elle le regarda, interdite.

« Bien sûr que non. »

Il éteignit les lumières et, presque invisible dans la brusque pénombre, se dirigea à pas de loup vers la porte d'entrée. Le grincement d'un verrou se fit entendre.

« Écoutez... », commença Roz en descendant de son tabouret.

Presque aussitôt, il surgit à son côté, l'entoura d'un bras, tout en posant un doigt sur ses lèvres.

« Taisez-vous. »

Sans bouger, il la tint ainsi.

« Mais...

— Chut ! »

Les phares d'une voiture balayèrent les baies vitrées et deux rayons de lumière blanche transpercèrent les ténèbres. Le moteur ralentit quelques secondes, puis reprit de l'élan et la voiture s'éloigna. Roz tenta de se dégager, mais Hawksley resserra son étreinte.

« Pas encore », chuchota-t-il.

Ils demeurèrent silencieux, figés au milieu des tables, telles des statues à un banquet de spectres. Puis Roz donna une secousse furieuse.

« C'est absolument invraisemblable ! lança-t-elle d'une voix sifflante. J'ignore ce qui se passe, mais je n'ai pas l'intention de rester comme ça toute la nuit. Qui y avait-il, dans cette voiture ?

— Des clients, répondit-il d'un ton de regret.

— Vous êtes cinglé !

— Venez, murmura-t-il en la prenant par la main. Montons.

— Sûrement pas ! » Elle lui arracha sa main. « Bon sang, est-ce qu'il est devenu impossible, de nos jours, de penser à autre chose qu'à baiser ? »

Un sourire amusé éclaira le visage de Hawksley.

« Qui vous a parlé de ça ?

— Je m'en vais.

— Je vous raccompagne. »

Roz avala une goulée d'air.

« Pourquoi vouliez-vous monter ?

— J'ai mon appartement au-dessus et j'ai besoin de prendre un bain.

— Et après ? »

Il poussa un soupir.

« C'est vous qui êtes venue me trouver, ne l'oubliez pas. Je n'ai jamais rencontré de femme aussi soupe au lait.

— Soupe au lait ! balbutia-t-elle. Ça, alors, c'est le pom-pom ! Vous puez à plein nez, vous sortez manifestement d'une bagarre, vous éteignez toutes les lumières, vous renvoyez des clients alors que vous vous plaignez de ne pas en avoir, vous m'obligez à rester assise dans le noir sans bouger, vous essayez de m'entraîner à l'étage supérieur... » Elle s'interrompit pour reprendre sa respiration. « Je crois que je vais me trouver mal, laissa-t-elle échapper.

— Formidable. Je n'osais pas vous le demander. »

Il lui reprit la main.

« Allons, venez. Je ne vais pas vous violer. Pour tout dire, je n'en aurais même pas la force en ce moment. »

Roz trébucha soudain.

« Qu'est-ce qui vous arrive ? »

— Je n'ai pas mangé de la journée.

— Parfait, moi non plus. »

Il la conduisit dans une cuisine obscure et déverrouilla une petite porte avant d'allumer.

« En haut de l'escalier, la salle de bains est à droite. »

Elle l'entendit refermer la porte à double tour derrière elle, tandis qu'elle s'effondrait sur le siège des W.-C. et pressait sa tête contre ses genoux en attendant que la vague de nausée soit passée.

De la lumière jaillit.

« Tenez, buvez ça. C'est de l'eau. »

Hawksley s'accroupit, scrutant le visage blême. Elle avait une peau d'un blanc de porcelaine et des pupilles comme des perles noires. Le genre beauté glaciale, pensa-t-il.

« Vous avez envie d'en parler ?

— De quoi ?

— De ce qui vous donne tant de souci. »

Elle but le contenu du verre.

« Je ne me fais pas de souci. J'ai seulement faim. »

Il posa ses mains sur ses cuisses et se releva d'une détente.

« Très bien. Allons manger. Que diriez-vous d'une bonne entrecôte ? »

Elle sourit faiblement.

« Splendide.

— Ça tombe très bien. J'en ai plein le congélateur, de cette fichue barbaque. Comment l'aimez-vous ?

— Saignante, mais...

— Quoi ?

— Je crois que c'est cette odeur qui me rend malade », poursuivit-elle avec une grimace. Elle porta ses mains à ses lèvres. « Je suis désolée, mais je préférerais que vous vous laviez d'abord. L'entrecôte aux relents de maquereau n'a rien de très appétissant. »

Il flaira sa manche.

« Au bout d'un moment, on ne s'en rend même plus compte. »

Il ouvrit les robinets en grand et versa dans l'eau un plein flacon de bain moussant.

« Je n'ai malheureusement qu'une salle de bains, aussi vous feriez mieux de rester là si vous devez vomir. »

Il commença à se déshabiller. Roz se leva en hâte.

« J'attendrai à côté. »

Il laissa tomber son veston et déboutonna sa chemise.

« Essayez de ne pas salir la moquette, lança-t-il à la

cantonade. Il y a un évier dans la cuisine. Servez-vous-en ! »

Il ôta avec précaution sa chemise, sans savoir que la jeune femme se trouvait toujours derrière lui. Son dos était couvert de marques noirâtres.

« Que vous est-il arrivé ? »

Il rabattit sa chemise.

« Rien. Déguerpissez. Allez vous faire un sandwich. Il y a du pain dans le buffet et du fromage dans le frigo. » Il lut l'inquiétude sur le visage de Roz. « C'est impressionnant, dit-il d'un ton détaché. Avec les bleus, c'est toujours comme ça.

— Mais que s'est-il passé ? »

Il soutint son regard.

« Mettons que je sois tombé de vélo. »

Avec un sourire dédaigneux, Olive retira la chandelle de sa cachette. On avait abandonné les fouilles corporelles depuis qu'une femme, suspectée de détenir de la drogue, avait fait une hémorragie devant un visiteur de prison à la suite d'une exploration vaginale menée avec une particulière brutalité. Le visiteur était un HOMME (pour Olive c'était forcément un mot en majuscules). Aucune femme ne s'y serait laissé prendre. Mais avec les HOMMES, bien sûr, c'était différent. La menstruation les déconcertait, surtout lorsque le sang coulait au point de tacher les vêtements.

La chandelle conservait la tiédeur de son corps. Elle rompit l'extrémité et se mit à la pétrir. Elle avait bonne mémoire. Elle savait pouvoir donner à la figurine une forme reconnaissable. Cette fois, ce serait un HOMME.

Tout en préparant les sandwiches dans la cuisine, Roz eut un regard vers la salle de bains. À présent, l'idée d'avoir à interroger Hawksley sur Olive Martin la déprimait. Même Crew n'avait pas dissimulé son agacement lorsqu'elle lui avait posé des questions. Et, jusqu'à preuve du contraire, c'était un individu civilisé, pas le genre à se battre comme un chiffonnier. Comment Hawksley réagirait-il ? Cela le mettrait-il en rogne qu'on remue une affaire dans laquelle il avait joué un rôle primordial ? Problème délicat.

Le réfrigérateur contenait une bouteille de champagne. Dans l'espoir naïf qu'un surcroît d'alcool rendrait l'ex-policier plus conciliant, Roselind posa la bouteille sur un plateau avec les sandwichs et les verres.

« Vous la gardiez pour plus tard ? » demanda-t-elle gaiement — trop gaiement peut-être — en déposant le plateau sur le couvercle du siège des W.-C.

Il se prélassait dans son bain, les yeux clos, les cheveux tirés en arrière, le visage propre et détendu.

« J'en ai bien peur.

— Ah, fit-elle d'un ton d'excuse. Dans ce cas je vais la rapporter.

— Pour mon anniversaire, précisa-t-il en ouvrant un œil.

— Quand ça ?

— Ce soir. »

Elle ne put s'empêcher d'éclater de rire.

« Je ne vous crois pas. Quel jour est-ce ?

— Le 16. »

Elle le considéra avec une expression malicieuse.

« Je ne vous crois toujours pas. Quel âge avez-vous ? »

Elle ne s'attendait pas à ce qu'il lui lance ce regard de reconnaissance amusée et elle rougit malgré elle comme une adolescente. Il pensait qu'elle flirtait avec lui. Et après tout, c'était peut-être vrai ! Elle avait tellement l'impression d'étouffer dans la grisaille de sa vie.

« Quarante. Le tournant fatidique ! »

Il s'assit et tendit le bras vers la bouteille.

« Me voilà bien. Je ne m'attendais pas à avoir de la compagnie. Si j'avais su, continua-t-il avec une moue humoristique, j'aurais mis mon smoking. »

Il défit le treillage qui recouvrait le bouchon, fit glisser celui-ci avec précaution, ne laissant échapper qu'un peu d'écume qui tomba dans l'eau du bain, et remplit les verres qu'elle lui tendait. Puis il posa la bouteille sur le sol, saisit un des verres et le choqua contre le sien.

« À la vôtre.

— À la vôtre. Bon anniversaire. »

Il la regarda furtivement, puis ferma à nouveau les yeux, la tête appuyée contre le bord de la baignoire.

« Prenez un sandwich, murmura-t-il. Il n'y a rien de

plus mauvais que de boire du champagne avec l'estomac vide.

— Merci, j'en ai déjà avalé trois. Désolée, je n'ai pas eu le courage d'attendre. Celui-ci est pour vous. »

Elle plaça le plateau à côté de la bouteille pour qu'il puisse se servir.

« Vous avez un panier à linge ? interrogea-t-elle en remuant du bout du pied le tas de vêtements malodorants.

— Inutile. Ils sont bons à flanquer à la poubelle.

— Je peux m'en charger. »

Il ne put retenir un bâillement.

« Les sacs se trouvent dans le placard de gauche de la cuisine. »

Elle descendit en tenant le ballot à bout de bras et le répartit dans trois sacs en plastique blanc. Cela ne lui prit que quelques minutes, mais, lorsqu'elle revint, il était endormi, la main pressée contre la poitrine, les doigts serrant à peine le verre.

Elle le lui retira délicatement et le posa par terre. Et ensuite ? se demanda-t-elle. Il avait l'air si peu soucieux de sa présence qu'elle aurait aussi bien pu être sa sœur. Devait-elle partir ou rester ? Elle fut sur le point de s'asseoir là en silence pour le regarder dormir, mais elle appréhendait sa réaction lorsqu'il se réveillerait. Jamais il ne pourrait comprendre qu'elle ait éprouvé le besoin de goûter un instant, un bref instant de paix auprès d'un homme.

Une sensation de douceur l'envahit. Le visage n'était pas déplaisant. Malgré les meurtrissures, les traits conservaient leur gaieté, et elle savait qu'elle aurait eu du plaisir à les contempler. Elle détourna brusquement la tête. Elle remâchait depuis trop longtemps sa rancune pour y renoncer aussi facilement. Le ciel n'avait pas encore été assez châtié.

Elle récupéra son sac là où elle l'avait abandonné, près des W.-C., et descendit l'escalier en s'efforçant de faire le moins de bruit possible. Mais la porte était fermée et la clé manquait. Elle se sentit plus stupide que véritablement contrariée, comme une visiteuse qui ne songe qu'à s'éclipser après avoir écouté aux portes. Il avait dû fourrer cette fichue clé dans une poche. Elle retourna à la cuisine, fouilla les sacs de linge sale, mais toutes les poches étaient vides. Perplexe, elle inspecta les plans de travail, puis les tables du salon et de la chambre. S'il y avait des clés, elles étaient bien cachées. Avec un soupir, elle tira un rideau pour voir s'il n'existait pas d'autre issue, une échelle d'incendie ou un balcon, et s'aperçut que la fenêtre était complètement obstruée par des barres métalliques. Elle essaya une autre fenêtre, même chose. On les avait toutes blindées.

Son sang ne fit qu'un tour. Sans réfléchir davantage, elle remonta quatre à quatre, se rua dans la salle de bains et le secoua violemment.

« Nom d'un chien ! hurla-t-elle. À quel jeu jouez-vous ? Qui êtes-vous ? Vous vous prenez pour Barbe-Bleue ? Je veux sortir d'ici. Et tout de suite ! »

Il n'avait pas encore repris conscience que, brisant la bouteille de champagne contre le mur, il empoignait la jeune femme par les cheveux et lui appliquait le goulot tranchant contre la gorge.

Il la fixa, les yeux injectés de sang, puis, la reconnaissant soudain, lâcha prise et la repoussa loin de lui.

« Espèce de petite conne ! lança-t-il d'une voix rageuse. Ne refaites jamais ça. »

Il se frotta énergiquement le visage pour en chasser le sommeil, tandis que Roz l'observait, bouleversée.

« Je veux m'en aller.

— Qui vous en empêche ?

— Vous avez caché la clé. »

Il la regarda un instant puis se leva.

« Elle est sur le linteau. Il faut donner deux tours. À cause du verrou.

— Vos fenêtres sont blindées.

— Exact. » Il s'apergea la figure. « Au revoir, Miss Leigh.

— Au revoir. » Elle esquissa un geste d'excuse. « Pardon. Je croyais que j'étais prisonnière. »

Il ôta le bouchon de vidange de la baignoire et saisit une serviette sur le porte-serviettes.

« Vous l'êtes.

— Mais vous avez dit que la clé...

— Au revoir, Miss Leigh. »

Poussant le battant de la porte, il la mit dehors.

Elle n'aurait pas dû reprendre le volant. Cette pensée la taraudait comme un mal de tête, lui rappelant de façon douloureuse que l'autoconservation constitue le premier de tous les instincts. Mais il avait raison. Elle était prisonnière, et le désir de s'échapper trop puissant. Ce serait si facile, oui, si facile. Les réverbères, semblables au loin à de minuscules têtes d'épingle, devenaient l'un après l'autre d'énormes soleils dont les rayons irisés s'écrasaient sur le pare-brise en un feu d'artifice splendide et aveuglant qui attirait ses yeux au cœur même de la lumière. L'envie de braquer le volant dans leur direction ne cessait de la tenailler. À cette seconde d'éblouissement la transition serait insensible, et resplendissante l'éternité qui s'ensuivrait. Ce serait si facile... oui, si facile... si facile...

5

Olive prit une cigarette et s'empressa de l'allumer.

« Vous êtes en retard. J'avais peur que vous ne veniez pas, dit-elle en avalant une bouffée. Je crevais d'envie de me faire une de ces maudites sèches. »

Ses mains portaient des traces de ce qui ressemblait à de la terre.

« Vous n'avez pas le droit d'en avoir ?

— Seulement ce qu'on peut acheter avec ce qu'on gagne. Je n'arrive jamais à en garder jusqu'à la fin de la semaine. »

Elle frotta énergiquement le dos de ses mains, saupoudrant la table de paillettes grisâtres.

« Qu'est-ce que c'est ? demanda Roz.

— De l'argile. » La cigarette aux lèvres, elle poursuivit son nettoyage, cueillant les particules répandues sur sa poitrine. « Pourquoi croyez-vous qu'on m'appelle l'artiste ? »

Roz faillit dire une incongruité mais se retint.

« Qu'est-ce que vous faites avec ?

— Des personnages.

— Comment ? Réels ou imaginaires ?

— Les deux », répondit Olive après une brève hésitation. Elle soutint le regard de Roz. « J'en ai même fait un à votre image. »

Roz l'observa un instant.

« Eh bien, j'espère que vous n'envisagez pas de le truffer d'aiguilles, déclara-t-elle avec un pauvre sourire. Vu mon état présent, je me demande si ça n'a pas déjà commencé. »

Une lueur amusée brilla dans les yeux d'Olive. Elle cessa de se nettoyer et fixa Roz de son regard pénétrant. « Allons bon, qu'est-ce qui vous arrive ? »

Roz avait passé le week-end dans les limbes, à retourner les choses dans tous les sens jusqu'à ce que son crâne menace d'exploser.

« Rien. Une simple migraine, voilà tout. »

Et c'était vrai, jusqu'à un certain point. Sa situation n'avait pas changé. Elle demeurait prisonnière.

Olive scruta les volutes de fumée.

« Vous n'avez pas renoncé au livre ?

— Non.

— Très bien. Alors allons-y. »

Roz fit démarrer le magnétophone.

« Second entretien avec Olive Martin. Lundi 19 avril. Parlez-moi du sergent Hawksley, le policier qui vous a arrêtée. Comment vous a-t-il traitée ? »

Si la grosse fille fut surprise par la question, elle n'en laissa rien voir, mais elle ne laissait jamais voir grand-chose. Elle réfléchit un instant.

« Le type aux cheveux noirs ? Celui qui se fait appeler Hal ? »

Roz acquiesça.

« Il a été très bien.

— Vous a-t-il brutalisée ?

— Non. Il a été très bien. » Elle tira une bouffée de sa cigarette et considéra la table, le visage impassible. « Vous lui avez parlé ?

— Oui.

— Il vous a raconté qu'il avait vomi en voyant les corps ? »

Elle avait parlé d'un ton légèrement mordant. Était-ce de l'ironie ? se demanda Roz. Pourtant, cela ne s'y prêtait guère.

« Non. Il n'en a pas fait mention.

— Il n'était pas le seul. » Puis, après un bref silence : « Je leur ai proposé du thé, mais la bouilloire se trouvait dans la cuisine. » Elle dirigea son regard vers le plafond, consciente peut-être du mauvais goût de ses propos. « À vrai dire, il a été plutôt sympa. C'est le seul qui m'ait adressé la parole. Les autres ont fait comme si je n'existais pas. Au commissariat, il m'a même offert un sandwich. Oui, il a été très bien. »

Roz hocha la tête.

« Racontez-moi ce qui s'est passé. »

Olive prit une autre cigarette et l'alluma à la première.

« Ils m'ont arrêtée.

— Non. Avant ça.

— J'ai appelé le commissariat, donné l'adresse et dit que les corps étaient dans la cuisine.

— Et avant ça ? »

Olive ne répondit pas.

Roz essaya une autre tactique.

« Le 9 septembre 1987 était un mercredi. Selon votre déposition, vous avez tué, puis dépecé Ambre ainsi que votre mère, ce qui vous a pris du matin jusqu'au début de l'après-midi. » Elle observait Olive avec attention. « Et les voisins n'ont rien entendu, personne n'est venu voir ? »

Au coin d'un œil, une sorte de tic battit de façon presque imperceptible entre les bourrelets de graisse.

« C'est à cause d'un homme, pas vrai ? prononça Olive d'une voix douce.

— Comment ça ? » fit Roz, déconcertée.

Une lueur de compassion apparut dans les yeux aux paupières gonflées.

« Au moins, c'est un des avantages d'être ici. Pas d'homme pour vous en faire baver. Bien sûr, ça n'empêche pas de se faire du mouron en pensant aux maris et aux petits copains en train de se donner du bon temps à l'extérieur, mais on n'a pas les tracas du quotidien. » Elle fit la moue, l'air songeuse. « Pour ma part, j'ai toujours envié les bonnes sœurs. Quand il n'existe aucune rivalité, les choses sont tellement plus simples. »

Roz se mit à jouer avec son crayon. Olive était bien trop maligne pour vouloir parler d'un homme qu'elle avait dans sa vie, à supposer même qu'elle en eût un. Avait-elle menti au sujet de son avortement ?

« Mais beaucoup moins excitantes », rectifia Roz.

Un grondement s'éleva de l'autre côté de la table.

« Tout dépend de ce qu'on recherche. Vous savez

quelle était l'expression favorite de mon père ? Le jeu n'en vaut pas la chandelle. Cela rendait ma mère furieuse. Dans votre cas, c'est exactement la formule qui convient. J'ignore après qui vous en avez, mais ça ne vous apportera rien de bon. »

Roz se mit à dessiner distraitement sur son calepin. Une sorte de chérubin potelé entouré d'un cercle. Cette histoire d'avortement n'était-elle qu'une pure invention, un lien pervers établi par Olive avec le fils non désiré d'Ambre ? Il y eut un long silence. Elle mit un sourire sur le visage du chérubin et déclara machinalement :

« Pas après qui, après quoi. Il s'agit de quelque chose, pas de quelqu'un. » Elle regretta aussitôt ses paroles. « Peu importe. »

À nouveau Olive ne répondit pas et Roz commença à trouver ces silences oppressants. C'était comme une épreuve nerveuse, une ruse pour l'obliger à parler. Et puis quoi ? Son interlocutrice s'excuserait par de petites phrases prononcées avec gêne ?

Elle inclina la tête.

« Revenons à cette fameuse journée », suggéra-t-elle.

Une main charnue recouvrit soudain la sienne, la serrant tendrement.

« Je sais ce que c'est que le désespoir, je l'ai éprouvé bien souvent, moi aussi. Lorsqu'on le garde en soi, il se met à croître comme un cancer. »

Olive n'avait mis dans son étreinte aucune insistance particulière. Ce n'était qu'un geste affectueux, de réconfort, sans contrepartie. Roz pressa les doigts épais et chauds en signe de gratitude et retira sa main. Elle allait répondre qu'elle ne se sentait pas désespérée, seulement un peu surmenée par le travail. Au lieu de ça, elle murmura d'un ton monocorde : « Je vous envie d'avoir fait ce que vous avez fait. » Un long silence s'ensuivit. Ses propres paroles l'avaient ébranlée. « Je n'aurais pas dû dire ça.

— Pourquoi pas ? Si c'est la vérité.

— J'en doute. Je serais incapable de tuer qui que ce soit. »

Olive la dévisagea.

« Ça ne vous empêche pas de le désirer, répliqua-t-elle avec bon sens.

— Non. Mais si l'on n'en a pas le cran, c'est qu'on ne le veut pas vraiment. » Elle eut un sourire vague. « Je n'ai même pas celui de me tuer, même si, parfois, cela me paraît encore la meilleure solution.

— Pour quelle raison ? »

Les yeux de Roz brillaient de façon inhabituelle.

« Parce que j'ai mal, dit-elle simplement. Mal depuis trop longtemps. »

Mais pourquoi raconter tout cela à Olive plutôt qu'au brave petit psychiatre qu'Iris lui avait recommandé ? Parce que Olive, elle, la comprendrait ?

« Qui voulez-vous tuer ? »

La question vibra un instant dans l'air comme un son de cloche. Roz se demanda s'il était bien prudent de répondre.

« Mon ex-mari.

— Parce qu'il vous a quittée ?

— Non.

— Que vous a-t-il fait ? »

Roz secoua la tête.

« Si je vous le disais, vous essaieriez de me convaincre de ne pas le haïr. »

Elle éclata d'un rire étrange. « Et j'ai besoin de le haïr. Il m'arrive même de penser que c'est la seule chose qui me retient à la vie.

— Oui, déclara Olive d'un ton égal. Je connais ça. » Elle souffla sur la vitre et traça une potence dans la buée. « Vous l'avez jadis aimé. »

C'était un constat n'appelant aucune remarque particulière, mais Roz se sentit obligée de préciser :

« Je n'arrive même plus à m'en souvenir.

— Pourtant, il a bien dû en être ainsi. On ne peut haïr ce qu'on n'a jamais aimé, poursuivit Olive d'une voix presque chantante. On peut seulement le détester et le fuir. La vraie haine tout comme le véritable amour sont des sentiments dévorants. » De sa large paume elle effaça la potence sur la vitre. « Je suppose, déclara-t-elle avec flegme, qu'en venant me voir, vous espériez apprendre si cela vaut vraiment la peine de tuer.

— Je n'en sais rien, répondit Roz en toute sincérité. La moitié du temps, je suis dans la confusion, et l'autre moitié, en proie à la colère. Ce qu'il y a de sûr, c'est que j'ai l'impression de me désagréger petit à petit. »

Olive eut un haussement d'épaules.

« Du moins, vous le croyez. Comme je vous l'ai dit, il est très mauvais de garder les choses en soi. Dommage que vous ne soyez pas catholique. Vous seriez allée vous confesser et cela vous aurait soulagée. »

Une solution aussi simple n'avait jamais effleuré l'esprit de Roz.

« Je l'ai été. Je suppose que je le suis encore. »

Olive prit une nouvelle cigarette et la glissa avec déférence entre ses lèvres, comme une hostie.

« Les obsessions, murmura-t-elle en s'emparant des allumettes, sont toujours destructrices. Je sais au moins ça. » Son attitude exprimait la bienveillance. « Vous avez besoin de davantage de temps pour pouvoir en parler. Je devine ce que vous pensez. Que je vais en profiter pour gratter la plaie et la refaire saigner. »

Roz acquiesça.

« Vous ne faites confiance à personne. Vous avez raison. Mais la confiance finit par revenir. Ça aussi, je sais. »

Roz la regarda allumer sa cigarette.

« Et vous, quelle était votre obsession ? »

Son interlocutrice la fixa avec un curieux regard de connivence, mais ne répondit pas.

« Vous savez, je peux très bien me dispenser d'écrire ce livre, si vous le souhaitez. »

Olive lissa avec son pouce sa maigre chevelure blonde.

« Sœur Bridget serait très déçue si nous renoncions maintenant. Je sais que vous l'avez rencontrée.

— Est-ce important ? »

Olive eut un haussement d'épaules.

« Et peut-être seriez-vous déçue aussi. Mais est-ce important ? »

Soudain, elle lui sourit, d'un grand sourire qui éclaira tout son visage. Ainsi, elle avait presque l'air séduisante, pensa Roz.

« Peut-être, ou peut-être que non, répondit-elle. Je ne suis pas moi-même certaine de vouloir l'écrire.

— Pourquoi ? »

Roz fit la moue.

« Je m'en voudrais de vous transformer en monstre de foire.

— N'est-ce pas déjà fait ?

— Ici. Mais pas dehors. On vous a complètement oubliée. Et cela vaut peut-être mieux ainsi.

— Que faudrait-il pour vous convaincre ?

— Une excellente raison. »

Puis ce fut le silence. Un silence pesant.

« Ils ont retrouvé mon neveu ? finit par demander Olive.

— Je ne crois pas, répondit Roz avec un froncement de sourcils. Comment savez-vous qu'on le recherche ? »

Olive émit un gloussement joyeux.

« Le téléphone arabe. Ici, tout se sait. La discrétion n'est pas la spécialité de la maison. Nous avons toutes un avocat, nous lisons toutes les journaux, et ce petit monde bavarde. N'importe comment, je l'aurais deviné. Mon père a laissé pas mal d'argent. Il avait toujours souhaité pouvoir en faire don à un parent.

— J'ai discuté avec un de vos voisins, un certain Mr Hayes. Vous vous souvenez de lui ? »

Olive acquiesça.

« D'après ce que j'ai cru comprendre, le fils d'Ambre a été adopté par une famille nommée Brown, qui a émigré en Australie. Pas étonnant que les services de Mr Crew aient du mal à lui mettre la main dessus. Le pays est vaste et le nom des plus communs. » Elle attendit, mais Olive demeura muette. « Pourquoi désirez-vous le savoir ? Cela change quelque chose pour vous, qu'on le retrouve ou non ?

— Peut-être, fit Olive d'un ton sibyllin.

— En quoi ? »

Olive secoua la tête.

« Vous préféreriez qu'on le retrouve ? »

Elles sursautèrent en entendant la porte s'ouvrir brusquement.

« Terminé ! Allons, Martin, par ici ! »

La voix de la surveillante éclata comme un coup de fusil dans le silence de la pièce, pulvérisant l'intimité précaire qui s'était créée entre elles.

Roz vit que le regard d'Olive reflétait sa propre irritation. Mais l'instant était passé.

Elle ne put s'empêcher de lui adresser un clin d'œil.

« Il est vrai que, quand on ne s'ennuie pas, on ne voit pas le temps filer. À la semaine prochaine. »

La grosse fille se leva pesamment. « Mon père était un être indolent, c'est pourquoi il laissait ma mère tout régenter. » Elle s'appuya au montant de la porte pour se remettre d'aplomb. « Il avait une autre expression favorite, qui exaspérait tout autant ma mère : ne fais jamais la veille ce que tu peux remettre au lendemain. Le résultat, bien sûr, continua-t-elle avec un léger sourire, c'est qu'il se conduisait de façon parfaitement abjecte. Il ne se sentait aucune obligation envers quiconque, sinon lui-même, ce qui ne lui coûtait évidemment pas grand-chose. Dommage qu'il n'ait pas connu l'existentialisme. Il aurait appris que, dans la vie, il est parfois nécessaire de faire des choix et d'agir avec sagacité. Chacun est maître de son destin, vous aussi, Roz. »

Elle eut un petit hochement de tête et s'éloigna, suivie dans sa marche laborieuse par la surveillante portant la chaise métallique.

Roz les observa un instant, tout en se demandant ce que signifiait ce laïus.

« Mrs Wright ?

— Oui ? »

Une jeune femme apparut dans l'embrasure de la porte d'entrée, retenant par le collier un chien qui grondait. Elle était assez jolie, du genre diaphane, le teint pâle, les traits délicats, avec de grands yeux gris et des cheveux blonds coupés court que le courant d'air faisait voleter.

Roz lui remit sa carte.

« J'écris un livre sur Olive Martin. Sœur Bridget, à votre ancienne école, m'a dit que vous consentiriez peut-être à répondre à mes questions. Vous étiez, paraît-il, la meilleure amie d'Olive. »

Geraldine Wright feignit de lire la carte et la rendit à sa propriétaire.

« Non merci, c'est inutile », laissa-t-elle tomber sur le ton dont elle se serait servi pour un témoin de Jéhovah.

Elle s'apprêtait à refermer la porte, mais Roz posa une main sur le battant.

« Puis-je avoir une raison ?

— Je préfère ne pas être mêlée à ça.

— Rien ne m'oblige à mentionner votre nom. » Elle lui adressa un sourire encourageant. « Je vous en prie, Mrs Wright. Je ne veux pas vous importuner. Ce n'est pas mon but. Je suis à la recherche de renseignements, pas de scandale. Personne ne saura que vous l'avez fréquentée, du moins ni par moi ni par mon livre. »

Elle perçut une hésitation chez la jeune femme.

« Téléphonez à sœur Bridget, je suis sûre qu'elle se portera garante pour moi.

— Dans ce cas. Mais pas plus d'une demi-heure. Je dois récupérer les enfants à trois heures et demie. »

Geraldine Wright ouvrit tout grand la porte et tira le chien en arrière.

« Entrez. Le salon est à gauche. Si je ne l'enferme pas dans la cuisine, il ne nous laissera pas tranquilles. »

Roz gagna le salon. C'était une pièce agréable, vaste et ensoleillée, munie de portes vitrées s'ouvrant sur une petite terrasse. Au-delà, s'étendait un jardin coquet, soigneusement entretenu, qui allait se fondre dans un pré verdoyant où paissaient quelques vaches.

« Vous avez une bien jolie vue, dit-elle, comme Mrs Wight la rejoignait.

— Nous avons eu de la chance, répondit celle-ci avec une pointe de fierté. À vrai dire, la maison dépassait largement nos moyens, mais l'ancien propriétaire avait contracté un prêt relais pour une autre propriété juste avant que les taux d'intérêts s'envolent. Du coup, il était si pressé de rentrer dans son argent qu'il a baissé le prix d'un tiers. Nous nous plaisons beaucoup ici.

— Cela ne m'étonne pas, l'assura Roz avec chaleur. C'est un petit paradis.

— Asseyons-nous. » Elle s'installa avec grâce dans un fauteuil. « Je n'éprouve aucune honte d'avoir été l'amie d'Olive, dit-elle pour se justifier. Simplement, je n'aime pas en parler. Les gens sont tellement obtus. Ils ne veulent pas croire que j'ignore tout des meurtres. » Elle examina ses doigts aux ongles vernis. « La dernière fois que je l'ai vue, c'était au moins trois ans avant le drame et je ne l'ai, naturellement, pas revue depuis. Franchement, j'ai bien peur de ne rien avoir d'intéressant à vous raconter. »

Roz ne fit aucune tentative pour enregistrer la conversation, de peur d'effaroucher son interlocutrice.

« Comment se comportait Olive à l'école ? demanda-t-elle en sortant crayon et bloc-notes. Vous vous trouviez dans la même classe ?

— Oui, nous étions toutes les deux en première.

— Vous l'aimiez bien ?

— Pas vraiment, répondit-elle avec un soupir. Ce n'est pas très gentil de ma part de dire ça, n'est-ce pas ? Écoutez, êtes-vous certaine que vous ne vous servirez pas de mon nom ? Sinon, je préfère en rester là. Je n'ai aucune envie qu'Olive sache ce que je pense au fond. Cela lui ferait trop de peine. »

Sûrement, pensa Roz, mais en quoi est-ce que cela te préoccupe ? Elle tira une feuille de papier à en-tête de son porte-documents et écrivit les deux phrases suivantes, qu'elle signa : « Je soussignée, Rosalind Leigh, reconnais que toutes les informations qui m'ont été fournies par Mrs Geraldine Wright, habitant Les Chênes à Wooling, sont purement confidentielles. En conséquence de quoi, je m'engage à ne révéler, ni oralement ni par écrit, ni maintenant ni plus tard, qu'elle m'a donné ces informations. »

« Tenez. Cela vous va ? dit-elle avec un sourire contraint. Si je ne tiens pas parole, vous pourrez me réclamer une fortune.

— Mon Dieu, mais elle va forcément se douter que c'est moi. J'étais la seule avec laquelle elle acceptait de discuter. À l'école en tout cas. » Elle prit la feuille de papier. « Vraiment, je ne sais pas. »

Bon sang, quelle chichiteuse ! Roz songea soudain qu'Olive ne s'était peut-être pas plus félicitée de cette relation que Geraldine Wright.

« Laissez-moi vous donner une idée de la manière dont je compte utiliser vos renseignements et vous verrez que vous n'avez rien à craindre. Vous venez de me dire que vous ne l'aimiez pas beaucoup. Dans le livre, cela deviendra quelque chose du genre : "Olive n'avait jamais été très bien vue à l'école." Cela vous convient ? »

Le visage de Mrs Wright s'épanouit.

« Oh oui ! D'ailleurs, c'est tout à fait vrai.

— Bon. Pourquoi était-elle mal vue ?

— Parce qu'elle ne s'est jamais vraiment intégrée, je suppose.

— Et pourquoi ne s'est-elle jamais intégrée ?

— Seigneur Dieu ! s'exclama Mrs Wright avec irritation. Peut-être à cause de sa taille. »

De toute évidence, l'entretien risquait d'être aussi charmant qu'une séance chez le dentiste.

« A-t-elle essayé de se faire des amies ou bien ne s'en souciait-elle pas ?

— Cela ne semblait pas beaucoup la préoccuper. Elle ouvrait à peine la bouche. Quand on lui adressait la parole, elle se contentait de vous regarder dans le blanc des yeux. Ce n'était pas très agréable. À vrai dire, je pense même que nous avions toutes un peu peur d'elle. Physiquement, elle était de loin la plus forte d'entre nous.

— Y avait-il autre chose qui vous effrayait ? À part son physique ? »

Geraldine Wright fit appel à ses souvenirs.

« C'était un ensemble. Comment vous expliquer ? Par exemple, on ne l'entendait jamais. Vous parliez avec quelqu'un et, soudain, vous vous retourniez pour découvrir qu'elle se trouvait juste derrière vous, à vous observer.

— Était-elle brutale ?

— Seulement quand on s'en prenait à Ambre.

— Et cela arrivait souvent ?

— Non. Tout le monde aimait bien Ambre.

— Parfait. » Roz donna de petits coups de son crayon sur ses dents. « Vous avez dit que vous étiez la seule avec laquelle Olive discutait. De quoi discutiez-vous ? »

La jeune femme tira sa jupe.

« De futilités, répondit-elle négligemment. Je ne m'en souviens pas.

— Le genre de choses dont toutes les filles parlent à l'école ?

— Oui, je suppose. »

Le crayon de Roz crissa contre l'émail.

« De l'amour, des garçons, de la mode, de la manière de se maquiller ?

— Oui, je suppose, répéta son interlocutrice.

— J'ai peine à le croire, Mrs Wright. Ou alors, elle

aurait bien changé en dix ans. Figurez-vous que je suis allée la voir. Elle n'a pas montré un grand penchant pour les banalités ni pour les confidences. Elle semblait surtout désireuse que je lui parle de moi et de ce que je faisais.

— Cela vient probablement de ce qu'elle se trouve en prison et que vous êtes sa seule visiteuse.

— En fait, ce n'est pas le cas. Par ailleurs, on m'a affirmé que la plupart des personnes emprisonnées se comportent de manière rigoureusement inverse. Durant les visites, elles parlent presque toujours d'elles-mêmes parce qu'elles ont rarement l'occasion de se confier à une oreille complaisante. » Geraldine Wright leva un sourcil avec une expression d'incertitude. « Il est sans doute dans la nature d'Olive de presser les autres de questions. J'imagine qu'elle a toujours été ainsi et que c'est la raison pour laquelle aucune d'entre vous ne la trouvait très sympathique. Elle vous embarrassait. »

Pourvu que j'aie raison, se dit-elle, ou cette chiffe molle va me rembarrer aussi sec.

« C'est drôle. Maintenant que vous me le dites, je me souviens qu'elle posait effectivement un tas de questions. Elle n'arrêtait pas de m'interroger sur mes parents, s'ils se prenaient la main, s'embrassaient ou si je les avais déjà vus faire l'amour. » Elle fit la moue. « Oui, ça me revient, c'est même pour cela que je ne l'aimais pas beaucoup. Elle voulait à tout prix savoir s'ils avaient fréquemment des rapports, et elle me regardait fixement en avançant la tête. J'avais horreur de ça. » Elle eut un léger frisson. « Il y avait dans ses yeux une telle avidité.

— Et vous le lui avez dit ?

— À propos de mes parents ? Pas la vérité, bien sûr, précisa-t-elle avec un petit ricanement. Chaque fois qu'elle me posait la question, je lui répondais qu'ils avaient fait ça la nuit précédente, pour qu'elle me fiche la paix. Les autres la traitaient de la même façon. À la fin, c'était devenu une sorte de jeu stupide.

— Pourquoi voulait-elle savoir ? »

La jeune femme haussa les épaules.

« J'ai toujours pensé qu'elle avait l'esprit mal tourné. Au village, il y a une femme exactement comme ça. Vous ne pouvez pas la rencontrer sans qu'elle vous demande :

"Alors, c'est vrai ce qu'on dit ?", et elle a les yeux qui se mettent à pétiller. Je déteste ces manières-là. Naturellement, elle est la dernière à savoir ce qui se passe. Les gens la fuient. »

Roz réfléchit un instant.

« Est-ce qu'il arrivait aux parents d'Olive de s'embrasser ou de se prendre la main ?

— Sûrement pas !

— Vous en êtes certaine ?

— Évidemment. Ils ne pouvaient pas se voir. Ma mère disait que, s'ils restaient ensemble, c'est parce que lui était trop flemmard pour s'en aller et elle trop pingre pour le laisser partir.

— Olive devait chercher à se rassurer.

— Pardon ?

— Quand elle vous questionnait à propos de vos parents, répondit calmement Roz, elle cherchait à se rassurer. La pauvre s'efforçait de savoir si les siens étaient les seuls à ne pas s'entendre.

— Ah, laissa tomber son interlocutrice, surprise. Vous croyez ? »

Puis elle fit une jolie petite moue.

« Non. Je suis sûre que vous vous trompez. C'étaient les choses du sexe qui l'intéressaient. Je vous l'ai dit, elle avait un regard avide. »

Roz ne releva pas.

« Elle mentait ?

— Oui, ça aussi. » Les souvenirs semblèrent brusquement affluer à son esprit. « Et même tout le temps. C'est bizarre que j'aie oublié ça. À la fin, naturellement, personne ne croyait plus un mot de ce qu'elle racontait.

— À propos de quoi mentait-elle ?

— De tout.

— Quoi en particulier ? Elle-même ? Les autres ? Ses parents ?

— Tout. »

Geraldine lut de l'impatience sur le visage de Roz.

« Mon Dieu, c'est difficile à dire. Elle inventait des histoires. De manière générale. Attendez, que je réfléchisse. Oui, elle nous parlait de petits copains qui n'existaient pas, se vantait d'avoir passé des vacances en France avec ses parents, qui n'avaient pas bougé, ou nous bassinait avec son chien alors que tout le monde savait qu'elle n'en avait pas. » Elle fit une grimace. « Et, bien sûr, elle trichait tout le temps. Ça, c'était le plus ennuyeux. Dès que vous regardiez ailleurs, elle s'emparait de vos devoirs dans votre cartable pour vous piquer vos idées.

— Pourtant, elle était intelligente ? Elle a réussi ses examens.

— À ce qu'il paraît, mais, vu ses notes, elle n'a pas dû se pavaner en rentrant chez elle. » On sentait une certaine méchanceté dans cette remarque. « Quoi qu'il en soit, si elle était aussi intelligente que ça, comment se fait-il qu'elle n'ait pas trouvé un travail plus convenable ? Ma mère disait qu'elle en était gênée d'aller chez Pettit et d'être servie par Olive. »

Le regard de Roz passa du visage fade de Geraldine à la vue qu'on découvrait par les portes vitrées. Elle lutta un instant avec les reproches acerbes qui assaillaient son esprit. Peut-être se trompait-elle, après tout. Et cependant... Cependant, il ne faisait pratiquement plus aucun doute pour elle qu'Olive avait été une enfant profondément malheureuse.

Elle se força à sourire.

« Manifestement, Olive se sentait plus proche de vous que de quiconque, à part, peut-être, sa sœur. Pour quelle raison, à votre avis ?

— Ma foi, je n'en ai pas la moindre idée. D'après ma mère, je lui rappelais Ambre. Je ne vois pas en quoi, mais il est vrai que, lorsque nous étions toutes les trois, les gens croyaient souvent qu'Ambre était ma sœur et non celle d'Olive. » Elle réfléchit. « Maman a sans doute raison. Il a fallu qu'Ambre arrive à l'école pour qu'Olive cesse de me suivre partout.

— Cela a dû être un soulagement. »

Roz avait dit cela d'un ton légèrement acide, qui échappa heureusement à la jeune femme.

« Je suppose. Si ce n'est..., ajouta-t-elle comme si elle venait seulement d'y penser, que personne n'osait m'embêter quand je me trouvais avec Olive. »

Roz l'observa un instant.

« D'après sœur Bridget, Olive avait beaucoup d'affection pour Ambre.

— Oui. Tout le monde.

— Pourquoi ça ? »

Mrs Wright eut un haussement d'épaules.

« Elle était très gentille. »

Roz éclata soudain de rire.

« Franchement, cette chère Ambre commence à me taper sur les nerfs. Personne n'est jamais parfait. Qu'avait-elle donc de si particulier ?

— Mon Dieu ! » La jeune femme fronça les sourcils dans un effort de mémoire. « Maman affirmait qu'elle était extrêmement serviable. Les gens en abusaient, mais elle ne s'en souciait pas. Elle était très souriante, naturellement. »

Roz se mit à dessiner un chérubin sur son bloc tout en songeant à la fameuse grossesse accidentelle.

« De quelle façon abusait-on d'elle ?

— Je suppose qu'elle voulait avant tout faire plaisir. C'étaient de petites choses, comme de prêter ses stylos ou de se charger d'emplettes pour les sœurs. Un jour, j'ai eu besoin d'un maillot propre pour un match de tennis et je lui ai emprunté le sien.

— Sans le lui demander ? »

Contre toute attente, Geraldine Wright rougit.

« Avec elle, ce n'était pas nécessaire. Elle disait toujours oui. C'est Olive qui piquait des crises. Pour le maillot, elle m'a fait toute une histoire. » Puis, consultant la pendule : « Je vais devoir partir. Il est tard. » Elle se leva. « J'ai bien peur de ne pas vous avoir été très utile.

— Au contraire, répondit Roz en se levant à son tour, vous m'avez été d'un grand secours. Merci infiniment. »

Elles gagnèrent l'entrée côte à côte.

« Vous n'avez jamais trouvé bizarre, interrogea Roz tandis que Mrs Wright lui ouvrait la porte, qu'Olive ait tué sa sœur ?

— Si, bien sûr. J'en ai été bouleversée.

— Au point de vous demander si elle l'avait vraiment fait ? Compte tenu de ce que vous m'avez dit de leurs relations, cela paraît assez invraisemblable. »

Les grands yeux gris s'assombrirent, reflétant l'incertitude.

« Invraisemblable, en effet. C'est ce que ma mère

n'arrête pas de répéter. Mais, si elle ne l'a pas fait, pourquoi prétend-elle le contraire ?

— Je l'ignore. L'habitude de protéger les autres, peut-être, dit Roz avec un sourire cordial. Croyez-vous que votre mère accepterait de me parler ?

— Oh, cela m'étonnerait beaucoup. Maman n'a aucune envie que l'on sache que je suis allée à l'école avec Olive.

— Pourriez-vous néanmoins lui poser la question ? Si elle était d'accord, téléphonez-moi au numéro marqué sur la carte. »

Mrs Wright secoua la tête.

« Vous perdez votre temps. Elle ne voudra jamais.

— Très bien. »

Roz sortit et s'engagea sur le chemin tapissé de gravier.

« Quelle maison ravissante, déclara-t-elle d'un ton enthousiaste en levant la tête vers les clématites qui entouraient le porche. Où habitiez-vous avant ? »

La jeune femme eut une mimique éloquente.

« Dans un affreux clapier en béton des environs de Dawlington. »

Roz se mit à rire.

« Cela a dû vous changer ! »

Elle ouvrit la porte de la voiture.

« Il vous arrive de retourner à Dawlington ?

— Oh oui ! Mes parents y sont toujours. Je vais les voir chaque semaine. »

Roz jeta sac et porte-documents sur le siège arrière.

« Ils doivent être fiers de vous. » Elle lui tendit la main. « Merci de m'avoir accordé de votre temps, Mrs Wright. Et surtout, ne vous inquiétez pas pour ce que vous m'avez dit, je vous promets de faire très attention. »

Elle s'installa au volant et claqua la portière.

« Une dernière chose, lança-t-elle par la vitre baissée, une expression de candeur dans son regard sombre, quel est votre nom de jeune fille, que je puisse vous rayer de la liste des élèves que sœur Bridget m'a confiée ? Je ne voudrais pas commettre une erreur et vous embêter à nouveau.

— Hopwood », répondit avec empressement Geraldine Wright.

Mrs Hopwood ne fut pas difficile à trouver. Roz se rendit à la poste de Dawlington pour y consulter l'annuaire. La ville comptait trois Hopwood. Elle nota les numéros et les appela tour à tour d'une cabine en se faisant passer pour une ancienne amie de Geraldine et en demandant à lui parler. Aux deux premiers, on lui répondit qu'on ne connaissait personne portant ce prénom. Au troisième, un homme lui déclara que Geraldine était mariée et vivait à présent à Wooling. Il lui donna le nouveau numéro de celle-ci, ajoutant, d'une voix doucereuse, qu'il avait été enchanté de l'entendre après si longtemps. Roz ne put se retenir de sourire en raccrochant. Geraldine ressemblait certainement à son père.

Cette impression ne fit que se confirmer lorsque, d'un geste énergique, Mrs Hopwood, après avoir mis la chaîne de sûreté, entrouvrit la porte. Elle considéra Roz avec une profonde méfiance.

« C'est pour quoi ? interrogea-t-elle.

— Mrs Hopwood ?

— Oui. »

Roz avait préparé une vague histoire, mais le regard incisif de son interlocutrice la dissuada d'aller plus loin. Mrs Hopwood n'avait pas l'air de quelqu'un prêt à avaler n'importe quel bobard.

« Je crains d'avoir un peu forcé la main à votre fille et à votre époux pour obtenir cette adresse. Je m'appelle...

— Rosalind Leigh, et vous écrivez un livre sur Olive. Je sais. Je viens d'avoir Geraldine au téléphone. Elle a tout de suite fait le rapprochement. Désolée, mais je ne peux pas vous aider. Je connaissais à peine cette fille. »

Pourtant, elle ne referma pas la porte. Quelque chose, la curiosité peut-être, la retint.

« Vous la connaissiez certainement mieux que moi, Mrs Hopwood.

— Sauf que moi, je n'ai pas choisi d'écrire un livre sur elle, mademoiselle. Je n'en ai d'ailleurs nulle envie.

— Même si vous pensiez qu'elle est innocente ? »

Mrs Hopwood ne répondit pas.

« Et si elle n'avait rien fait ? Y avez-vous songé ?

— Ce n'est pas mon affaire. » La femme fit mine de refermer la porte.

« Bon sang ! explosa soudain Roz, mais de qui est-ce l'affaire ? Votre fille me fait le portrait de deux sœurs si angoissées que l'une ment et triche pour se rendre intéressante et que l'autre n'ose pas dire non de peur qu'on ne l'aime plus. Qu'est-ce qu'il se passait donc dans cette famille qui les ait rendues comme ça ? Et qu'est-ce que vous fabriquiez alors ? Qu'est-ce que vous fabriquiez tous ? Chacune n'avait pas d'autre véritable amie que sa sœur. »

Par l'embrasure de la porte, Roz vit les lèvres de Mrs Hopwood se comprimer légèrement et elle hocha la tête avec dédain.

« Je crois que je me suis trompée. Je m'attendais, d'après certaines remarques faites par votre fille, à tomber sur une âme charitable. » Elle lui adressa un sourire glacé. « Apparemment, c'est loin d'être le cas. Au revoir, Mrs Hopwood. »

L'autre eut un geste d'impatience.

« Vous feriez mieux d'entrer. Mais je vous préviens, j'insiste pour avoir une transcription de l'entretien. Je n'ai aucune envie que vous déformiez mes propos pour alimenter je ne sais quel roman concernant Olive. »

Roz lui montra son magnétophone.

« J'enregistrerai ce que nous dirons. De votre côté vous pouvez faire de même, ou bien je vous enverrai une copie. »

Mrs Hopwood approuva d'un signe de tête, ôta la chaîne et ouvrit tout grand la porte.

« Nous avons aussi un appareil. Mon mari va l'installer pendant que je prépare du thé. Entrez, et essuyez-vous les pieds, s'il vous plaît. »

Dix minutes plus tard tout était prêt. Mrs Hopwood, comme de bien entendu, prit la direction des opérations.

« Le plus facile pour moi est de vous dire tout ce dont je me souviens. Ensuite, vous n'aurez qu'à me poser des questions.

— Très bien.

— Je connaissais peu Olive. C'est vrai. Elle est peut-être venue ici cinq ou six fois en tout, deux fois pour l'anniversaire de Geraldine et les autres fois pour prendre le thé. Je ne la trouvais guère sympathique. Elle était gauche, nonchalante, quasiment muette, sans le moindre humour et, à vrai dire, plutôt rébarbative. Ce n'est pas une vision très charitable, mais je n'y peux rien, les sentiments ne se commandent pas. Je n'ai pas été fâchée que son amitié avec Geraldine finisse d'elle-même. » Elle s'interrompit pour rassembler ses idées. « Après cela, je n'ai plus eu véritablement de contacts avec elle. Elle n'est jamais revenue à la maison. J'entendais, naturellement, ce que racontaient Geraldine et ses amies. L'impression que j'en retirais se rapprochait beaucoup de ce que vous avez décrit tout à l'heure : une gamine triste, peu aimable et peu aimée, qui se vantait de voyages qu'elle n'avait pas faits et de petits amis qu'elle n'avait pas eus pour compenser la morosité de sa vie chez elle. Ses tricheries résultaient, je pense, du fait que sa mère voulait absolument qu'elle fasse tout bien. De même sa boulimie. Elle avait toujours été grassouillette, mais, à l'adolescence, sa façon de se nourrir est devenue carrément maladive. Selon Geraldine, il lui arrivait fréquemment de dérober de la nourriture à la cantine et de se la fourrer en entier dans la bouche comme si elle avait peur qu'on ne la lui reprenne. Sans doute interprétez-vous cela comme le symptôme d'un déséquilibre du milieu familial. » Elle lança un regard interrogateur à Roz qui acquiesça. « Et, ma foi, je serais assez d'accord. Ce n'était pas une attitude normale, pas plus que la docilité d'Ambre, bien que je n'aie jamais vu aucune des deux sœurs à l'action, si je puis dire. Je vous rapporte uniquement ce que j'ai entendu raconter par Geraldine et ses amies. Cela n'avait d'ailleurs rien pour me surprendre, dans la mesure où j'avais déjà rencontré Gwen et Robert Martin en allant rechercher Geraldine les quelques fois où ils l'avaient invitée chez eux. C'était un couple très étrange. Ils se parlaient à peine. Lui vivait dans une pièce du bas à l'arrière de la maison et elle avec les deux filles dans les pièces du devant. À ma connaissance, ils communiquaient presque uniquement par l'entremise d'Olive et d'Ambre. » Elle s'arrêta en voyant l'expression de Roz. « On ne vous l'a pas dit ? »

Roz secoua la tête.

« J'ignore combien de personnes s'en étaient rendu compte. Naturellement, Mrs Martin s'arrangeait pour donner le change et, si Geraldine n'avait pas aperçu un lit dans le bureau du mari, je n'aurais jamais deviné ce qui se passait. » Elle plissa le front. « C'est toujours comme ça, n'est-ce pas ? Il suffit d'avoir un soupçon pour que tout, ensuite, semble le confirmer. On ne les voyait presque jamais ensemble, sauf de temps à autre lors des réunions d'information avec les parents d'élèves, où quelqu'un, en général un professeur, discutait avec l'un d'eux. » Elle sourit, gênée. « J'avais pris l'habitude de les observer, non par malice — mon mari vous le dira —, mais pour me prouver que j'avais tort. » Elle secoua la tête. « J'en étais tout bonnement arrivée à la conclusion qu'ils se détestaient. Et ce n'était pas seulement qu'ils ne se parlaient pas. Il n'y avait aucun échange entre eux, ni geste, ni regard, rien. Cela vous paraît sensé ?

— Tout à fait, répondit Roz avec vivacité. La haine, comme l'amour, parle avec le corps.

— C'était elle, je pense, l'instigatrice de cette situation. J'ai toujours pensé qu'il avait eu une liaison et qu'elle s'en était aperçue, mais ce n'est qu'une supposition, je l'avoue. Il était plutôt bel homme, d'un abord facile et, bien sûr, il s'absentait souvent à cause de son travail. Elle n'avait aucun ami, peut-être quelques connaissances, mais on ne la rencontrait jamais en société. Elle possédait un grand sang-froid, paraissait distante, insensible. Une femme plutôt désagréable. Certainement pas le genre dont on puisse être fier. » Elle demeura un instant silencieuse. « Olive tenait bien sûr de sa mère, par ses manières et son caractère, tandis qu'Ambre ressemblait à son père. Pauvre Olive, ajouta-t-elle avec une compassion sincère. Elle n'a pas été très gâtée. »

Mrs Hopwood regarda Roz et poussa un profond soupir.

« Vous m'avez demandé ce que je faisais pendant ce temps-là. Eh bien, figurez-vous que j'élevais mes enfants et, si vous en aviez aussi, vous sauriez que c'est suffisamment de travail pour qu'on n'aille pas, en plus, se mêler des affaires des autres. Je regrette toujours de n'avoir rien dit alors, mais, en réalité, qu'aurais-je pu faire ? Dans tous les cas, il me semblait que c'était la responsabilité de l'école. » Elle écarta les mains. « Voilà. C'est facile quand on considère les choses maintenant, mais qui se serait douté de ce qui arriverait ? Personne n'aurait pu penser qu'Olive était perturbée à ce point-là. »

Elle laissa retomber ses mains sur ses cuisses, tout en lançant à son mari un regard de désarroi.

Mr Hopwood parut hésiter.

« Inutile de vous dire, prononça-t-il lentement, que nous n'avons jamais cru qu'elle avait tué Ambre. Je suis même allé à la police, vous savez, leur expliquer que c'était impossible. On m'a répondu que mes renseignements dataient. Ce qui était vrai. Cela faisait au moins cinq ans que nous avions perdu de vue la famille et, en cinq ans, les deux sœurs avaient très bien pu finir par se détester. »

Il redevint silencieux.

« Mais si Olive n'a pas tué Ambre, enchaîna Roz, alors qui ?

— Gwen », répondit-il, surpris, comme si cela allait de soi. Il lissa ses cheveux blancs. « Selon nous, Olive a surpris sa mère flanquant une rossée à Ambre. C'était largement suffisant pour la rendre folle de rage, si du moins elle était restée attachée à sa sœur.

— Gwen aurait été capable de faire ça ? »

Ils se regardèrent.

« Nous l'avons toujours pensé, dit Mr Hopwood. Elle en voulait beaucoup à Ambre, probablement parce que celle-ci ressemblait à son père.

— Qu'a déclaré la police ? demanda Roz.

— J'ai cru comprendre que Robert Martin avait émis la même hypothèse. Ils en ont parlé à Olive, qui a nié cette version des faits. »

Roz le dévisagea.

« Vous dites que le père d'Olive a déclaré à la police que, d'après lui, sa fille cadette avait été rouée de coups par sa femme et qu'Olive avait alors tué celle-ci ? »

Il acquiesça.

« Bon Dieu ! laissa-t-elle échapper. Son avocat ne m'en a rien dit. » Elle réfléchit un instant. « Cela implique, comme vous vous en doutez, que Gwen avait déjà battu sa fille. Personne ne porterait une telle accusation sans de solides motifs, vous ne croyez pas ?

— Peut-être estimait-il, tout comme nous, qu'Olive n'avait pas pu tuer Ambre. »

Roz se mordilla le pouce, tout en fixant le tapis des yeux.

« Dans sa déposition, elle prétend qu'elle ne s'entendait pas bien avec sa sœur. Cela tient à peu près debout si l'on suppose qu'elles s'étaient brouillées après avoir quitté l'école, mais c'est parfaitement absurde si l'on songe que, pour son propre père, Olive aimait encore sa sœur au point d'être capable de tuer pour la venger. » Elle secoua la tête. « Je parierais que l'avocat chargé du dossier n'a jamais entendu parler de ça. Le malheureux s'est échiné à bâtir une défense à partir de trois fois rien. » Elle releva les yeux. « Pourquoi Robert Martin a-t-il lâché prise ? Pourquoi l'a-t-il laissée plaider coupable ? À l'en croire, elle voulait lui épargner l'épreuve d'un procès.

— Je ne saurais vous le dire, répliqua Mr Hopwood. Nous ne l'avons plus revu. Peut-être a-t-il fini, d'une manière ou d'une autre, par se convaincre de la culpabilité de sa fille. » Il massa ses doigts déformés par les rhumatismes. « Nous avons tous du mal à admettre qu'une personne qui nous est familière puisse commettre un acte horrible, sans doute parce que cela révèle la faiblesse de notre jugement. Nous l'avons connue avant le drame. Vous l'avez rencontrée, j'imagine, depuis. Dans un cas comme dans l'autre, nous n'avons pas su détecter la faille qui l'a conduite à assassiner sa mère et sa sœur, et nous lui cherchons des excuses. Pourtant, je ne pense pas, en définitive, qu'elle en ait. Ce n'est pas comme si les policiers lui avaient extorqué des aveux. Si j'ai bien compris, ce sont même eux qui lui ont conseillé de réclamer l'assistance d'un avocat. »

Roz fronça les sourcils.

« Et malgré cela, vous continuez à douter ? »

Il eut un léger sourire.

« Seulement lorsque quelqu'un vient jeter le pavé dans la mare. Sinon, nous y pensons rarement. On ne peut pas nier le fait qu'elle a signé une confession dans laquelle elle se reconnaît coupable.

— Les gens confessent tous les jours des délits qu'ils n'ont pas commis ! s'écria vivement Roz. Timothy Evans fut pendu à cause de ses aveux, pendant que Christie continuait à dissimuler allégrement ses victimes sous le plancher. Sœur Bridget prétend qu'Olive mentait à tout bout de champ ; votre fille et vous-même avez fait état de certains de ses mensonges. Qu'est-ce qui vous prouve qu'elle disait la vérité dans ce cas-là ? »

Ils ne répondirent pas.

« Je suis désolée, reprit-elle avec un sourire contrit. Je ne voulais pas vous faire de reproches. J'essaie seulement de comprendre. Il y a dans cette histoire tellement d'incohérences. Ainsi, pourquoi Robert Martin a-t-il continué à habiter la maison après le drame ? On aurait pu s'attendre à ce qu'il remue ciel et terre pour s'installer ailleurs.

— Vous devriez parler à la police, dit Mr Hopwood. Elle en sait plus que n'importe qui.

— Oui, fit Roz d'un ton laconique, je devrais. »

Elle ramassa la tasse et la soucoupe qu'elle avait posées sur le sol et les mit sur la table.

« Puis-je vous demander encore trois choses. Ensuite, je vous laisserai tranquilles. Premièrement, voyez-vous quelqu'un d'autre qui pourrait m'aider ? »

Mrs Hopwood secoua la tête.

« J'ignore à peu près tout de sa vie après son départ de l'école. Il faudrait que vous retrouviez les personnes avec lesquelles elle a travaillé.

— Très bien. Deuxièmement, saviez-vous qu'Ambre avait eu un enfant à l'âge de treize ans ? »

Ils la regardèrent, stupéfaits.

« Seigneur Dieu ! s'exclama Mrs Hopwood.

— Oui. Troisièmement... » Elle s'interrompit en songeant à la réaction amusée qu'avait eue Graham Deedes. Fallait-il, de surcroît, rendre Olive ridicule ? « Troisièmement, reprit-elle d'une voix ferme, Gwen a obligé Olive à avorter. Étiez-vous au courant ? »

Mrs Hopwood prit un air songeur.

« Cela s'est passé début 1987 ? »

Ne sachant que répondre, Roz hocha la tête.

« J'avais moi-même des ennuis avec une ménopause qui n'en finissait pas, déclara Mrs Hopwood, sans se troubler. Par le plus grand des hasards, je suis tombée sur Olive et Gwen à l'hôpital. Je ne les ai pas revues depuis.

Gwen était très énervée. Elle a essayé de me convaincre que sa fille l'avait accompagnée parce qu'elle-même avait un problème gynécologique, mais cela sautait aux yeux que le problème, c'était Olive qui l'avait. La pauvre était en pleurs. » Elle fit une moue contrariée. « Quelle erreur de ne pas lui avoir permis de le garder ! Évidemment, cela explique les meurtres. Ils ont eu lieu à peu près à l'époque où le bébé aurait dû naître. Pas étonnant qu'elle ait été perturbée. »

Roz reprit le chemin de Leven Road. Cette fois, la porte du 22 était entrebâillée et une jeune femme s'occupait de tailler la haie qui entourait le jardin. Roz se gara le long du trottoir et descendit de voiture.

« Bonjour. »

Elle prit la main de la jeune femme et la serra vigoureusement. Elle espérait que la cordialité de ce premier contact la mettrait à l'abri d'une réaction foncièrement négative, comme celle qu'avait eue la voisine.

« Je m'appelle Rosalind Leigh. Je suis venue l'autre jour, mais vous étiez absente. Je vois que votre temps est précieux, aussi je ne voudrais pas vous déranger. Peut-être pouvons-nous discuter pendant que vous travaillez ? »

La jeune femme haussa les épaules et se remit à jouer du sécateur.

« Si vous avez quelque chose à vendre, comme un machin religieux, vous feriez aussi bien d'aller voir ailleurs.

— C'est au sujet de votre maison.

— Oh, doux Jésus ! fit l'autre avec une moue dégoûtée. J'en arrive presque à souhaiter de n'avoir jamais acheté cette sale bicoque. Vous faites quoi ? De la recherche psy, vous aussi ? Pour moi, ce sont tous des cinglés. Ils sont persuadés que la cuisine est bourrée d'ectoplasmes ou quelque chose d'aussi répugnant.

— Non. J'ai des occupations beaucoup plus terre à terre. Je rédige un nouveau rapport sur l'affaire Olive Martin.

— Pourquoi ça ?

— Parce que certaines questions sont restées sans réponse. Par exemple, pour quelle raison Robert Martin est-il resté ici après les meurtres ?

— Et vous croyez peut-être que je le sais ? lança la jeune femme en s'étranglant de rire. Je ne l'ai même jamais rencontré. Il était mort depuis belle lurette quand nous avons emménagé. Vous devriez demander au vieux Hayes — elle indiqua d'un signe de tête les garages à côté —, c'est le seul qui connaissait la famille.

— Je lui en ai parlé. Il ne le sait pas non plus. » Elle jeta un regard en direction de la porte ouverte, mais ne put distinguer qu'un bout de mur couleur pêche et un triangle de moquette brun-roux.

« J'ai entendu dire que la maison avait été entièrement vidée et redécorée. Vous l'avez fait vous-mêmes ou vous l'avez achetée après ?

— Nous l'avons fait nous-mêmes. Mon mari bosse dans le bâtiment. Enfin, il y bossait, corrigea-t-elle. Il a été licencié il y a dix, douze mois de ça. Nous avons eu de la veine : nous avons réussi à vendre l'autre baraque sans trop y perdre et à racheter celle-là pour presque rien. Et sans emprunt, ce qui fait que nous ne sommes pas à ramer comme un tas d'autres pauvres crétins.

— Il a retrouvé un emploi ? » demanda Roz d'un ton compatissant.

La jeune femme secoua la tête.

« Rien du tout ! Le bâtiment, c'est tout ce qu'il connaît, et ça ne marche pas fort en ce moment. Enfin, il continue à chercher. Qu'est-ce qu'il peut faire d'autre, hein ? » Elle abaissa son sécateur. « Vous vous demandez sans doute si nous avons découvert quelque chose en vidant la maison. »

Roz acquiesça. « En un certain sens, oui.

— Si ça avait été le cas, nous l'aurions dit.

— Bien sûr, je ne pensais pas spécialement à un objet. Plutôt à des impressions. Était-ce un endroit agréable ? Est-ce pour cela qu'il est resté ? Parce qu'il s'y plaisait ? »

La jeune femme fit signe que non.

« À mon avis, ça tenait plus de la prison. Je n'en jurerais pas, vu que je n'en suis pas certaine, mais, d'après moi, il ne se servait que d'une pièce, la chambre du bas, à l'arrière de la maison, celle qui communique avec la cuisine et les toilettes et qui possède une porte donnant sur le jardin. Peut-être bien qu'il allait dans la cuisine pour se préparer à manger, mais ça m'étonnerait. La porte était bouclée et nous n'avons jamais retrouvé la clé. En plus, il restait un vieux réchaud branché à une des prises électriques que les déménageurs n'avaient pas pris la peine d'emporter, et je croirais volontiers qu'il se faisait son frichti là-dessus. Le jardin est pas mal. Pour moi, il devait vivre dans cette pièce et dans le jardin, et il ne mettait jamais les pieds dans le reste de la maison.

— À cause de la porte fermée ?

— Non, à cause de la nicotine. Les fenêtres en étaient couvertes au point qu'on ne voyait même pas à travers. Quant au plafond — elle fit la grimace — il était noirâtre. Ça empestait le vieux tabac. Il devait fumer sans arrêt là-dedans. C'était franchement dégoûtant. Mais il n'y avait aucune trace de nicotine dans les autres pièces. S'il lui arrivait de franchir la porte de communication, ça ne devait pas être pour très longtemps. »

Roz hocha la tête.

« Il est mort d'une crise cardiaque.

— Vous m'en direz tant !

— Est-ce que vous me permettez de jeter un coup d'œil à l'intérieur ?

— Inutile. Ça n'a plus rien à voir. Nous avons abattu tout ce qui n'était pas les murs de soutien et entièrement changé la disposition du rez-de-chaussée. Si vous voulez savoir comment c'était, je vais vous faire un plan. Vous n'avez pas besoin d'entrer. Une fois que je vous aurai dit oui à vous, ce sera un défilé continuel, vous comprenez ? N'importe quel Pierre, Paul ou Jacques demandera à faire la visite.

— Très bien. De toute façon, un plan me sera plus utile. »

Roz alla prendre son crayon et son bloc dans la voiture et les lui remit.

« C'est beaucoup plus joli maintenant, l'assura la jeune femme tout en dessinant à petits coups rapides. Nous avons agrandi les pièces et tout repeint. La pauvre Mrs Martin n'avait aucune imagination. Elle devait être sacrément rasoir. » Elle repassa le bloc à Roz. « Voilà, je ne peux pas faire mieux.

— Merci, répondit Roz en examinant le plan. Pourquoi pensez-vous que Mrs Martin était rasoir ?

— Parce que tout, des murs aux plafonds, était peint en blanc. On aurait dit une salle d'opération, froide et aseptisée, sans la moindre touche de couleur. Et il n'y avait pas de tableaux non plus, car les murs ne portaient aucune marque. Je déteste ce genre de maisons, ajouta-t-elle avec un frémissement. Elles ont toujours l'air inhabitées. »

Roz sourit, le regard tourné vers la façade de brique rouge.

« Une chance que ce soit vous qui l'ayez achetée. Je suis sûre qu'elle déborde de vie à présent. Pour ma part, je ne crois guère aux fantômes non plus.

— En réalité, on n'en voit que si l'on veut bien, sinon on n'en voit pas. » Elle se toucha la tempe. « Tout ça, c'est dans la tête. Mon vieux voyait souvent des éléphants roses, et on n'a jamais prétendu que sa maison était hantée ! »

Roz repartit en riant.

6

Le parking devant Le Pique-Assiette était aussi désert que la semaine précédente, sauf que, cette fois, il était trois heures de l'après-midi. L'heure du déjeuner était passée et la porte d'entrée verrouillée. Roz frappa à la vitre et, n'obtenant pas de réponse, suivit l'allée qui menait à l'arrière, là où devait se trouver la porte de la cuisine. Elle était entrebâillée. À l'intérieur, quelqu'un chantait.

« Sergent Hawksley ? » appela-t-elle.

Elle posa la main sur la poignée dans l'idée d'écarter un peu plus le battant et faillit perdre l'équilibre lorsqu'il s'ouvrit tout à coup.

« Vous l'avez fait exprès ! lança-t-elle d'une voix rageuse. J'aurais pu me casser le bras.

— Voyons, ma petite dame, répliqua-t-il d'un ton moqueur, vous ne pouvez donc pas ouvrir la bouche sans râler ? Je vais finir par croire que j'ai été injuste avec mon ex-épouse. »

Il se croisa les bras, un morceau de viande se balançant au bout d'une main.

« Qu'est-ce que vous voulez encore ? »

Il avait vraiment l'art de la mettre en position d'infériorité. Elle se retint de lui envoyer une pique.

« Je suis désolée. Simplement, j'ai manqué m'étaler par terre. Dites-moi, êtes-vous occupé ou puis-je entrer vous dire un mot ? »

Elle scruta prudemment son visage, à la recherche de

nouvelles égratignures, mais ne trouva que celles qu'il avait précédemment.

« Je suis occupé.

— Alors dans une heure ? Vous auriez le temps ?

— Peut-être. »

Elle eut un sourire dépité.

« Dans ce cas, je retenterai ma chance à quatre heures. »

Il la regarda s'éloigner le long de l'allée.

« Qu'est-ce que vous allez faire pendant ce temps-là ? » lui cria-t-il.

Elle se retourna.

« Je resterai dans la voiture. J'ai besoin de revoir mes notes. »

Il agita le morceau de viande.

« J'ai préparé des steaks au poivre avec des légumes à la vapeur et des pommes de terre sautées.

— Bravo.

— Il y en a assez pour deux. »

Roz ne put s'empêcher de rire.

« Est-ce une invitation ou un nouveau genre de torture ?

— Une invitation. »

Elle revint lentement sur ses pas.

« En fait, je meurs de faim. »

Le visage du sergent parut se dérider un peu.

« Cela ne change pas beaucoup. »

Il l'introduisit dans la cuisine et tira une chaise près de la table. Tout en l'observant du coin de l'œil, il força le gaz sous les poêles qui mijotaient.

« On dirait que vous n'avez pas pris un vrai repas depuis plusieurs jours.

— C'est exact. » Puis, en songeant à ce que le jeune flic lui avait dit : « Vous êtes bon cuisinier ? »

Il lui tourna le dos sans répondre et elle regretta sa question. Parler à Hawksley l'intimidait presque autant que de parler à Olive. Apparemment, elle ne pouvait pas ouvrir la bouche sans les agacer. À part un simple merci lorsqu'il lui versa un verre de vin, elle resta silencieuse durant au moins cinq minutes, gênée, ne sachant comment entamer la conversation. Elle avait de fortes raisons de douter qu'il accueillerait avec enthousiasme son projet de bouquin sur Olive.

Il fit glisser les steaks sur des assiettes chaudes, les entoura de pommes de terre entières rissolées, de carottes nouvelles et de haricots verts fumants et arrosa le tout avec le jus resté dans la poêle.

« Tenez, dit-il en posant une assiette devant elle sans paraître remarquer son embarras, cela va vous retaper. »

Il s'assit et attaqua son steak.

« Eh bien, qu'est-ce que vous attendez ?

— Des couverts.

— Ah ! » D'un tiroir de la table, il tira couteau et fourchette. « Maintenant, allez-y. Et inutile de bavarder. La bonne nourriture se passe du reste. »

Elle n'avait pas besoin qu'on la prie davantage et elle se mit à manger avec appétit.

« Délicieux, finit-elle par dire en poussant sur le côté son assiette vide. Tout à fait délicieux. »

Il leva un sourcil en une expression sardonique.

« Alors, c'est de la cuisine ou pas ? »

Elle rit.

« C'en est. Puis-je vous poser une question ? »

Il lui remplit son verre.

« Dites toujours.

— Si je n'étais pas venue, vous auriez mangé les deux steaks ?

— Je me serais probablement limité à un. Ou peut-être pas. Je n'ai aucune réservation pour ce soir et ça ne se garde pas. J'aurais sans doute mangé les deux. »

Elle perçut de l'amertume dans sa voix.

« Combien de temps croyez-vous pouvoir tenir sans clients ? » s'enquit-elle machinalement.

Il ignora la question.

« Vous vouliez me demander quelque chose. De quoi s'agit-il ? »

Elle hocha la tête. Manifestement, il n'aimait pas plus qu'elle parler de ses problèmes.

« D'Olive Martin. J'écris un livre à son sujet. On m'a dit que vous aviez participé à son arrestation. »

Il ne répondit pas tout de suite, se bornant à l'observer par-dessus son verre de vin.

« Pourquoi Olive Martin ?

— Parce qu'elle m'intéresse. »

Il était impossible de juger de la réaction de Hawksley.
« Évidemment. Ce qu'elle a fait est absolument affreux. Ça ne m'étonne pas que vous la trouviez intéressante. Vous l'avez déjà rencontrée? »

Roz acquiesça.

« Et alors?

— Je la trouve sympathique.

— Vous êtes sacrément naïve. » Il s'étira, faisant craquer les articulations de ses épaules. « On s'attend à plonger dans l'horreur et à affronter un monstre et on s'aperçoit que le monstre en question aurait plutôt l'air d'un saint par rapport à ce qu'on imaginait. De ce point de vue, Olive ne fait pas exception. En temps ordinaire, la plupart des criminels sont des gens parfaitement agréables. Interrogez n'importe quel gardien de prison. Il sait mieux que personne que, sans la bonne volonté des détenus, le système pénal ne pourrait pas fonctionner. » Il plissa les yeux. « Malheureusement Olive a découpé en morceaux deux femmes totalement innocentes. Le fait qu'elle vous présente aujourd'hui un visage humain ne rend pas son crime moins odieux.

— Vous ai-je dit le contraire?

— Vous lui consacrez un livre. Même si c'était pour la traîner dans la boue, vous en feriez forcément une célébrité. » Il se pencha en avant et poursuivit d'un ton aigre : « Et sa mère et sa sœur, vous avez pensé à elles? Vous croyez que c'est leur rendre justice que de donner à leur meurtrière le plaisir de devenir une héroïne? »

Roz baissa les yeux.

« Je sais. Cela me gêne aussi », admit-elle. Puis, relevant la tête. « Ou, plutôt, cela me gênait. Je vois maintenant un peu mieux dans quelle direction aller. Mais je suis d'accord avec vous en ce qui concerne sa mère et sa sœur. Il serait trop facile de tout centrer sur Olive. Elle vit encore, alors que celles-ci ne sont plus là pour s'exprimer. Il faut se contenter du récit des autres, d'impressions qui, déjà vagues à l'époque, le sont bien plus aujourd'hui. »

Elle poussa un soupir.

« Je suis toujours très réservée, il ne servirait à rien de le cacher, aussi, avant de prendre une décision, j'ai besoin de savoir ce qui s'est passé ce fameux jour. » Elle se mit à jouer avec le pied de son verre. « Il se peut que je sois naïve, mais j'attends qu'on me démontre que c'est un handicap, car je pourrais vous rétorquer, non sans raison, qu'à côtoyer sans cesse le pire, on risque d'avoir une vision déformée des choses.

— Ce qui signifie ? demanda-t-il d'un air amusé.

— Que le geste d'Olive vous a choqué mais non surpris. Du seul fait que vous aviez déjà eu connaissance, directement ou non, d'actes semblables.

— Et alors ?

— Alors vous n'avez pas cherché à établir pourquoi elle avait agi ainsi. Tandis que moi, dans ma grande naïveté, ajouta-t-elle en soutenant son regard, j'en ai été surprise autant que choquée et je tiens à savoir le pourquoi de son acte. »

Il se rembrunit.

« C'est dans sa déposition. Je ne me souviens plus bien des détails, mais, si je ne me trompe, elle était furieuse qu'on n'ait pas fêté son anniversaire et elle a piqué une crise le lendemain, lorsque sa mère a refusé que sa sœur téléphone pour se faire porter malade. La violence dans la vie quotidienne naît souvent de circonstances des plus banales. Et Olive avait des motifs infiniment plus solides que bien d'autres criminels que j'ai connus. »

Roz se pencha et ouvrit son porte-documents.

« J'ai ici une copie de sa déposition. »

Elle la lui donna et attendit qu'il l'ait lue.

« Eh bien, qu'est-ce qui vous chiffonne ? finit-il par demander en posant les feuilles sur la table. On ne peut pas être plus explicite : elle s'est mise en colère, les a frappées et a ensuite cherché à se débarrasser des corps.

— C'est effectivement ce qu'elle dit, mais, pour autant, cela ne signifie pas que ce soit vrai. Sa déposition contient au moins un mensonge flagrant, sinon deux. »

Elle se mit à tripoter son crayon.

« Dans le premier paragraphe, elle prétend ne jamais s'être très bien entendue ni avec sa mère ni avec sa sœur. Or, en ce qui concerne sa sœur, tous ceux auxquels j'ai parlé affirment le contraire. Ils prétendent qu'elle était très attachée à Ambre.

— Et l'autre mensonge ? » demanda-t-il en fronçant les sourcils.

Elle se pencha et cocha une ligne vers le milieu du deuxième paragraphe.

« Elle dit avoir placé un miroir devant leur bouche et, constatant qu'il n'y avait aucune trace de buée, s'être mise à les dépecer... » Elle tourna quelques pages. « Mais, à en croire le médecin légiste, Mrs Martin s'est défendue avant d'avoir la gorge tranchée. Olive n'en parle à aucun moment.

— Cela ne veut strictement rien dire, répliqua Hawksley avec un hochement de tête. Elle a très bien pu, sous l'effet de la honte, édulcorer son récit, à moins que le choc n'ait effacé de sa mémoire les détails les plus inacceptables.

— Et concernant sa prétendue mésentente avec Ambre, vous avez une explication ?

— Est-ce vraiment utile ? Elle a avoué de son plein gré. Nous avons même insisté pour attendre l'arrivée de son avocat, afin qu'on ne puisse pas dire ensuite que la police avait exercé des pressions. » Il vida son verre. « Et n'allez pas me raconter qu'elle aurait confessé un tel crime si elle ne l'avait pas commis.

— Elle ne serait pas la première.

— Après des jours entiers d'interrogatoire, peut-être, et encore. Dans chaque cas de ce genre, l'inculpé, lors du procès, s'est rétracté et a proclamé son innocence. Olive n'a fait ni l'un ni l'autre. » Il lui lança un regard moqueur. « Croyez-moi, elle était tellement pressée de se soulager la conscience qu'elle ne tenait pas en place.

— Et cela s'est passé comment ? Elle a raconté son histoire d'une traite ou vous lui avez posé des questions ? »

Il mit les mains derrière son cou.

« À moins qu'elle n'ait totalement changé, vous avez dû vous apercevoir qu'elle ne parle pas volontiers. Nous avons été obligés de lui poser des questions et elle a répondu sans se faire prier. » Il prit un air pensif. « Elle est restée tout le temps assise, à nous dévisager comme si elle voulait être sûre de ne pas nous oublier. Franchement, j'en ai la chair de poule rien qu'à l'idée qu'elle pourrait filer et me faire subir le même sort qu'à sa famille.

— Il y a à peine cinq minutes, vous prétendiez qu'elle était très différente de ce qu'on imagine. »

Il se frotta la joue.

« De ce que vous, vous imaginiez, corrigea-t-il. Mais vous pensiez trouver une créature n'ayant rien d'humain, ce pourquoi il vous semble difficile d'être objective. »

Plutôt que de se laisser entraîner dans une impasse, elle sortit son magnétophone et le posa sur la table.

« Puis-je enregistrer la conversation ?

— Je n'ai encore accepté aucun entretien. »

Il se leva brusquement et alla remplir une bouilloire.

« Vous devriez contacter l'inspecteur Wyatt. Il était présent lors de sa déposition et il travaille toujours dans le service. Café ?

— S'il vous plaît. »

Elle le regarda prendre un paquet d'arabica et en verser quelques cuillerées dans une cafetière.

« J'aimerais mieux en parler avec vous. C'est un vrai miracle que d'arriver à coincer un flic. Si vous le souhaitez, je ne mentionnerai pas votre nom et vous pourrez même lire les épreuves. À supposer, bien sûr, que les choses en arrivent là, précisa-t-elle avec un petit rire. Ce que vous me direz me persuadera peut-être de laisser tomber. »

Il la considéra quelques secondes, tout en se grattant la poitrine à travers sa chemise d'un air absent.

« D'accord. Je vais vous raconter ce dont je me souviens, mais je vous conseille de vérifier. Il y a pas de mal de temps de ça et ma mémoire n'est pas infaillible. Par où voulez-vous que je commence ?

— Par son coup de fil à la police. »

Il attendit d'entendre siffler la bouilloire, puis il remplit la cafetière d'eau et la posa sur la table.

« L'appel ne venait pas de police secours. Elle avait téléphoné directement au commissariat en s'aidant de l'annuaire. » Il secoua la tête au souvenir de cet épisode. « Au début, cela ressemblait à une blague. On ne comprenait rien à ce qu'elle racontait. »

Il avait terminé son service et enfilé son veston, lorsque l'inspecteur en poste à la réception était entré en tenant un bout de papier avec une adresse marquée dessus.

« Rends-moi service, Hal. Pourrais-tu aller jeter un coup d'œil à cette adresse en rentrant chez toi ? Leven

Road. C'est pratiquement sur ton chemin. Une espèce de cinglée qui beuglait dans le téléphone à propos de cuisses de poulet répandues sur le carrelage de sa cuisine. Il fit la grimace. Elle a besoin d'un agent pour les ramasser. »

Puis, avec un sourire jusqu'aux oreilles : « Probablement une végétarienne. C'est toi le spécialiste culinaire. Arrange ça, tu seras un pote. »

Hawksley le regarda avec méfiance.

« Tu me charries ou quoi ?

— Non. Parole de scout. »

Il se mit à glousser.

« D'accord, elle n'est pas nette. Mais des déjetés comme ça, il y en a plein le quartier, depuis que le gouvernement les a flanqués à la rue. Contente-toi de faire ce qu'elle demande, sinon elle va nous casser les pieds toute la nuit. Cela ne te prendra pas plus de cinq minutes. »

Olive Martin, les yeux rougis par les larmes, lui ouvrit la porte. Elle empestait la transpiration et, la tête rentrée dans les épaules, des épaules de taureau, elle exprimait un désespoir aussi indicible que dénué d'attrait. Le sang, qui avait éclaboussé son tee-shirt flottant et son pantalon, aurait pu passer pour une décoration excentrique, au point que Hawksley y prêta à peine attention. Pourquoi l'aurait-il fait ? Il n'avait aucune idée de ce qui l'attendait.

« Sergent Hawksley, dit-il avec un sourire bon enfant en lui montrant sa carte. Vous avez appelé le commissariat. »

Elle recula d'un pas, tout en maintenant la porte ouverte.

« Dans la cuisine. » Elle eut un geste vers le couloir. « Par terre.

— Très bien. On va s'en occuper. Quel est votre nom, mon chou ?

— Olive.

— Eh bien, Olive, après vous. Voyons ce qui vous tracasse. »

Cela aurait-il été différent s'il avait su ce qu'il allait trouver ? Sans doute pas. Il est probable, devait-il se répéter par la suite, qu'il aurait été incapable de franchir le seuil rien qu'à l'idée de poser le pied dans cet abattoir humain. Les yeux écarquillés, il aperçut les corps mutilés, la hache, les flots de sang sur le sol, et le choc fut si violent qu'il en eut le souffle coupé, comme si on l'avait serré dans un étau. Du sang montait une odeur insupportable. Il s'appuya contre le montant de la porte et aspira à pleins poumons une bouffée de cet air douceâtre, écœurant, avant de dévaler le couloir et d'être en proie à d'interminables nausées dans le petit bout de jardin donnant sur la rue.

Olive s'assit sur les marches du perron pour l'observer, son visage rond et adipeux aussi livide que le sien.

« Vous n'auriez pas dû venir seul, lui dit-elle d'un air misérable. À deux, cela n'aurait pas été la même chose. »

Il porta un mouchoir à ses lèvres, tout en se servant de sa radio pour réclamer du renfort. Tandis qu'il parlait, il lui jeta un regard circonspect et se rendit compte qu'elle était couverte de sang des pieds à la tête. Il fut pris d'une nouvelle nausée. Bon Dieu de bon Dieu ! Était-elle complètement folle ? Au point de prendre une hache et de le réduire lui aussi en chair à pâté ?

« Merde, grouillez-vous ! cria-t-il dans l'appareil. C'est urgent ! »

Il était trop effrayé pour retourner dans la maison.

Elle le regarda sans se troubler.

« Je ne vous ferai rien. Vous n'avez pas besoin d'avoir peur.

— Qui est-ce ? demanda-t-il en s'épongeant le front.

— Ma mère et ma sœur. » Son regard glissa vers ses mains. « On s'est disputées. »

Hawksley avait la bouche sèche sous l'effet de l'émotion et de la crainte.

« Mieux vaut ne pas en parler », murmura-t-il.

Des larmes roulèrent sur les joues grasses.

« Je l'ai pas fait exprès. On s'est disputées. Ma mère s'est fâchée après moi. On va prendre ma déposition ? »

Il secoua la tête.

« Rien ne presse. »

Elle le dévisagea sans un battement de paupières, ses larmes laissant des marques grises sur son visage.

« Vous ne pourriez pas les faire enlever avant le retour de mon père ? demanda-t-elle au bout d'une ou deux minutes. Je crois que ça vaudrait mieux. »

Hawksley sentit de la bile lui remonter dans la gorge.
« À quelle heure doit-il rentrer ?
— Il part à 3 heures. Il est employé à mi-temps. »
Il consulta sa montre d'un geste machinal.
« Il est déjà moins vingt. »
Elle semblait très calme.
« Dans ce cas, peut-être qu'un policier pourrait aller là-bas lui expliquer ce qui s'est passé. Ça vaudrait mieux », répéta-t-elle. Des hurlements de sirène retentirent dans le lointain... « Je vous en prie.
— Très bien. Je vais me débrouiller. Où travaille-t-il ?
— Carters Haulage. Dans les docks. »
Il transmettait le message lorsque deux voitures, dans un concert de sirènes, tournèrent le coin de la rue et s'arrêtèrent brutalement devant le numéro 22. Aux façades des maisons, des fenêtres s'ouvrirent et des visages apparurent, exprimant la curiosité. Hawksley ferma la radio et se tourna vers Olive.
« C'est fait. Vous n'avez plus à vous soucier de votre père. »
Une grosse larme mouilla sa face où se dessinaient des marbrures.
« Est-ce que je dois préparer du thé ?
— Ce n'est pas le moment », répondit-il en songeant à la cuisine.

Les sirènes se turent tandis que des policiers jaillissaient des voitures.

« Je suis désolée de vous causer tout ce tracas », laissa-t-elle tomber dans le silence.

Ensuite, elle ne parla presque plus, peut-être, songea Hawksley, parce que personne ne lui adressa la parole. On la laissa dans le salon, sous la garde d'un agent quelque peu traumatisé, et, assise, figée dans une immobilité bovine, elle se contenta de suivre par la porte ouverte les allées et venues. Si elle avait conscience de l'horreur grandissante qu'elle inspirait, elle n'en laissa rien paraître. Pas plus qu'elle ne montra, à mesure que le temps s'écoulait et que s'effaçait de son visage toute trace d'émotion, d'autre signe de chagrin ou de remords pour ce qu'elle avait fait. Devant une telle indifférence, tout le monde conclut qu'elle était folle.

« Mais vous l'avez vue pleurer, interrompit Roz. Et vous aussi, vous avez cru qu'elle était folle ?

— J'ai passé deux heures dans la cuisine avec le médecin légiste à essayer de reconstituer le fil des événements à partir des flaques de sang sur le carrelage, de la table et des éléments de cuisine. Puis, lorsque le photographe a eu terminé son boulot, ça a été un puzzle d'enfer pour essayer de déterminer quel morceau allait sur quel cadavre. Bien sûr que j'étais persuadé qu'elle était braque ! Jamais un être normal n'aurait agi ainsi. »

Roz se mit à mordiller son crayon.

« Vous n'avez pas répondu à ma question. Vous me dites que c'était un acte insensé. Ce que je vous demande, c'est si, en voyant Olive, vous avez pensé qu'elle était folle.

— Vous chinoisez. Pour moi, cela ne faisait aucune différence. Oui, j'ai pensé qu'elle était folle. C'est même pour ça que nous avons tenu à ce que son avocat soit présent lors de sa déposition. Nous avions la trouille qu'elle ne s'en tire à cause d'une irrégularité et passe douze mois dans un hôpital où un crétin de psychiatre affirmerait qu'elle avait recouvré ses esprits et qu'elle pouvait sortir.

— Vous avez donc été surpris qu'on la déclare apte à plaider coupable ?

— Oui, c'est vrai », admit-il.

Vers 6 heures, l'attention se reporta sur Olive. On préleva avec soin le sang séché qui maculait ses bras et celui qui s'était incrusté sous ses ongles, avant de l'envoyer au premier étage se laver et changer de vêtements. Une fois enfermées dans des sacs en plastique, les affaires qu'elle portait furent déposées dans un fourgon. Un officier de police prit Hawksley à part.

« À mon avis, elle a déjà avoué. »

Le sergent hocha la tête.

« Plus ou moins. »

Roz l'interrompit à nouveau.

« Plutôt moins que plus. Si ce que vous m'avez raconté est exact, elle n'avait même rien avoué du tout. Elle a déclaré qu'il y avait eu une dispute entre elles, que sa mère s'était mise en colère et qu'elle n'avait pas voulu ce qui était arrivé. Elle n'a jamais reconnu qu'elle les avait tuées.

— Je vous l'accorde. Mais c'était implicite. Aussi, je n'ai pas voulu qu'elle en parle. Je ne tenais pas à ce qu'elle puisse dire ensuite qu'elle n'avait pas été interrogée dans les formes. » Il avala une gorgée de café. « D'ailleurs, elle n'a pas nié non plus les avoir tuées, ce qu'une innocente n'aurait pas manqué de faire, surtout avec des taches de sang partout.

— Ce qui n'empêche que vous l'avez jugée coupable avant même de savoir ce qui s'était passé.

— Elle était à coup sûr la principale suspecte », répondit-il sèchement.

L'officier de police ordonna à Hawksley de la conduire au commissariat.

« Arrangez-vous pour qu'elle n'ouvre pas la bouche avant qu'on lui ait déniché un avocat. On en prendra un dans l'annuaire. D'accord ? »

Hawksley acquiesça.

« Il y a aussi le père. Il doit déjà être là-bas. J'ai envoyé une voiture le prendre à son travail, mais j'ignore s'il a été mis au courant.

— Eh bien, renseignez-vous et, au nom du ciel, sergent, si ce n'est pas le cas, essayez d'y mettre des gants ou ce malheureux va nous faire une attaque. Demandez-lui s'il a lui-même un avocat et s'il souhaite le voir représenter sa fille. »

On jeta une couverture sur la tête d'Olive avant qu'elle descende de voiture. Une foule s'était rassemblée, attirée par la nouvelle qu'un crime atroce avait eu lieu, et des photographes jouaient des coudes en attendant. Des huées saluèrent son apparition et une femme cria en riant :

« Hé ! les gars, ça lui sert à quoi, ce bout de tissu ? Il faudrait au moins un chapiteau pour cacher cette grosse vache. Je reconnaîtrais ses guibolles n'importe où. Dis, Olive, qu'est-ce que t'as fait ? »

Roz interrompit à nouveau Hawksley au moment où il abordait son entrevue avec Robert Martin au commissariat.

« Attendez. A-t-elle dit quelque chose dans la voiture ? »

Il réfléchit un instant.

« Elle m'a demandé si j'aimais sa robe. Je lui ai répondu que oui.

— Par politesse ?

— Parce que c'était un net progrès comparé au tee-shirt et au pantalon.

— À cause des taches de sang ?

— Je suppose. Non, se reprit-il. Il me semblait que cela lui allait mieux, la rendait plus féminine. C'est important ? »

Roz ignora sa question.

« A-t-elle dit autre chose ?

— Un truc du genre : “Tant mieux. C'est celle que je préfère.”

— Dans sa déposition, elle déclare qu'elle comptait aller à Londres. Pourquoi ne portait-elle pas cette robe au moment des meurtres ? »

Il lui lança un regard surpris.

« Parce qu'elle avait décidé d'y aller en pantalon, je présume.

— Non, répliqua Roz avec obstination. Si c'était sa robe préférée, elle l'aurait mise pour faire le voyage. Elle avait imaginé que ce serait son cadeau d'anniversaire. Et qu'elle allait probablement tomber sur le prince charmant à la gare de Waterloo. Il ne lui serait jamais venu à l'idée de porter autre chose que ce qu'elle avait de mieux. Il faut être une femme pour comprendre ça.

— Pourtant, je vois des tas de filles se balader habillées comme l'as de pique, dit-il d'un ton amusé, surtout des grosses. Et, même si moi je trouve ça grotesque, elles ne semblent pas du tout de cet avis. Je suppose que c'est leur façon de refuser les canons classiques de la beauté. Pourquoi Olive serait-elle différente ?

— Parce que ce n'est pas une révoltée. Elle vivait chez ses parents, sous la férule de sa mère, qui lui a choisi un emploi qu'elle a accepté, et elle était manifestement si peu habituée à partir seule une journée entière qu'elle a supplié sa sœur de l'accompagner. » Elle pianota nerveusement sur la table. « J'ai raison. Je le sais. Si elle n'a pas menti à propos de son voyage à Londres, alors elle aurait dû porter cette robe. »

Cela n'eut pas l'air d'impressionner Hawksley.

« En tout cas, elle était suffisamment révoltée pour trucider sa mère et sa sœur, fit-il remarquer. Si elle a pu faire ça, elle pouvait tout aussi bien aller à Londres en short. Vous chinoisez une fois de plus.

— Mais avait-elle réellement décidé de s'y rendre ? Vous vous en êtes assuré ?

— Elle avait bien pris une journée de congé. Si nous avons accepté sa version, c'est que, à notre connaissance, elle n'avait parlé de ses projets à personne.

— Pas même à son père ?

— Du moins, il ne s'en souvenait pas. »

Olive attendit dans une salle d'interrogatoire, tandis que Hawksley s'entretenait avec son père. Ce ne fut pas une partie de plaisir. Voulait-il se donner une contenance ou était-ce son attitude habituelle, Robert Martin réagit à peine à ce qu'on lui disait. C'était un homme séduisant, comme peut l'être une statue grecque qui appelle l'admiration mais ne recèle ni chaleur ni attrait. Son visage étrangement impassible était sans rides et sans âge, et seuls ses doigts atteints par l'arthrite indiquaient qu'il avait passé la cinquantaine. Une ou deux fois, il lissa ses cheveux blonds de la paume de la main, toucha sa cravate, mais Hawksley aurait gaspillé le reste de sa journée à scruter cette face aux traits élastiques. À leur expression, il n'y avait pas moyen de deviner ce qu'il ressentait, ou même s'il ressentait quelque chose.

« Il vous a paru sympathique ? demanda Roz.

— Pas tellement. Il m'a rappelé Olive. Je ne sais jamais sur quel pied danser avec les gens qui cachent leurs sentiments. Cela me met mal à l'aise. »

Hawksley lui donna le minimum de détails, se bornant à l'informer qu'on avait découvert durant l'après-midi les corps de sa femme et d'une de ses filles chez lui, dans la cuisine, et qu'il y avait des raisons de penser que son autre fille, Olive, les avait tuées.

Robert Martin croisa les jambes et posa calmement ses mains sur ses genoux.

« Vous l'avez inculpée ?

— Non. Et nous ne l'avons pas encore interrogée non plus. »

Puis, regardant attentivement son interlocuteur :

« À vrai dire, monsieur, compte tenu de la gravité des charges qui pèsent sur elle, je crois qu'il vaudrait mieux qu'elle soit assistée par un avocat.

— Naturellement. Je suis certain que mon propre avocat, Peter Crew, acceptera de venir. » Martin leva légèrement les sourcils. « Quelle est la procédure ? Dois-je lui téléphoner ? »

Autant de sang-froid déroutait Hawksley. Il se passa une main sur les joues.

« Êtes-vous sûr d'avoir bien saisi la situation ?

— Il me semble. Gwen et Ambre sont mortes et vous croyez qu'Olive les a tuées.

— Ce n'est pas tout à fait exact. Olive a laissé entendre qu'elle était responsable de leur mort, mais, jusqu'à ce que nous ayons sa déposition, j'ignore quelles accusations seront retenues contre elle. Je tiens à ce que les choses soient bien claires dans votre esprit, Mr Martin. Pour le médecin légiste qui a établi le rapport, il ne fait aucun doute que l'assassin s'est acharné sur ses victimes, à la fois avant et après leur mort, et cela avec une exceptionnelle férocité. On vous demandera d'identifier les corps, et, lorsque vous les aurez vus, il se peut que vous soyez nettement moins enclin à montrer de l'indulgence à l'égard de tout suspect possible. À partir de là, souhaitez-vous toujours que votre avocat représente Olive ? »

Martin hocha affirmativement la tête.

« Je préférerais quelqu'un que je connais.

— Il pourrait se produire un conflit d'intérêts. Y avez-vous songé ?

— De quelle façon ?

— D'une façon que j'aurais mieux aimé ne pas avoir à vous expliquer, répondit froidement Hawksley. Votre femme et votre fille ont été sauvagement assassinées. Je suppose que vous voulez le châtiment du coupable. » Il lança un regard interrogateur à Robert Martin qui acquiesça. « Dans ce cas, vous aurez sans doute vous aussi besoin, pour faire valoir votre point de vue, d'un avocat. S'il est déjà celui de votre fille, il se retrouvera les mains liées, car vos intérêts et ceux de votre fille seront alors contradictoires.

— Sauf si elle est innocente. » Il pinça le pli de son pantalon et le réaligna sur son genou. « J'ignore ce qu'a pu vous dire Olive, mais cela ne m'inquiète nullement, sergent Hawksley. Il n'existe dans mon esprit aucun conflit d'intérêts. Établir son innocence et faire droit à mon désir de justice sont deux choses dont un même avocat peut très bien se charger. À présent, si vous me permettez de passer un coup de fil, je vais appeler Peter Crew. Après quoi, vous m'autoriserez peut-être à voir ma fille. »

Hawksley secoua la tête.

« Je suis désolé, mais c'est impossible, du moins jusqu'à ce qu'elle ait fait sa déposition. On vous en demandera une aussi. Vous pourrez alors lui parler, mais pour l'heure, j'en doute. »

« Ce fut la seule et unique fois où il montra une quelconque émotion, déclara Hawksley en revoyant la scène. Il semblait très contrarié. Était-ce parce que je lui avais interdit tout contact avec Olive ou parce que j'avais mentionné une déposition de sa part, je ne saurais le dire. » Il resta un instant silencieux. « Sans doute pour la première raison. Nous avons vérifié son emploi du temps de la journée minute par minute et nous n'avons strictement rien trouvé. Il travaillait dans un bureau ouvert, en compagnie de cinq personnes, et, à part des voyages aux toilettes, il était resté tout le temps sous le regard de quelqu'un. Il n'a pas pu rentrer chez lui.

— Mais vous l'avez tout de même suspecté ?

— Oui. »

Une lueur d'intérêt brilla dans les yeux de Roz.

« Malgré les aveux d'Olive ? »

Hawksley acquiesça : « Il paraissait tellement sûr de lui. Il n'a même pas bronché en identifiant les corps.

— Il existe un autre conflit d'intérêts auquel vous n'avez apparemment pas pensé, dit Roz qui se remit à mordiller son crayon. Si Robert Martin était l'assassin, il pouvait fort bien se servir de son avocat pour orienter les aveux d'Olive. Peter Crew la déteste, et il ne me l'a pas caché. Je parierais qu'il regrette l'abolition de la peine de mort. »

Hawksley se croisa les bras, puis sourit d'un air amusé. « Je vous conseille de faire attention avant de fourrer des élucubrations de ce genre dans votre livre, Miss Leigh. On ne demande pas à un avocat d'aimer ses clients, mais de les défendre. Dans tous les cas, Robert Martin s'est vite révélé hors du coup. Nous avons un moment envisagé la possibilité qu'il ait tué Gwen et Ambre avant de quitter la maison et qu'Olive ait arrangé les corps pour le protéger, mais cela ne tient pas. Il avait là aussi un alibi. Une voisine a regardé son mari partir travailler quelques minutes avant le départ de Martin. Ambre et Gwen étaient encore en vie, car elle leur a parlé sur le pas de la porte. Elle s'est même rappelé avoir demandé à Ambre si elle se plaisait chez Glitzy. Elles se sont quittées au moment où Martin s'en allait en voiture.

— Il aurait pu aller jusqu'au coin de la rue et revenir.

— Il est parti de chez lui à 8 h 30 et est arrivé à son bureau à 9 heures. Nous avons fait le trajet et cela prend une demi-heure. » Il haussa les épaules. « Je vous le répète, cela n'a strictement rien donné.

— Bon. Et ensuite ? »

Il n'y avait pas grand-chose d'autre à raconter. Bien que Crew lui ait conseillé de se taire, Olive avait accepté de répondre aux questions des inspecteurs et, à 21 h 30, manifestement soulagée de s'être débarrassée d'un tel poids, elle était officiellement inculpée des meurtres de sa mère et de sa sœur.

Le lendemain, alors qu'elle se trouvait en détention préventive, Hawksley et Geoff Wyatt avaient eu la lourde tâche de rédiger le rapport. Ils s'étaient bornés à rassembler les constatations du médecin légiste, les premières analyses de laboratoire et les indices relevés par la police qui, tous, après examen, confirmaient les faits relatés par Olive. À savoir que, le matin du 9 septembre 1987, elle avait, seule, tué sa mère et sa sœur en les égorgeant avec un couteau à découper.

7

Il y eut un long silence. Hawksley déploya ses mains sur la table en sapin et se mit debout.

« Que diriez-vous d'une autre tasse de café ? »

Il suivit des yeux le stylo courant diligemment sur une page du bloc-notes.

« Encore un peu de café ? répéta-t-il.

— Hum ! Noir. Sans sucre, répondit Roz sans s'interrompre.

— D'acco'd, bouana. Ne vous dé'angez pas pou'moi. J'suis que le la'bin payé pou'ça. »

Roz éclata de rire.

« Désolée. Oui, merci, j'adorerais une autre tasse de café. Écoutez, si vous voulez bien patienter un instant. J'ai quelques questions à vous poser et j'essaie de les noter pendant que je les ai encore en tête. »

Il la regarda écrire. La *Vénus* de Botticelli, avait-il pensé la première fois qu'il l'avait vue. Mais elle était trop maigre à son goût, à peine plus de quarante-cinq kilos pour un bon mètre soixante-cinq. Elle ferait à coup sûr un fabuleux séchoir, mais il n'y avait aucune rondeur à étreindre, aucun réconfort à attendre de ce corps décharné. Il se demanda si sa minceur était délibérée ou si elle vivait sur les nerfs. La deuxième hypothèse était probablement la bonne. C'était de toute évidence une obsessionnelle, à en juger d'après la croisade qu'elle menait pour Olive. Il posa devant elle une tasse de café fumant et resta debout, serrant sa propre tasse entre ses mains.

« Bon, s'exclama-t-elle, tout en classant ses papiers,

commençons par la cuisine ! Vous dites que l'expertise médico-légale a confirmé les déclarations d'Olive selon lesquelles elle aurait agi seule. De quelle façon ? »

Il fit un effort de mémoire.

« Il faut vous représenter l'endroit. Un véritable abattoir. Chaque fois qu'elle faisait un pas, elle laissait des traces dans le sang coagulé. Nous les avons photographiées séparément. C'étaient toutes les siennes, y compris les marques sanglantes sur le tapis de l'entrée. » Il haussa les épaules. « On a également trouvé des empreintes de doigts et de paumes sur la plupart des surfaces qu'elle avait touchées. Là encore, rien que les siennes. Nous en avons bien relevé d'autres, dont trois, je crois, qui n'appartenaient ni aux Martin ni à leurs voisins. Mais, dans une cuisine, cela paraît assez normal. L'employé du gaz, un électricien, un plombier. Qui sait ? Un visiteur. On n'y a pas décelé de sang, ce qui laisserait supposer qu'elles dataient d'avant les meurtres. »

Roz mâchonnait son crayon.

« Et la hache et le couteau ? Je présume qu'ils portaient seulement ses empreintes à elle.

— En fait, non. Ils étaient tellement barbouillés de sang qu'on n'a strictement rien pu en tirer. »

Il rit en la voyant réagir aussitôt.

« Vous êtes en train de partir sur une fausse piste. Le sang frais est trop glissant. Il aurait été tout à fait étonnant que nous trouvions des empreintes reconnaissables. Le rouleau à pâtisserie en présentait tout de même trois bien nettes. Toutes à elle.

— J'ignorais que l'on pouvait relever des empreintes sur du bois brut.

— Il était en verre. Rien qu'en verre. Soixante centimètres de long. Énorme. S'il y a une chose qui nous a surpris, c'est que les coups qu'elle a assenés avec cet engin n'aient pas tué Gwen et Ambre. Elles étaient pourtant menues l'une et l'autre. A priori, elle aurait dû leur fracasser le crâne. » Il but une gorgée de café. « En tout cas, cela accréditait son récit selon lequel, au départ, elle ne les aurait frappées que légèrement pour les faire taire. Nous avons craint qu'elle ne se serve de cet argument pour limiter l'accusation à l'homicide involontaire en alléguant qu'elle leur avait tranché la gorge uniquement parce qu'elle les croyait déjà mortes et qu'elle les avait ensuite dépecées dans la panique. À partir de là, pour peu qu'elle ait fait valoir qu'elle n'avait donné avec le rouleau à pâtisserie que des coups inoffensifs, eh bien, elle aurait presque pu convaincre un jury que toute l'affaire avait été un macabre accident. Ce qui expliquerait, entre parenthèses, qu'elle n'ait jamais fait mention de sa dispute avec sa mère. Nous avons eu beau insister là-dessus, elle n'a cessé de répéter que l'absence de buée sur le miroir signifiait qu'elles étaient mortes. » Il fit la grimace. « J'ai donc passé deux journées tout à fait déplaisantes à travailler sur les corps avec le médecin légiste, en passant en revue étape par étape ce qui s'était véritablement passé. En définitive, nous nous sommes retrouvés avec suffisamment d'indices de la résistance acharnée opposée par Gwen pour réclamer une accusation de meurtre. Pauvre femme ! Elle avait les bras et les mains littéralement déchiquetés d'avoir essayé de parer les coups. »

Roz observa quelques minutes son café.

« Olive a été très gentille avec moi l'autre jour. Je n'arrive pas à imaginer qu'elle ait pu faire une chose pareille.

— Vous ne l'avez jamais vue sortir de ses gonds. Auquel cas vous seriez peut-être d'un autre avis.

— Et vous, vous l'avez vue ?

— Non, reconnut-il.

— Eh bien, figurez-vous que ça aussi, j'ai du mal à l'imaginer. Je veux bien croire qu'elle ait beaucoup grossi depuis six ans, mais elle est plutôt d'une nature solide, flegmatique. Ce sont les gens nerveux, impatients, qui perdent facilement leur sang-froid. »

Elle vit son scepticisme et rit.

« D'accord, je sais, c'est de la psychologie de salon. Encore deux questions et je vous laisse en paix. Où sont passés les habits de Gwen et d'Ambre ?

— Elle les a brûlés dans un des incinérateurs du jardin. Nous avons récupéré parmi les cendres quelques débris correspondant aux descriptions faites par Martin de ce que portaient les deux femmes ce matin-là.

— Pourquoi a-t-elle fait une chose pareille ?

— Vraisemblablement, pour s'en débarrasser.
— Vous ne le lui avez pas demandé ? »
Il fronça les sourcils.
« Sûrement que si. Je ne m'en souviens plus.
— Elle n'en dit pas un mot dans sa déposition. »
Il baissa la tête, pensif, et se frotta les paupières avec le pouce et l'index.
« Nous lui avons demandé pourquoi elle les avait déshabillées, murmura-t-il. Elle a répondu qu'autrement, elle n'aurait pas pu trouver les articulations. Je crois qu'après cela, Geoff a voulu savoir ce qu'elle avait fait des vêtements. »
Il sombra dans le silence.
« Et alors ?
Il leva les yeux et se frotta la mâchoire d'un air songeur.
« Je ne crois pas qu'elle ait répondu. Ou alors, j'ai oublié. Il me semble que l'information concernant les débris n'est venue que le lendemain matin, lorsque nous avons procédé à une fouille en règle du jardin.
— Et à ce moment-là, vous lui avez posé la question ? »
Il secoua la tête.
« Pas moi, mais Geoff sûrement. Gwen portait une blouse à fleurs en nylon qui avait fondu au milieu d'un tas de laine et de coton. Nous avons dû tout dépiauter, mais les fragments étaient suffisamment reconnaissables. Martin les a identifiés, et le voisin aussi. Il y avait également quelques boutons, ajouta-t-il. Martin s'est montré catégorique : ils provenaient de la robe que portait sa femme.
— Ne vous êtes-vous pas demandé pourquoi Olive avait pris le temps de brûler ces vêtements ? Elle aurait aussi bien pu les fourrer dans les valises et expédier le tout au fond de la mer.
— L'incinérateur ne fonctionnait certainement pas à cinq heures ce soir-là, ou nous l'aurions remarqué. Se débarrasser des vêtements a donc dû être une des premières choses qu'elle a faites. Elle n'a pas dû penser que cela lui prendrait du temps puisque, à ce stade, elle croyait probablement encore qu'elle arriverait facilement à démembrer les corps. Réfléchissez, elle essayait de se

débarrasser d'éventuelles pièces à conviction. Si elle a paniqué et nous a avertis, c'est uniquement parce que son père allait rentrer. Les trois femmes auraient été seules à vivre dans la maison, elle aurait pu continuer son petit jeu jusqu'au bout. Notre travail aurait alors consisté à essayer d'identifier des lambeaux de chair mutilée découverts flottant au large de Southampton. Elle aurait peut-être même réussi à s'en tirer.

— Cela m'étonnerait. Les voisins n'étaient pas idiots. Ils auraient fini par s'inquiéter de la disparition de Gwen et d'Ambre.

— Exact, concéda-t-il. Et quelle était l'autre question que vous vouliez me poser ?

— Olive avait-elle les mains et les bras écorchés du fait de sa bagarre avec Gwen ?

— Non. Elle avait bien quelques bleus, mais pas d'écorchures. »

Roz le regarda fixement.

« Cela ne vous a pas paru bizarre ? Vous disiez que Gwen avait résisté de façon opiniâtre.

— Elle aurait difficilement pu la griffer, déclara-t-il comme en s'excusant. Tellement elle se rongeait les ongles. Plutôt pathétique chez une femme de son âge. Tout ce qu'elle pouvait faire, c'était de saisir les poignets d'Olive pour essayer de détourner le couteau. D'où les meurtrissures. Des marques de doigts profondes. On a pris des photos. »

D'un mouvement brusque, Roz réunit ses papiers et les laissa choir dans son porte-documents.

« Dans ce cas, il ne reste guère de place pour le doute, pas vrai ? dit-elle en s'emparant de sa tasse.

— Aucune. Si elle avait tenu sa langue ou plaidé non coupable, cela n'aurait rien changé. On l'aurait inculpée tout de même. Les preuves contre elle étaient accablantes. En définitive, son père a bien été forcé de l'admettre. J'en ai été peiné pour lui. Il est devenu un vieillard du jour au lendemain. »

Roz jeta un coup d'œil à la cassette qui tournait toujours.

« Était-il très attaché à elle ?

— Je l'ignore. C'est l'homme le moins expansif que

j'ai jamais rencontré. J'ai eu l'impression qu'il ne tenait particulièrement à aucune d'elles. » Il haussa les épaules. « Il a certainement mal digéré la culpabilité d'Olive. »

Roz but son café.

« L'autopsie a probablement révélé qu'Ambre avait eu un enfant à l'âge de treize ans ? »

Il hocha la tête.

« Avez-vous essayé d'approfondir la question ? Peut-être même de retrouver la trace de l'enfant ?

— Nous n'en avons pas vu l'utilité. Cela remontait à huit ans. Il y avait peu de chances pour que les deux choses soient liées. » Il attendit, mais elle garda le silence. « Alors ? Allez-vous continuer ce livre ?

— Absolument », dit-elle.

Il parut surpris.

« Pourquoi ?

— Parce qu'il y a encore plus d'incohérences maintenant qu'avant. » Elle les énuméra une à une en se servant de ses doigts. « Pourquoi pleurait-elle tant quand elle a téléphoné au commissariat, au point que le flic qui a décroché n'a pas compris un traître mot de ce qu'elle disait ? Pourquoi n'avait-elle pas mis sa plus belle robe pour aller à Londres ? Pourquoi a-t-elle brûlé les vêtements ? Pourquoi son père la croyait-il innocente ? Pourquoi n'a-t-il pas bronché en apprenant la mort de Gwen et d'Ambre ? Pourquoi a-t-elle déclaré qu'elle n'aimait pas sa sœur ? Pourquoi a-t-elle occulté sa lutte avec sa mère si elle avait l'intention de plaider coupable ? Pourquoi les coups assenés avec le rouleau à pâtisserie étaient-ils relativement bénins ? Pourquoi ? Pourquoi ? Pourquoi ? » Elle reposa les mains sur la table avec un sourire désabusé. « Il est possible que ce ne soient là que de fausses pistes, mais je continue à penser que quelque chose ne colle pas. Au fond, c'est peut-être que je n'arrive pas à concilier votre conviction, et celle de son avocat, qu'Olive était folle, avec les conclusions des cinq psychiatres qui l'ont tous trouvée normale. »

Hawksley l'étudia un moment en silence.

« Vous me reprochez de présumer de sa culpabilité sans en avoir la certitude, alors que ce que vous faites est bien pire. Vous présumez de son innocence en dépit des faits.

À supposer que vous parveniez à rallier des soutiens en sa faveur par le biais de votre livre — ce qui, vu l'état de délabrement dans lequel se trouve aujourd'hui le système judiciaire, n'est pas aussi impossible qu'il y paraît —, n'avez-vous aucun scrupule à relâcher dans la société un individu de son espèce ?

— Pas le moins du monde si elle est innocente.

— Et si ce n'est pas le cas et que vous réussissiez à la faire sortir quand même ?

— Alors c'est que les lois sont totalement absurdes.

— D'accord, elle n'est pas coupable. Qui a fait le coup ?

— Quelqu'un auquel elle tenait. »

Roz finit son café et arrêta la cassette.

« Aucune autre version n'aurait de sens. » Elle rangea le magnétophone et se leva. « C'était très gentil à vous de me consacrer tout ce temps. Merci, et merci aussi pour le déjeuner », acheva-t-elle en lui tendant la main.

Il la prit dans la sienne, la mine grave.

« Tout le plaisir était pour moi, Miss Leigh. »

Les doigts, doux et chauds contre les siens, bougèrent nerveusement comme il les serrait un peu trop longtemps, et il eut tout à coup l'impression qu'elle avait peur de lui. C'était sans doute aussi bien. D'une manière ou d'une autre, elle n'apportait que des problèmes.

Roz se dirigea vers la porte.

« Au revoir, sergent Hawksley. J'espère que vos affaires vont s'arranger. »

Il eut un sourire féroce.

« Ça ne fait pas l'ombre d'un doute. C'est ce qu'on appelle un creux momentané, soyez-en sûre.

— Bon. » Elle s'immobilisa. « Une dernière chose. J'ai cru comprendre que Robert Martin vous avait déclaré qu'à son avis, le plus vraisemblable était que Gwen avait battu Ambre et qu'Olive avait tué Gwen pour défendre sa sœur. Pour quelle raison avez-vous écarté cette hypothèse ?

— Ça ne tenait pas debout. Selon le médecin légiste, les deux gorges avaient été tranchées par la même main. La taille, la profondeur et l'angle des blessures concordaient avec la thèse d'un assaillant unique. Gwen ne se battait pas seulement pour sauver sa propre vie. Elle luttait aussi pour sauver celle d'Ambre. Olive est une créature impitoyable. Vous auriez tort de l'oublier. » Il sourit à nouveau mais son regard était froid. « Si vous voulez un conseil, laissez tomber. »

Roz haussa les épaules.

« Je vais vous dire une chose, sergent. » Puis, désignant le restaurant d'un geste circulaire : « Vous vous occupez de vos affaires et moi je m'occupe des miennes. »

Il écouta les claquements de talons s'éloigner dans l'allée, avant de tendre la main vers le téléphone et de composer un numéro.

« Geoff, aboya-t-il dans le combiné, amène-toi, s'il te plaît ! Nous avons à parler. »

Son regard se durcit en écoutant la voix à l'autre bout du fil.

« Comment ça, ce n'est pas ton problème ! Il n'est pas question que je sois le bouc émissaire dans cette histoire. »

Roz jeta un coup d'œil à sa montre au moment de démarrer. Il était quatre heures et demie. En se pressant un peu, elle pourrait attraper Peter Crew avant qu'il rentre chez lui. Elle trouva une place pour se garer au centre ville et arriva à son bureau à l'instant où l'avocat en partait.

« Mr Crew ! » cria-t-elle en lui courant après.

Il se tourna, son sourire factice aux lèvres, et fronça les sourcils en voyant qui l'appelait.

« Je n'ai pas le temps de vous parler, Miss Leigh. J'ai un rendez-vous.

— Laissez-moi au moins vous accompagner, insista-t-elle. Je ne vous retarderai pas, c'est promis. »

Il hocha la tête en signe d'assentiment et se remit en marche, son postiche sautillant au rythme de ses pas.

« Ma voiture n'est pas loin. »

Roz ne perdit pas son temps en civilités.

« Si je comprends bien, Mr Martin a légué son argent au fils illégitime d'Ambre. On m'a affirmé — elle étirait la vérité comme un élastique — qu'il avait été adopté par des Brown qui auraient émigré depuis en Australie. Pouvez-vous me dire si l'enquête que vous menez pour le retrouver progresse ? »

Mr Crew lui décocha un regard irrité.

« Je serais curieux de savoir où vous avez déniché cette information, lâcha-t-il d'une voix que la colère rendait cassante. Un de mes collègues aurait-il parlé ?

— Non, lui assura-t-elle. Je tiens ce renseignement d'une source extérieure. »

Il plissa les yeux.

« J'ai du mal à le croire. Puis-je vous demander de qui il s'agit ? »

Roz eut un petit sourire.

« Quelqu'un qui connaissait Ambre au moment de la naissance de l'enfant.

— Comment savait-on le nom de la famille ?

— Je n'en ai pas la moindre idée.

— Robert n'aurait certainement rien dit, marmonna-t-il. Il existe des lois concernant les enfants adoptés, et il le savait très bien. Quoi qu'il en soit, il tenait beaucoup à la discrétion. Au cas où l'on retrouverait l'enfant, il voulait qu'aucun bruit ne soit fait autour de l'héritage. La flétrissure des deux meurtres pouvait suivre le garçon toute sa vie. » Il secoua la tête avec mauvaise humeur. « Miss Leigh, je dois insister pour que vous gardiez cette information pour vous. Ce serait faire preuve d'un manque total de responsabilité que de la rendre publique. Cela risquerait de mettre en péril l'avenir du jeune homme.

— Vous avez vraiment une fausse impression de moi, lui dit-elle d'un ton aimable. J'essaie de faire mon travail le plus honnêtement possible et mon objectif n'est pas de compromettre les gens pour le plaisir. »

Il tourna à un angle de rue.

« Eh bien, vous voilà prévenue. Sachez que je n'hésiterai pas à demander la saisie du livre si je l'estime justifiée. »

Un coup de vent souleva la pointe de son postiche et il le plaqua fermement sur son crâne comme s'il s'agissait d'un chapeau.

Roz trottait un pas ou deux derrière lui.

« C'est parfait, dit-elle en se retenant de glousser. Sur cette base, pourriez-vous répondre à ma question ? L'avez-vous retrouvé ? Êtes-vous sur le point d'aboutir ? »

Il continuait à avancer d'une démarche obstinée.

« Sans vouloir être désagréable, Miss Leigh, je ne vois pas à quoi vous servirait ma réponse. Nous venons de nous mettre d'accord sur le fait que vous ne la publieriez pas. »

Elle décida de jouer franc jeu avec lui.

« Olive est parfaitement au courant au sujet du garçon. Elle sait que son père lui a légué sa fortune, elle sait aussi que vous le recherchez. »

Devant son agacement manifeste, elle eut un geste de protestation.

« Ce n'est pas de moi qu'elle tient cela, Mr Crew. Elle est très maligne et ce qu'elle n'a pas deviné toute seule, elle l'a glané grâce aux rumeurs qui circulent dans la prison. Elle prétend que son père aurait de toute façon laissé son argent à un membre de la famille, s'il le pouvait. À partir de là, il n'est pas difficile d'imaginer qu'il s'efforcerait de retrouver la trace du fils d'Ambre. Bref, elle semblait inquiète de savoir si votre enquête avait porté ses fruits. J'espérais que vous pourriez me dire quelque chose qui la tranquilliserait. »

Il s'arrêta brusquement.

« Souhaite-t-elle qu'on le retrouve ?

— Je n'en ai aucune idée.

— Hum. Peut-être espère-t-elle que l'argent lui reviendra en l'absence du bénéficiaire désigné ? »

La surprise se peignit sur le visage de Roz.

« Je doute qu'elle y ait jamais pensé. Quoi qu'il en soit, c'est impossible, n'est-ce pas ? Vous l'avez dit vous-même. »

Mr Crew s'était remis en marche.

« Robert n'a pas vraiment insisté pour qu'Olive soit tenue dans l'ignorance. Il a seulement demandé que nous évitions de lui causer inutilement du chagrin. À tort, peut-être, j'ai pensé qu'elle serait très affligée en apprenant le contenu du testament. Toutefois, si elle le connaît déjà, eh bien, ma foi, vous pouvez me laisser m'occuper de ça, Miss Leigh. Y a-t-il autre chose ?

— Oui. Robert Martin lui a-t-il jamais rendu visite en prison ?

— Non. Je suis navré de dire qu'il ne lui a plus jamais adressé la parole après qu'elle a été inculpée de meurtre. »

Roz lui saisit le bras.

« Mais il pensait qu'elle était innocente, s'écria-t-elle d'un ton indigné, et c'est lui qui payait les frais d'avocat ! Pourquoi refuser de la voir ? C'était très cruel, vous ne trouvez pas ? »

Une lueur brilla dans le regard de l'avocat.

« Très cruel, en effet, reconnut-il, mais pas de la part de Robert. C'était Olive qui refusait de le voir. Cela l'a conduit dans la tombe, ce qui était à mon avis l'intention d'Olive dès le départ. »

Roz fronça les sourcils d'un air malheureux.

« Vous et moi avons sur elle des points de vue très différents, Mr Crew. Elle ne m'a jamais manifesté que de la gentillesse. » Ses sourcils se rapprochèrent encore. « Elle savait pourtant qu'il désirait la voir, je suppose.

— Bien sûr. En tant que témoin à charge, il lui fallait, bien qu'elle fût sa fille, solliciter une autorisation spéciale auprès du ministère de la Justice. Contactez-les, ils vérifieront pour vous. »

Il repartit et Roz dut se mettre à courir pour se maintenir à sa hauteur.

« Et toutes les incohérences que contient sa déposition, Mr Crew ? L'avez-vous interrogée à ce sujet ?

— Quelles incohérences ?

— Eh bien, par exemple, le fait qu'elle ne mentionne pas sa bagarre avec sa mère et affirme que Gwen et Ambre étaient mortes avant qu'elle commence à les dépecer. »

Il jeta un coup d'œil impatient à sa montre.

« Elle mentait. »

Roz lui saisit à nouveau le bras et le força à s'arrêter.

« Vous étiez son avocat, dit-elle d'un ton courroucé. Vous aviez le devoir de la croire.

— Ne soyez pas ridicule, Miss Leigh. J'avais le devoir de la *représenter*. » Il se libéra d'une secousse. « Si les avocats devaient croire tous les mensonges de leurs clients, il ne resterait rien ou pas grand-chose de la représentation juridique. » Il fit une moue de répugnance. « D'ailleurs, je l'ai crue. Elle disait les avoir tuées et il m'a bien fallu l'admettre. En dépit de tous mes efforts pour la convaincre de ne rien dire, elle a tenu à passer aux aveux. » Il transperça Roz du regard. « Seriez-vous en train de me dire qu'elle nie avoir commis ces meurtres ?

— Non, reconnut Roz, mais je ne pense pas que la version qu'elle a donnée à la police soit la bonne. »

Crew l'étudia un moment.

« Avez-vous vu Graham Deedes ? »

Elle hocha la tête.

« Et alors ?

— Il est d'accord avec vous.

— Les policiers ? »

Nouveau hochement de tête.

« Du moins l'un d'eux... Également d'accord avec vous.

— Ça ne vous fait pas réfléchir ?

— Pas vraiment. Deedes a été engagé par vous et ne lui a jamais parlé. Quant à la police, ce ne serait pas sa première erreur. » Elle écarta une mèche de cheveux roux de son visage. « Malheureusement, je ne possède pas votre confiance aveugle en la justice britannique.

— Cela me paraît évident, laissa tomber Crew avec un sourire glacial. Mais, en l'occurrence, votre scepticisme est tout à fait déplacé. Bonne journée, Miss Leigh. »

Il s'élança dans la rue battue par le vent, tout en maintenant d'une main son absurde postiche, les pans de son manteau tournoyant autour de ses longues jambes. Une vision pour le moins comique, mais Roz n'avait pas envie de rire. En dépit de son maniérisme imbécile, l'homme avait une certaine dignité.

D'une cabine, elle téléphona à l'école St Angela, mais il était 5 heures passées. La personne qui lui répondit l'informa que sœur Bridget était déjà partie. Elle appela les renseignements pour avoir le numéro de la Sécurité sociale de Dawlington, mais, quand elle essaya d'appeler, elle n'obtint pas de réponse. Le bureau était déjà fermé. Elle regagna sa voiture et dressa à grandes lignes son emploi du temps du lendemain. Puis elle resta assise là un moment, son carnet appuyé sur le volant, en repassant dans son esprit ce que Crew lui avait dit. Mais elle n'arrivait pas à se concentrer. L'image, autrement plus attractive, de Hal Hawksley dans la cuisine du Pique-Assiette lui revenait sans cesse.

C'était agaçant ce don qu'il avait de surprendre son regard lorsqu'elle s'y attendait le moins. Chaque fois, son système nerveux subissait un choc. Elle avait toujours cru que seules les héroïnes des romancières romantiques avaient les « genoux qui se dérobent sous elles ». Or, au train où allaient les choses, si elle retournait au Pique-Assiette, elle aurait besoin d'un déambulateur rien que pour repasser le seuil ! Est-ce qu'elle devenait folle ? Ce type était une espèce de gangster. Avait-on jamais entendu parler d'un restaurant sans clients ? Il fallait bien que les gens mangent, même en période de crise. En secouant énergiquement la tête, elle mit le moteur en route et prit la direction de Londres. Quelle importance d'ailleurs ? Avec sa chance habituelle, alors qu'il emplissait son esprit de visions langoureuses, ses pensées à lui la concernant, si tant est qu'il en eût, n'avaient certainement rien de romantique.

En arrivant à Londres, elle trouva la ville embouteillée et oppressante à souhait en ce jeudi soir à l'heure de pointe.

La prisonnière désignée par les autres, plus âgée et à l'aspect maternel, s'immobilisa près de la porte ouverte, visiblement nerveuse. L'artiste la terrifiait, mais, comme les filles ne cessaient de le répéter, elle était la seule à qui Olive acceptait d'adresser la parole. Tu lui rappelles sa mère, disaient-elles. L'idée l'effrayait mais elle ne pouvait réfréner une certaine curiosité. Elle observa un moment l'énorme silhouette menaçante, roulant maladroitement du papier à cigarette autour d'une légère couche de tabac, avant de se décider à parler.

« Eh, la sculptrice ! C'est qui la rousse que tu vois ? »

Hormis un rapide battement de paupières, Olive l'ignora.

« Tiens, prends-en une des miennes. »

Elle sortit de sa poche un paquet de Silk Cut et le lui tendit. La réaction fut immédiate. Tel un chien dont on fait tinter la gamelle, Olive s'approcha d'un pas traînant et prit une cigarette qui disparut aussitôt dans les plis de sa robe.

« Eh ben, la rousse, c'est qui ? insista l'autre.

— Un écrivain. Elle écrit un bouquin sur moi.

— Mince alors ! s'exclama la vieille femme, avec un air dépité. Pourquoi qu'elle voudrait écrire sur toi ? C'est moi qui me suis salement fait entuber. »

Olive la fixa des yeux.

« Peut-être que moi aussi.

— Ben voyons ! ricana l'autre en se tapant la cuisse. Celle-là, c'est la meilleure. T'en connais encore beaucoup comme ça ? »

Un sourire amusé se dessina sur les lèvres d'Olive.

« Tu sais ce qu'on dit : on peut berner quelqu'un tout le temps et tout le monde de temps en temps... »

Elle marqua une pause, comme une actrice.

« Mais pas tout le monde tout le temps », acheva complaisamment l'autre femme.

Puis, agitant un doigt :

« C'est même pas la peine qu'on prie pour toi. »

Olive soutint son regard sans ciller.

« Qu'est-ce que j'en ai à foutre de vos prières ? » Elle se tapa le côté du crâne. « Trouve-toi une brave journaliste et sers-toi un peu de ta caboche. Même toi, tu pourrais y arriver. Elle forme les opinions. Tu la baratines et elle baratine tous les autres.

— C'est dégueulasse ! déclara imprudemment son interlocutrice. Ce sont toujours les loufs qui les intéressent. Nous autres, pauvres bougres, on peut aller se pendre, pour ce qu'ils en ont à faire. »

Une lueur mauvaise s'alluma au fond des petits yeux d'Olive.

« C'est moi que tu traites de louf ? »

La femme sourit faiblement et fit un pas en arrière.

« Hé, l'artiste, la langue m'a fourché. » Elle leva les mains. « D'accord ? Je pensais pas à mal. »

Elle s'éloigna, le front moite.

Se servant de sa masse pour se protéger des regards indiscrets, Olive sortit du tiroir du bas la figurine en argile sur laquelle elle travaillait et entreprit de modeler de ses gros doigts l'enfant posé sur les genoux de sa mère. Effet délibéré ou simple maladresse, les mains grossières de la mère, se détachant à peine de l'argile, paraissaient arracher la vie du petit corps rond et dodu de l'enfant.

Olive fredonnait doucement tout en travaillant. Derrière la mère et l'enfant, une série de personnages s'alignaient pareils à des bonshommes en pain d'épices. Deux ou trois n'avaient plus de tête.

Il était vautré sur les marches à l'entrée de l'immeuble, la tête enfouie dans ses mains, l'haleine empestant la bière. Roz le dévisagea quelques secondes, le visage impassible.

« Qu'est-ce que tu fais là ? »

Elle vit qu'il avait pleuré.

« J'ai à te parler, dit-il. Tu ne veux jamais qu'on discute. »

Elle ne se donna même pas la peine de répondre. Son ex-mari était manifestement fin soûl. Il n'avait rien à dire qu'il n'ait déjà dit cent fois. Elle en avait assez des messages sur son répondeur, des lettres, de la haine qui montait en elle quand elle entendait sa voix ou voyait son écriture.

Il tirailla sur sa jupe quand elle essaya de se faufiler, s'y cramponnant comme un enfant.

« Je t'en prie, Roz. Je suis trop bourré pour rentrer. »

Elle le conduisit en haut, poussée par un sens du devoir absurde vis-à-vis du passé.

« Mais tu ne peux pas rester, l'informa-t-elle en le poussant sur le canapé. Je vais appeler Jessica et lui demander de venir te chercher.

— Sam est malade, marmonna-t-il. Elle ne voudra pas le laisser seul. »

Roz haussa les épaules sans aucune compassion.

« Alors, je vais appeler un taxi.

— Non. » Il tendit le bras et arracha la prise du mur. « Je ne partirai pas. »

Il y avait quelque chose d'incisif dans sa voix. Un signal qui, si elle y avait prêté attention, aurait dû l'avertir qu'il n'était pas d'humeur à se laisser marcher sur les pieds. Mais leur mariage avait duré trop longtemps et ils avaient eu trop de disputes pour qu'elle le laisse prendre les choses en main. Elle n'éprouvait plus pour lui que du mépris.

« Très bien. Je vais à l'hôtel. »

Il s'approcha de la porte en trébuchant pour lui bloquer le passage.

« Ce n'était pas ma faute, Roz. C'était un accident. Pour l'amour du ciel, quand cesseras-tu de me punir ? »

8

Fermant les yeux, Roz revit le visage blême, déchiqueté, aussi hideux dans la mort qu'il avait été beau dans la vie, la peau lacérée par les fragments du pare-brise. L'aurait-elle accepté plus facilement si Rupert était mort lui aussi ? se demanda-t-elle, comme tant de fois déjà. Aurait-elle pu lui pardonner, mort, comme elle ne pouvait le faire, vivant ?

« Je ne te vois jamais, murmura-t-elle avec un sourire crispé, comment peux-tu dire que je te punis ? Tu es ivre et tu te conduis comme un idiot. Ce qui n'a d'ailleurs rien d'extraordinaire dans l'un et l'autre cas. »

Il avait un air malsain et négligé qui ajouta encore à son mépris et la rendit impatiente.

« Oh, pour l'amour du ciel, lâcha-t-elle, sors d'ici, veux-tu ? Je n'éprouve plus rien à ton égard et, pour être franche, je doute même d'avoir jamais éprouvé quoi que ce soit de profond. »

Ce qui n'était pas vrai. Pas tout à fait. « On ne peut pas haïr ce que l'on n'a pas aimé », avait dit Olive.

Des larmes inondaient son visage hébété par l'alcool.

« Je la pleure tous les jours, tu sais.

— Vraiment, Rupert ? Moi pas. Je n'en ai pas l'énergie.

— Parce que tu ne l'as pas aimée autant que moi », sanglota-t-il, la poitrine secouée dans un effort pour se contenir.

Le mépris retroussa les lèvres de Roz.

« Ah oui ? Dans ce cas, pourquoi cette hâte indécente à

la remplacer ? J'ai calculé, tu sais. Tu as dû mettre ta chère Jessica enceinte moins d'une semaine après être sorti intact de... l'accident. » Elle avait prononcé le mot d'un ton sarcastique. « Sam est-il un bon remplaçant, Rupert ? Est-ce qu'il s'enroule une mèche de tes cheveux autour du doigt comme le faisait Alice ? Est-ce qu'il rit comme elle ? T'attend-il près de la porte et te serre-t-il les genoux en criant : "Maman, maman, papa est rentré !" » La colère faisait trembler sa voix. « Hein, Rupert ? A-t-il tout ce qu'avait Alice et davantage ? Ou bien n'a-t-il aucun rapport avec elle, ce pourquoi tu dois la pleurer tous les jours ?

— Bonté divine, c'est un bébé ! »

Il serra les poings, son regard reflétant la colère de Roz.

« Tu es une fieffée salope ! Je n'ai jamais voulu la remplacer. Comment le pourrais-je ? Alice était Alice. Il est impossible de la ramener à la vie.

— Oui. »

Elle se détourna de lui pour regarder par la fenêtre.

« Alors pourquoi blâmer Sam ? Ce n'est pas sa faute non plus. Il ne sait même pas qu'il avait une demi-sœur.

— Je ne lui reproche rien. »

Elle observait un couple qui s'était arrêté sur le trottoir d'en face, sous un réverbère à la lumière orangée. Ils s'étreignaient tendrement, se caressant les cheveux, les bras, s'embrassant. Quelle naïveté ! Ils croyaient encore à la douceur de l'amour.

« Je lui en veux. »

Elle l'entendit heurter la table basse.

« C'est de la pure malveillance, bafouilla-t-il.

— Oui, dit-elle à voix basse, plus pour elle-même que pour lui, son souffle formant de la buée sur la vitre, mais je ne vois pas pourquoi tu serais heureux alors que je ne le suis pas. Tu as tué ma fille et tu t'en es tiré parce que la justice a décidé que tu avais suffisamment souffert. Mais j'ai souffert beaucoup plus que toi et mon seul crime a consisté à laisser mon mari adultère voir sa fille. Je savais qu'elle t'aimait et je ne voulais pas qu'elle soit malheureuse.

— Si seulement tu t'étais montrée plus compréhensive, sanglota-t-il, cela ne serait jamais arrivé. »

Elle ne l'avait pas entendu approcher. Elle s'apprêtait à regagner le centre de la pièce quand elle reçut un coup de poing en pleine figure.

« C'est ta faute. En fait, c'est toi qui l'as tuée ! »

Ce fut une bagarre minable, sordide. Là où les mots leur avaient manqué — le caractère répétitif de leurs conversations les en avait toujours prémunis —, ils multiplièrent les coups et les égratignures en un désir brutal de blesser. Un exercice curieusement détaché, motivé par des sentiments de culpabilité plus que par la haine ou une volonté de vengeance, car, en leur for intérieur, ils savaient tous les deux que c'était l'échec de leur mariage, la guerre qu'ils s'étaient faite qui avaient incité Rupert, en proie à une colère impuissante, à accélérer, avec leur fille sur la banquette arrière, sans ceinture de sécurité. Qui aurait pu prévoir que la voiture percuterait de plein fouet la bande médiane et, sous la force de l'impact, projetterait la gamine de cinq ans à travers le pare-brise en miettes fracassant son crâne fragile au passage ? Cela avait été la volonté de Dieu, d'après la compagnie d'assurances. Et, pour Roz en tout cas, la dernière. Alice et Lui avaient péri ensemble.

Rupert fut le premier à baisser les armes, conscient peut-être de l'inégalité du combat. À moins qu'il n'eût tout simplement dessoûlé. Il alla se blottir dans un coin en rampant. Roz tâta le pourtour de sa bouche endolorie et lécha le sang sur ses lèvres, puis ferma les yeux et resta assise quelques minutes en silence, sa rage meurtrière apaisée. Ils auraient dû faire cela il y avait longtemps. Elle se sentait en paix pour la première fois depuis des mois, comme si, d'une certaine manière, elle avait exorcisé sa propre culpabilité. Elle savait que, ce jour-là, elle aurait dû aller jusqu'à la voiture fixer elle-même la ceinture de sécurité d'Alice. Au lieu de cela, elle avait claqué la porte après leur départ et trouvé refuge dans la cuisine pour soigner son orgueil blessé avec une bouteille de gin et une séance de découpage de photographies. Peut-être en fin de compte avait-elle aussi besoin d'être punie. Elle n'avait jamais expié sa faute. Ou plutôt son expiation, la mise en pièces de son être intime, n'avait abouti qu'à une désintégration au lieu d'une rédemption.

Quand ça suffit, ça suffit. Elle le comprenait à présent. « Chacun est maître de son destin, vous aussi, Roz. »

Elle se releva avec précaution, localisa la prise du téléphone qu'elle rebrancha. Puis elle considéra Rupert du coin de l'œil, avant de composer le numéro de Jessica.

« Allo, c'est Roz, dit-elle. Rupert est ici. J'ai peur qu'il ne te faille venir le chercher. »

Elle entendit un soupir à l'autre bout du fil.

« C'est la dernière fois. Promis. »

Elle eut un petit rire.

« Nous avons décidé d'une trêve. Finies les récriminations. Bon, dans une demi-heure. Il t'attendra en bas. » Elle raccrocha. « Je suis sérieuse, Rupert. C'est fini. C'était un accident. Arrêtons de nous incriminer et tâchons de trouver enfin la paix. »

L'insensibilité d'Iris Fielding était légendaire. Pourtant elle fut choquée en voyant le visage meurtri de Roz le lendemain matin.

« Seigneur Dieu ! s'exclama-t-elle, tu as une tête épouvantable ! »

Sur ce, elle fonça vers le placard aux alcools et se servit un cognac. Après coup, elle en servit un à Roz.

« Qui est-ce qui t'a fait ça ? »

Roz ferma la porte et gagna le canapé en boitillant.

Iris vida son verre d'un trait.

« Rupert ? »

Elle tendit l'autre verre à Roz qui secoua la tête, pour la question et le cognac.

« Bien sûr que non. »

Elle se posa prudemment sur le canapé, mi-assise, mi-couchée, tandis que Mrs Antrobus, traversant le doux duvet de sa poitrine drapée dans une robe de chambre, allait heurter son menton d'un coup de tête affectueux.

« Tu veux bien lui donner à manger ? Il y a une boîte ouverte dans le frigo. »

Iris foudroya l'animal du regard.

« Horrible créature ! Où étais-tu quand ta maîtresse avait besoin de toi ? »

Elle disparut néanmoins dans la cuisine et fit tinter une soucoupe.

« Tu es sûre que ce n'est pas Rupert ? demanda-t-elle à nouveau en revenant.

— Oui. Pas du tout son style. Nos empoignades sont purement verbales et infiniment plus douloureuses. »

Iris avait l'air pensif.

« Tu prétendais qu'il t'avait toujours soutenue.

— J'ai menti. »

Iris eut l'air encore plus songeur.

« Alors qui est-ce ?

— Un saligaud que j'ai ramassé dans un bar à vins. Il était plus séduisant habillé qu'à poil, alors je lui ai dit d'aller se faire voir ailleurs et il l'a mal pris. » Elle lut une interrogation dans le regard d'Iris et sourit avec cynisme en dépit de sa lèvre fendue. « Non, il ne m'a pas violée. Ma vertu est intacte. Je l'ai défendue avec mon visage.

— Hum. Je ne voudrais pas te faire de reproches, ma chérie, mais n'aurait-il pas mieux valu défendre ton visage avec ta vertu ? Je ne crois guère aux combats perdus d'avance. » Elle engloutit le cognac de Roz. « As-tu appelé la police ?

— Non.

— Un médecin ?

— Non plus. »

Iris posa une main sur le téléphone.

« Et tu peux t'en dispenser également », ajouta Roz.

Iris haussa les épaules.

« Alors qu'est-ce que tu as fabriqué toute la matinée ?

— J'ai cherché comment m'en tirer sans appeler qui que ce soit. À midi, j'ai compris que je n'y arriverais pas. J'ai fini le tube d'aspirine, il n'y a rien à manger dans la maison et il n'est pas question que je sorte avec une tête pareille. » Elle leva vers Iris des yeux bordés de cernes suspects. « Alors j'ai pensé à la personne la moins impressionnable et la plus égocentrique que je connaisse et je lui ai téléphoné. Il va falloir que tu fasses des courses pour moi, Iris. J'ai besoin de ravitaillement pour une semaine. »

Iris avait l'air amusé.

« Va pour l'égocentrisme, mais qu'est-ce que ça a à voir là-dedans ? »

Roz sourit, découvrant ses dents.

« Tu es tellement préoccupée de ta propre personne que tu auras tout oublié dès que tu seras rentrée chez toi. Par ailleurs, je ne crois pas que tu aies envie de me forcer la main en faisant épingler ce petit salaud. Cela aurait un mauvais effet sur ton agence si l'on apprenait qu'un de tes auteurs a l'habitude de ramener chez elle des types ramassés n'importe où. » Elle serra les deux poings sur le téléphone et Iris vit ses jointures blanchir.

« Exact », reconnut-elle calmement.

Roz se détendit légèrement.

« Si cela devait s'ébruiter, je ne le supporterais pas, tu comprends, ce qui arrivera de toute façon avec la police ou un médecin dans le coup. Tu connais cette fichue presse aussi bien que moi. Au moindre prétexte, ils ressortiront les photos d'Alice après l'accident. »

Pauvre petite Alice. Le sort avait placé un photographe indépendant à proximité de la route au moment où elle était éjectée comme une poupée de chiffon hors du véhicule de Rupert. Les clichés poignants — publiés, à en croire la presse populaire, pour rappeler aux familles l'importance du port de la ceinture de sécurité — avaient été le mémorial le plus durable d'Alice.

« Tu imagines les parallèles sordides : UNE MÈRE DÉFIGURÉE COMME SA FILLE. Cette fois-ci, je n'y survivrais pas. » Elle plongea la main dans sa poche et en extirpa une liste d'emplettes. « Je te ferai un chèque à ton retour. Et surtout, n'oublie pas l'aspirine. Je souffre le martyre. »

Iris fourra la liste dans son sac.

« Les clés, dit-elle en tendant la main. Tu n'as qu'à te coucher quand je serai partie. J'ouvrirai moi-même. »

Roz lui désigna le trousseau sur une étagère près de la porte.

« Merci, dit-elle, et... »

Elle n'acheva pas.

« Quoi ? »

Elle tenta une grimace désabusée mais y renonça parce que c'était trop douloureux.

« Je suis désolée.

— Moi aussi, ma vieille. »

Sur ce, Iris la salua d'un geste désinvolte et quitta l'appartement.

Pour des raisons connues d'elle seule, Iris revint deux heures plus tard avec les courses et une valise.

« Ne me regarde pas comme ça, dit-elle d'un ton sévère en mettant de l'aspirine dans un verre d'eau. J'ai l'intention de t'avoir à l'œil un jour ou deux. Pour des motifs exclusivement mercenaires, cela va de soi. Je tiens à surveiller de près mes investissements. Et puis, ajouta-t-elle en grattant Mrs Antrobus sous le menton, il faut bien que quelqu'un s'occupe de nourrir cette répugnante bestiole à ta place. Tu serais capable de te mettre à brailler sous prétexte qu'elle meurt de faim. »

Roz, qui se sentait déprimée et terriblement seule, en fut très touchée.

Le sergent Geoff Wyatt tripotait son verre de vin d'un air misérable. Son estomac ne tournait pas rond, il se sentait crevé, on était samedi, il aurait préféré être à un match de football de Saints et la vue de Hal en train d'engloutir un steak tendre à souhait l'irritait au plus haut point.

« Écoute, dit-il en essayant de ne pas laisser paraître son agacement, je comprends bien ce que tu me dis, mais les preuves sont les preuves. Que veux-tu que je fasse ? Que je les falsifie ?

— On ne peut pas parler de preuves alors qu'elles ont été falsifiées dès le départ, lui rétorqua Hawksley. C'est un coup monté, bon sang de bois ! » Il repoussa son assiette. « Tu aurais dû en manger, fit-il remarquer d'un ton acide. Ça aurait peut-être amélioré ton humeur. »

Wyatt détourna les yeux.

« Je suis d'excellente humeur et j'ai mangé avant de venir. » Il alluma une cigarette et jeta un coup d'œil en direction de la porte du restaurant. Je ne me suis jamais senti à l'aise dans une cuisine depuis que j'ai vu ces bonnes femmes sur le carrelage d'Olive. Trop de viande et de couteaux dans les parages. On ne pourrait pas aller à côté ?

— Ne sois pas stupide, répliqua Hawksley d'un ton sec. Bon sang, Geoff, d'une manière ou d'une autre, tu me dois bien quelques petits services. »

Wyatt soupira.

« À quoi est-ce que cela te servirait qu'on me suspende pour avoir accordé des faveurs douteuses à un ancien flic ?

— Je ne te demande pas de faveurs. Arrange-toi simplement pour qu'on relâche la pression. Qu'on me laisse un peu d'air pour respirer.

— Comment ?

— Tu pourrais convaincre l'inspecteur de prendre un peu de distance.

— Et tu ne trouves pas ça douteux ? » Les commissures de ses lèvres s'abaissèrent. « De toute façon, j'ai déjà essayé. Il ne marche pas. Il est nouveau, intègre et a horreur des gens laxistes, surtout si ce sont des flics. » Il laissa tomber sa cendre par terre. « Tu n'aurais jamais dû quitter la police, Hal. Je t'avais prévenu. On se retrouve tout seul. »

Hawksley frotta ses joues mal rasées.

« Ce ne serait déjà pas mal si mes anciens collègues pouvaient cesser de me traiter comme un criminel. »

Wyatt avait le regard rivé sur les vestiges de steak dans l'assiette de Hawksley. Il avait mal au cœur.

« D'abord, il aurait fallu que tu sois un peu moins je-m'en-foutiste. On n'en serait pas là. »

Hawksley plissa les yeux d'une manière désagréable.

« Un de ces jours, tu regretteras ce que tu viens de dire. »

Avec un haussement d'épaules, Wyatt écrasa sa cigarette contre sa chaussure, puis jeta le mégot dans l'évier.

« Je ne vois pas comment, fiston. J'en chie dans mon froc depuis que l'inspecteur a découvert le pot aux roses. Ça m'a rendu malade, je te jure. » Il repoussa sa chaise et se leva. « Pourquoi fallait-il que tu te mettes à carotter au lieu d'appliquer le règlement comme tu étais censé le faire ? »

Hawksley lui désigna la porte d'un hochement de tête.

« Sors d'ici, dit-il, avant que je t'arrache la tête, espèce de faux cul.

— Et ce truc que tu voulais que je vérifie ? »

Hawksley plongea la main dans sa poche et en sortit un bout de papier.

« Voilà son nom et son adresse. Regarde s'il y a quelque chose sur elle.

— Quoi, par exemple ?

— Tout ce qui pourrait m'aider, répondit-il avec un

haussement d'épaules. Ce bouquin qu'elle est en train d'écrire tombe trop bien. » Il fronça les sourcils. « Je ne crois pas aux coïncidences. »

Être gros présentait au moins l'avantage de permettre de dissimuler facilement des choses sur soi. Un renflement en plus ici ou là n'attirait guère l'attention et le doux renfoncement entre les seins d'Olive pouvait abriter à peu près n'importe quoi. De plus, elle s'était vite rendu compte qu'on préférait ne pas la fouiller avec trop d'insistance, du moins en avait-il été ainsi les rares fois où l'on avait estimé cette opération indispensable. Au départ, elle s'était imaginé qu'on avait peur d'elle, mais elle n'avait pas tardé à comprendre que c'était à cause de son obésité. L'éthique de la maison voulait que les gardiennes, même si elles étaient libres de se défouler derrière son dos, devaient en revanche tenir leur langue en sa présence et la traiter avec un minimum de respect. Ainsi, ses larmes d'angoisse, lors des premières séances de fouille où on l'avait obligée à se dévêtir et à découvrir son énorme corps tremblant sous l'effet de la détresse, avaient-elles eu pour effet salutaire de susciter chez les surveillantes une répugnance insurmontable à aller au-delà d'un vague tâtonnement du bout des doigts le long de sa chemise.

En attendant, elle avait des problèmes. Sa petite famille de figures de cire, d'une absurde gaieté avec leurs perruques en ouate peinte et les bandes de tissu foncé dont elle les avait enveloppées, semblables à des complets miniatures, ramollissaient constamment au contact de sa peau et perdaient leur forme. Avec une infinie patience, elle les remodelait de ses doigts malhabiles, en commençant par retirer les épingles qui embrochaient les perruques sur leurs têtes. Elle se demanda au passage si celle qui représentait le mari de Roz était ressemblante.

« Quel horrible endroit ! s'exclama Iris en jetant, du canapé en vinyle où elle était assise, des regards critiques sur les murs grisâtres de l'appartement de Roz. Tu n'as jamais eu envie de l'égayer un peu ?

— Non. Je ne fais que passer. C'est une salle d'attente.

— Tu es là depuis déjà un an. Je ne comprends pas que

tu n'utilises pas l'argent de ton divorce pour t'acheter quelque chose. »

Roz posa la tête contre le dossier de son fauteuil.

« J'aime bien les salles d'attente. On peut s'y montrer paresseux sans se sentir coupable. Il n'y a rien d'autre à y faire que d'attendre. »

D'un air songeur, Iris glissa une cigarette entre ses lèvres d'un rouge vif.

« Et qu'attends-tu ?

— Je n'en sais rien. »

Iris actionna son briquet et l'approcha de sa cigarette tandis que son regard pénétrant bordé d'eye-liner fixait Roz au point de la mettre mal à l'aise.

« Il y a une chose qui me chiffonne, dit-elle. Si ce n'était pas Rupert, comment se fait-il qu'il ait encore laissé un message larmoyant sur mon répondeur en disant qu'il s'était mal conduit ?

— Comment ça, encore ? répliqua Roz en contemplant ses mains. Tu veux dire que ce n'est pas la première fois ?

— Au moins la centième.

— Tu ne m'en as jamais parlé.

— Tu ne m'as jamais posé la question. »

Roz digéra cette information en silence, avant de laisser échapper un long soupir.

« Je me suis récemment rendu compte combien je dépendais de lui. » Elle effleura sa lèvre douloureuse. « Sa propre dépendance n'a pas changé, bien sûr. C'est la même depuis toujours : un constant besoin de réconfort. Ne t'inquiète pas, Rupert. Ce n'est pas ta faute, Rupert. Tout ira bien, Rupert. » Elle prononça ces mots avec force. « C'est sans doute la raison pour laquelle il préfère les femmes. Elles sont plus compatissantes. » Elle replongea dans le silence.

« En quoi est-ce que cela te rend dépendante de lui ? »

Roz eut un petit sourire.

« Il ne m'a jamais laissé un moment pour souffler. Je ne décolère pas depuis des mois. » Elle fit un geste vague. « C'est très destructeur. Tant que la colère est là, on ne peut se concentrer sur rien. Je déchire ses lettres sans les lire, parce que je sais fort bien ce qu'elles contiennent, mais son écriture me met les nerfs à vif. Dès que je le vois ou l'entends, je commence à trembler. » Elle éclata d'un rire forcé. « La haine peut devenir une véritable obsession. J'aurais pu déménager depuis belle lurette. Au lieu de ça, je suis restée ici à attendre qu'il me fasse sortir de mes gonds. Voilà comment je dépends de lui. C'est une sorte de prison. »

Iris frotta le bout de sa cigarette sur le bord d'un cendrier. Tout cela, elle l'avait découvert il y avait longtemps, encore qu'elle n'en eût jamais rien dit, pour la simple raison que Roz l'en avait toujours empêchée. Elle se demanda ce qui avait bien pu se produire. Manifestement, cela n'avait rien à voir avec Rupert, même si Roz se plaisait à croire le contraire.

« Et comment comptes-tu t'échapper ? Tu as trouvé un moyen ?

— Pas encore.

— Peut-être devrais-tu faire comme Olive, suggéra Iris d'une voix douce.

— À savoir ?

— Mettre quelqu'un dans le coup. »

Olive attendit près de la porte de sa cellule pendant deux heures. Intriguée, l'une des gardiennes s'arrêta pour bavarder avec elle.

« Tout va bien, l'artiste ? »

Les yeux de la grosse fille la fixèrent.

« Quel jour sommes-nous ?

— Lundi.

— C'est bien ce que je pensais. »

Elle paraissait en colère. La gardienne fronça les sourcils.

« Vous êtes sûre que ça va ?

— Tout à fait.

— Vous attendez une visite ?

— Non. J'ai faim. Qu'est-ce qu'il y a pour le goûter ?

— De la pizza. »

Rassurée, la surveillante continua son chemin. C'était normal. Rares étaient les heures de la journée où Olive n'avait pas faim, et la priver de repas était souvent la seule menace efficace. Un médecin de la prison avait un jour essayé de la persuader qu'un régime lui ferait le plus grand bien. Elle avait fort mal réagi et il n'avait plus jamais renouvelé sa tentative. Olive avait un besoin maladif de nourriture comme d'autres d'héroïne.

En définitive, Iris resta une semaine, emplissant la salle d'attente de Roz du vacarme de sa vie trépidante. Elle laissa une note de téléphone longue comme le bras, des piles de magazines sur les tables, des cendres de cigarette un peu partout, des bouquets de fleurs, pour lesquelles elle n'avait pas trouvé de vases, abandonnés dans l'évier, des monceaux de vaisselle chancelants sur les plans de travail de la cuisine ainsi qu'un flot apparemment inépuisable d'anecdotes dont elle régalait Roz quand elle n'avait rien d'autre à faire.

Celle-ci la vit partir le jeudi suivant, dans l'après-midi, avec un certain soulagement et davantage de regret. Iris lui avait au moins montré qu'une existence solitaire était émotionnellement, mentalement et spirituellement étouffante. Un cerveau ne pouvait, en fait, contenir qu'une quantité limitée de choses et les obsessions tendaient à grandir quand rien ne venait les remettre en cause.

Le saccage de sa cellule par Olive cette nuit-là prit la prison au dépourvu. Il se passa dix minutes avant que la directrice en fût avisée et dix autres avant qu'il fût possible d'intervenir. Il fallut huit gardiennes pour la maîtriser. Elles la plaquèrent au sol en pesant de tout leur poids. Comme l'une d'elles le fit remarquer par la suite : « C'était comme essayer d'arrêter un mastodonte. »

Elle avait tout cassé. Même le lavabo s'était fracassé sous l'impact de la chaise en métal qu'elle avait lancée dessus et qui reposait, tordue et gauchie, parmi les fragments de porcelaine. Les rares possessions qui avaient orné sa commode étaient éparpillées en mille morceaux sur le sol et tout ce qui pouvait être soulevé avait été projeté avec fureur contre les murs. Un poster de Madonna, complètement déchiré, gisait à terre.

Sa rage, même sous tranquillisants, se poursuivit longtemps dans la nuit, au sein d'une cellule vide destinée à calmer les humeurs des prisonnières récalcitrantes.

« Bon Dieu ! s'exclama une gardienne, manifestement

secouée. J'ai toujours dit qu'il aurait fallu la boucler à Broadmoor. Les psychiatres racontent n'importe quoi. Elle est complètement givrée. C'est pas normal qu'on la laisse ici et que ce soit à nous de nous en occuper. »

Ils écoutèrent un instant les beuglements étouffés qui s'échappaient de la cellule : « SA-LOPE ! SA-LOPE ! SA-LOPE ! »

La directrice fronça les sourcils.

« De qui parle-t-elle ? »

La surveillante fit la grimace.

« De l'une de nous, je suppose. Il vaudrait tout de même mieux qu'elle soit transférée. Franchement, elle me fiche la trouille.

— Ça ira mieux demain.

— Justement. Avec elle, on ne sait jamais sur quel pied danser. » Elle se passa la main dans les cheveux. « Vous avez vu que toutes ses statuettes sont intactes, à part celles qu'elle a déjà estropiées ? » Elle sourit d'un air sinistre. « Et cette mère avec son enfant qu'elle vient de commencer ? La mère est en train d'étouffer le marmot. Bonté divine, c'est obscène ! Je présume que c'est la Sainte Vierge et l'enfant Jésus. » Elle laissa échapper un soupir. « Qu'est-ce que je lui dis ? Pas de petit déjeuner si elle ne se calme pas ?

— Ça a toujours marché jusqu'ici. Espérons qu'il en sera encore de même. »

9

Le lendemain matin, une semaine plus tard que prévu, Roz fut introduite dans le bureau d'un chef de service de la Sécurité sociale de Dawlington. Il considéra sa lèvre croûteuse et ses lunettes noires avec une curiosité limitée et elle comprit que, pour lui, son apparence n'avait rien d'extraordinaire. Elle se présenta et s'assit.

« J'ai téléphoné hier », lui rappela-t-elle.

Il hocha la tête.

« Un problème qui remonte à six ans, disiez-vous. » Ses deux index s'abattirent sur le bureau. « Je dois vous préciser qu'il y a peu de chances que nous puissions vous aider. Nous avons déjà suffisamment de mal à régler les affaires courantes sans aller en plus farfouiller dans les archives.

— Mais vous étiez là il y a six ans ?

— Cela fera sept ans en juin, répondit-il avec un enthousiasme mitigé. Ça ne vous aidera guère, je le crains. Je ne me souviens ni de vous ni des faits.

— Il ne saurait en être autrement. »

Roz sourit d'un air gêné.

« Je ne vous ai pas dit toute la vérité au téléphone. Je n'ai pas de dossier chez vous. Je suis écrivain et je fais un livre sur Olive Martin. J'avais besoin de parler à quelqu'un qui la connaissait quand elle travaillait ici et je ne voulais pas essuyer un refus catégorique. »

Il parut amusé, heureux peut-être de se voir épargner une recherche impossible.

« C'était la grosse qui travaillait au bout du couloir. Je

ne connaissais même pas son nom jusqu'au jour où je l'ai lu dans les journaux. Pour autant que je m'en souvienne, je n'ai jamais échangé plus de deux phrases avec elle. Vous en savez probablement davantage que moi à son propos. » Il croisa les bras. « Vous auriez dû me dire ce que vous vouliez. Vous vous seriez évité une démarche inutile. »

Roz sortit son bloc-notes.

« Cela n'a pas d'importance. Ce sont des noms qu'il me faut. De gens qui lui ont parlé. D'autres employés travaillent-ils ici depuis aussi longtemps que vous ?

— Quelques-uns, mais ils n'étaient pas amis avec Olive. Des journalistes sont venus poser des questions au moment des meurtres, mais il ne s'est trouvé personne parmi ses collègues qui ait passé du temps avec elle en dehors des heures de bureau. »

Roz sentit la méfiance de son interlocuteur.

« Qui pourrait les en blâmer ? fit-elle d'un ton enjoué. C'étaient probablement des pisse-copie de je ne sais quel torchon à la recherche d'un titre juteux. Du genre J'AI VÉCU À CÔTÉ D'UN MONSTRE ou quelque chose d'aussi mauvais goût. Il faut vraiment aimer la publicité ou avoir des fins de mois difficiles pour marcher dans ce genre de combine.

— Votre livre ne fera pas de bénéfices ? »

Il y avait une pointe d'ironie dans sa voix.

Elle sourit.

« Très modestes par rapport aux normes de la presse à scandale. »

Elle remonta ses lunettes sur le haut de son crâne, découvrant des yeux aux cernes jaunâtres.

« Je serai franche avec vous. C'est un agent irascible, désirant à tout prix du texte qui m'a obligée à entreprendre cette enquête. Je trouvais le sujet racoleur et j'étais prête à laisser tomber après la première rencontre avec Olive. » Elle le regarda bien en face, tout en faisant tourner son crayon entre ses doigts. « Puis je me suis aperçue qu'Olive était un être humain ordinaire, et même plutôt sympathique, alors j'ai décidé de continuer. Presque tous les gens que j'ai interrogés m'ont donné une réponse semblable à la vôtre. Ils la connaissaient à peine, ils ne lui ont jamais parlé. C'était juste la grosse qui travaillait au bout du couloir. En fait, ce thème à lui seul suffirait à faire un livre. Comment l'ostracisme social poussa une fille seule et sans amour à se retourner dans un accès de rage contre sa famille qui l'asticotait. Je ne le ferai pas parce que je ne pense pas que ce soit la vérité. En revanche, je suis convaincue que la justice a commis une erreur et qu'Olive est innocente. »

Surpris, il s'empressa de la rassurer.

« Nous avons été sidérés en apprenant ce qu'elle avait fait, admit-il.

— Parce que vous trouviez que cela ne collait pas avec le personnage ?

— Pas du tout. » Il fit un effort de mémoire. « C'était une bonne employée, plus vive que la plupart. Elle ne passait pas son temps à surveiller la pendule comme bien d'autres. Certes, elle n'avait pas inventé la poudre, mais elle était serviable, pleine de bonne volonté, ne créait pas de remous et restait en dehors des histoires de bureau. Elle est demeurée ici environ dix-huit mois et, si personne ne s'est vanté d'avoir été très ami avec elle, elle n'avait pas d'ennemis non plus. Elle faisait partie de ces gens auxquels on pense seulement quand on a besoin de quelque chose et qu'on est bien content de trouver parce qu'on sait pouvoir compter sur eux. Vous voyez ce que je veux dire ? »

Roz acquiesça.

« Oui. La fille nunuche mais dévouée.

— En deux mots, c'est ça.

— Vous a-t-elle révélé quoi que ce soit de sa vie privée ? »

Il secoua à nouveau la tête.

« Ce que je vous ai dit tout à l'heure est vrai. Nos chemins se croisaient rarement. Le peu de contacts que nous avions concernait le travail. Les impressions que je viens de vous confier reflètent assez bien l'étonnement de la poignée de gens qui l'ont connue.

— Pourriez-vous me donner leurs noms ?

— J'ai bien peur de ne pas m'en souvenir. » Il paraissait dubitatif. « Olive doit le savoir mieux que moi. Pourquoi ne lui demandez-vous pas ?

Parce qu'elle ne veut pas me le dire. Parce qu'elle ne veut rien me dire.

Au lieu de quoi, Roz répondit :

« Parce que je préfère ne pas la blesser. »

Elle vit une lueur de perplexité briller dans le regard de son interlocuteur et soupira.

« Supposons que les prétendus amis d'Olive refusent de me parler et me claquent la porte au nez. Elle voudra sûrement savoir comment ça s'est passé. Que pourrais-je lui répondre ? Désolée, Olive, en ce qui les concerne, vous êtes morte et enterrée. Je ne me vois pas faire ça. »

Il lui fallait bien reconnaître qu'elle avait raison.

« Écoutez. Je connais quelqu'un qui serait peut-être susceptible de vous aider, mais je me refuse à vous donner son nom sans sa permission. Il s'agit d'une dame âgée, maintenant à la retraite. Il se peut qu'elle préfère rester en dehors de tout ça. Donnez-moi cinq minutes. Je vais l'appeler et lui demander si elle accepterait de vous recevoir.

— Avait-elle de la sympathie pour Olive ?

— Tout autant que les autres.

— Dans ce cas, soyez assez gentil pour lui dire que je ne crois pas qu'Olive ait tué sa mère et sa sœur. Que c'est pour cela que j'écris ce livre. » Elle se leva. « Et, s'il vous plaît, faites-lui bien comprendre qu'il est extrêmement important que je m'entretienne avec quelqu'un qui l'a connue à l'époque. Jusqu'à maintenant, je n'ai réussi à trouver qu'une ancienne camarade d'école et un professeur. » Elle se dirigea vers la porte. « Je vais attendre dehors. »

Comme il l'avait promis, il ne prit que cinq minutes. Il la rejoignit dans le couloir et lui tendit une feuille de papier sur laquelle il avait inscrit un nom et une adresse.

« Elle s'appelle Lily Gainsborough. Elle était notre femme de ménage et la préposée aux boissons à l'époque bénie où il n'existait pas encore de sociétés de nettoyage industriel ni de distributeurs automatiques. Elle a pris sa retraite il y a trois ans, à l'âge de soixante-dix ans. Elle habite un foyer dans Pryde Street. »

Il lui expliqua comment s'y rendre.

« Saluez Olive de ma part quand vous la verrez, ajouta-t-il en lui serrant la main. J'avais alors plus de cheveux et moins d'embonpoint, mais elle se souviendra peut-être de mon nom. En général, les gens ne l'oublient pas. »

Roz gloussa de rire. Il s'appelait Michael Jackson.

« Bien sûr que je me souviens d'Olive. Je l'avais surnommée “la Boulotte”, et moi, elle m'appelait “la Fleur”. Vous saisissez ? À cause de mon nom, Lily. Il n'y avait pas une once de mal en elle. Je n'ai jamais cru à toutes ces horreurs dont on l'accusait et je le lui ai écrit quand j'ai su où on l'avait envoyée. Elle m'a répondu que j'avais tort, que tout était sa faute et qu'il fallait qu'elle paie. » Le regard avisé, aux yeux myopes, usés par le temps, scrutait le visage de Roz. « J'ai compris ce qu'elle voulait dire, même si j'étais bien la seule. Elle n'était pas coupable mais rien ne serait arrivé si elle n'avait pas fait le contraire de ce qu'elle aurait dû. Encore un peu de thé, ma chère ?

— Merci. »

Roz tendit sa tasse et attendit pendant que la fragile vieille dame soulevait une grosse théière en acier inoxydable. Sans doute une relique de son ancien emploi lorsqu'elle déambulait dans les couloirs avec sa table roulante. Le thé était épais, chargé en tanin, et Roz eut toutes les peines du monde à le boire. Elle accepta un autre petit pain, proprement indigeste.

« Qu'a-t-elle fait qu'elle n'aurait pas dû ?

— Provoquer la colère de sa mère, pardi. Est-ce qu'elle ne fréquentait pas un des frères O'Brien ?

— Lequel ?

— Eh bien, pour ça, je ne suis pas très sûre. J'ai toujours pensé que c'était le petit dernier, Gary. À vrai dire, je ne les ai vus ensemble qu'une fois et, ces gaillards-là, ils se ressemblent tous. Ça aurait pu être n'importe lequel.

— Combien sont-ils ?

— Maintenant que vous me posez la question... » Lily serra les lèvres en une sorte de bouton de rose flétri. « C'est une vraie smala. Difficile de ne pas s'y perdre. Ma O'Brien doit être au moins vingt fois grand-mère et elle n'a même pas soixante ans. Ce sont tous des escrocs, ma chère. De la mauvaise graine, oui. Ils vont si souvent en prison qu'on croirait qu'ils y sont chez eux. Y compris la mère. Elle leur a appris à voler dès qu'ils ont su marcher. Les gamins étaient régulièrement placés dans des familles, naturellement, mais ça ne durait jamais très longtemps. Ils se débrouillaient toujours pour se carapater. Le jeune Gary a été mis en pension — de mon temps, on appelait ça des maisons de correction. Il s'en est plutôt bien tiré dans l'ensemble. » Elle émietta un biscuit dans son assiette. « Jusqu'au jour où il a remis les pieds chez lui. Elle l'a renvoyé voler en moins de temps qu'il n'en faut pour le dire. »

Roz réfléchit un instant.

« Olive vous a-t-elle dit qu'elle sortait avec l'un d'entre eux ?

— Pas vraiment. » Lily se tapa le front. « Mais je n'ai eu besoin de personne pour tirer mes conclusions, pardi. Elle était si contente. Elle a maigri, s'est acheté de jolies robes dans la boutique où sa sœur travaillait et s'est même mis du rouge aux joues. Bref, elle s'est faite toute jolie ! Il y avait forcément un homme derrière tout ça. Un jour, je lui ai demandé qui c'était. Elle s'est contentée de sourire en disant : “Motus et bouche cousue, la Fleur, parce que, si maman apprenait la vérité, elle en aurait une attaque.” Et puis, deux ou trois jours plus tard, je l'ai croisée en compagnie d'un des frères O'Brien. Son expression la trahissait. Elle paraissait gaie comme un pinson. C'était lui, à n'en pas douter, qui la rendait aussi sentimentale. Malheureusement, il a tourné la tête au moment où je passais et je n'ai jamais su exactement de quel frère il s'agissait.

— Qu'est-ce qui vous fait croire que c'était un O'Brien ?

— À cause de l'uniforme, répondit Lily. Ils portent tous le même uniforme.

— Ils étaient dans l'armée ? s'enquit Roz, étonnée.

— Des blousons de cuir, qu'ils appellent ça.

— Oh ! je vois. Des vestes de motards. Ils possèdent sans doute des motos.

— C'est ça ! Comme les Hell's Angels. »

Les sourcils de Roz se joignirent en un froncement perplexe. Elle avait déclaré à Hawksley qu'Olive était tout sauf du genre rebelle. Mais les Hell's Angels, bonté divine ! Pour une ancienne élève d'une école religieuse, on ne pouvait pas faire plus rebelle que ça.

« Êtes-vous sûre de ce que vous avancez ?

— Ma foi, question d'être sûre, je ne sais plus si je suis sûre de quoi que ce soit, par les temps qui courent. Il fut une époque où j'étais sûre que les gouvernements savaient gérer les choses mieux que moi. Je ne peux pas en dire autant aujourd'hui. Autrefois, j'étais sûre qu'avec Dieu dans son paradis, tout irait bien en ce bas monde. Je ne peux pas dire que je le pense encore. S'Il est là-haut, ma chère, pour moi, Il doit être bouché à l'émeri. Mais oui, je suis sûre que ma pauvre Boulotte s'était entichée d'un des O'Brien. Il suffisait de la regarder pour voir qu'elle était follement amoureuse de ce garçon. » Elle pinça les lèvres. « Drôle d'histoire. Drôle d'histoire. »

Roz avala une gorgée de thé amer.

« Et, d'après vous, c'est le jeune O'Brien qui aurait assassiné la mère d'Olive et sa sœur ?

— Qui d'autre ? Comme je vous le disais, ma chère, ce sont tous des bandits.

— En avez-vous parlé à la police ?

— Je l'aurais probablement fait si on me l'avait demandé, mais je ne vois pas pourquoi je serais allée raconter ça de moi-même. Pour que la Boulotte n'ait rien dit, il fallait qu'elle ait ses raisons. Et, franchement, je ne tenais pas à me retrouver avec toute la bande sur le dos. Ils se soutiennent les uns les autres, et mon Frank était mort depuis quelques mois. S'ils étaient venus me chercher des ennuis, vous croyez que j'aurais pu m'en tirer, hein ?

— Où habitent-ils ?

— La Cité Barrow, derrière High Street. Le conseil municipal préfère les parquer là, pour les avoir à l'œil en quelque sorte. C'est un sale endroit. Pas une famille honnête dans le coin. Et pourtant, il n'y a pas que des O'Brien. Un repaire de voleurs, oui. »

Roz but une autre gorgée d'un air songeur.

« Êtes-vous disposée à me laisser utiliser ces renseignements ? Vous rendez-vous compte que, si c'est la vérité, cela pourrait aider Olive ?

— Bien sûr, ma chère. Autrement, pourquoi est-ce que je vous l'aurais dit ?

— La police s'en mêlera. Ils voudront vous interroger.

— Je le sais.

— Auquel cas votre nom circulera et les O'Brien pourraient bien vous chercher noise. »

Entre ses paupières ridées, ses pupilles fixèrent Roz avec une expression rusée.

« Vous n'êtes pas bien costaude, ma chère, et pourtant, vous me semblez avoir survécu à une jolie rossée. Pourquoi pas moi ? De toute façon, poursuivit-elle d'une voix énergique, cela fait six ans que mon silence me pèse sur la conscience. Quand le jeune Mick m'a appelée pour me dire que vous alliez venir me voir, j'étais contente, vous n'imaginez pas. Allez-y, ma chère, et ne vous préoccupez pas de moi. Je suis plus en sécurité ici que là où j'habitais avant. Là-bas, ils auraient pu mettre le feu et me faire rôtir cent fois avant que quelqu'un songe à appeler à l'aide. »

Si Roz avait espéré assister à un remake des Hell's Angels en se rendant à la Cité Barrow, elle fut déçue. Un vendredi, à l'heure du déjeuner, l'endroit n'avait rien d'extraordinaire. On entendait des chiens aboyer ici et là et des jeunes femmes, seules ou à deux, poussaient des caddies où s'empilaient les courses pour le week-end. Comme un trop grand nombre de HLM, la cité n'offrait qu'un décor nu et sale, à la mesure de la déception de ses occupants. Si quelque individualité se manifestait dans ces murs tristes et uniformes, c'était à l'intérieur, loin des regards. Mais Roz en doutait. Elle était familière de ces espaces désolés où les gens attendent qu'on leur propose quelque chose de mieux. Comme moi, pensa-t-elle. Comme mon appartement.

En repartant, elle passa devant une grande école, exhibant un panneau fatigué près du portail d'entrée. Collège polyvalent de Parkway. Une foule de gamins grouillaient sur le macadam, le son de leurs voix emplissant l'air chaud. Roz ralentit pour les regarder un moment. Quelle que soit l'école, tous jouaient aux même jeux, mais elle comprenait pourquoi Gwen avait dédaigné Parkway, préférant envoyer ses filles dans une école religieuse. La proximité de la Cité Barrow avait de quoi inquiéter les parents les plus libéraux et, de toute évidence, Gwen ne faisait pas partie de ceux-là, loin s'en faut. Si Mrs Gainsborough et Mr Hayes avaient dit la vérité, quelle ironie que les filles de Gwen eussent succombé aux attraits de cet autre monde ! Était-ce en dépit ou à cause de leur mère ?

Elle songea qu'il lui faudrait un policier complaisant pour lui refiler des tuyaux sur les O'Brien et sa route la conduisit inévitablement au Pique-Assiette. Comme on approchait de midi, la porte du restaurant n'était pas fermée à clé, mais les tables étaient aussi inoccupées que d'habitude. Elle en choisit une loin de la fenêtre et s'y installa, ses lunettes noires solidement arrimées sur son nez.

« Vous n'en avez pas besoin, lança la voix amusée de Hawksley, du seuil de la cuisine. Je n'ai pas l'intention de faire des frais de lumière. »

Elle sourit mais garda ses lunettes.

« Je voudrais déjeuner, s'il vous plaît.

— D'accord. »

Il ouvrit la porte en grand.

« Venez dans la cuisine. C'est plus confortable.

— Non, je préfère manger ici. » Elle se leva. « À la table près de la fenêtre. Vous pouvez laisser la porte ouverte et... — elle chercha des baffles du regard et en trouva — mettre de la musique forte, du jazz de préférence. Un peu d'animation ne fera pas de mal. Personne n'a envie de déjeuner dans une morgue ! » Elle s'assit devant la fenêtre.

« Pas question, dit-il, une curieuse inflexion dans la voix. Si vous voulez déjeuner, c'est ici et avec moi. Sinon, vous n'avez qu'à aller ailleurs. »

Roz l'étudia d'un air songeur.

« Ce n'est pas la crise, n'est-ce pas ?

— De quoi parlez-vous ?

— De vos clients inexistants. »

Il fit un geste en direction de la cuisine.

« Vous partez ou vous restez ?

— Je reste », répondit-elle en se levant.

À quoi pouvait bien rimer toute cette histoire ? se demanda-t-elle.

« Cela ne vous regarde pas, Miss Leigh, murmura-t-il comme s'il lisait dans ses pensées. Je vous suggère de vous en tenir à ce que vous savez et de me laisser m'occuper de mes affaires comme je l'entends. »

Geoff lui avait téléphoné le lundi précédent pour lui donner les résultats de son enquête. « Elle a l'air réglo, lui avait-il dit. Un écrivain de Londres. Divorcée. Sa fille est morte dans un accident de voiture. Aucun rapport avec qui que ce soit dans la région. Désolé, Hal. »

« Très bien, reprit Roz d'une voix douce, mais admettez que c'est curieux. Un policier m'a suggéré d'aller prendre mes repas ailleurs quand je suis allée au commissariat pour savoir où vous étiez. Depuis, je n'ai pas cessé de me demander pourquoi. Avec des amis pareils, vous n'avez vraiment pas besoin d'ennemis ! »

Il sourit mais l'expression de ses yeux resta la même.

« Dans ce cas, vous êtes très courageuse d'accepter une seconde fois mon hospitalité. »

Il tenait la porte grande ouverte. Elle passa devant lui et pénétra dans la cuisine.

« Gourmande, c'est tout, répondit-elle. Vous cuisinez mieux que moi. Quoi qu'il en soit, j'ai l'intention de payer mon écot, à moins, bien sûr — son sourire se limita aussi à ses lèvres —, que la maison n'ait d'autres activités, nettement plus lucratives. »

Cela l'amusa.

« Vous débordez d'imagination. »

Il tira une chaise pour elle.

« Peut-être, dit-elle en s'asseyant. Mais c'est bien la première fois que je rencontre un restaurateur qui se barricade derrière des barreaux, règne sur une salle à manger vide, n'a aucun personnel et erre dans l'obscurité avec une tête à avoir été passé au hachoir. » Elle haussa les sourcils. « Si vous ne faisiez pas aussi bien la cuisine, j'aurais même tendance à penser que cet endroit n'a rien d'un restaurant. »

Il se pencha tout à coup et lui retira ses lunettes noires qu'il plia soigneusement et posa sur la table.

« Et que dois-je déduire de ça? demanda-t-il, ému contre toute attente en découvrant les dommages subis par les yeux magnifiques. Que vous n'êtes pas un écrivain parce que quelqu'un vous a laissé des marques de doigts sur la figure? » Il fronça soudain les sourcils. « Ce n'est pas Olive au moins? »

Elle parut surprise.
« Bien sûr que non.
— Qui alors ? »
Elle baissa la tête.
« Personne. Ça n'a aucune importance. »
Il attendit un moment.
« Quelqu'un à qui vous tenez ?
— Non. » Elle joignit les mains sur la table. « Plutôt l'inverse. Quelqu'un à qui je ne tiens pas. » Elle releva la tête, souriant à demi. « Qui vous a infligé une correction, sergent ? Quelqu'un à qui vous tenez ? »
Il ouvrit la porte du réfrigérateur et en examina le contenu.
« Un de ces jours, votre manie de fourrer votre nez dans les affaires des autres vous jouera un sale tour. Vous avez envie de quoi ? D'agneau ? »

« En réalité je suis venue pour avoir des renseignements supplémentaires », lui avoua-t-elle au moment du café.
La bonne humeur lui plissa les yeux. Il était vraiment très séduisant, songea-t-elle, douloureusement consciente que cet attrait allait à sens unique. L'ambiance du déjeuner avait été cordiale mais distante, un grand panneau entre eux proclamant : jusque-là mais pas au-delà.
« Eh bien, allez-y.
— Vous connaissez la famille O'Brien ? Ils habitent la Cité Barrow.
— Tout le monde les connaît. » Il la regarda, les sourcils froncés. « Mais s'il y a le moindre rapport entre Olive et eux, je veux bien bouffer mon chapeau.
— Dans ce cas, vous allez avoir une drôle d'indigestion, rétorqua-t-elle d'un ton acide. On m'a affirmé qu'elle sortait avec l'un des fils au moment des meurtres. Probablement Gary, le plus jeune. Comment est-il ? L'avez-vous déjà rencontré ? »
Il noua les mains derrière sa nuque.
« On vous a raconté des blagues, murmura-t-il. Gary est vaguement plus dégourdi que les autres, mais il ne doit pas dépasser les quatorze ans d'âge mental. Je ne connais pas plus inadaptés ni plus incapables que ces zigotos-là.

La seule chose qu'ils savent faire, c'est voler. Et encore, ils s'y prennent comme des manches. Ma O'Brien a environ neuf enfants, presque tous des garçons, adultes maintenant, et quand ils ne sont pas en prison, ils passent leur temps à s'envoyer en l'air dans leur trois-pièces cuisine.

— Il y en a de mariés ?

— Oui, mais ça ne dure jamais longtemps. Dans la famille, le divorce prévaut sur le mariage. Les femmes font généralement d'autres arrangements pendant que leurs hommes sont au trou. » Il fit jouer ses jointures. « Ce qui ne les empêche pas de produire quantité de moutards, à en juger d'après le nombre d'O'Brien de la troisième génération qui ont commencé à apparaître dans les tribunaux pour délinquants juvéniles. » Il secoua la tête. « On vous a raconté des blagues, répéta-t-il. En dépit du reste, Olive n'est pas idiote. Il aurait fallu qu'elle soit dans un coma dépassé pour s'enticher d'un type comme Gary O'Brien.

— Ils sont si mauvais que ça ? demanda Roz avec curiosité. Ou est-ce une idée de flic ? »

Il sourit.

« Je ne suis plus flic. Vous vous souvenez ? Mais ils sont absolument irrécupérables, assura-t-il. Pour peu que vous ayez la poisse, il arrive que vous écopiez d'une cité comme celle de Barrow, où le conseil municipal décide de fourrer toute la vermine du coin, après quoi ces messieurs s'attendent à ce que cette pauvre police installe un cordon de sécurité autour. » Puis, avec un petit rire dépourvu d'humour : « C'est une des raisons pour lesquelles j'ai démissionné. J'en avais ma claque de nettoyer les décharges publiques. Ce n'est pas la police qui crée ces ghettos, ce sont les municipalités et les gouvernants. Et, en définitive, la société elle-même.

— Cela me paraît assez sensé, dit-elle. Mais, dans ce cas, pourquoi méprisez-vous les O'Brien à ce point ? On dirait qu'ils ont plus besoin d'aide et de soutien que de juges et de policiers. »

Il haussa les épaules.

« Sans doute parce qu'ils ont déjà eu davantage d'aide et de soutien que l'on ne vous en offrira jamais. Ils raflent tout ce qu'ils peuvent, et ils n'attendent pas pour en redemander. Avec eux, pas de quiproquo. Ils ne donnent rien en échange. La société paie pour qu'ils aient le droit de vivre, et je vous prie de croire qu'ils se débrouillent pour que la note soit salée, généralement sous la forme d'un tas de pauvres vieilles qui se font faucher toutes leurs économies. » Il serra les lèvres. « Si vous aviez arrêté ces salopards aussi souvent que moi, vous les mépriseriez également. Je ne nie pas qu'ils représentent une sous-classe engendrée par la société elle-même, mais je suis offusqué par leur refus de s'élever au-delà. » Il la vit froncer les sourcils. « Vous avez l'air déçue. Aurais-je heurté vos sensibilités libérales ?

— Non, dit-elle, une lueur amusée dans les yeux. Je croyais entendre Mr Hayes. Vous vous souvenez de lui ? Y a pas à dire, prononça-t-elle en imitant le léger grasseyement du vieil homme. On devrait tous les attacher au réverbère le plus proche et leur flanquer une balle dans la peau ! »

Elle sourit en le voyant rire.

« Mes sympathies pour les classes dangereuses commencent à s'amenuiser, finit-il par dire. En fait, mes sympathies en général.

— Symptôme classique du stress, fit-elle observer d'un ton léger, tout en scrutant son visage. Dans ces moments-là, nous réservons tous notre compassion pour nous-mêmes. »

Il ne répondit pas.

« Vous disiez que les O'Brien étaient inadaptés, poursuivit-elle. Peut-être peuvent-ils s'améliorer.

— Je le pensais autrefois, reconnut-il en jouant avec son verre vide, lorsque je suis entré dans la police, mais il faut une sacrée dose de naïveté pour continuer à y croire. Ce sont des voleurs invétérés qui ne souscrivent tout simplement pas aux mêmes valeurs que nous. Ce n'est pas qu'ils ne peuvent pas, ils ne veulent pas. C'est totalement différent. » Il lui sourit. « Et si vous êtes un flic qui s'efforce de se cramponner au reste d'humanité qu'il possède encore, vous vous tirez la minute où vous avez compris ça. Sinon, vous finissez avec aussi peu de principes que ceux que vous arrêtez. »

Vraiment bizarre, pensa Roz. Il ne semblait pas avoir

gardé beaucoup de sympathie pour la police non plus. Il donnait l'impression d'un homme solitaire et aigri, assiégé dans sa tour d'ivoire. Mais pourquoi ses copains de la police l'avaient-ils laissé tomber ? Il avait bien dû en avoir quelques-uns.

« A-t-on jamais inculpé un des O'Brien d'homicide avec ou sans préméditation ?

— Non, je vous l'ai dit, ce sont des voleurs. Vol à l'étalage, à la tire, vol de voitures, cambriolages, ce genre de trucs. La vieille Ma sert de receleur chaque fois qu'elle peut mettre la main sur des marchandises volées, mais ils ne sont pas violents.

— On m'a dit que c'étaient des espèces de Hell's Angels. »

Il lui lança un coup d'œil goguenard.

« On vous a refilé des tuyaux bidons. Qu'est-ce que vous vous imaginez ? Que Gary est coupable et qu'Olive était tellement entichée de lui qu'elle a endossé les meurtres à sa place ?

— Cela paraît plausible, non ?

— À peu près autant que les petits hommes verts sur la planète Mars. Le reste mis à part, Gary a peur de son ombre. Un jour, on l'a pincé dans un cambriolage — il croyait que la maison était vide — et il s'est mis à chialer comme une mauviette. Il aurait été aussi incapable de trancher la gorge de Gwen pendant qu'elle se débattait que vous ou moi. Ou même que ses frères. Ce sont de petits renards malingres, pas des loups féroces. Bonté divine, à qui avez-vous parlé ? Sûrement à quelqu'un qui avait le sens de l'humour. »

Elle haussa les épaules, brusquement agacée.

« Aucune importance. Connaissez-vous l'adresse des O'Brien par hasard ? Cela m'éviterait d'avoir à la chercher. »

Il eut une moue sarcastique.

« Vous n'avez pas l'intention d'y aller ?

— Bien sûr que si, répliqua-t-elle, irritée par son air narquois. C'est ma meilleure piste. Et maintenant que je sais que ce ne sont pas des égorgeurs, je suis déjà moins inquiète. Alors, cette adresse ?

— Je viens avec vous.

— Sûrement pas, sergent, laissa-t-elle tomber d'un ton sans réplique. Je ne tiens pas à ce que vous me cassiez mon coup. Vous me donnez leur adresse ou je dois regarder dans l'annuaire ?

— 7 Baytree Avenue. Vous ne pouvez pas vous tromper. C'est la seule bicoque qui dispose d'une antenne parabolique. Foutue, à coup sûr.

— Merci. »

Elle tendit la main vers son sac.

« Maintenant, si je pouvais régler ma note, je vous laisserais ensuite en paix. »

Il se déplia, fit le tour de la table et lui tint sa chaise.

« C'est un cadeau de la maison. »

Elle se leva et le regarda d'un air grave.

« Écoutez. Je voudrais payer. Je ne suis pas venue ici à l'heure du déjeuner pour jouer les parasites et, de toute façon — elle sourit —, je ne vois pas comment je pourrais vous exprimer autrement à quel point j'apprécie votre cuisine. L'argent est souvent plus explicite que les mots. Si je vous dis que c'était fabuleux, comme la dernière fois, vous allez croire que je suis simplement polie. »

Il leva la main, comme pour toucher la sienne, puis la laissa retomber brusquement.

« Je vous raccompagne », fit-il simplement.

10

Roz passa trois fois devant la maison avant d'avoir le courage de s'arrêter et de descendre. L'amour-propre ayant fini par l'emporter, elle s'engagea dans l'allée. L'ironie de Hawksley l'avait piquée au vif. Une motocyclette recouverte d'une bâche reposait au milieu d'un carré de gazon, le long de la clôture.

Une petite femme sèche au visage pointu et maussade, aux lèvres minces dont les commissures retombaient en une expression de frustration permanente, lui ouvrit la porte.

« Ouais ? lança-t-elle d'une voix coupante.

— Mrs O'Brien ?

— Vous êtes qui ? »

Roz tira une de ses cartes.

« Je m'appelle Rosalind Leigh. »

Une télévision beuglait dans une des pièces.

La femme lorgna la carte mais ne la prit pas.

« Qu'est-ce que vous voulez ? Si c'est pour le loyer, je l'ai posté hier. »

Elle croisa les bras sur sa poitrine maigre comme pour mettre Roz au défi de soutenir le contraire.

« Je n'appartiens pas à la mairie, Mrs O'Brien. »

Il lui vint à l'esprit que la femme ne savait peut-être pas lire. Hormis son adresse et son numéro de téléphone, la carte mentionnait son nom et sa profession. Elle risqua le tout pour le tout.

« Je travaille pour une petite chaîne de télévision privée, dit-elle avec aplomb, tout en se creusant la cervelle pour trouver un prétexte à la fois plausible et alléchant. Je fais une enquête sur les problèmes rencontrés par les parents célibataires ayant une famille nombreuse. Nous serions très heureux de nous entretenir avec une mère qui se bat quotidiennement pour éviter à ses fils des ennuis. La société a vite fait de prendre parti, et il nous paraît grand temps de rectifier les choses. »

La femme avait l'air totalement déconcertée.

« Nous voudrions donner à la mère l'occasion d'exprimer pour une fois son point de vue, poursuivit Roz. On parle souvent des tracasseries et ingérences de toutes sortes dont serait coupable l'administration : services sociaux, municipalité, police. Beaucoup de mères avec lesquelles nous avons discuté estiment que, si on leur avait fichu la paix, elles auraient eu moins de difficultés. »

Une lueur d'intérêt s'alluma dans les yeux de son interlocutrice.

« Et comment !

— Désirez-vous participer ?

— P't-être ben. Qui c'est qui vous a refilé l'adresse ?

— Nous avons effectué des recherches au palais de justice. Le nom O'Brien est fréquemment cité.

— Sans blague ! J'serai payée ?

— Bien sûr. J'aurais besoin que nous bavardions environ une heure, afin que je sache un peu ce que vous pensez. Pour cela, vous recevrez cinquante livres immédiatement. » À moins, la femme risquait de faire la fine bouche. « Ensuite, si votre témoignage nous semble convenir et si vous acceptez d'être filmée, nous vous paierons la même chose le temps que les caméras seront ici. »

Ma O'Brien pinça ses lèvres minces, avant de balbutier :

« Cent ! Cent, j'suis d'accord ! »

Roz secoua la tête. De toute façon, avec ce qu'elle avait en poche, elle ne risquait pas de donner plus.

« Désolée, c'est un prix fixé d'avance. Je ne suis pas autorisée à aller au-delà. » Roz haussa les épaules. « Tant pis. Merci, tout de même, Mrs O'Brien. J'ai trois autres familles sur ma liste. Je suis sûre que l'une d'elles ne voudra pas rater l'occasion d'exprimer ce qu'elle a sur le cœur tout en étant payée. » Puis, tout en tournant les talons : « Regardez donc l'émission ! lança-t-elle. Vous y verrez probablement quelques-uns de vos voisins.

— Attendez, m'dame. Est-ce que j'ai dit non ? Alors ! J'aurais été bien bête de pas demander plus, s'il y avait eu de quoi. Venez. Entrez. C'est comment votre nom, déjà ?

— Rosalind Leigh. »

Elle suivit Mrs O'Brien au salon et s'assit, tandis que la petite femme éteignait la télévision et chassait machinalement de l'appareil un grain de poussière inexistant.

« C'est joli chez vous », dit Roz, tout en s'efforçant de dissimuler sa surprise.

Un canapé et deux fauteuils en cuir bordeaux de bonne qualité étaient disposés en cercle autour d'un tapis chinois aux tons gris et roses.

« Achetés et payés », fit remarquer leur propriétaire.

Roz n'en douta pas. Si la police lui rendait aussi souvent visite que l'avait laissé entendre Hawksley, il y avait de fortes chances pour que ce ne soit pas du recel. Elle sortit son magnétophone.

« Cela ne vous ennuie pas que j'enregistre la conversation ? L'ingénieur du son pourra s'en servir pour faire ses réglages lorsqu'on en viendra à filmer, mais si le micro vous intimide, je peux aussi bien prendre des notes.

— Allez-y, répondit Mrs O'Brien en se perchant sur le canapé. J'ai pas peur des micros. Le voisin d'à côté a un karaoké. Vous allez me poser des questions ou quoi ?

— Ce sera sans doute plus facile, vous ne pensez pas ? Commençons par l'époque où vous vous êtes installée ici.

— Ma foi, ça doit bien faire vingt ans, à peu de chose près, qu'ils ont construit la baraque, et on est arrivés les premiers. Six qu'on était, avec mon mari, sauf qu'il s'est retrouvé en taule juste après et qu'on l'a plus jamais revu. À peine dehors, cet enfoiré-là a mis les bouts.

— Et vous aviez quatre enfants ?

— Quatre avec moi, cinq placés. Pour ça, y a eu de l'ingérence, comme vous dites. Ils n'arrêtaient pas de me les barboter, ces pauvres mômes. Si c'est pas une honte, tout de même ! Eux, ce qu'ils voulaient, c'était leur maman, pas une étrangère qui faisait ça uniquement pour se sucrer. » Elle étreignit ses bras. « Notez bien que je les ai toujours récupérés. Chaque fois qu'on me les enlevait, ça faisait pas un pli, ils rappliquaient aussi sec. Le maire a tout essayé, il a même menacé de me coller dans un studio. » Elle émit un reniflement. « De la persécution, oui ! Je me souviens qu'une fois... »

Manifestement, elle ne demandait qu'à parler, et elle se lança dans un discours volubile qui dura trois quarts d'heure. Roz l'écoutait avec attention. Au fond, elle ne croyait pas la moitié de ce que Ma O'Brien racontait, principalement parce que celle-ci n'arrêtait pas de répéter avec un bel aplomb que ses fils étaient et avaient toujours été, Dieu sait pourquoi, les têtes de Turc de la police. Même en étant crédule, c'était assez difficile à avaler. Cependant, chaque fois qu'elle évoquait sa famille, sa voix se chargeait d'une affection instinctive, au point que Roz finit par mettre en doute le portrait que lui avait tracé Lily Gainsborough. Naturellement, elle se considérait, elle aussi, comme la malheureuse victime de circonstances qui la dépassaient. En était-elle vraiment persuadée, ou disait-elle cela uniquement pour faire plaisir à son interlocutrice ? Dans tous les cas, Roz décida qu'elle était beaucoup plus intelligente qu'elle ne voulait bien le laisser paraître.

« Parfait, Mrs O'Brien, prononça-t-elle enfin pour couper court à ce flot de paroles ininterrompu. Si j'ai bien compris, vous avez deux filles, mères célibataires comme vous et logées par la commune. Vous avez également sept fils. Trois se trouvent actuellement en prison, un vit avec sa petite amie et les trois autres habitent ici. Peter, l'aîné de la famille, a trente-six ans, et le plus jeune, Gary, vingt-cinq. » Elle fit entendre un léger sifflement. « Eh bien, dites-moi, c'est un record. Neuf enfants en onze ans !

— Y a eu des jumeaux au milieu. Deux fois un garçon et une fille. Quand même, ça a pas été du gâteau. »

Je veux bien le croire, pensa Roz.

« Vous les désiriez ? demanda-t-elle avec curiosité. En ce qui me concerne, je ne me vois pas avec neuf gosses sur les bras.

— On m'a pas demandé mon avis. De mon temps, y avait pas l'avortement.

— Vous ne vous serviez pas de contraceptifs ? »

Contre toute attente, la femme se mit à rougir.

« Jamais pu. Mon mari a essayé avec une capote une fois, mais il a pas recommencé. Un bon à rien. Il s'en fichait pas mal de me mettre en cloque. »

Roz faillit lui demander pourquoi elle n'avait pas pu. Était-ce parce qu'elle ne savait pas lire et n'avait pas osé se renseigner ?

« Les hommes sont tous les mêmes, déclara-t-elle d'un ton léger. J'ai aperçu une moto devant chez vous. Elle appartient à l'un de vos fils ?

— Achetée et payée, fit Mrs O'Brien, reprenant son refrain belliqueux. Elle est à Gary. Il adore ça. Avant, ils étaient trois à en avoir, et maintenant y a plus que lui. Ils bossaient dans une boîte de coursiers, jusqu'à ce que ces maudits flics s'en mêlent et les fassent virer. Comment voulez-vous qu'un gars garde sa place s'il se trouve toujours un poulet pour coller son casier sous le nez du patron ? De la malveillance et rien d'autre ! Il a bien fallu qu'ils rendent leur moto. Ils l'avaient achetée à crédit et ils arrivaient plus à payer les mensualités.

— Cela s'est passé quand ? Récemment ? interrogea Roz avec sollicitude.

— L'année où qu'y a eu ces fichues tempêtes. Je me souviens qu'y avait même plus de courant quand les gamins sont rentrés en disant qu'ils étaient virés. Une bougie qu'on avait, en tout et pour tout. » Sa bouche se durcit. « Drôle de soirée ! Ça pouvait pas être pire. »

Roz s'efforça de garder un visage impassible. Se pouvait-il que Lily Gainsborough ait raison et Hawksley tort ?

« Les premières se sont produites en 1987, dit-elle.

— Exact. Même que ça a recommencé deux ans plus tard. Et cette fois-là, on a pas eu de jus pendant une semaine. Ils auraient pu au moins nous accorder des facilités. J'leur ai demandé, et ces salauds m'ont répondu que si je payais pas ma note ils me couperaient le courant, point final.

— Est-ce que la police a expliqué pourquoi elle était intervenue auprès du patron de vos enfants ?

— Comme si ça leur arrivait de donner des explications ! De la malveillance, voilà tout.

— Vos fils ont travaillé longtemps dans cette société ? »

Ma O'Brien la regarda avec méfiance.

« Eh ben, ça a drôlement l'air de vous intéresser, tout à coup. »

Roz la gratifia d'un sourire ingénu.

« Parce que trois de vos enfants avaient enfin l'occasion de pouvoir gagner leur vie et d'être indépendants. Ce serait excellent pour l'émission si l'on pouvait montrer qu'ils ont raté cette chance par la faute de la police. J'imagine qu'il s'agissait d'une entreprise des environs ?

— De Southampton. Avec un nom à la noix, ajouta-t-elle en retroussant les lèvres. Hirondelles Service, ou un machin dans ce genre. Enfin, vu que le patron était un drôle d'oiseau, c'est peut-être pas si idiot que ça. »

Roz réprima un sourire.

« Elle existe toujours ?

— À ma connaissance. Voilà. Ça fait votre heure.

— Merci, Mrs O'Brien. » Elle tapota le magnétophone. « Si cela plaît aux producteurs, il se peut que j'aie besoin de revenir parler à vos fils. Cela vous semble possible ?

— Le contraire m'étonnerait. D'habitude, ils crachent pas sur l'oseille, surtout à ce tarif-là... »

Ma O'Brien avança la main.

Fidèle à sa promesse, Roz tira de son portefeuille deux billets de vingt livres, un de dix, et les déposa dans la paume marquée de rides. Puis elle ramassa ses affaires.

« On m'a dit que Dawlington est devenue une ville célèbre, fit-elle remarquer d'un ton désinvolte.

— Ah ouais ?

— Il paraît qu'Olive Martin a assassiné sa mère et sa sœur pas loin d'ici.

— Oh ça, fit son interlocutrice en se levant. Une drôle de fille. J'la connaissais bien, à une époque. Je m'cognais le ménage pour sa mère quand sa sœur et elle étaient toutes mioches. Elle avait le béguin pour Gary. Chaque fois qu'il m'accompagnait, elle l'appelait sa poupée. Ils avaient que trois ans de différence, mais elle pesait déjà au moins le double de mon gamin. Une drôle de fille, ouais. »

Roz s'attarda à ranger son porte-documents.

« Ça a dû vous faire un choc, ces deux meurtres. Je veux dire, dans la mesure où vous connaissiez la famille.

— Ma foi, pas vraiment. J'ai fait que six mois là-bas. Elle, j'pouvais pas l'encaisser. Elle m'avait engagée rien que pour se donner des airs, et elle m'a expédiée dès qu'elle a su que mon jules était en taule.

— Quel genre d'enfant était Olive ? Elle se montrait brutale avec Gary ? »

Ma O'Brien fit entendre un gloussement.

« Elle l'habillait avec les affaires de sa sœur. Mon Dieu, vous auriez vu cette touche ! C'est comme j'vous le dis, il était sa poupée. »

Roz ferma son porte-documents et se leva.

« Vous avez été surprise d'apprendre qu'elle était devenue une meurtrière ?

— Pas plus par ça que par le reste. Les gens sont tellement bizarres. »

Elle escorta Roz jusqu'à la porte et attendit, les poings sur les hanches, le départ de sa visiteuse.

« Cela pourrait peut-être faire une bonne introduction, hasarda Roz, pour l'émission, que Gary ait été la poupée de remplacement d'une criminelle notoire. Il se souvient d'elle ? »

Ma O'Brien émit un nouveau gloussement.

« Un peu, qu'il s'en souvient ! Il allait lui porter les messages de son chéri, quand elle travaillait à la Sécurité sociale. »

Roz fila comme une flèche vers la première cabine téléphonique. Ma O'Brien ou bien n'avait pas voulu ou bien n'avait pas pu lui en dire davantage et avait refermé brusquement la porte lorsque Roz l'avait pressée de questions sur l'endroit où se trouvait Gary. Elle composa le numéro renseignements, demanda Hirondelles Service à Southampton, puis utilisa ses dernières pièces pour appeler le numéro qu'on venait de lui communiquer. À l'autre bout du fil, une voix féminine, fatiguée, lui donna l'adresse de la société et quelques indications pour s'y rendre. « Nous fermons dans quarante minutes », précisa-t-elle avant de raccrocher.

Après plusieurs arrêts intempestifs, au mépris des parcmètres et des lignes jaunes, Roz finit par arriver à destination, alors qu'il ne lui restait que dix minutes. C'était un local minable, coincé entre deux boutiques et auquel on accédait par une volée de marches nues. Deux plantes anémiques et un vieux calendrier Dunlop constituaient les seules taches de couleur sur les murs jaunâtres. La voix fatiguée se révéla être celle d'une femme entre deux âges, au physique aussi maussade que la voix, et qui comptait les secondes la séparant du week-end.

« On ne reçoit pas beaucoup de clients, dit-elle en se limant les ongles. S'ils peuvent trimballer leurs paquets jusqu'ici, rien ne les empêche de les livrer eux-mêmes. »

Cela ressemblait à un reproche, comme si la présence de Roz représentait une perte de temps pour la société.

Elle lâcha sa lime à ongles et allongea le bras.

« C'est quoi et pour où ?

— Je ne viens pas pour expédier un paquet, répondit Roz. Je suis écrivain et j'espérais que vous pourriez me donner des renseignements pour un livre que je suis en train d'écrire. »

Le visage de l'employée sembla s'animer, aussi Roz prit une chaise et s'assit.

« Depuis combien de temps êtes-vous employée dans la maison ?

— Beaucoup trop longtemps. C'est quel genre de bouquin ? »

Roz l'observa avec attention.

« Vous vous souvenez d'Olive Martin ? Il y a cinq ans, elle a tué sa mère et sa sœur à Dawlington. »

Une lueur s'alluma aussitôt dans le regard de l'autre.

« Eh bien, j'écris un livre sur elle. »

La femme retourna à ses ongles sans répondre.

« Vous la connaissiez ?

— Mon Dieu, non.

— Vous aviez entendu parler d'elle ? Avant les meurtres. On m'a dit qu'un de vos coursiers lui apportait des lettres. »

C'était sûrement vrai. Mais Gary travaillait-il déjà dans la société ?

Une porte s'ouvrit et un homme s'avança, l'air affairé. Il jeta un coup d'œil à Roz.

« Cette dame désire me parler, Marnie ? »

Ses doigts coururent machinalement sur sa cravate comme sur une clarinette.

La lime à ongles disparut prestement du bureau.

« Non, Mr Wheelan. C'est une vieille amie. Elle est venue voir si j'avais le temps d'aller prendre un verre avant de rentrer chez moi. »

Elle lança à Roz un regard implorant. Son expression avait quelque chose d'étrangement complice, comme si Roz et elle avaient un secret en commun. Roz sourit gentiment et consulta sa montre.

« Il est presque 6 heures. Juste une demi-heure, cela va trop te retarder ? »

L'homme fit un geste comme pour les chasser.

« Allez-y. Ce soir, c'est moi qui fermerai. » Il s'arrêta sur le pas de la porte, le front soucieux.

« Vous avez pensé à envoyer quelqu'un chez Hasler ?

— Oui, Mr Wheelan. Eddy s'en est occupé il y a deux heures.

— Bien, bien. Alors, bon week-end. Et chez Prestwick ?

— C'est fait, Mr Wheelan. Il n'y a rien qui traîne. »

Comme il refermait la porte, Marnie leva les yeux au ciel.

« Il me rendra cinglée, grommela-t-elle. Toujours à faire des histoires pour rien ! Dépêchons-nous avant qu'il change d'avis. Le vendredi soir, c'est l'horreur. »

Elle sortit en coup de vent et dévala l'escalier.

« Le problème avec lui c'est qu'il déteste les week-ends. Il s'imagine que sa boîte va se casser la figure parce qu'on reste deux jours de suite sans travailler. Parano, je vous jure ! L'année dernière, il m'a obligée à venir le samedi matin, jusqu'au moment où il s'est aperçu qu'il n'y avait rien d'autre à faire que de se tourner les pouces, vu que les entreprises avec lesquelles on travaille sont fermées le samedi. »

Elle franchit la porte de la rue et se mit à marcher sur le trottoir à grandes enjambées.

« Écoutez, inutile d'aller prendre un verre. Pour une fois que je peux rentrer chez moi à une heure raisonnable. »

Elle regarda Roz pour jauger sa réaction.

« Très bien, répondit celle-ci avec un haussement d'épaules. Je parlerai d'Olive Martin avec Mr Wheelan. Lui au moins ne semble pas pressé. »

Marnie trépigna d'impatience.

« Vous allez me faire virer.

— À vous de voir. »

La femme hésita un long moment, soupesant les termes de l'alternative.

« Je vous dirai ce que je sais si vous me promettez de le garder pour vous, déclara-t-elle enfin. D'accord ? De toute façon ça ne vous aidera pas beaucoup, vous n'aurez donc pas à vous en servir.

— D'accord.

— On va parler en marchant. Si l'on se dépêche un peu, j'arriverai peut-être à attraper le train de 6 h 30. »

Roz la retint par le bras.

« Ma voiture est garée en face. Je vais vous conduire à la gare. »

Elle lui fit traverser la rue, ouvrit la portière côté passager, puis s'installa au volant et mit le moteur en marche.

« Parfait. Maintenant, je vous écoute.

— Je n'ai jamais entendu parler d'elle, ou plutôt j'avais entendu parler d'une certaine Olive Martin. Je ne jurerais pas que ce soit la même fille parce que je ne l'ai jamais vue. Mais la description paraissait coller avec ce que j'ai lu dans le journal. En tout cas, j'ai toujours pensé que c'était la même.

— De qui teniez-vous cette description ? demanda Roz en s'engageant dans la rue principale.

— Essayez de m'écouter sans poser de questions, répliqua l'autre d'un ton sec. Ou cela risque de prendre encore plus de temps. » Elle rassembla ses pensées. « Comme je vous l'ai dit tout à l'heure, il vient rarement des clients. Parfois, des chefs d'entreprise qui désirent se renseigner sur les services que nous offrons, mais, généralement, tout se passe par téléphone. Un type a quelque chose à expédier, il nous appelle, et nous lui envoyons un coursier, c'est aussi simple que ça. Or un jour, à l'heure du déjeuner, pendant que Mr Wheelan était sorti manger son sandwich, ce type s'est pointé au bureau. Il avait une lettre et désirait qu'elle parvienne dans l'après-midi à une Miss Olive Martin. Il était prêt à mettre plus cher pour que le coursier attende qu'elle ait fini de bosser et la lui remette discrètement à la sortie de son boulot. Il ne voulait surtout pas qu'on la lui donne à l'intérieur des bureaux. Il a même ajouté que je comprenais sûrement pourquoi.

— Pourquoi ? ne put s'empêcher de demander Roz.

— Je me suis dit qu'ils avaient sûrement une liaison et qu'ils préféraient éviter les commérages. Quoi qu'il en soit, il m'a balancé un billet de vingt livres pour cette seule lettre, et c'était il y a cinq ans !, avec une description détaillée d'Olive Martin, y compris les vêtements qu'elle portait ce jour-là. Ma foi, l'occasion était trop belle, sans compter que cette espèce de rat de Wheelan paie avec un lance-pierres, alors j'ai pris le billet et je n'ai rien noté. J'ai demandé à un coursier qui habitait Dawlington de s'en charger en rentrant chez lui. Il empochait dix livres sans se fatiguer et je gardais les dix autres. » Elle agita la main. « Prenez la première à droite après le feu et encore à droite au rond-point... »

Roz mit son clignotant.

« C'était Gary O'Brien ? »

Marnie fit un signe affirmatif.

« Je suppose que ce petit crétin a vendu la mèche.

— Si l'on veut, dit Roz en évitant de répondre directement. Il a rencontré cet homme ?

— Non, seulement Olive. Il se trouve qu'il la connaissait déjà — elle devait le garder quand il était môme ou Dieu sait quoi —, si bien qu'il lui a été facile de la repérer et qu'il n'a pas tout bousillé en refilant la lettre à une autre. Ce qui aurait très bien pu arriver, vu qu'il a le cerveau comme du caramel mou. Arrêtez-vous là. » Elle regarda sa montre comme Roz se garait. « Formidable ! Bon, eh bien, le résultat de tout ça, c'est que le type d'Olive Martin est revenu régulièrement. On a dû acheminer une dizaine de lettres dans les six mois qui ont précédé les meurtres. Il se doutait certainement qu'on le faisait en extra car il arrivait toujours à l'heure du déjeuner, quand Wheelan était absent. Probable qu'il guettait la sortie du vieux singe. »

Elle haussa les épaules.

« Ça s'est arrêté au moment des meurtres et je ne l'ai jamais revu. C'est tout ce que je peux vous dire, à part le fait que Gary s'est mis à baliser quand ils ont agrafé Olive et qu'il m'a dit qu'il valait mieux la boucler sinon nous aurions les flics sur le dos. Moi, je n'avais pas tellement envie d'en parler, pas seulement à cause de la police mais aussi de Wheelan. Il aurait pris un coup de sang s'il avait découvert que nous avions monté un petit commerce parallèle.

— Pourtant, environ un mois après, la police est bien venue mettre en garde Wheelan contre les frères O'Brien ? »

Marnie regarda Roz avec une expression de surprise.

« Qui vous a raconté ça ?

— La mère de Gary.

— Première nouvelle. Je dirais qu'ils en avaient surtout leur claque. Gary, lui, aimait la moto, mais les deux autres étaient les plus grands fainéants que j'aie jamais vus. À la fin, ils n'en fichaient pas une rame, au point que Wheelan les a dégagés en bloc. Et, à mon avis, c'est encore ce qu'il a fait de mieux. On ne pouvait jamais compter sur eux. » Elle consulta de nouveau sa montre. « À vrai dire, ça m'étonne même que Gary ait été aussi consciencieux en portant les lettres à Olive. Pendant un moment, je me suis demandé s'il n'en pinçait pas pour elle, lui aussi. » Elle ouvrit la porte de la voiture. « Je dois y aller.

— Minute, fit Roz d'une voix tranchante. Qui était cet homme ?

— Aucune idée. Il payait en liquide et n'a jamais donné son nom.

— À quoi ressemblait-il ?

— Je vais rater mon train. »

Roz se pencha et claqua la portière.

« Il vous reste dix minutes et si vous ne me fournissez pas une description précise, je retourne d'où je viens et je crache le morceau à Wheelan. »

Marnie secoua la tête avec mauvaise humeur.

« La cinquantaine, assez vieux pour être son père si l'âge d'Olive mentionné dans le journal est exact. Gentil, plutôt obséquieux, très élégant, dans le style classique. Avec un accent un peu snob. Fumeur. Toujours en costume cravate. Environ un mètre quatre-vingts, les cheveux blonds. Il ne parlait pas beaucoup, attendait que ce soit moi qui dise quelque chose, ne souriait pas, ne s'énervait pas. Je me souviens de ses yeux parce qu'ils n'allaient pas avec ses cheveux. Ils étaient brun foncé. C'est tout, acheva-t-elle d'une voix ferme. Je ne sais rien de plus sur lui et rien du tout sur elle.

— Vous le reconnaîtriez en photo ?

— Probablement. Vous avez une idée ? »

Roz pianota sur le volant.

« Cela n'a pas grand sens, mais c'est le portrait tout craché de son père. »

11

Le lundi suivant, le gardien à l'entrée pointa le nom de Roz sur sa liste, puis décrocha le téléphone.

« La directrice veut vous voir, dit-il en formant un numéro.

— Pour quelle raison ?

— Je n'en sais rien. Miss Leigh est là pour Martin, prononça-t-il dans l'appareil. Il y a une note demandant qu'elle passe d'abord chez la directrice. Oui. D'accord. »

Il pointa son stylo.

« Tout droit jusqu'aux grilles, on viendra vous chercher. »

En attendant au secrétariat, Roz éprouva un sentiment de malaise qui lui rappela les séances de réprimande au collège. Elle chercha si elle avait enfreint une règle. *Ne faire entrer ou sortir aucun objet. Interdit de transmettre un message.* D'une certaine façon, elle en avait effectivement transmis un lorsqu'elle avait parlé du testament à Crew. Cette espèce de lèche-bottes avait dû s'empresser d'aller tout raconter !

« Vous pouvez entrer », fit la secrétaire.

La directrice lui indiqua un fauteuil.

« Asseyez-vous, Miss Leigh. »

Roz se laissa aller sur le siège moelleux en souhaitant avoir l'air moins coupable que sa conscience voulait bien l'admettre.

« Je ne pensais pas vous voir.

— Vraiment ? »

La femme scruta Roz un moment, puis sembla prendre

une décision. « Inutile de tourner autour du pot. Olive a été privée de ses prérogatives et il se pourrait que vous y soyez pour quelque chose. Si j'en crois le registre, vous n'êtes pas venue la semaine dernière et elle en a été très affectée. Trois jours après, elle a mis sa cellule en pièces et on a dû lui donner des calmants. » Elle vit la stupéfaction de Roz. « Depuis, elle reste très instable et, dans ces conditions, je ne serais pas tranquille si je vous laissais avec elle. Je devrais, je suppose, en aviser le ministère de la Justice. »

Mon Dieu! Pauvre Olive! Comment ai-je été assez idiote pour ne pas passer un coup de fil? Roz joignit ses mains sur ses genoux et réfléchit rapidement.

« Si elle n'a pas réagi pendant trois jours, qu'est-ce qui vous fait croire que mon absence est la cause de son état? Elle vous l'a dit?

— Non, mais je ne vois pas d'autre explication et je ne tiens pas à vous faire courir de risques. »

Roz rumina un instant là-dessus.

« À supposer que vous ayez raison, bien que je sois persuadée du contraire, ne sera-t-elle pas encore plus troublée que je ne me montre plus? » Elle se pencha en avant. « Dans tous les cas, il serait plus raisonnable de me laisser lui parler. Si cela a un rapport avec mon absence, je pourrai la rassurer et la calmer; si cela n'en a pas, je ne vois pas pourquoi je devrais être sanctionnée par l'administration, subir des retards et gaspiller mon temps, alors que je ne suis pour rien dans l'attitude d'Olive. »

La directrice eut un léger sourire.

« Vous paraissez très sûre de vous.

— Pourquoi pas? »

Ce fut au tour de son interlocutrice de se mettre à réfléchir. Elle dévisagea un instant Roz.

« Que les choses soient bien claires en ce qui concerne Olive. » Elle donna de petits coups de son crayon sur le bureau. « La première fois que vous êtes venue, je vous ai dit que, du point de vue médical, on ne pouvait pas la qualifier de psychopathe. C'est tout à fait vrai. Ce qui signifie que, lorsque Olive a massacré sa mère et sœur, elle était parfaitement saine d'esprit. Elle savait très bien ce qu'elle faisait, elle avait pleinement conscience des conséquences de son acte et elle s'est obstinée en dépit de ces conséquences mêmes. Ce qui signifie aussi — et cet aspect vous concerne tout particulièrement — qu'elle ne peut être soignée, pour la bonne raison qu'il n'y a rien à soigner. Placée dans des circonstances semblables — sous le coup d'une contrariété, d'une humiliation, d'une déception, ou de tout autre sentiment qui a pu motiver sa colère —, elle agirait de la même façon, avec le même mépris des conséquences, et cela parce que, tout bien pesé, elle estimerait, pour parler simplement, que ça vaut la peine de tenter le coup. J'ajouterai, et cela vous concerne encore, que ces conséquences lui paraissent beaucoup moins effrayantes aujourd'hui qu'il y a cinq ans. En d'autres termes, elle se trouve très bien en prison. Elle bénéficie de la sécurité, du respect, et elle a des gens avec qui discuter. Dehors, elle n'aurait rien de tout cela. Et elle le sait. »

C'était exactement comme les séances au collège. Les mêmes semonces prononcées avec la voix suave de l'autorité.

« Vous voulez dire qu'elle n'hésiterait pas à m'écharper dans la mesure où une nouvelle condamnation ne ferait que prolonger son séjour ici ? Et qu'elle ne demanderait pas mieux ?

— En effet.

— Eh bien, vous vous trompez, répliqua Roz sans ménagements. Non pas quant à sa santé mentale. Je vous accorde qu'elle est aussi lucide que vous et moi. Mais par rapport au fait que je doive me sentir menacée. J'écris un livre sur elle et elle tient à ce qu'il soit publié. Si elle s'est mise en colère à cause de moi, et je continue à penser que ce n'est pas le cas, c'est sans doute qu'elle a cru, en ne me voyant pas venir la semaine dernière, qu'elle avait cessé de m'intéresser, et il serait extrêmement maladroit de ne pas l'en dissuader. »

Elle marqua un temps d'arrêt.

« Il y a une affiche à la grille, comme dans toutes les prisons, j'imagine. Elle contient le règlement. Si je me souviens bien, il y est fait allusion au devoir pour chacun d'aider les détenus à mener une vie conforme à la loi en prison et hors de prison. Si ce morceau de papier a un sens et n'est pas un simple ornement destiné à apaiser les associations humanitaires, comment pouvez-vous inciter Olive à de nouveaux écarts de conduite en la privant de visites que le ministère de la Justice a lui-même approuvées? »

Elle se tut, craignant d'avoir dépassé la mesure. Même si la directrice était une femme pondérée, elle ne devait pas beaucoup aimer qu'on défie son autorité. Comme tout le monde, du reste.

« Pourquoi Olive tient-elle à ce livre? demanda la directrice avec douceur. Jusqu'ici, elle n'avait jamais recherché la notoriété, et vous n'êtes pas le premier auteur à s'intéresser à elle. Nous avons reçu plusieurs demandes, au début. Elle les a toutes repoussées.

— Je l'ignore, répondit Roz, sincère. La mort de son père y est peut-être pour quelque chose. Elle prétend qu'en plaidant coupable, elle a voulu lui épargner les tourments d'un long procès. Sans doute a-t-elle estimé qu'un livre ne serait pas moins néfaste et a-t-elle attendu pour cela qu'il soit mort. »

La directrice se montra cynique.

« D'un autre côté, lorsqu'il vivait, son père était à même de réfuter les assertions de sa fille, ce qui n'est plus le cas maintenant. De toute façon, cela m'importe peu. Ce qui m'importe, en revanche, c'est le bon fonctionnement de cette prison. »

Elle donna de petites tapes nerveuses sur son bureau. Elle n'avait aucune envie de se retrouver coincée dans un conflit à trois, entre le ministère de la Justice, elle-même et Roz. Néanmoins, tout le temps perdu en coups de fil et paperasseries diverses ne pèserait pas lourd comparé au meurtre d'une visiteuse, écrivain de surcroît, au sein de la prison. Elle avait essayé de convaincre Roz de renoncer d'elle-même à ses visites. Elle avait échoué et elle en était surprise, pour ne pas dire intriguée. Comment Rosalind Leigh avait-elle réussi à amadouer Olive, alors que personne jusque-là n'y était parvenu?

« Vous pourrez lui parler une demi-heure, déclara-t-elle soudain. Dans la salle des visites, qui est plus grande que celle dont vous avez l'habitude. Deux gardiens seront présents tout le temps de l'entretien. Si vous ou Olive commettiez la moindre infraction à la discipline de cet établissement, je vous préviens que les visites seraient immédiatement suspendues et que je veillerais personnellement à ce qu'elles ne reprennent pas. Est-ce bien compris, Miss Leigh ?

— Oui. »

L'autre hocha la tête.

« Vous allez me dire que je suis curieuse. Mais lui avez-vous laissé entrevoir que ce livre pourrait conduire à sa mise en liberté ?

— Non. Elle veut bien me parler de tout sauf des meurtres.

— Alors pourquoi êtes-vous si sûre qu'il ne vous arrivera rien ?

— Parce que, pour autant que je puisse en juger, je suis la seule personne, hormis son entourage immédiat, à qui elle ne fasse pas peur. »

En la voyant arriver, encadrée de deux malabars en uniforme, dans la salle des visites, Roz regretta aussitôt ses paroles. Les gardiens allèrent se poster de chaque côté de la porte, derrière Olive. Le visage de celle-ci exprimait un mépris glacial, et Roz se souvint de l'avertissement de Hawksley, affirmant qu'elle pourrait bien changer d'avis le jour où elle verrait Olive en colère.

« Bonjour, dit-elle sans baisser les yeux. La directrice m'a autorisée à venir vous voir, mais nous sommes toutes les deux sur la sellette. Au premier incident, les visites seront supprimées. Vous comprenez ? »

Salope! articulèrent en silence, à l'insu des gardiens, les lèvres d'Olive. *Espèce de salope!* Mais Roz aurait difficilement pu dire si ces mots s'adressaient à elle ou à la directrice.

« Pardonnez-moi de ne pas être venue lundi dernier. » Elle passa une main sur sa bouche, où apparaissaient encore quelques croûtes disgracieuses. « Mon charmant époux m'a battue comme plâtre. » Elle eut un sourire forcé. « Je n'ai pas pu sortir de la semaine, même pour vous, Olive. J'ai moi aussi ma fierté. »

Olive l'examina quelques secondes sans ciller, puis considéra le paquet de cigarettes posé sur la table. Elle en prit une avec avidité et la glissa entre ses lèvres épaisses.

« Ils m'ont fourrée au bloc, déclara-t-elle tout en approchant de la cigarette une allumette enflammée. Ces salauds ne voulaient pas que je fume. En plus, ils m'ont laissée crever de faim. » Elle jeta aux gardiens un regard en coin. « Fumiers ! Est-ce que vous l'avez tué ? »

Roz lorgna à son tour vers la porte. Tous leurs propos seraient aussitôt répétés.

« Bien sûr que non. »

De la main qui tenait la cigarette, Olive ramena en arrière ses cheveux ternes et gras. Une trace de nicotine y dessinait une ligne brunâtre, prouvant que ce geste lui était coutumier.

« Je savais bien que vous vous dégonfleriez, dit-elle d'un ton dédaigneux. C'est moins facile que ça en a l'air à la télé. On vous a dit ce que j'avais fait ?

— Oui.

— Alors pourquoi vous ont-ils autorisée à me voir ?

— Parce que j'ai dit à la directrice que, si vous aviez agi ainsi, ce n'était pas à cause de moi. Me suis-je trompée ? » Sous la table elle pressa légèrement le pied d'Olive. « Quelqu'un vous a sans doute poussée à bout ?

— Ce fichu aumônier », répondit Olive d'un ton maussade. Une de ses paupières s'abaissa en une sorte de clin d'œil. « Il m'a raconté que le bon Dieu se mettrait à danser le rock and roll si je m'agenouillais en criant : “Alleluia, je me repens !” C'est sa manière à lui de mettre la religion à la portée des criminelles dans le vent dont le QI avoisine zéro. Qu'il y ait de grandes réjouissances dans le ciel pour chaque pécheur repenti lui paraît beaucoup trop compliqué, aussi avons-nous droit à cette connerie de rock and roll ».

Elle perçut non sans satisfaction des ricanements derrière elle et plissa les yeux. *J'ai confiance en vous*, firent ses lèvres muettes.

Roz hocha la tête.

« Je me disais aussi... » Elle regarda les gros doigts d'Olive jouer avec la mince cigarette. « Mais j'aurais dû téléphoner à la prison pour qu'on vous prévienne. J'avais un mal de crâne de tous les diables. C'est pourquoi je n'en ai rien fait.

— J'en étais sûre. »

Roz eut un froncement de sourcils.

« Comment ça ?

— Élémentaire, mon cher Watson. Votre ex vous a mis les yeux au beurre noir, ou alors vous avez une drôle de façon de vous maquiller. Et ce genre de truc donne généralement des maux de tête. »

Mais elle en avait assez de ce sujet et elle tira brusquement de sa poche une enveloppe qu'elle leva en l'air.

« S'il vous plaît, Mr Allenby, est-ce que je peux montrer ceci à cette dame ?

— Qu'est-ce que c'est ? demanda l'un des gardiens en s'approchant.

— Une lettre de mon avocat. »

Il la lui prit, ignorant la sorte de salut qu'elle lui adressa en brandissant deux doigts écartés, sortit la lettre de son enveloppe et la parcourut rapidement.

« Pas de problème. »

Il la posa sur la table et retourna se poster près de la porte. Olive poussa la lettre vers Roz.

« Lisez. Il prétend qu'il n'y a pratiquement aucune chance de retrouver mon neveu. »

Elle prit une nouvelle cigarette, le regard fixé sur Roz. Au fond de ses prunelles une étrange lueur brillait, comme si elle savait quelque chose que Roz ignorait, et celle-ci en était troublée. Dans cette relation irréelle, née entre les quatre murs d'une prison, qu'elles avaient nouée, il lui semblait qu'Olive détenait désormais l'initiative. Quand et comment cela s'était-il produit, Roz n'en avait pas la plus petite idée. Pourtant, n'était-ce pas elle et elle seule qui, contre toute probabilité, avait voulu ces rencontres ?

De manière assez surprenante, Crew avait rédigé sa lettre à la main, d'une écriture nette et penchée. Roz en conclut qu'il l'avait fait en dehors des heures de bureau, sans doute pour ne pas gaspiller du temps et de l'argent en la donnant à taper. Et cela lui parut pour le moins désobligeant.

Chère Olive,

J'ai appris par Miss Rosalind Leigh que vous aviez eu connaissance de certaines clauses du testament de feu votre père, en particulier celles concernant le fils naturel d'Ambre. L'essentiel du legs lui est destiné, même si d'autres dispositions sont prévues au cas où nous ne pourrions pas le retrouver. Jusqu'à présent, mes services n'ont guère progressé et je dois avouer que je suis de plus en plus pessimiste quant à nos chances de réussite. Nous avons établi qu'il avait émigré en Australie avec sa famille il y a environ douze ans, alors qu'il était presque encore un bébé, mais, hormis un séjour de six mois à Sidney dans un appartement de location, nous ignorons ce que sont devenus ces gens. Le nom d'adoption de l'enfant est malheureusement très commun et rien ne nous garantit que sa famille et lui soient restés en Australie. Pas plus qu'on ne peut écarter la possibilité qu'ils aient transformé, voire complètement changé, leur nom. Plusieurs annonces rédigées en termes discrets et passées dans des journaux australiens n'ont rien donné.

Votre père avait beaucoup insisté pour que nous nous montrions extrêmement circonspects dans nos recherches. Son point de vue, auquel je me suis entièrement rallié, était que toute publicité faite autour du legs risquait d'avoir des conséquences néfastes. Il était parfaitement conscient du traumatisme que pourrait entraîner pour votre neveu la révélation, par une campagne de presse intempestive, de ses liens dramatiques avec la famille Martin. Pour cette raison, nous avons gardé, et continuerons à le faire, le secret absolu sur le nom de votre neveu. Nous n'abandonnons pas nos recherches, mais, votre père leur ayant assigné un délai, il paraît vraisemblable que, comme exécuteur testamentaire, je sois contraint de faire jouer les dispositions de remplacement prévues. Elles comportent une série de donations à des hôpitaux et des sociétés de bienfaisance œuvrant pour la santé et la protection des enfants.

Bien que votre père ne m'ait jamais donné pour instruction de vous cacher le contenu de son testament, il était très soucieux de ne pas vous froisser. Pour cette raison, j'ai jugé plus sage de ne pas vous informer de ses intentions. Si j'avais su que vous étiez déjà en possession de certains éléments, je vous aurais écrit beaucoup plus tôt.

En espérant que vous vous portez bien.

Sincèrement vôtre,
Peter Crew.

Roz replia la lettre et la rendit à Olive.

« La dernière fois, vous m'avez dit qu'il était important pour vous qu'on retrouve votre neveu, mais vous en êtes restée là. »

Elle jeta un coup d'œil aux deux gardiens, qui ne montraient guère d'intérêt que pour la contemplation du sol. Se penchant en avant, elle murmura à voix basse : « Vous allez m'en parler ? »

Olive écrasa d'un geste irrité sa cigarette dans le cendrier. Elle ne prit pas la peine d'atténuer sa voix.

« Mon père était l'HOMME le plus odieux qui soit ! »

Quand elle le prononçait aussi, cela devenait un mot en majuscules.

« À l'époque, je ne m'en rendais pas compte, mais j'ai eu tout le temps d'y réfléchir, et maintenant j'en suis sûre. » Elle indiqua la lettre d'un signe de tête. « Il avait mauvaise conscience. Alors il a rédigé ce testament. Une façon de se rattraper après toutes les souffrances qu'il avait infligées aux siens. Sinon, jamais il n'aurait légué son argent au fils d'Ambre, alors qu'il se fichait pas mal d'elle. »

Roz la regarda, intriguée.

« Vous voulez dire que votre père est l'auteur des meurtres ? interrogea-t-elle.

— Je veux dire, répliqua Olive, pourquoi s'est-il servi du fils d'Ambre pour se disculper ?

— Qu'avait-il fait pour en éprouver le besoin ? »

Mais Olive ne répondit pas.

Roz attendit, puis changea de tactique.

« Selon vous, votre père avait toujours souhaité faire don de sa fortune à un membre de la famille. Cela signifie-t-il qu'il aurait pu la donner à quelqu'un d'autre ? Ou espériez-vous être sa légataire ? »

Olive secoua la tête.

« Non, il n'y a personne d'autre. Mon père, comme ma mère, était enfant unique. Et il n'aurait pas pu me désigner, pas vrai ? » Elle abattit son poing sur la table en s'écriant d'un ton furieux : « Sinon, tout le monde se mettrait à assassiner sa foutue famille ! »

Elle lança à Roz un regard mauvais qui semblait dire : « Vous l'avez cherché ! »

« Un peu moins fort, l'artiste, intervint d'un ton modéré Allenby, ou la visite va s'arrêter maintenant. »

Roz pressa ses paupières, là où le mal de crâne recommençait à faire des siennes. *Olive Martin prit une hache, une hache...* — Elle tenta mais en vain de chasser la ritournelle — *et en donna quarante coups à sa mère, à sa mère...*

« Je ne vois vraiment pas ce qui vous choque dans ce testament, déclara-t-elle en s'efforçant d'affermir sa voix. S'il accordait de l'importance à sa famille, qui restait-il à part son petit-fils ? »

Olive regardait fixement la table, les mâchoires serrées.

« C'est le principe, murmura-t-elle. Papa est mort. À présent, les gens peuvent penser ce qu'ils veulent, n'est-ce pas ? »

Roz se souvint des paroles de Mrs Hopwood : « J'ai toujours pensé qu'il avait eu une liaison... » Elle risqua le coup :

« Avez-vous un demi-frère ou une demi-sœur vivant quelque part ? Est-ce à cause de cela ? »

La question sembla amuser Olive.

« Sûrement pas. Pour cela, il lui aurait fallu une maîtresse, et il n'aimait pas les femmes. » Elle eut un ricanement sardonique. « Plutôt les HOMMES. »

À nouveau, le mot raisonna, curieusement accentué. Roz était déboussolée.

« Vous voulez dire qu'il était homosexuel ?

— En tout cas, répondit Olive avec un calme exagéré, la seule personne qui l'ait jamais déridé était notre voisin, Mr Clarke. Chaque fois que celui-ci se trouvait dans les parages, papa devenait d'humeur enjouée. »

Elle alluma une nouvelle cigarette.

« À l'époque je trouvais ça plutôt attendrissant. Mais j'étais bien trop gourde pour reconnaître un couple de tantes quand j'en voyais un. Maintenant je me rends compte de ce que cela avait d'équivoque. Pas étonnant si maman détestait les Clarke.

— Ils ont déménagé après les meurtres, dit Roz d'un ton songeur. Disparu un beau matin sans laisser d'adresse. Personne ne sait où ils sont allés ni même ce qu'ils sont devenus.

— Vous m'en direz tant. C'est sans doute elle qui a arrangé ça.

— Mrs Clarke ?

— Elle détestait qu'il vienne chez nous. Il enjambait la clôture au fond du jardin, s'enfermait avec papa dans son bureau et n'en ressortait pas avant des heures. Elle a dû se faire un sang d'encre quand papa est resté seul à la maison après les meurtres. »

Certains détails dans les propos qu'elle avait recueillis revinrent soudain à l'esprit de Roz. La vanité de Robert Martin et ses airs juvéniles ; le fait que Ted Clarke et lui s'entendaient comme larrons en foire ; le bureau avec un lit à l'arrière de la maison ; les efforts de Gwen pour sauver les apparences ; sa froideur à l'égard de son mari ; ce secret qu'il ne fallait pas trahir. Oui, tous ces faits avaient bien un sens, mais comment auraient-ils joué un rôle si Olive n'avait pas conscience, alors, de ce qui se passait ?

« Croyez-vous qu'il avait d'autres fréquentations que Mr Clarke ?

— Qui sait ? Probablement pas, rectifia-t-elle, avant de se contredire aussitôt. Son bureau avait une porte dont il était seul à se servir. Il aurait aussi bien pu passer ses nuits à se trouver des minets que nous ne l'aurions même pas remarqué. Je le déteste ! »

Elle donna l'impression qu'elle allait de nouveau exploser mais le regard inquiet de Roz la dissuada de le faire.

« Je le déteste ! répéta-t-elle avant de s'enfermer dans le mutisme.

— Parce qu'il a tué Gwen et Ambre ? »

Mais Olive se contenta de répondre :

« Il travaillait durant la journée. Tout le monde le sait. »

Olive Martin prit une hache... Lui avez-vous laissé entrevoir que ce livre pourrait conduire à sa mise en liberté ?

« C'est votre petit ami qui les a tuées ? »

Elle eut le sentiment de s'y prendre de travers, de poser

les mauvaises questions, de la mauvaise manière, au mauvais moment.

Olive pouffa de rire.

« Qu'est-ce qui vous fait penser que j'en avais un ?

— Quelqu'un vous a bien mise enceinte.

— Ah oui, fit-elle d'un ton dédaigneux. L'avortement... C'était du bluff. Je voulais faire croire aux filles d'ici qu'avant j'attirais les garçons. »

Elle avait parlé à haute voix comme si elle désirait que les gardiens n'en perdent pas une miette.

Ce fut pour Roz comme si elle avait reçu un coup de poing. Deedes lui avait fait la même réponse un mois plus tôt.

« Et l'homme qui vous envoyait des lettres par Gary O'Brien ? demanda-t-elle. Ce n'était pas votre petit ami ? »

Les prunelles d'Olive étincelèrent comme celles d'un serpent.

« Non. Celui d'Ambre. »

Roz la dévisagea.

« Mais pourquoi vous les envoyait-il à vous ?

— Parce que Ambre avait bien trop peur de les recevoir elle-même. Elle était lâche. »

Puis, après un bref temps d'arrêt :

« Comme mon père.

— De qui avait-elle peur ?

— De ma mère.

— Et votre père, de qui avait-il peur ?

— De ma mère.

— Elle vous faisait peur à vous aussi ?

— Non.

— Qui était le petit ami d'Ambre ?

— Je l'ignore. Elle ne me l'a jamais dit.

— De quoi parlaient ces lettres ?

— D'amour, je suppose. Tout le monde aimait Ambre.

— Vous aussi ?

— Oh oui !

— Et votre mère. Elle aimait Ambre ?

— Naturellement.

— Ce n'est pas ce que m'a dit Mrs Hopwood. »

Olive haussa les épaules.

« Qu'est-ce qu'elle en sait? Elle nous connaissait à peine. Elle n'en avait que pour sa Geraldine adorée. » Un petit sourire rusé tordit ses lèvres, rendant à son visage sa laideur naturelle. « Qui sait quelque chose à présent, à part moi ? »

Roz sentait ses illusions tomber une à une.

« Est-ce la raison qui vous a fait attendre la mort de votre père pour parler? Qu'il n'y ait plus personne pour vous contredire ? »

Olive la regarda avec une rancœur non dissimulée, puis, d'un geste désinvolte, qui passa inaperçu des gardiens mais n'apparut que trop clairement à Roz, elle tira de sa poche une minuscule figure en terre et tourna la longue aiguille qui en transperçait la tête. Cheveux roux. Robe verte. Roz n'eut pas besoin de beaucoup d'imagination pour mettre un nom sur l'objet.

Elle rit, d'un rire qui sonnait faux.

« Je suis plutôt d'une nature sceptique, Olive. C'est comme avec la religion. Cela ne marche que si l'on y croit.

— Eh bien, moi, j'y crois.

— Alors vous êtes encore plus bête que je ne pensais. »

Roz se leva brusquement et se dirigea vers la porte après avoir fait signe à Allenby pour qu'il lui ouvre. Comment avait-elle pu croire d'emblée cette fille innocente? Et surtout, comment avait-elle pu choisir une ignoble meurtrière pour combler le vide laissé en elle par Alice?

D'une cabine, Roz appela l'école St Angela. Sœur Bridget répondit elle-même.

« Que puis-je faire pour vous ? » demanda-t-elle de sa voix douce et mélodieuse.

Roz sourit faiblement au bout du fil.

« Par exemple, me dire : venez me raconter vos malheurs, j'ai justement une heure de libre. »

Sœur Bridget éclata d'un rire que même le téléphone n'empêchait pas d'être chaleureux.

« Eh bien, venez, ma chère. J'ai toute la soirée de libre et j'adore qu'on me raconte des histoires. Ce n'est pas grave, j'espère?

— Hélas si. Je pense qu'Olive est coupable.

— Ah bon! Évidemment, cela n'arrange pas vos affaires. J'habite la maison qui se trouve juste à côté de l'école. Cela s'appelle Donegal. Un peu vétuste mais charmant. Rejoignez-moi dès que vous le pourrez. Nous dînerons ensemble.

— Croyez-vous à la magie noire, ma sœur? demanda Roz avec un filet d'angoisse dans la voix.

— Pourquoi, je devrais?

— Olive a fait de moi une statuette en terre dans laquelle elle enfonce des aiguilles.

— Seigneur Dieu!

— Et j'ai attrapé mal au crâne.

— Cela ne m'étonne pas. Si je devais faire confiance à quelqu'un de ce genre, j'en aurais aussi des maux de tête. Tout de même, quelle idiote! Sans doute essaie-t-elle de se redonner une certaine assurance. Il n'y a rien de pire que la prison pour broyer les êtres. Enfin, c'est vraiment absurde. Moi qui ai toujours eu de l'estime pour son intelligence. Allons, arrivez à l'heure que vous voudrez. »

Roz entendit le déclic et garda un instant le téléphone contre sa poitrine. *Heureusement qu'il y a sœur Bridget...* Elle reposa le combiné sur son support. Ses deux mains tremblaient. *Mon Dieu, heureusement qu'elle est là...*

Le dîner se borna à une soupe, des œufs brouillés sur toast, du fromage et des fruits, auxquels Roz ajouta une bouteille d'un vin légèrement pétillant. Elles s'étaient installées dans la salle à manger, qui donnait sur un minuscule jardin entouré de murs où des plantes grimpantes couvertes de nouvelles pousses retombaient en cascades d'un vert brillant. Il fallut deux heures à Roz pour passer ses notes en revue et donner à sœur Bridget un tableau complet de ce qu'elle avait découvert.

Lorsqu'elle eut terminé, la religieuse, les joues nettement plus colorées que d'ordinaire, resta un long moment à méditer. Si elle avait remarqué les traces sur le visage de sa visiteuse, elle n'en laissa rien paraître.

« Voyez-vous, ma chère, finit-elle par dire, ce qui me surprend le plus, c'est votre soudaine certitude qu'Olive est coupable. Je ne vois rien dans ce que vous m'avez dit qui puisse justifier un tel revirement. »

Elle leva légèrement les sourcils en une expression interrogatrice.

« C'est son petit sourire, lorsqu'elle m'a dit qu'elle était la seule à savoir, répondit Roz d'une voix lasse. Il avait quelque chose de tellement hypocrite. Vous comprenez ?

— Pas vraiment. Olive, pour ce que je la connais, a toujours été quelqu'un de dissimulé. Je souhaiterais qu'elle ait été aussi loquace avec moi qu'elle semble l'avoir été avec vous. J'ai bien peur qu'elle ne me considère à jamais comme un censeur moral. Et cela n'incite guère à la franchise. » Elle se tut un instant. « Êtes-vous sûre que votre attitude ne constitue pas une simple réaction à son agressivité ? On est toujours tenté de penser du bien des gens qui nous aiment, et Olive vous a clairement témoigné de la sympathie lors de vos deux précédentes visites.

— C'est possible, répondit Roz avec un soupir. Ce qui prouve combien je suis naïve, comme on ne cesse de me le répéter. »

La plupart des criminels sont en temps ordinaire des gens parfaitement agréables, lui avait dit Hal Hawksley.

« Vous l'êtes certainement, assura sœur Bridget, ce qui vous a permis de dénicher des informations qu'aucun professionnel aguerri n'avait eu l'idée de chercher. Comme toute chose, la naïveté a ses avantages.

— Sauf lorsqu'elle vous incite à avaler des bobards, répliqua Roz avec amertume. J'étais tellement persuadée qu'elle avait dit vrai au sujet de cet avortement, et si quelque chose m'a fait douter de sa culpabilité, c'est bien ça. Un petit ami caché en coulisse, ou même un violeur, et, dans les deux cas, l'affaire prenait une tournure totalement différente. S'il n'avait pas lui-même commis les meurtres, il avait très bien pu, d'une manière ou d'une autre, les provoquer. Elle m'a coupé l'herbe sous le pied en déclarant que cette histoire d'avortement n'était qu'une invention. »

Sœur Bridget la scruta quelques secondes.

« Oui, mais à quel moment a-t-elle menti ? Quand elle vous a parlé de cet avortement ou quand elle l'a nié ?

— Pas cette fois, répondit Roz d'un ton catégorique. Ses propos avaient un accent de vérité que les premiers n'avaient pas.

— Je me le demande. Vous l'avez pourtant crue, ne l'oubliez pas. Depuis, à part la mère de Geraldine, tout le monde y est allé de sa douche froide. Inconsciemment, vous vous êtes faite à l'idée qu'Olive n'avait pas pu avoir de liaison. Ce qui vous permet d'accepter aussi facilement qu'elle ait dit la vérité aujourd'hui.

— Seulement parce que cela paraît plus logique. »

Sœur Bridget pouffa de rire.

« Comme il paraîtrait plus logique de croire à sa déposition, sauf qu'à force de la retourner dans tous les sens, vous avez fini par en déduire que cela ne tenait pas debout. Olive ment, vous le savez. Avec elle, tout le problème est d'arriver à faire la différence entre la réalité et la fiction.

— Mais pourquoi ment-elle ? demanda Roz, soudain exaspérée. Cela l'avance à quoi ?

— Si nous le savions, nous aurions la réponse au reste. À l'école, Olive mentait déjà comme une gamine pour se mettre en valeur et aussi échapper, tout comme Ambre, aux reproches de sa mère. Elle craignait qu'on ne la rejette. N'est-ce pas presque toujours à cause de cela qu'on ment ? Peut-être continue-t-elle pour la même raison.

— Mais Ambre et sa mère sont mortes, fit remarquer Roz. Cela n'était-il pas dévalorisant pour elle que de prétendre ne pas avoir eu de liaison ? » Sœur Bridget but une gorgée de vin. Elle ne répondit pas immédiatement.

« Il est possible, naturellement, qu'elle ait voulu se venger. Vous y avez pensé, je suppose. Je ne peux pas m'empêcher de me dire que, si elle vous a adoptée, c'est parce qu'elle a trouvé en vous un substitut d'Ambre ou de sa mère.

— Vous voyez ce que ça leur a coûté, répliqua Roz avec une grimace. Et d'abord, se venger de quoi ?

— Du fait que vous ayez manqué une visite. Vous m'avez dit qu'elle en avait été affectée.

— J'avais une bonne raison.

— Je n'en doute pas. » Son regard se promena sur les traces de coups. « Ce qui ne signifie pas qu'elle vous ait crue ou qu'il lui ait suffi de vous voir pour se calmer. Il est possible qu'elle ait tout simplement voulu vous vexer, et cela par l'unique moyen dont elle disposait, en vous blessant. Et elle y a réussi. Vous êtes effectivement blessée.

— Oui, admit Roz. Je la croyais. Et maintenant, c'est moi qui me sens rejetée.

— Bien sûr. C'est exactement ce qu'elle souhaitait.

— Même si je risquais de la laisser tomber ?

— La rancune s'accorde rarement avec la raison, Roz. »

Elle secoua la tête.

« Pauvre Olive. Elle doit aller très mal pour en être au stade des fétiches et des crises de nerfs. Qu'est-ce qui a bien pu se passer ? Avec moi aussi, elle était grincheuse ces derniers mois.

— Sans doute la mort de son père. Je ne vois rien d'autre. »

Sœur Bridget poussa un soupir.

« Quelle affreuse existence aura été la sienne ! On se demande ce qu'il a fait pour mériter ça. »

Elle se tut.

« Que ce soit l'amant d'Ambre qui ait écrit les lettres, reprit-elle au bout d'un moment, voilà qui me paraît impensable. Je vous ai dit que j'avais croisé Olive par hasard peu avant les meurtres. Elle avait l'air charmante, au point que j'en ai été surprise. Naturellement, elle était toujours aussi grosse, mais elle avait fait un tel effort pour s'arranger qu'elle était presque devenue jolie. Ce n'était plus du tout la même fille que celle que j'avais connue à l'école. Il y a toujours une raison à ce genre de changement. Et, en général, c'est un homme. Par ailleurs, il faut tenir compte du caractère d'Ambre. Elle était beaucoup moins intelligente que sa sœur et n'avait ni son indépendance ni sa maturité. Je doute fort qu'elle ait été capable, à vingt et un ans, d'entretenir une relation durant six mois d'affilée.

— Mais vous reconnaissez que l'arrivée d'un homme peut parfois entraîner des transformations stupéfiantes. Peut-être a-t-elle changé sous son influence.

— Possible, mais si c'était l'amant d'Ambre, alors Olive vous a bel et bien menti. Elle aurait su exactement ce que contenaient ces lettres, soit parce que Ambre le lui aurait dit, soit parce qu'elle aurait trouvé le moyen de les ouvrir. Elle avait la fâcheuse habitude de se mêler de ce qui ne la regardait pas. J'aurais préféré ne pas avoir à en parler, mais c'est un fait que, lorsqu'elle fréquentait l'école, nous devions toutes surveiller nos affaires. Elle en avait particulièrement après les carnets d'adresses et les agendas.

— La réceptionniste, à Hirondelles Service, pense que Gary O'Brien en pinçait pour Olive. Peut-être est-ce pour lui qu'elle se mettait en frais.

— Peut-être. »

Elles restèrent quelque temps silencieuses, contemplant la tombée du jour. La chatte tigrée, au poil légèrement grisonnant, de sœur Bridget s'était roulée en boule sur les genoux de Roz et ronronnait comme un moteur avec la même affectueuse désinvolture que Mrs Antrobus.

« Si seulement je parvenais à éclaircir cette histoire d'avortement. Mais je doute qu'on me laisse remonter très loin dans son passé médical. Du moins, pas sans sa permission, et encore !

— Admettons que vous vous aperceviez qu'elle n'a effectivement pas avorté. En seriez-vous plus avancée ? Cela ne veut pas dire qu'elle n'ait pas eu un homme dans sa vie.

— Non, reconnut Roz, mais, dans le cas contraire, il faut bien qu'elle en ait eu un. Je me sentirais beaucoup plus à l'aise pour continuer si je savais que cet amant existe. »

Sœur Bridget la fixa un long moment de son regard incisif.

« Et plus à l'aise aussi pour renoncer s'il n'existe pas. À mon avis, vous devriez faire davantage confiance à votre jugement, ma chère. L'instinct vaut parfois mieux que les preuves écrites.

— Pour l'instant, mon instinct me dit qu'elle est tout ce qu'il y a de coupable.

— Oh, je n'en crois rien. » La religieuse éclata d'un rire cristallin qui résonna dans la pièce. « Sinon vous n'auriez pas fait tout ce trajet pour venir me voir. Vous seriez allée trouver votre policier. Il se serait fait un plaisir d'abonder dans votre sens. » Une lueur dansa dans ses yeux. « Quant à moi, je suis la seule personne que vous connaissez qui soit prête à défendre Olive. »

Roz eut un sourire.

« Cela signifie-t-il que vous êtes désormais persuadée de son innocence ? »

Sœur Bridget jeta un coup d'œil vers la fenêtre.

« Non. Pour dire les choses franchement, je continue à hésiter.

— Eh bien, merci, fit Roz avec une lourde ironie. Et vous voudriez que j'aie confiance. Vous ne trouvez pas cela un peu hypocrite ?

— Très. Mais c'est vous qu'on a choisie, pas moi. »

Roz fut de retour aux environs de minuit. Comme elle refermait la porte, le téléphone retentit puis, après trois ou quatre sonneries, le répondeur s'enclencha. Sans doute Iris, se dit Roz. Personne d'autre n'aurait eu l'idée d'appeler à une heure pareille, pas même Rupert. Elle n'avait aucune envie de lui parler, mais, par curiosité, elle poussa le bouton du volume pour écouter le message.

« Où êtes-vous passée ? articula avec difficulté Hawksley, la voix recrue de fatigue et d'alcool. Ça fait des heures que j'appelle. J'suis soûl comme une vache, ma p'tite dame, à cause de vous. Vous êtes maigre comme un clou, mais tant pis ! » Il partit d'un rire rauque. « Me voilà dans la merde jusqu'au cou. Oui, moi et Olive, tous les deux. Rien n'est plus amer, plus fou, plus torturant que de savoir. » Un soupir puis : « "De l'est à l'ouest de l'Inde, aucun joyau n'égale Rosalind." Allons, qui êtes-vous ? Némésis ? Vous avez menti, hein ? Vous aviez promis de me foutre la paix. »

Un fracas se fit entendre.

« Bon sang, rugit-il dans l'appareil, j'ai renversé cette saloperie de bouteille ! »

La communication cessa brusquement.

Le lendemain matin, à 9 heures, le téléphone se remit à carillonner.

« Miss Leigh ? fit la voix sobre et prudente de son correspondant.

— Elle-même.

— C'est Hal Hawksley.

— Bonjour, dit-elle gaiement. J'ignorais que vous aviez mon numéro.

— Vous m'avez laissé votre carte, souvenez-vous.

— C'est vrai. Qu'est-ce que je peux faire pour vous ?

— J'ai essayé de vous joindre hier, et j'ai laissé un message sur votre répondeur. »

Elle eut un sourire.

« Il est sûrement détraqué. Tout ce que j'ai trouvé, ce sont des sifflements à vous crever les tympans. Pourquoi, il est arrivé quelque chose ?

— Non. » Puis, après une pause : « Je me demandais comment cela s'était passé avec les O'Brien.

— J'ai vu Ma O'Brien. J'ai dû lui lâcher cinquante livres, mais cela en valait la peine. Êtes-vous très occupé aujourd'hui, ou puis-je aller vous ennuyer à nouveau ? J'aurais besoin de deux choses : une photographie du père d'Olive et la possibilité de consulter ses fiches médicales. »

Il parut soulagé d'avoir à parler de choses concrètes.

« En ce qui concerne le second point, inutile d'y compter. Vous avez autant de chance de vous faire ouvrir les archives de la Sécurité sociale que celles du contre-espionnage. Par contre, je peux peut-être vous dégotter un portrait de Martin, si j'arrive à convaincre Geoff Wyatt de me refiler une photocopie du cliché contenu dans le dossier.

— Et des photos de Gwen et d'Ambre ? Il pourrait aussi vous en faire des copies ?

— À condition que vous ayez l'estomac bien accroché. Les seules dont je me souvienne ont été prises après leur mort. Pour en avoir d'autres, il faudrait vous adresser à l'exécuteur testamentaire de Martin.

— D'accord. Mais j'aimerais tout de même jeter un coup d'œil à celles-là, si c'est possible. Naturellement, je n'ai pas l'intention de les publier sans autorisation.

— Vous auriez du mal. On ne peut pas trouver plus infâmes que les photocopies de la police. Si votre éditeur arrive à en tirer quelque chose, je lui tire mon chapeau. Je m'en occupe. À quelle heure comptez-vous passer ?

— En début d'après-midi. Je voudrais voir quelqu'un avant. Et vous pourriez aussi dénicher une photo d'Olive ?

— Je pense. »

Il resta un instant silencieux.

« Des sifflements ! Vous êtes sûre de ne rien avoir entendu d'autre ? »

12

L'Agence immobilière Peterson, située dans la grande rue de Dawlington, résistait courageusement à la crise au moyen de photos animées et de lumières vives destinées à attirer le chaland. Mais, comme pour les agences du centre de Southampton, la récession avait là aussi sonné le glas des affaires, et un jeune homme tiré à quatre épingles régnait à lui seul sur quatre bureaux avec l'air abattu de quelqu'un qui ne s'attend pas à réaliser une vente de la journée. En voyant la porte s'ouvrir, il se détendit comme un ressort et ajusta un sourire de commande qui découvrit des dents d'une blancheur éclatante.

Roz secoua la tête afin de ne pas lui donner de faux espoir.

« Excusez-moi, mais je ne suis pas venue pour acheter. »

Cela n'eut pas l'air de le troubler.

« Ah bien ! Pour vendre peut-être ?

— Non plus.

— Vous avez bien raison. » Il lui avança une chaise. « Le marché continue à baisser. Il faut vraiment y être obligé pour vendre en ce moment. »

Il reprit sa place derrière le bureau.

« En quoi puis-je vous aider ? »

Roz lui remit sa carte.

« J'essaie de retrouver des gens du nom de Clarke qui ont vendu leur maison par l'intermédiaire de cette agence voilà trois ou quatre ans et ont quitté la région. Leurs voisins ignorent où ils sont allés. J'espérais que vous pourriez me le dire. »

Il fit la moue.

« C'était avant que je travaille ici, j'en ai peur. Où habitaient-ils ?

— 20 Leven Road.

— Je pourrais chercher. Le dossier a dû être rangé au fond s'il n'a pas été mis à la corbeille. » Il se tourna vers les bureaux vides. « Malheureusement, je n'ai personne sous la main pour me remplacer, aussi je ne pourrai guère m'en occuper avant ce soir. Sauf si... » Il jeta un nouveau coup d'œil à la carte de visite. « C'est un téléphone à Londres. N'avez-vous jamais songé à acquérir une résidence secondaire sur la côte sud, chère madame ? Nous avons beaucoup d'écrivains par ici. Ils aiment s'évader, aller se détendre dans le silence et le calme de la campagne. »

Roz pinça les lèvres.

« Mademoiselle. Par ailleurs, je ne possède même pas de résidence principale. J'occupe une location. »

Il fit tournoyer sa chaise et ouvrit un compartiment dans le classeur placé derrière lui.

« Dans ce cas, je vous propose un arrangement qui nous servira à tous deux. »

Ses doigts parcoururent agilement des dossiers, sélectionnant une série de pages imprimées.

« Lisez ceci pendant que je vais chercher votre renseignement. Si un client se présente, offrez-lui un siège et prévenez-moi. Même chose si le téléphone sonne. » Il indiqua d'un signe de tête la porte du fond. « Je vais laisser ouvert. Vous n'aurez qu'à crier "Matt !", je vous entendrai. D'accord ?

— Je vous suis extrêmement reconnaissante, mais je n'ai vraiment pas l'intention d'acheter.

— Entendu. Regardez tout de même. Il y a une villa qui vous irait comme un gant. Cela s'appelle Bellevue. Ne vous arrêtez pas au nom. Je n'en ai pas pour longtemps. »

Elle se mit à tourner les pages à contrecœur, comme si le seul fait de les toucher allait déjà lui coûter de l'argent. Ce Matt avait les manières onctueuses d'un agent d'assurances. N'importe comment, se dit-elle, amusée, jamais elle ne pourrait vivre dans un machin dénommé Bellevue. Cela sentait trop la pension de famille avec ses rideaux empesés, sa logeuse au nez crochu vêtue d'une blouse de nylon et sa triste pancarte posée contre la vitre et marquée « *Chambres à louer* ».

Elle finit par tomber dessus tout en bas de la pile. Bien entendu, la réalité était toute différente. C'était une maison de garde-côte aux murs blanchis à la chaux, la dernière d'un groupe de quatre, perchées au sommet d'une falaise, dans les environs de Swanage, face à l'île de Purbeck. Deux chambres en haut, deux chambres en bas. Sans prétention. Beaucoup de charme. Près de la mer. Elle regarda le prix.

« Alors ? interrogea Matt en revenant quelques minutes plus tard avec un carton sous le bras. Qu'est-ce que vous en dites ?

— À supposer même que j'en aie les moyens, ce qui n'est pas le cas, je pense que je me gèlerais l'hiver à cause des vents soufflant du large et que je deviendrais chèvre l'été à cause des touristes défilant sur le chemin côtier. Si j'en crois votre publicité, il se trouve à quelques mètres de la clôture, ce qui fait que, du matin au soir, j'aurais des mots avec les autochtones et que, grâce aux glissements de terrain, je suis sûre de voir un jour le fruit de mes économies dégringoler la falaise. »

Il éclata d'un rire bon enfant.

« Je savais que ça vous plairait. Je l'aurais déjà achetée si ce n'était pas aussi loin de mon travail. La maison à l'autre extrémité est occupée par un couple de septuagénaires et les deux du milieu par des gens qui ne viennent que le week-end. Elles sont situées sur un petit promontoire, loin du bord de la falaise et, franchement, avant que les fondations s'écroulent, les briques seront déjà en miettes. Quant au vent et aux touristes, ma foi, on est à l'est de Swanage, autrement dit à l'abri des vents dominants, et les touristes qui se promènent sur le sentier ne risquent pas de vous importuner pour la bonne raison que l'accès proche des habitations est interdit au public. Il n'y en a pas d'autre à moins de six kilomètres, et je vois mal les garnements ou les poivrots du coin se farcir le détour pour le seul plaisir d'attraper des ampoules aux pieds.

Reste évidemment — un sourire détendu éclaira son visage juvénile — la question du prix. »

Roz laissa échapper un gloussement.

« Attendez que je devine. Les propriétaires sont tellement pressés de s'en débarrasser qu'ils sont prêts à la vendre pour une bouchée de pain.

— À vrai dire, oui. Leur affaire connaît quelques difficultés et ils ne viennent que pour les vacances. Ils veulent bien baisser de vingt mille à condition d'être payés comptant. Ça vous est possible ? »

Roz ferma les yeux et songea à l'argent récupéré dans le partage après son divorce et qui dormait à la banque. Oui, elle devait avoir de quoi.

« Mais c'est ridicule ! lança-t-elle d'un ton nerveux. Je ne suis pas venue pour acheter quoi que ce soit. D'ailleurs, je détesterais cette bicoque. Elle est beaucoup trop petite. Et qu'est-ce qu'elle fait chez vous ? Elle se trouve au diable Vauvert.

— Nous avons des accords avec nos diverses succursales. »

Il avait ferré le poisson. Il donna un peu de mou.

« Voyons ce que dit ce dossier. » Il le tira vers lui et l'ouvrit. « 20 Leven Road. Propriétaires : Mr et Mrs Clarke. Instructions : à vendre le plus rapidement possible ; tapis et rideaux inclus dans le prix. Achat par Mr et Mrs Blair. Date de la signature : 25 février 1989. »

Il eut une expression de surprise.

« Dites donc, ça ne leur a pas coûté cher.

— La maison est restée libre un an, ce qui explique sans doute la modicité du prix. Est-il indiqué une adresse pour l'expédition du courrier ? »

Il reprit sa lecture.

« Attendez, je vois ici une mention : “Les vendeurs ont beaucoup insisté pour que l'agence ne donne aucun renseignement concernant leur nouvelle domiciliation.” Je me demande bien pourquoi.

— Ils se sont querellés avec leurs voisins, dit Roz sans plus de précisions. Mais ils ont forcément laissé une adresse, fit-elle remarquer avec bon sens, sans quoi ils n'auraient pas demandé qu'on ne la communique pas. »

Il tourna plusieurs pages, puis referma avec précaution le dossier, tout en gardant un doigt à l'intérieur.

« Ici, Miss Leigh, nous avons le respect de la déontologie. Je travaille pour l'Agence Peterson et l'Agence Peterson a été priée par les Clarke de faire preuve de discrétion. Ce serait une grande erreur que de trahir la confiance d'un client. »

Roz réfléchit une seconde.

« Avez-vous un mot de l'agence disant qu'elle s'engage à respecter ce vœu ?

— Non.

— Alors, il n'y a rien qui vous lie. Un secret ne se transmet pas. Ou bien ce n'est plus un secret. »

Il sourit.

« Subtile distinction.

— Oui. » Elle reprit le descriptif de Bellevue.

« Si je vous disais que je désire visiter la maison à 3 heures cet après-midi ? Pourriez-vous m'arranger ça en vous servant du téléphone qui se trouve là-bas — elle eut un signe de tête en direction du bureau le plus éloigné — pendant que je revois un certain nombre de détails ?

— Certainement, mais je serais très déçu que vous manquiez le rendez-vous.

— Je n'ai qu'une parole, l'assura-t-elle. Quand je m'engage à faire quelque chose, je le fais. »

Il se leva, laissant retomber le dossier grand ouvert sur le bureau.

« Dans ce cas, je vais passer un coup de fil à notre succursale de Swanage. Vous n'aurez qu'à leur demander les clés.

— Merci. »

Elle attendit qu'il lui ait tourné le dos pour faire pivoter le dossier et noter l'adresse des Clarke dans son carnet. C'était à Salisbury.

Quelques minutes plus tard, Matt revint s'asseoir derrière le bureau avec une carte de Swanage où l'Agence Peterson était marquée d'une croix.

« Mr. Richards vous attend à 3 heures. » D'un geste souple, il referma le dossier des Clarke.

« Je ne doute pas que ses services vous soient aussi profitables que les miens. »

Roz se mit à rire.

« J'espère bien que non ou je serai ratissée avant ce soir. »

Roz suivit l'allée qui contournait Le Pique-Assiette et frappa à la porte de la cuisine.

— Vous êtes en avance, déclara Hawksley en l'accueillant.

— Je sais. Je dois être à Swanage vers 3 heures et il faut que je parte bientôt. Vous avez des clients ? »

Il la regarda avec une moue de dédain.

« Je n'allais pas m'embêter à ouvrir ! »

Elle préféra ignorer ce sarcasme.

« Alors venez avec moi. Laissez tomber cet endroit durant quelques heures. »

Il ne sauta pas à pieds joints sur l'invitation.

« Qu'est-ce qu'il y a à Swanage ? »

Elle lui tendit le prospectus de l'agence.

« "Magnif. pav. surplombant la mer." Je me suis engagée à y jeter un coup d'œil et j'ai besoin d'un soutien moral pour ne pas me retrouver avec cette ruine sur les bras.

— Eh bien, n'y allez pas.

— Obligée. Un malentendu, lâcha-t-elle évasivement. Venez, vous direz non chaque fois que j'aurai l'air de dire oui. J'ai une âme de bernard-l'hermite et j'ai toujours rêvé de vivre sur une falaise au bord de la mer, d'avoir un gros chien et d'errer le long des grèves. »

Il vit le prix.

« C'est dans vos moyens ? demanda-t-il avec curiosité.

— Tout juste.

— Vous êtes vernie. Manifestement, l'écriture rapporte.

— À peine. Une vieille dette.

— De quel genre ? interrogea-t-il, songeur.

— C'est sans importance.

— Comme le reste. »

Elle haussa les épaules.

« Alors, vous ne voulez pas m'accompagner ? Bon, ça ne fait rien. J'irai toute seule. »

Elle eut soudain l'air désemparée.

Il jeta un regard vers la salle de restaurant, puis décrocha précipitamment son veston du portemanteau derrière la porte.

« Je viens. Mais que je sois pendu si je dis non. Cet

endroit est un véritable éden et la seconde phrase que ma mère répétait toujours, c'est que lorsqu'une femme a une idée dans le crâne, il vaut mieux ne pas la contrarier. »

Il tira la porte et la referma à clé.

« Quelle était la première ? »

Il posa un bras autour de ses épaules d'un geste désinvolte — était-elle aussi désemparée qu'elle en avait l'air ? Cette pensée l'attristait — et lui fit remonter l'allée.

« Que le bonheur ne se mange pas en salade. »

Elle éclata d'un rire de gorge.

« Ce qui signifie ?

— Qu'il mérite, chère amie, d'être pris au sérieux, car c'est le but suprême de l'existence. Pourquoi vivre si l'on n'est pas heureux ?

— Pour récolter des bons points dans l'attente de l'au-delà, souffrir étant une excellente thérapie de l'âme, etc.

— Si vous le dites, lança-t-il gaiement. On prend ma voiture ? Ce sera l'occasion d'éprouver votre théorie. »

Il la conduisit jusqu'à une vieille Ford Cortina, déverrouilla la portière côté passager et l'entrouvrit dans un concert de grincements.

« Quelle théorie ? » demanda-t-elle en jetant un coup d'œil impertinent à l'intérieur.

Il referma la porte.

« Vous n'allez pas tarder à le savoir. »

Ils arrivèrent avec une demi-heure d'avance. Hawksley s'arrêta sur un parking près du front de mer et se frotta les mains.

« Allons manger un morceau. J'ai aperçu un café à une centaine de mètres. Je suis affamé. Ce doit être le grand air. »

Comme une tortue, Roz sortit lentement la tête de son col de veste, les joues glacées. Elle le fusilla du regard.

« Ce tas de ferraille a passé le contrôle ? demanda-t-elle d'une voix grinçante.

— Bien entendu. » Il donna une tape sur le volant. « Elle marche parfaitement. Il manque seulement une ou deux vitres. Au bout d'un moment, on s'habitue.

— Une ou deux ! Vous voulez dire qu'il ne lui reste que le pare-brise. Je crois que j'ai attrapé une pneumonie.

— Les femmes ne sont jamais contentes. Vous ne seriez pas en train de râler s'il avait fait beau et que je vous aie trimballée en décapotable. Ce qui vous ennuie, c'est que ce soit une Cortina. » Il éclata d'un rire sardonique. « Et votre thérapie de l'âme ? »

Elle ouvrit aussi grand que possible la portière, qui se mit à bramer, et se glissa dehors.

« Si vous ne vous en êtes pas rendu compte, Hawksley, il ne fait pas beau, et même, ajouta-t-elle avec un gloussement, il n'a sans doute jamais fait un temps aussi pourri au mois de mai depuis un siècle. Et si cette chose avait été décapotable, nous nous serions arrêtés pour refermer le toit. Mais aussi pourquoi n'a-t-elle pas de vitres ? »

Il la prit par le bras et la mena vers le café.

« Parce qu'on me les a cassées, répondit-il sans se troubler. Comme il y a de fortes chances que cela se reproduise, je n'ai pas pris la peine de les remplacer. »

Elle se frotta le bout du nez pour rétablir la circulation.

« Je suppose que vous êtes endetté jusqu'au cou ?

— Et alors ? »

Elle songea à cet argent qu'elle avait de côté et qui ne lui servait à rien.

« Je pourrais peut-être vous prêter de quoi vous remettre à flot », suggéra-t-elle timidement.

Il fronça les sourcils.

« Est-ce de la charité ou une proposition d'affaires ?

— Pas de la charité, assura-t-elle. Mon comptable risquerait d'en avoir une attaque. »

Il lui lâcha brusquement le bras.

« Pourquoi me prêteriez-vous de l'argent ? Vous ne savez strictement rien de moi. »

Il paraissait en colère.

« Je sais que vous êtes dans le pétrin, Hawksley. Je m'offre à vous aider. Qu'est-ce que cela a de si extraordinaire ? »

Elle se remit à marcher.

Hawksley lui emboîta le pas en pestant contre lui-même. Fallait-il qu'il soit le dernier des idiots pour se laisser attendrir par une souris aux airs fragiles ! Même si la fragilité était encore le meilleur moyen d'émouvoir. Lui aussi avait dû être fragile, il y avait longtemps, mais il aurait été bien incapable à cet instant de s'en souvenir.

Derrière un sourire où le scepticisme le disputait à une indifférence blasée, le ravissement de Roz n'en était pas moins visible tandis qu'elle contemplait, les yeux écarquillés, la vue qu'on découvrait par les fenêtres, notait l'existence d'un double vitrage et reconnaissait qu'elle avait toujours adoré les cheminées et qu'elle était étonnée de la grandeur des pièces. Elle les avait effectivement crues beaucoup plus petites. Durant cinq minutes, elle fit le tour du petit jardin dallé, regretta qu'on n'y ait pas installé une serre, puis, avec beaucoup de retard, chaussa des lunettes à verres fumés afin d'atténuer son enthousiasme en examinant un appentis couvert de rosiers dont les actuels propriétaires avaient fait une troisième chambre, mais qui avait dû, songea-t-elle avec un pincement au cœur, servir de bureau-bibliothèque.

Hawksley et Mr Richards, installés sur des chaises métalliques devant les portes-fenêtres, devisaient tout en l'observant. Ce dernier, visiblement intimidé par les réponses sèches et brèves de Hawksley, flairait une vente mais dissimulait son excitation avec plus d'habileté que Roz.

Il se leva lorsque celle-ci eut terminé son inspection et, avec un sourire désarmant, lui offrit sa chaise.

« J'aurais peut-être dû vous dire que les propriétaires accepteraient de céder la maison avec son contenu à condition, bien sûr, d'arriver à un prix satisfaisant. Je crois savoir que le mobilier n'a pas plus de quatre ans et, les lieux étant seulement occupés durant les vacances, il n'a pas dû beaucoup s'abîmer. » Il consulta sa montre. « Pourquoi ne prendriez-vous pas cinq minutes pour en discuter ? Pendant ce temps-là, j'irais faire quelques pas sur le chemin de la falaise. »

Il sortit discrètement et, quelques secondes plus tard, la porte d'entrée se referma.

Roz ôta ses lunettes et regarda Hawksley. Son visage reflétait un enthousiasme juvénile.

« Qu'en pensez-vous ? Avec le mobilier ! Ce n'est pas fabuleux ? »

Il eut un rictus involontaire. Était-il possible qu'elle jouât la comédie ? Dans ce cas, elle était sacrément douée.

« Tout dépend de ce que vous souhaitez en faire.

— Y vivre. Cela doit être un tel plaisir de travailler ici. » Puis, les yeux tournés vers la mer : « J'ai toujours aimé le bruit des vagues. » Et le considérant à nouveau : « Alors à votre avis ? Vous me conseillez de l'acheter ?

— Mon opinion a tellement d'importance ? demanda-t-il, intrigué.

— Il faut croire.

— Pourquoi ça ?

— Parce que je sais très bien que ce serait une folie. Je ne connais personne à des kilomètres à la ronde et ce n'est pas donné, pour une baraque grande comme un mouchoir de poche. Il existe sans doute de meilleurs placements. »

Elle scruta sa physionomie tout en se demandant pourquoi il s'était montré aussi agressif lorsqu'elle lui avait proposé de l'aider. C'était un drôle de type. Tout le temps qu'elle lui avait parlé au Pique-Assiette, il avait eu l'air plutôt détendu.

Il regarda, derrière elle, vers le bord de la falaise où l'on apercevait l'agent immobilier, assis sur un rocher, fumant paisiblement.

« Achetez-la, puisque vous en avez les moyens. » Un sourire éclaira son visage maussade. « Prenez donc des risques. Suivez vos aspirations. John Masefield n'a-t-il pas dit : “Vers l'océan je dois m'en retourner car des flots agités / Monte une voix si sauvage et si claire qu'on ne peut leur résister” ? Vivez sur votre falaise et courez les grèves avec votre molosse. Je vous le répète, cela semble être un paradis. »

Elle lui sourit à son tour, une étincelle espiègle dans son regard sombre.

« Oui, mais le paradis, c'est assez rasoir. Aussi, dès l'apparition du serpent lubrique, Ève ne fit ni une ni deux et croqua le fruit défendu. »

Lorsqu'il riait, il avait l'air d'un autre homme. Roz pouvait l'imaginer dans son restaurant, au milieu d'une salle comble, bavardant gaiement avec les clients.

« J'aimerais que vous me laissiez vous aider. Je me sentirais seule ici. À quoi bon dépenser une fortune pour se retrouver coincée ? »

Le regard de Hawksley devint soudain vague.

« Cet argent vous appartient, non ? Que suggérez-vous exactement ? Rachat ? Association ? »

Ce qu'il pouvait être susceptible ! Et dire qu'il lui en avait fait le reproche.

« Quelle importance ? Je vous propose de vous tirer d'affaire, c'est tout. »

Il plissa les yeux.

« La seule chose dont vous soyez sûre en ce qui me concerne, c'est que mon restaurant bat de l'aile. Pourquoi une femme sensée irait-elle mettre du fric là-dedans en sachant qu'elle a peu de chances de le revoir ? »

Pourquoi, en effet ? Elle ne se voyait pas expliquer ça à son comptable, qui ne raisonnait qu'en termes de points de retraite, d'assurance-vie et d'investissements non imposables. Qu'aurait-elle pu lui dire ? « Vous savez, Charles, j'ai rencontré un type formidable. Chaque fois que je le rencontre, il me fait craquer. Mais c'est aussi un excellent cuisinier, qui adore son restaurant, et il n'y a absolument aucune raison qu'il n'arrive pas à se sortir de la panade. Je lui ai proposé à plusieurs reprises de lui prêter de l'argent, mais il me l'a toujours renvoyé à la figure. » Charles l'aurait fait enfermer.

Elle prit son sac, qu'elle jeta sur son épaule.

« Oubliez ce que je vous ai dit. Manifestement, ça n'a pas l'air de vous plaire, bien que je ne comprenne pas pourquoi. » Elle fit mine de se lever, mais il lui saisit fermement le bras et la força à se rasseoir. « C'est encore un coup monté ? » Elle le dévisagea. « Vous me faites mal. » Il la lâcha brusquement. « De quoi parlez-vous ? demanda-t-elle en se massant le poignet.

— Vous êtes revenue. »

Il se frotta la figure des deux mains comme s'il avait mal.

« Pourquoi diable êtes-vous revenue ? »

Elle paraissait outrée.

« Parce que vous m'avez téléphoné. Sinon, je me serais abstenue. Vous n'êtes qu'un sale petit crâneur. Les types comme vous, ça court les rues. »

Il ferma à demi les yeux en une expression inquiétante.

« Eh bien, allez leur offrir votre fric et cessez de jouer avec moi les dames patronnesses. »

Les lèvres serrées, ils prirent congé de Mr Richards en

l'assurant hypocritement qu'ils lui téléphoneraient le lendemain et repartirent par l'étroite route de la côte en direction de Wareham. Hawksley, vu l'atmosphère tendue et le fait que la chaussée mouillée allait l'obliger à rouler moins vite, se concentrait sur sa conduite. Roz, accablée par cette hostilité qui s'était abattue sur elle comme un cyclone, avait choisi le mutisme. Hawksley avait conscience de s'être montré désagréable de façon gratuite, mais il ne pouvait pas s'empêcher de penser que ce voyage n'avait été qu'un stratagème pour l'attirer hors du Pique-Assiette. Elle était assez fortiche pour ça. Et elle avait ce qu'il faut : le charme, l'humour, l'intelligence et juste assez de pathétique pour l'inciter à jouer les chevaliers servants. Il lui avait même téléphoné. Quel crétin ! Elle aurait rappliqué de toute façon. On avait dû lui allonger un bon paquet. Meeerde !

Il donna un coup de poing sur le volant.

« Pourquoi m'avoir demandé de venir ? lança-t-il dans le silence.

— Rien ne vous y obligeait. Vous n'êtes plus fonctionnaire », fit-elle observer d'un ton caustique.

Lorsqu'ils arrivèrent à Wareham, il se mit à pleuvoir, une pluie serrée tombant en oblique qui pénétrait par les portières.

« Et voilà ! s'exclama Roz en serrant le col de sa veste autour de sa gorge. C'est complet. Maintenant, je vais être trempée. J'aurais bien dû prendre ma voiture et y aller toute seule. Cela ne pouvait pas être pire.

— Dommage que vous ne l'ayez pas fait, cela m'aurait évité de me farcir tout ce trajet pour rien.

— Croyez-le ou non, répliqua-t-elle d'une voix glaciale, j'espérais vous rendre service. Je pensais que cela vous distrairait de vous échapper quelques heures. Ce en quoi j'avais tort. Vous êtes encore plus mal léché que là-bas. »

Il prit un virage un peu trop vite. Elle fut projetée contre la portière et sa veste de cuir s'érafla contre le bord métallique de la fenêtre.

« Zut ! s'écria-t-elle, furieuse. Cette veste m'a coûté les yeux de la tête ! »

Il freina brutalement et se rangea contre le trottoir.

« D'accord. On va tâcher d'arranger ça. »

Il se pencha vers elle pour prendre le livre de cartes dans la boîte à gants.

« Ça vous avance à quoi ?

— À savoir où se trouve la gare la plus proche. »

Il tourna quelques pages.

« Il y en a une à Wareham qui dessert Southampton. De là, vous n'aurez qu'à prendre un taxi pour récupérer votre bagnole. » Il tira son portefeuille. « Voilà qui devrait suffire à payer la course. »

Il posa un billet de vingt livres sur les genoux de Roz et démarra.

« La gare est à droite au prochain carrefour.

— Vous êtes vraiment un ange, Hawksley. À part ses petits aphorismes sur le bonheur et les femmes, votre mère n'a jamais eu l'idée de vous inculquer les bonnes manières ?

— Ne poussez pas le bouchon trop loin, grommela-t-il. J'ai les nerfs à vif et il ne m'en faudrait pas beaucoup plus pour perdre mon sang-froid. Durant cinq ans, ma femme n'a cessé de critiquer tout ce que je faisais. Et j'en ai suffisamment soupé pour ne plus entendre ça. » Il s'arrêta devant la gare. « Rentrez chez vous, dit-il en passant une main sur son visage moite. C'est un service que je vous rends. »

Elle prit le billet de vingt livres et le posa sur le tableau de bord, puis saisit son sac.

« Je n'en doute pas, répondit-elle d'une voix calme. Pour avoir tenu cinq ans, votre femme devait être une sainte. »

Elle ouvrit la portière, qui ne manqua pas de grincer, se glissa à l'extérieur, puis se pencha par l'ouverture.

« Alors, allez vous faire foutre, sergent Hawksley ! C'est encore ce qui vous convient le mieux. Dans le genre butor, je reconnais que vous êtes champion.

— Vous de même, Miss Leigh. »

Il lui adressa un bref signe de tête et opéra un demi-tour. Au moment où la voiture repartait, le billet s'échappa par la vitre comme une ultime récrimination et, battu par la pluie, atterrit dans le caniveau.

Lorsqu'il arriva à Dawlington, Hawksley était frigorifié

et trempé jusqu'aux os. La vue de la voiture toujours garée au bout de l'allée n'était pas faite pour atténuer sa mauvaise humeur. Son regard remonta au-delà, entre les deux bâtiments, et il aperçut la porte arrière du Pique-Assiette entrebâillée, et le bois arraché là où on avait dû forcer la serrure avec une pince. Elle s'était bien fichue de lui ! Il eut un instant de total désarroi — décidément, il n'était pas aussi immunisé qu'il l'aurait cru —, avant d'éprouver le besoin de passer à l'action.

Il était trop furieux pour songer à rien, et notamment à observer la moindre prudence. Il courut vers la porte qu'il ouvrit en grand d'une poussée, s'engouffra à l'intérieur, les poings brandis, puis se mit à cogner et à ruer, sans souci des coups qui s'abattaient sur ses bras et ses épaules, uniquement préoccupé de causer le plus de dommage possible à ses assaillants.

Roz, en arrivant une demi-heure plus tard, tenant d'une main le billet de vingt livres détrempé et de l'autre une lettre vengeresse sur une feuille boursouflée, ne put en croire ses yeux. La cuisine semblait avoir subi un bombardement. Elle était vide et complètement dévastée. La table, qui avait perdu deux pieds, gisait, renversée, contre la cuisinière. Des chaises ne subsistaient que des débris jonchant le sol au milieu d'éclats de faïence et de bouts de verre. Quant au réfrigérateur, posé en équilibre sur sa porte ouverte, il avait vomi tout son contenu de bouteilles de lait et de produits congelés, qui formait à présent une grosse flaque sur le carrelage. Elle porta une main tremblante à ses lèvres. Ici et là des éclaboussures de sang donnaient au lait une teinte rosée.

Elle jeta un regard fébrile vers l'allée, mais il n'y avait personne. Elle se mit à appeler :

« Hawksley ! »

Mais ce n'était guère qu'un murmure.

« Hawksley ! »

Cette fois, elle avait hurlé de toutes ses forces et elle crut distinguer un bruit de l'autre côté des portes battantes menant au restaurant. Elle fourra lettre et billet dans ses poches, s'avança au milieu de la cuisine et empoigna un pied de table.

« J'ai prévenu la police, lança-t-elle d'une voix déformée par la peur. Elle sera là d'une minute à l'autre. »

Les deux portes s'ouvrirent brusquement et Hawksley apparut, tenant une bouteille de vin. D'un signe de tête, il désigna le pied de table.

« Qu'est-ce que vous fabriquez avec ça ? »

Elle laissa retomber sa main.

« Vous êtes devenu cinglé ou quoi ? C'est vous qui avez tout mis en miettes ?

— J'en ai l'air ?

— C'est ce qu'a fait Olive. » Elle promena son regard autour d'elle. « La même chose. Elle a piqué une crise et tout cassé dans sa cellule. Ils l'ont collée au trou.

— Arrêtez de jacasser. »

Dans un placard intact il trouva deux verres et les remplit.

« Tenez. » Il la fixa de son regard sombre. « Avez-vous vraiment averti la police ?

— Non. »

Lorsqu'elle voulut boire, ses dents heurtèrent le verre.

« J'ai pensé que, si c'était un cambrioleur, il prendrait la fuite. Vous saignez à la main.

— Je sais. »

Il lui prit le pied de table et le posa sur la cuisinière, puis tira de derrière la porte la seule chaise encore valide et la força à s'asseoir.

« Qu'auriez-vous fait si le voleur était sorti par la cuisine ?

— Je lui en aurais flanqué un coup, je suppose. » Sa peur commençait à se dissiper. « Vous avez cru que je vous avais monté un bateau ?

— Oui.

— Seigneur ! » laissa-t-elle tomber, incapable de dire autre chose.

Elle le regarda prendre un balai et commencer à déblayer un coin.

« Vous devriez tout laisser comme ça.

— Pourquoi ?

— Pour la police. »

Il la considéra, intrigué.

« Vous m'avez dit que vous ne l'aviez pas appelée. »

Elle médita là-dessus quelques secondes, puis posa son verre sur le sol.

« C'est trop pour moi. » Elle tira le billet d'une poche, mais laissa la lettre dans l'autre. « Tenez, je vous le rends, dit-elle en se levant. Je suis désolée. »

Elle esquissa un sourire d'excuse.

« De quoi ?

— De vous avoir exaspéré. En ce moment, je dois avoir le chic pour mettre les gens en rogne. »

Il s'avança pour reprendre le billet et s'arrêta soudain en voyant son expression craintive.

« Bon Dieu, vous ne croyez tout de même pas que j'y suis pour quelque chose ? »

Mais il parlait dans le vide. Roz s'était précipitée vers l'allée et le billet de vingt livres, une fois de plus, tomba en tournoyant sur le sol.

13

Cette nuit-là, Roz dormit d'un sommeil léger entrecoupé de mauvais rêves. Olive, armée d'une hache, fracassait des tables de cuisine. *Je savais bien que vous vous dégonfleriez... C'est moins facile que ça en a l'air à la télé.* Puis Hawksley lui saisissait brusquement le poignet, mais son visage était celui, souriant, du frère de Roz lorsque, enfant, il s'amusait à la torturer. *Bon Dieu, vous ne croyez tout de même pas que j'y suis pour quelque chose ?...* Ensuite, Olive se balançait à une potence, le teint brouillé, couleur de terre humide. *Ça ne vous gêne pas qu'on relâche quelqu'un comme elle ?* Un prêtre qui se trouvait là avait le regard de sœur Bridget. *Dommage que vous ne soyez pas catholique... Vous auriez pu vous confesser, cela vous aurait soulagée... Vous n'arrêtez pas de me proposer de l'argent... La loi est une connerie... Avez-vous averti la police ?...*

Elle fut réveillée le matin par la sonnerie du téléphone au salon. Sa tête bourdonnait. Elle empoigna le récepteur pour faire cesser le bruit.

« Allô, oui ?

— Charmant accueil, fit remarquer Iris. Qu'est-ce qui ne va pas ?

— Rien. Que veux-tu ?

— Je préfère raccrocher, répondit Iris d'une voix douce. Je te rappellerai dans une demi-heure. D'ici là, tu te souviendras peut-être que je suis une amie et non une crotte de chien que tu viens de racler de ta chaussure.

— Excuse-moi. Tu m'as réveillée. Je n'ai pas très bien dormi.

— Bon, d'accord. Je viens juste d'avoir ton éditeur au bout du fil. Il désire à tout prix un rendez-vous — mais il ne s'agit pas d'une invitation à dîner. Il veut savoir, même approximativement, quand le bouquin sera prêt. »

Roz grimaça dans le récepteur.

« Je n'ai pas encore écrit une ligne.

— Eh bien, tu as intérêt à t'y mettre, ma chérie. Je lui ai dit que ce serait bouclé vers Noël.

— Oh, Iris, pour l'amour du ciel ! Ça ne me laisse que six mois et je ne suis pas plus avancée que la dernière fois que je t'en ai parlé. Olive se ferme comme une huître dès que j'en arrive aux meurtres. En fait...

— Sept mois, coupa Iris. Retourne interroger ton flic à la redresse. C'est sûrement une ordure et je te parie tout ce que tu veux qu'il l'a manœuvrée dans les grandes largeurs. Ils le font tous. Ça améliore leurs quotas. Le rendement, ma chère, c'est le maître mot, et il semble manquer pour l'instant à ton vocabulaire. »

En entendant Roz lui parler de son livre sur Olive, Mrs Clarke eut l'air horrifiée.

« Comment avez-vous réussi à nous retrouver ? » demanda-t-elle d'une voix tremblante.

Roz s'était imaginé, Dieu sait pourquoi, une femme d'une cinquantaine d'années, soixante tout au plus. Elle ne s'attendait pas à cette créature décrépite, plus proche de l'âge de Mr Hayes que de celui qu'auraient eu Robert et Gwen Martin s'ils avaient vécu.

« Cela n'a pas été difficile, répondit-elle d'un ton laconique.

— J'ai eu si peur. »

Roz trouva cette réaction bizarre, mais poursuivit comme si de rien n'était :

« Puis-je entrer ? Je n'abuserai pas de votre temps, je vous le promets.

— Il m'est impossible de vous parler. Je suis toute seule. Edward est allé faire les courses.

— Je vous en prie, Mrs Clarke », implora Roz d'une voix lasse et nerveuse.

Cela lui avait pris deux heures et demie pour se rendre à Salisbury et dénicher la maison.

« J'ai fait tant de chemin pour vous voir. »

La femme lui sourit brusquement et ouvrit tout grand la porte.

« Allons, entrez. Edward a justement préparé des gâteaux. Il sera si ému de voir que vous nous avez retrouvés. »

La mine perplexe, Roz pénétra dans la maison.

« Merci.

— Vous vous souvenez certainement de Minet — elle désignait un vieux matou recroquevillé près d'un radiateur —, ou ne l'avons-nous eu qu'après ? Je perds la mémoire, vous savez. Asseyez-vous dans la causeuse. Edward ! appela-t-elle. Mary est là. »

Personne ne répondit.

« Edward est parti en course, murmura Roz.

— C'est vrai, dit-elle, tout en regardant Roz avec gêne. Est-ce que je vous connais ?

— Je suis une amie d'Olive.

— Une amie d'Olive, une amie d'Olive », répéta la vieille femme. Elle se laissa tomber sur le canapé.

« Asseyez-vous. Edward a justement fait des gâteaux. Je me souviens d'Olive. Nous étions ensemble à l'école. Elle avait de longues nattes que les garçons s'amusaient à tirer. Quels garnements ! Je me demande bien ce qu'ils sont devenus. »

Elle regarda à nouveau Roz.

« Est-ce que je vous connais ? »

Dans son fauteuil, Roz se sentait mal à l'aise. Avait-elle le droit de presser de questions une vieille femme sans défense, en proie à des crises de sénilité ?

« Je suis une amie d'Olive Martin, dit-elle doucement. La fille de Gwen et de Robert. »

Elle scruta les yeux bleus, mais ils étaient vides d'expression. La femme ne broncha pas et Roz en fut soulagée. Droit ou pas, il était absurde d'espérer en tirer quoi que ce soit. Elle lui sourit d'un air engageant.

« Parlez-moi de Salisbury. Êtes-vous heureuse de vivre ici ? »

La conversation fut épuisante, entrecoupée de silences,

pleine de répétitions et d'allusions intimes dont Roz avait bien du mal à suivre le fil. À deux reprises, Mrs Clarke faillit s'apercevoir qu'elle parlait à une inconnue et Roz dut faire diversion, de crainte de ne pouvoir rester jusqu'au retour de son époux. Tout en écoutant d'une oreille distraite, elle ne cessait de se demander comment Edward Clarke arrivait à s'arranger de cette situation. Était-il possible d'aimer une coquille vide quand l'amour n'était plus ni partagé ni même partageable ? Sa femme avait-elle encore suffisamment d'éclairs de lucidité pour rendre le manque de sollicitude supportable ?

En même temps, Roz ne pouvait détacher les yeux des photos de noces posées sur la cheminée. Ils s'étaient mariés relativement tard, à en juger d'après leur âge. Lui avait déjà perdu une bonne partie de ses cheveux et paraissait la quarantaine. Elle semblait un peu plus âgée. Ils se tenaient l'un contre l'autre, riant de concert, leurs regards débordant du cadre, heureux, sains, dégagés de tout souci, ne sachant pas — et comment l'auraient-ils deviné ? — que germait en elle la démence. La comparaison était cruelle, mais il aurait été difficile de ne pas la faire. À côté de la femme en papier glacé, si radieuse, vivante, réelle, la vraie Mrs Clarke ressemblait à un spectre pâle et tremblant. Était-ce cela qui avait conduit Edward Clarke et Robert Martin à devenir amants ? Roz se sentait infiniment déprimée et lorsque, enfin, une clé tourna dans la serrure, ce fut comme le fouettement bienfaisant de la pluie sur une terre aride.

« Mary est venue nous voir, dit vivement Mrs Clarke au moment où son mari pénétrait dans la pièce. Nous t'avons attendu pour les gâteaux. »

Roz se leva et tendit une de ses cartes à Mr Clarke.

« Je lui ai dit qui j'étais, murmura-t-elle tranquillement, mais je veux bien être Mary pour la circonstance. »

Le crâne entièrement chauve, il paraissait vieux lui aussi, mais il se tenait encore droit, les épaules carrées. Il dominait sa femme assise sur le canapé, laquelle, prise d'une frayeur soudaine, s'écarta en marmonnant. Roz se demanda s'il lui arrivait de s'emporter.

« En fait, je la laisse très rarement seule, dit-il comme pour se défendre, mais il faut bien faire les courses. Chacun est si occupé et je ne peux pas toujours solliciter les voisins. » Il se passa la main sur le crâne et lut la carte.

« J'ai cru que vous étiez assistante sociale, dit-il, cette fois d'un ton accusateur. Écrivain. Nous n'avons pas besoin d'écrivain. En quoi est-ce que ça nous concerne ?

— J'espérais que vous pourriez m'aider.

— Je ne connais rien à ce genre de travail. Qui vous a donné mon nom ?

— Olive, répondit Mrs Clarke. C'est une amie d'Olive.

— Oh non ! s'écria-t-il d'un ton offusqué. Non, non et non ! Vous allez me ficher le camp d'ici. Je croyais en avoir fini avec cette histoire. C'est scandaleux ! Où avez-vous eu l'adresse ?

— Non, non et non ! chantonna sa femme. C'est scandaleux ! Non, non et non ! »

Roz retint son souffle, les nerfs tendus.

« Comment faites-vous pour supporter ça ? » laissa-t-elle soudain échapper avec la même inconscience que Mrs Clarke avant de se reprendre : « Désolée. » Elle vit la fatigue sur le visage de son interlocuteur. « Vraiment, je suis impardonnable.

— C'est moins pénible lorsque nous sommes seuls. J'arrive à ne pas écouter. »

Il poussa un soupir.

« Pourquoi êtes-vous venue ? Je pensais que la page était tournée. Je ne peux rien pour Olive. À l'époque, Robert a essayé, mais ça lui est retombé dessus. Pourquoi vous a-t-elle envoyée ?

— C'est scandaleux ! grommela la vieille femme.

— Elle ne m'a pas envoyée. Je suis venue de ma propre initiative. Écoutez, murmura-t-elle avec un coup d'œil à Mrs Clarke, est-ce que nous ne pourrions pas avoir un entretien en particulier ?

— Je n'ai rien à dire.

— Au contraire. Vous étiez un ami de Robert. Vous connaissiez certainement très bien la famille. Je suis en train d'écrire un livre sur Olive — elle se souvint après coup de l'avoir déjà expliqué à Mrs Clarke —, et je ne m'en tirerai jamais si personne ne veut me parler de Gwen et de Robert. »

Il eut l'air à nouveau indigné.

« Des salades de journaliste ! lança-t-il. Je ne veux rien avoir à faire avec tout ça. Allez-vous-en ou je serai contraint d'appeler la police. »

Mrs Clarke, effrayée, sanglotait.

« Pas la police. Non, non. J'ai peur de la police. » Elle jeta un coup d'œil furtif à l'inconnue.

« J'ai peur de la police », répéta-t-elle.

Ça, je veux bien le croire, se dit Roz, tout en se demandant si cet état de démence résultait du choc provoqué par les meurtres. Était-ce pour cela qu'ils étaient partis ? Elle ramassa son porte-documents et son sac à main.

« Ce n'est pas ce que vous pensez, Mr Clarke. J'essaie d'aider Olive.

— On ne peut pas l'aider. On ne peut aider personne. » Il jeta un regard à sa femme.

« Olive a tout détruit.

— Je ne le crois pas.

— Partez, je vous en prie. »

La petite voix flûtée de Mrs Clarke les interrompit.

« Ce jour-là, je n'ai pas vu Gwen et Ambre, pleurnicha-t-elle. J'ai menti. J'ai menti, Edward. »

Il ferma les yeux.

« Qu'ai-je fait au bon Dieu pour mériter ça ? » murmura-t-il.

Sa voix vibrait sous l'effet d'une colère contenue.

« Quel jour ? » interrogea Roz.

Mais l'instant de lucidité, si c'en était un, semblait passé.

« Nous attendions les gâteaux. »

De l'agacement — ou était-ce du soulagement ? — se lut sur le visage de Mr Clarke.

« Elle a perdu la tête. On ne peut absolument pas se fier à ce qu'elle raconte. Je vous montre le chemin. »

Roz ne bougea pas.

« Quel jour était-ce, Mrs Clarke ? demanda-t-elle avec douceur.

— Le jour où la police est venue. J'ai dit que je les avais vues, mais ce n'est pas vrai. » Elle fronça les sourcils, perplexe.

« Est-ce que je vous connais ? »

Mr Clarke attrapa brutalement Roz par le bras et la poussa vers la sortie.

« Fichez le camp ! s'emporta-t-il. Comme si nous n'avions pas déjà assez souffert à cause de cette famille ! »

Il la jeta dehors et claqua la porte.

Roz se frictionna le bras d'un air pensif. En dépit de son âge, Edward Clarke était bien plus vigoureux qu'il n'en donnait l'impression.

Elle passa le trajet du retour à réfléchir sur ce qui venait de se passer. Au fond, le problème ne différait guère de celui auquel elle était confrontée au sujet d'Olive. Mrs Clarke avait-elle dit la vérité ? Avait-elle réellement menti à la police ou était-elle gâteuse au point de ne plus avoir aucune mémoire ? Et si elle avait menti, pour quelle raison ?

Roz se revit dans la cuisine du Pique-Assiette, écoutant Hawksley lui parler de l'alibi de Robert Martin.

« Nous avons un moment envisagé la possibilité qu'il ait tué Gwen et Ambre avant de quitter la maison et qu'Olive ait arrangé les corps pour le protéger, mais cela ne tient pas. Il avait là aussi un alibi. Une voisine a regardé son mari partir travailler quelques minutes avant le départ de Martin. Ambre et Gwen étaient encore en vie, car elle leur a parlé sur le pas de la porte. Elle s'est même rappelé avoir demandé à Ambre si elle se plaisait chez Glitzy. Elles se sont quittées au moment où Martin s'en allait en voiture. »

La voisine en question devait être Mrs Clarke, songea Roz. Comment n'avait-elle pas douté plus tôt de l'exactitude de ce témoignage ? Était-il plausible que Gwen et Ambre soient sorties dire au revoir à Robert alors qu'entre le mari et la femme n'existait pratiquement plus aucune affection ? Un passage de la déposition d'Olive lui traversa l'esprit comme un éclair fulgurant. *Durant le petit déjeuner, nous avons eu une dispute. Au beau milieu, mon père a quitté la table pour se rendre à son bureau.*

Mrs Clarke avait donc bien menti. Mais pourquoi ? Pourquoi aurait-elle fourni un alibi à Robert alors que, selon Olive, il représentait pour elle une menace ?

Une voisine a regardé son mari partir travailler quelques minutes avant le départ de Martin.

Bon sang, ce qu'elle avait été aveugle ! L'alibi n'était pas destiné à Robert, mais à Edward.

Dans la fièvre de cette découverte, elle appela Iris d'une cabine.

« J'ai trouvé, ma vieille ! Je sais qui a fait le coup, et ce n'est pas Olive.

— Eh bien, tu vois. Il faut toujours faire confiance à son agent. J'ai parié cinq livres sur toi avec Gerry. Il va être furieux d'avoir perdu. Alors, qui est-ce ?

— Le voisin, Edward Clarke. Il était l'amant de Robert Martin. À mon avis, il a tué Gwen et Ambre par jalousie. » Elle lui débita son histoire d'une traite. « Avec ça, j'ai même le moyen de le prouver. »

Il y eut un long silence au bout du fil.

« Tu es toujours là ?

— Oui. J'étais en train de regretter mon fric. Je sais que tu es tout excitée, ma chérie, mais essaie de te calmer et de réfléchir un peu. Ton Edward aurait dépecé Gwen et Ambre avant que Robert parte travailler, et Robert, en allant dans la cuisine, ne se serait pas même pris les pieds dans les morceaux de barbaque ?

— Ils l'ont peut-être fait ensemble.

— Pourquoi n'ont-ils pas tué Olive tant qu'ils y étaient ? En plus, on se demande bien ce qui aurait incité celle-ci à protéger une tapette qui était aussi l'amant de son père. Non, ce serait bien plus plausible si Mrs Clarke avait menti afin de couvrir Robert.

— Pour quelle raison ?

— Ils s'aimaient à la folie, répondit évasivement Iris. Mrs Clarke a deviné que Robert avait tué pour avoir les mains libres et elle a essayé de le mettre hors du coup. Tu n'as aucune preuve que c'était une tante. La mère de la copine d'école n'y croyait pas. Mrs Clarke est affriolante ?

— Plus maintenant, mais elle l'a été.

— Alors c'est ça !

— Pourquoi Robert aurait-il tué Ambre ?

— Parce qu'elle se trouvait là, dit simplement Iris. Je suppose qu'elle s'est réveillée en entendant le pugilat et qu'elle est descendue. Robert n'avait pas le choix, et il l'a supprimée. Puis il a filé, laissant la pauvre Olive, qui devait dormir sur ses deux oreilles, payer les pots cassés. »

Roz décida, non sans quelque appréhension, d'avoir un nouvel entretien avec Olive.

« Je ne m'attendais pas à vous voir après... » Olive laissa la phrase en suspens. « Enfin, vous savez quoi », acheva-t-elle avec un sourire timide.

Elles se trouvaient dans leur ancienne salle et il n'y avait pas de gardiens en vue. Les inquiétudes de la directrice semblaient s'être apaisées, de même que l'hostilité d'Olive. Décidément, se dit Roz, le système carcéral la surprendrait toujours. Elle avait cru qu'on lui ferait un tas de difficultés, notamment parce que le mercredi n'était pas son jour habituel, et elle n'en avait rencontré aucune. Olive bénéficiait à nouveau du régime normal. Roz poussa son paquet de cigarettes vers elle.

« Vos affaires semblent s'être arrangées. »

Olive accepta une cigarette.

« Les vôtres aussi ? »

Roz leva un sourcil.

« Je me sens beaucoup mieux depuis que je n'ai plus cette saleté de migraine. » Elle vit de la détresse sur le visage adipeux. « Je plaisantais, dit-elle d'une voix douce. C'était ma faute. J'aurais dû téléphoner. On vous traite comme avant ?

— Oui. Ils sont à peu près corrects, tant qu'on ne fait pas d'histoires.

— Bien, fit Roz en mettant son magnétophone en route. Je suis allée voir les voisins, les Clarke. »

Olive lui lança un coup d'œil à travers la flamme qu'elle approchait de sa cigarette.

« Et alors ?

— Mrs Clarke a menti lorsqu'elle a prétendu avoir vu votre mère et votre sœur le matin des meurtres.

— Comment le savez-vous ?

— Elle me l'a dit. »

Olive cala fermement sa cigarette entre ses lèvres et inhala la fumée.

« Cela fait des années qu'elle perd les pédales, déclara-t-elle soudain. Je me souviens qu'elle était obsédée par les microbes. Elle les chassait tous les matins en astiquant les meubles et en passant l'aspirateur comme une dingue. Les gens qui ne la connaissaient pas la prenaient pour la bonne. Elle m'a toujours appelée Mary, le prénom de sa mère. J'imagine qu'elle est maintenant complètement jetée. »

Roz, déçue, secoua la tête.

« Oui, mais je jurerais qu'elle était lucide lorsqu'elle a reconnu avoir menti. Et pourtant, elle a peur de son mari.

— Ce n'était pas le cas avant. Lui, en revanche, avait sacrément la pétoche. Qu'a-t-il dit quand elle s'est rétractée ?

— Il était furieux. Il m'a ordonné de sortir. » Elle fit la grimace. « Ça avait déjà mal commencé. Il pensait que j'étais une assistante sociale venue fouiner derrière son dos. »

Un râle de gaieté monta de la gorge d'Olive.

« Pauvre Mr Clarke !

— Vous m'avez dit que votre père avait de l'affection pour lui. Et vous ? »

Olive haussa les épaules, indifférente.

« Je ne le connaissais pas assez. Je suppose que je le plaignais à cause de sa femme. Il devait toujours rentrer tôt pour s'occuper d'elle. »

Roz médita ces mots.

« Il travaillait encore à l'époque des meurtres ?

— Il effectuait chez lui de petits travaux de comptabilité. En général, des déclarations d'impôts. » Elle fit tomber sa cendre sur le sol. « Un jour, Mrs Clarke a mis le feu à leur salon. Après cela, il n'a plus osé la laisser seule. Elle était très exigeante, mais, d'après ma mère, elle voulait surtout lui tenir la bride.

— Et c'était vrai ?

— Probablement. »

Elle posa son mégot en équilibre sur la table, selon son habitude, et prit une autre cigarette.

« Ma mère avait presque toujours raison.

— Ils avaient des enfants ? »

Olive secoua la tête.

« Je ne crois pas. Je n'en ai jamais vu. » Elle fit la moue. « En réalité, l'enfant, c'était lui. Parfois, ça nous faisait rire de le voir partir en trottinant acheter ce qu'elle lui avait demandé et s'excuser ensuite lorsqu'il s'était trompé. Ambre l'avait surnommé le Simplet, parce qu'il avait toujours l'air tellement docile et malheureux. Tout ça m'était sorti de la tête jusqu'à cet instant. Cela lui allait assez bien à l'époque. Et maintenant ? »

Roz songea à la poigne qu'elle avait sentie sur son bras.

« Il ne m'a pas paru particulièrement docile. Malheureux, sûrement. »

Olive la scruta de son regard incisif.

« Pourquoi êtes-vous revenue ? murmura-t-elle. Lundi, vous n'en aviez pas l'intention.

— Qu'est-ce qui vous fait dire ça ?

— Je l'ai vu sur votre visage. Vous pensiez que j'étais coupable.

— Oui. »

Olive inclina la tête.

« Ça m'en a fichu un coup. Je n'avais pas compris à quel point cela change les choses d'avoir quelqu'un qui vous croit. »

Roz distingua de la buée dans les yeux bleu pâle.

« On s'habitue à passer pour un monstre. Même moi, il m'arrive de le penser. » Elle pressa sa poitrine. « Quand vous êtes partie, j'ai eu l'impression que mon cœur allait s'arrêter. C'est bête, non ? » Des larmes coulèrent sur ses joues. « Cela faisait longtemps que je ne m'étais pas sentie aussi mal. »

Roz attendit, mais Olive ne poursuivit pas.

« Sœur Bridget m'a remis la tête sur les épaules », dit-elle.

Une lueur semblable à la flamme naissante d'une bougie éclaira le visage rond de la prisonnière.

« Sœur Bridget ? répéta-t-elle, stupéfaite. Elle pense que je suis innocente ? Je ne m'en serais jamais doutée. Je la croyais sortie du chemin de la miséricorde. »

Après tout, quelle différence est-ce que cela faisait de mentir ? songea Roz.

« Bien sûr, elle en est persuadée. Sinon, elle ne m'aurait pas poussée à revenir vous voir. »

Elle vit soudain le plaisir frémissant conférer une sorte de beauté à cet être prodigieusement laid et comprit qu'elle avait brûlé ses vaisseaux. Jamais plus elle ne pourrait demander à Olive si elle était coupable ou si elle disait la vérité sans la briser pour de bon.

« Je ne les ai pas tuées », prononça celle-ci, comme si elle avait deviné ses pensées.

Roz se pencha en avant.

« Alors qui ?

— Je ne sais pas. À l'époque, je croyais le savoir. » Elle planta sa deuxième cigarette près de la première et la regarda s'éteindre.

« À ce moment-là, cela avait un sens, murmura-t-elle.

— Qui était-ce, selon vous ? interrogea Roz au bout d'un instant. Quelqu'un que vous aimiez ? »

Mais Olive secoua la tête.

« J'ai horreur qu'on se moque de moi. Je préfère être celle dont on a peur, c'est tellement plus facile. Au moins, on vous respecte. »

Elle dévisagea Roz.

« Ici, je suis presque heureuse. Vous comprenez ?

— Oui, répondit Roz en se souvenant des paroles de la directrice. Bizarrement, oui.

— Si vous n'étiez pas venue me trouver, j'aurais tout de même survécu. L'administration s'occupe de tout. Aucun souci à se faire. Dehors, je ne crois pas que je m'en tirerais. » Elle passa ses mains sur ses cuisses énormes. « Les gens se ficheraient de moi. »

Plus qu'une affirmation, c'était une question et Roz ne trouva pas la réponse réconfortante qu'attendait Olive. Oui, les gens se ficheraient d'elle. Il y avait quelque chose de foncièrement absurde chez cette femme qui aimait si fort qu'elle était prête à se sacrifier pour protéger son amant.

« Je n'ai pas l'intention de renoncer, dit Roz avec fermeté. On peut survivre derrière des barreaux. Mais vous êtes faite pour vivre. » Elle pointa son stylo vers Olive. « Et si vous ignorez la différence entre vivre et survivre, alors, relisez la Déclaration d'indépendance. Vivre, ça signifie le droit à la liberté et au bonheur. Ce que vous refusez en restant ici.

— Où voulez-vous que j'aille ? Pour faire quoi ? » Elle se tordit les mains. « Je n'ai jamais vécu pour moi seule. Ce n'est pas maintenant que je vais commencer, alors que tout le monde sait...

— Sait quoi ? »

Olive secoua la tête.

« Pourquoi refusez-vous de me dire ce qui s'est passé ?

— Parce que, répondit-elle avec tristesse, vous ne me croiriez pas. De toute façon, personne ne me croit quand je dis la vérité. »

Elle heurta la vitre pour appeler la surveillante.

« Trouvez vous-même. C'est seulement comme ça que vous le saurez vraiment.

— Et si je n'y parviens pas ?

— Ce ne sera pas pire qu'avant. Je me sens en paix avec moi-même et, après tout, c'est l'essentiel. »

Peut-être, en fin de compte, pensa Roz.

« Une dernière question, Olive. M'avez-vous menti ?

— Oui.

— Pourquoi ? »

La porte s'ouvrit et Olive se leva, d'une lourde poussée des reins, comme à l'ordinaire.

« C'est parfois plus confortable. »

Le téléphone sonnait lorsqu'elle ouvrit la porte de son appartement.

« Oui ? fit-elle en coinçant le téléphone sous son menton et en ôtant sa veste. Rosalind Leigh. »

Elle pria le ciel pour que ce ne soit pas Rupert.

« Hawksley. Je vous ai appelée toute la journée. D'où sortez-vous ? »

Il semblait furieux.

« J'essaie de trouver une piste. » Elle s'approcha du mur pour s'y adosser.

« Comment allez-vous ?

— Je ne suis pas dingue, Roz.

— Vous en aviez fichtrement l'air, hier.

— Parce que je n'ai pas alerté la police ?

— Notamment. Ç'aurait été le premier réflexe d'un être normal chez qui on aurait tout démoli. À moins, bien sûr, qu'il ne s'en soit chargé lui-même.

— Et ensuite ?

— Vous avez été affreusement grossier. Je voulais seulement vous aider. »

Il rit doucement.

« Je vous vois encore avec ce pied de table. Vous êtes

une sacrée bonne femme ! Un peu trop émotive, mais gonflée. Je vous ai dégotté ces photographies. Vous les voulez toujours ?

— Oui.

— Avez-vous le courage de venir les chercher ou dois-je vous les envoyer ?

— Ce n'est pas du courage qu'il me faut, Hawksley, c'est une peau de crocodile. J'en ai assez de servir de punching-ball. Au fait, est-ce Mrs Clarke qui a dit que Gwen et Ambre étaient encore en vie au moment du départ de Robert ? »

Il y eut un court silence pendant lequel il s'efforça de saisir le lien, sans y parvenir.

« Oui, si elle habitait la maison d'à côté.

— Elle vous a raconté des boniments. Elle prétend maintenant qu'elle ne les a pas vues, ce qui signifie que l'alibi de Robert ne vaut rien. Il peut l'avoir fait avant d'aller travailler.

— Pourquoi aurait-elle fourni un alibi à Robert ?

— Je l'ignore. J'essaie de tirer ça au clair. J'ai d'abord cru qu'elle voulait couvrir son mari, mais ça ne tient pas debout. Par ailleurs, Olive m'a dit qu'il était déjà à la retraite. Il n'avait donc pas besoin d'aller travailler. Avez-vous contrôlé les déclarations de Mrs Clarke ?

— Lui, c'était le comptable ? » Il réfléchit un instant. « C'est ça. Il bossait la plupart du temps chez lui et tenait les comptes de plusieurs artisans des environs. Cette semaine-là, il s'occupait d'un chauffagiste de Portswood. Il y est resté toute la journée. Nous avons vérifié. Il n'est rentré qu'après la mise en place des barrières. Je me souviens du barouf qu'il a fait lorsqu'il a vu qu'il devait se garer à l'autre bout de la rue. Un type d'un certain âge, chauve, avec des lunettes. C'est lui ?

— Oui. Mais ses agissements ce jour-là, de même que ceux de Robert, ne présentent plus aucun intérêt si Gwen et Ambre étaient déjà mortes quand ils sont partis travailler.

— Mrs Clarke est-elle crédible ?

— Pas vraiment. À quelle heure, au plus tôt, remontait le décès d'après le médecin légiste ?

— Je ne m'en souviens pas, répondit-il, pour une fois évasif.

— Faites un effort. Vous avez soupçonné Robert au point d'examiner son emploi du temps à la loupe. Il n'a donc pas été mis hors de cause d'emblée lors de l'enquête.

— Je ne m'en souviens plus, dit-il à nouveau. Mais si c'est Robert le coupable, pourquoi n'a-t-il pas tué Olive? Et pourquoi n'a-t-elle rien fait pour l'arrêter? Ça a dû faire un boucan de tous les diables. Elle ne peut pas ne pas avoir entendu. La maison n'est pas si grande que ça.

— Elle n'était peut-être pas là. »

L'aumônier rendit sa visite hebdomadaire à Olive.

« Voilà qui est bien, dit-il en la regardant creuser des boucles de cheveux dans l'argile avec la pointe d'une allumette. Est-ce Marie et Jésus ? »

Elle lui lança un regard amusé.

« La mère a étouffé son bébé, laissa-t-elle tomber d'un ton sec. Ça vous paraît cadrer avec Marie et Jésus ? »

Il eut un haussement d'épaules.

« J'ai vu tant de choses bien plus étranges qui passaient pour de l'art religieux. Qui est-ce ?

— La femme, répondit Olive. Ève et tous ses visages. »

Il parut intéressé.

« Mais vous ne lui avez pas donné de visage. »

Olive fit pivoter la sculpture et il vit que ce qu'il avait pris pour des boucles de cheveux étaient en fait des ébauches des yeux, du nez et de la bouche. Elle la tourna dans l'autre sens et la même représentation grossière apparut de ce côté également.

« Deux visages, dit Olive, et elle est pratiquement incapable de vous regarder en face. »

Elle prit un crayon et le poussa entre les cuisses de la femme.

« Mais cela n'a aucune importance. » Elle avait un regard déplaisant. « L'HOMME ne regarde pas la cheminée quand il tisonne le feu. »

Hawksley avait réparé la porte de derrière et la table de cuisine qui avait retrouvé sa place habituelle au milieu de la pièce. Le sol était impeccable, les murs nettoyés, le frigo d'aplomb et quelques chaises, apportées du restaurant, disposées avec soin autour de la table. Quant à Hawksley lui-même, il semblait totalement épuisé.

« Vous n'avez pas dormi ? lui demanda-t-elle.

— Je n'ai pas soufflé une minute en vingt-quatre heures.

— Eh bien, vous avez fait des miracles. » Elle regarda autour d'elle. « Qui attendez-vous ? La reine en personne ? On pourrait manger par terre. »

Au grand étonnement de Roz, il lui prit la main dont il baisa la paume. C'était un geste d'un raffinement inattendu de la part d'un individu aussi rude.

« Merci.

— Pourquoi ? » demanda-t-elle, déconcertée, avec gaucherie.

Il lâcha sa main en souriant.

« Pour avoir dit ce qu'il fallait. »

Elle pensa un instant qu'il allait poursuivre, mais il se contenta d'ajouter :

« Les photos sont sur la table. »

Le portrait d'Olive était cruellement peu flatteur. Quant aux photos de Gwen et d'Ambre, elles lui soulevèrent le cœur comme il l'en avait prévenue. C'étaient de pures visions de cauchemar et elle comprit soudain pourquoi tout le monde s'obstinait à voir en Olive une psychopathe. Elle les retourna et se concentra sur le cliché montrant la tête et les épaules de Robert Martin. Il avait les yeux et la bouche d'Olive et elle s'efforça un instant d'imaginer à quoi pourrait ressembler la jeune fille si elle avait assez de volonté pour se débarrasser de sa graisse superflue. Son père était très bel homme.

« Qu'allez-vous en faire ? »

Elle lui parla du mystérieux correspondant d'Olive.

« La description colle avec son père, dit-elle. La réceptionniste d'Hirondelles Service prétend l'avoir reconnu sur une photo.

— Mais pourquoi diable son père lui aurait-il écrit en cachette ?

— Pour lui faire porter le chapeau. »

Il eut l'air sceptique.

« Vous jouez à la courte paille. Et les photos de Gwen et d'Ambre ?

— Je ne sais pas encore. J'ai envie de les montrer à Olive, histoire de la faire réagir. »

Il leva un sourcil.

« À votre place, j'y réfléchirais à deux fois. Avec elle on peut s'attendre à tout et vous ne la connaissez peut-être pas aussi bien que vous le croyez. Elle risque de prendre un coup de sang quand vous la confronterez à ses œuvres. »

Roz le regarda avec un petit sourire.

« Je la connais sûrement mieux que je ne vous connais. » Elle rangea les photos dans son sac à main et fit quelques pas dans l'allée. « C'est étrange à quel point vous pouvez lui ressembler. Vous exigez de la confiance mais vous n'en donnez pas. »

Il passa une main lasse sur sa barbe de deux jours.

« La confiance est une arme à double tranchant. On se croit fort alors qu'on est justement en train de se faire posséder. Vous devriez y songer de temps en temps. »

14

Marnie examina quelques secondes la photographie de Robert Martin, puis secoua la tête.

« Non, ça ne lui ressemble pas. Ses vêtements étaient moins élégants et ses cheveux différents, plus épais, coiffés sur le côté plutôt que tirés en arrière. Avec ça, comme je vous l'ai dit, il avait les yeux brun foncé, presque noirs. Ceux-là sont clairs. C'est son paternel ? »

Roz acquiesça. Marnie lui rendit la photographie.

« Maman prétend qu'il ne faut jamais se fier à un type dont les oreilles descendent plus bas que la bouche. C'est à ça qu'on reconnaît un assassin. Vous avez vu les siennes ? »

Roz examina à son tour la photographie. Elle n'y avait pas prêté attention jusque-là parce que la chevelure les cachait presque entièrement, mais les oreilles de Martin étaient d'une grandeur presque anormale, sans commune mesure avec le reste du visage.

« Votre mère en connaît beaucoup, des assassins ? »

Marnie s'étrangla de rire.

« Bien sûr que non. Ce sont des histoires de bonnes femmes. » Elle jeta un nouveau coup d'œil. « Ou alors ce serait le roi des égorgeurs.

— Il est mort.

— Sa fille a peut-être hérité de ses gènes. Dans le genre, elle n'est pas mal non plus. » Elle se mit à jouer de la lime à ongles. « À propos, comment l'avez-vous dégottée ?

— La photographie ? Pourquoi me demandez-vous ça ? »

Marnie donna une tape avec sa lime sur le coin supérieur droit.

« Je sais où elle a été prise. »

Roz regarda la partie du cliché qu'elle indiquait. À l'arrière-plan, derrière la tête de Martin, se découpait une moitié d'abat-jour bordé d'une bande décorative formée de Y renversés.

« Probablement chez lui.

— Ça m'étonnerait. Vous avez vu les dessins sur l'abat-jour ? Je ne connais qu'un endroit dans le coin qui possède des lampes pareilles. »

Roz se rendit soudain compte que les y renversés représentaient la lettre *lambda*. L'emblème de l'homosexualité.

« Où ça ?

— Dans un pub près des docks, où les types vont se draguer. » Marnie émit un gloussement. « Un bordel gay.

— Comment s'appelle-t-il ? »

Elle gloussa de nouveau.

« Le Rossignol en folie. »

Le patron reconnut immédiatement la photographie.

« Mark Agnew, dit-il. Il venait souvent ici. Cela fait bien un an que je ne l'ai pas vu. Qu'est-ce qui lui est arrivé ?

— Il est mort. »

L'autre fit une tête de six pieds de long.

« Je crois que j'aurais intérêt à me reconvertir, laissa-t-il tomber avec un humour macabre. Le Sida et la crise m'ont piqué presque tous mes clients. »

Roz lui sourit avec compassion.

« Si cela peut vous rassurer, je ne pense pas qu'il soit mort du Sida.

— Un peu, que ça me rassure, mon chou ! Le Mark, c'était un chaud lapin. »

Mrs O'Brien considéra Roz avec un profond déplaisir. Étant donné le temps écoulé, sa nature soupçonneuse l'avait persuadée que Roz ne travaillait nullement à la télévision et était seulement venue la voir pour lui arracher des renseignements sur ses fils.

« Eh ben, vous avez un sacré culot !

— Vous avez changé d'avis pour l'émission ? » répondit Roz avec un désappointement manifeste.

Dans le domaine du mensonge, l'obstination était encore la meilleure garantie de succès.

« Émission, mon cul, oui ! Une sale fouille-merde, voilà ce que vous êtes. Qu'est-ce que vous cherchez, au juste ? J'aimerais bien le savoir. »

Roz ouvrit son porte-documents, en retira la lettre de Mr Crew et la tendit à son interlocutrice.

« Comme je me suis efforcée de vous l'expliquer la dernière fois, je suis sous contrat avec une chaîne de télévision. Lisez, et vous verrez que l'esprit et les objectifs de l'émission y sont clairement définis. » Elle lui indiqua du doigt la signature de Crew. « Il a écouté l'enregistrement que nous avons fait et cela lui a beaucoup plu. Il serait très déçu que vous vous dérobiez maintenant. »

De se voir présenter une preuve écrite impressionna Ma O'Brien. Elle fronça les sourcils d'un air entendu à la vue des signes totalement indéchiffrables pour elle.

« Alors s'il y a un contrat, c'est différent. Vous auriez dû me montrer ça tout de suite. »

Elle plia la feuille et fit mine de l'empocher.

« Malheureusement, dit Roz avec un sourire tout en lui reprenant le papier, je n'en ai pas d'autre exemplaire et j'en ai absolument besoin pour des raisons administratives. Si elle se perdait, nous ne serions payées ni l'une ni l'autre. Puis-je entrer ? »

Ma O'Brien pinça les lèvres.

« Je suppose que oui. »

Sa méfiance ne s'était pas entièrement dissipée.

« Mais n'essayez pas de m'embobiner avec vos questions !

— Vous n'avez rien à craindre. »

Elles pénétrèrent dans le salon.

« Vous avez vos enfants avec vous ? J'aimerais bien qu'ils figurent aussi, si c'est possible. Plus complet sera le tableau, mieux ce sera. »

Ma O'Brien prit le temps de réfléchir.

« Mike ! cria-t-elle soudain. Descends. Y a une dame qui veut te parler. Le p'tiot ! Amène-toi aussi. »

Roz, qui voulait uniquement parler à Gary, comprit qu'elle allait devoir gaspiller cinquante livres. Elle eut un sourire résigné en voyant arriver deux jeunes gens au teint basané, qui s'assirent sur le canapé à côté de leur mère.

« Bonjour, dit-elle d'un ton enjoué. Je suis Rosalind Leigh. Je travaille pour une chaîne de télévision qui envisage de tourner une émission sur les difficultés sociales des...

— J'leur ai déjà dit, coupa Ma O'Brien. Inutile de recommencer le baratin. Cinquante par tête de pipe ? C'est bien ça, hein ?

— À condition que ça en vaille la peine. J'aurai à nouveau besoin d'une heure d'entretien et, pour ce prix-là, je voudrais au moins avoir Peter, l'aîné, et Gary, le cadet. Cela me permettrait d'arriver à un panorama le plus large possible. J'aimerais notamment savoir si le fait d'avoir été placé dans une famille a pu créer une différence entre le comportement des uns et des autres.

— Eh ben, v'là Gary, le p'tiot, dit la femme en poussant du doigt la silhouette assez peu réjouissante installée à sa gauche. Comme Peter est au gnouf, il faudra vous contenter de Mike. C'est le numéro trois, et il est resté placé aussi longtemps que Peter.

— Très bien. Alors allons-y. »

Elle sortit la liste de questions qu'elle avait préparée avec soin et mit le magnétophone en marche. Les deux fils O'Brien, ne put-elle s'empêcher de noter au passage, avaient les oreilles parfaitement proportionnées.

Roz passa la première demi-heure à s'entretenir avec Mike, s'efforçant de le faire parler des divers foyers dans lesquels il avait passé son enfance, de ses études (ou, plutôt, de sa résistance complète aux études, étant donné son absentéisme persistant) et de ses premiers démêlés avec la police. De nature taciturne, il ne possédait de toute évidence aucune aptitude, même la plus élémentaire, pour la vie sociale et s'exprimait avec difficulté. Roz le trouva totalement insipide et, cachant son impatience derrière un sourire de commande, elle se demanda si les services sociaux n'avaient pas commis une bourde en l'arrachant à sa mère. De toute façon, le résultat n'aurait pas pu être pire. En dépit de toutes ses tares et de celles de son rejeton, Ma O'Brien aimait celui-ci, et l'affection, comme on sait, est la base de la confiance en soi.

Elle se tourna avec soulagement vers Gary, qui n'avait pas raté une miette de leur conversation.

« J'ai cru comprendre que vous aviez vécu à la maison jusqu'à l'âge de douze ans, lui dit-elle en consultant ses notes, et que vous en êtes parti pour entrer en pension. Comment est-ce possible ? »

Il se fendit d'un grand sourire.

« À Parkway, je séchais de temps en temps, comme mes frangins, mais le dirlo a prétendu que j'étais le plus intenable de tous et il m'a expédié dans cette boîte, Chapman. C'était pas mal. J'ai appris quelques trucs. Et quand j'ai eu le brevet, je m'suis tiré. »

Elle se dit que c'était certainement le contraire et que, si on l'avait envoyé là-bas, c'est parce que à côté de ses frères il devait avoir l'air d'un aigle et qu'il méritait qu'on le pousse un peu.

« Très bien. Et cela vous a aidé à trouver du travail ? »

Vu son vif intérêt pour la chose, on aurait aussi bien pu lui parler de la planète Mars.

« J'ai même pas essayé. On s'en sortait au poil. »

Roz se souvint des paroles de Hawksley. « Ils n'ont tout simplement pas les mêmes valeurs que nous. »

« Vous n'aviez pas envie d'un travail ? » demanda-t-elle avec curiosité.

Il secoua la tête.

« Et vous, quand vous avez plaqué votre bahut ?

— Bien sûr que oui, répondit-elle, surprise. J'avais hâte de partir de chez moi. »

Il haussa les épaules. Manifestement une telle ambition dépassait son entendement, tout autant que pour Roz son manque d'ambition à lui.

« On habite ensemble. Les allocs, ça dure plus longtemps quand on les met en commun. Vous ne vous entendiez peut-être pas avec vos vieux ?

— En tout cas, pas suffisamment pour avoir envie de vivre avec eux.

— Eh ben, cherchez pas plus loin », lâcha-t-il d'un air entendu.

Contre toute attente, Roz ne put s'empêcher d'éprouver à son égard une pointe d'envie.

« Votre mère m'a dit que vous aviez un moment travaillé comme coursier à moto. Cela vous plaisait ?

— Comme ci, comme ça. Au début, ça allait à peu près, même si c'était pas très marrant de rouler en ville, et y avait que des courses en ville. Mais ça se serait mieux passé si l'enfoiré qui dirigeait la boîte nous avait au moins filé de quoi payer les bécanes. » Il hocha la tête. « Un sale grigou ! On nous les a repiquées au bout de six mois. Et sans bécane, hein, pas de boulot. »

Roz disposait à présent de trois versions concernant la manière dont les O'Brien avaient quitté Hirondelles Service. Y en avait-il une seule de vraie, ou l'étaient-elles toutes les trois, vues sous des angles différents ? La vérité, contrairement à ce qu'elle avait cru jadis, n'était jamais que relative.

« D'après votre mère, poursuivit-elle avec un sourire amusé, vous auriez eu quelques démêlés avec une meurtrière lorsque vous étiez dans cette société.

— Vous voulez parler d'Olive Martin ? »

S'il avait nourri quelques inquiétudes à l'époque des meurtres, elles s'étaient envolées depuis.

« Un drôle de truc. J'lui apportais des lettres tous les vendredis soir, envoyées par un mec qu'elle devait avoir à la bonne, et voilà qu'un jour j'apprends qu'elle a zigouillé sa famille. J'peux vous le dire, ça m'a rudement secoué. J'aurais jamais pensé qu'elle était braque.

— Et cependant, elle devait l'être, pour découper sa mère et sa sœur en morceaux.

— Ouais, fit-il d'une voix songeuse. J'ai jamais pigé. Elle paraissait normale. J'la voyais souvent quand j'étais môme. Elle avait l'air bien aussi. Pas comme sa mère, une sacrée punaise. Ni sa sœur. Une belle salope, celle-là ! »

Roz se garda de manifester sa surprise. *Tout le monde aimait Ambre.* Combien de fois n'avait-elle pas entendu cette phrase ?

« Olive en a peut-être eu assez, et elle a craqué brusquement. Ce sont des choses qui arrivent.

— Oui, répondit-il avec un geste vague, mais c'est autre chose que j'pige pas. Pourquoi qu'elle a pas mis les voiles avec son zigue ? Même s'il était marié, il aurait pu l'installer dans une crèche, n'importe où. Il était sûrement pas à quelques biftons près, vu ce qu'il balançait pour faire porter les lettres. Vingt livres chaque fois. Il devait même être plein aux as. »

Roz se mit à mâchonner son crayon.

« Elle n'y est peut-être pour rien, hasarda-t-elle. La police a fort bien pu se tromper. Après tout, ce ne serait pas la première fois. »

Ma O'Brien pinça les lèvres.

« Pour ça, ce sont tous des pourris ! Maintenant, ils vous collent au violon n'importe qui pour n'importe quoi. Pas besoin d'être irlandais. D'ailleurs, pour eux, c'est réglé d'avance.

— Mais si elle n'a rien fait, reprit Roz à l'adresse de Gary, qui est-ce ?

— J'ai pas dit ça ! lança-t-il d'un ton brusque. Vu qu'elle a avoué, c'est sûrement elle. Sauf qu'elle avait pas besoin de le faire, c'est tout. »

Roz haussa les épaules.

« Elle a perdu son sang-froid et n'a pas réfléchi. Il est même possible que sa sœur l'ait poussée à bout. Vous m'avez dit qu'elle était odieuse. »

De manière surprenante, ce fut Mike qui déclara :

« Un ange dehors et un démon dedans, comme notre Tracey.

— Ce qui signifie ?

— Une vraie garce avec sa famille, expliqua Ma O'Brien, et un petit amour avec les autres. Mais Tracey a rien à voir avec Ambre Martin. J'ai toujours dit que cette gamine finirait par se casser les dents et j'avais raison. On peut pas toujours s'en tirer en jouant les saintes nitouches.

— Vous m'avez l'air de les avoir bien connues, dit Roz, sans dissimuler sa curiosité. Je croyais que vous n'étiez restée que quelques mois.

— Ouais, mais juste après ça, Ambre s'est entichée d'un des garçons... j'arrive même plus à me souvenir lequel. Ça serait pas toi, hein, le p'tiot ? »

Il secoua la tête.

« Chris, lâcha Mike.

— Exact, approuva Ma O'Brien. Elle en pinçait pour

lui et lui pour elle. Elle s'asseyait dans cette pièce en prenant des airs de marquise, et elle lui faisait les yeux doux. Elle devait pas avoir plus de douze ou treize ans. Et lui, peut-être quinze ou seize. À cet âge-là on est toujours flatté quand une fille vous remarque, et elle était jolie, pour ça on peut pas dire le contraire, et elle avait déjà l'air d'une femme. N'empêche qu'on l'a vue à l'œuvre. Elle le traitait comme un dieu et nous comme de la merde. Et avec ça une langue de vipère comme j'en avais jamais entendu de pareille. Des vacheries, sans arrêt, sans arrêt ! »

Mrs O'Brien paraissait franchement outrée.

« J'me demande comment j'ai fait pour pas lui coller ma main sur la figure. Sans doute à cause de Chris. Le pauvre gamin, elle lui avait complètement tourné la tête. Bien sûr, sa mère était pas au courant et elle a mis un point final dès qu'elle l'a su. »

Roz souhaita que ses pensées ne puissent pas se lire sur son visage. Ce récit faisait-il de Chris O'Brien le père de l'enfant illégitime d'Ambre ? Ce n'était pas impossible. Mr Hayes avait accusé un élève de Parkway et, même si Gwen avait coupé court à la relation de sa fille, il est probable qu'elle n'en avait pas moins fait le rapprochement lorsque celle-ci s'était trouvée enceinte. Ce qui expliquait que Robert Martin ait recommandé la plus grande discrétion dans les recherches concernant son petit-fils. Les O'Brien ignoraient vraisemblablement que Chris avait un fils et que ce fils, s'il était identifié, valait un demi-million de livres.

« C'est extraordinaire, murmura-t-elle, tout en cherchant désespérément quelque chose à dire, je n'avais jamais rencontré quelqu'un qui ait été mêlé d'aussi près à un crime. Chris en a-t-il eu de la peine lorsqu'il a su qu'Ambre avait été tuée ?

— Oh non, répondit Ma O'Brien avec un ricanement impitoyable. Cela faisait des années qu'il ne l'avait pas vue. Gary a eu plus de chagrin au sujet d'Olive, pas vrai, mon chéri ? »

Celui-ci regardait Roz avec intensité.

« Pas du tout, répondit-il sèchement. Seulement, j'avais pas envie de me retrouver embringué dans une sale histoire. Après tout, j'en savais pas mal sur son compte. Probable que les flics allaient convoquer tous les gens qui la connaissaient pour les cuisiner. » Il secoua la tête. « Son mec s'en est bien tiré. Il aurait pu se faire coffrer et elle aurait sûrement lâché quelques noms pour essayer de le sortir de là.

— Vous l'avez rencontré ?

— Non. »

Une expression rusée apparut soudain sur son visage et il regarda Roz comme s'il voyait à travers elle.

« Mais j'connais le nom de l'endroit où il l'emmenait faire des galipettes. »

Il lui adressa un sourire de conspirateur.

« Qu'est-ce que vous me filez ?

— Comment l'avez-vous su ?

— Ce pauvre crétin utilisait des enveloppes autocollantes. Une rigolade. J'ai lu une de ses bafouilles.

— Elle était signée ? Vous vous souvenez du nom ? »

Gary secoua la tête.

« Un truc commençant par un S. "Mille baisers, S." Ça finissait comme ça. »

Roz ne prit pas la peine de feindre.

« Cinquante livres, dit-elle, en plus des cent cinquante déjà promises. Mais je n'irai pas au-delà. D'ailleurs, c'est tout ce que j'ai.

— D'accord. »

Il tendit la main avec une mimique qu'il devait tenir de sa mère.

« Le fric d'abord. »

Elle tira son portefeuille et en vida le contenu.

« Voilà. Deux cents livres, dit-elle en lui mettant un par un les billets dans la main.

— Je savais bien que vous étiez pas de la télé, fit remarquer Ma O'Brien avec une grimace de dégoût. J'en aurais mis ma main au feu.

— Eh bien ? demanda Roz à Gary.

— Ça se passait le dimanche, au Belvedere Hotel, dans Farady Street. "Mille baisers, S." Faraday Street, c'est à Southampton, au cas où vous l'sauriez pas. »

Pour se rendre à Southampton, Roz remonta la grand-rue de Dawlington et c'est seulement après être passée devant Glitzy que le nom lui rappela quelque chose. Elle pila au beau milieu de la chaussée et faillit se faire emboutir. Avec un signe allègre à l'adresse du chauffeur bloqué derrière elle qui vociférait contre les femmes au volant, elle s'engagea dans une rue adjacente et trouva une place pour se garer.

En poussant la porte de Glitzy, Roz ne put s'empêcher d'éprouver une certaine déception. Avec un nom pareil, elle s'était attendue à trouver des articles de styliste, ou au moins de la confection haut de gamme. Sans doute parce qu'elle était habituée aux petites boutiques de Londres. Or le magasin donnait résolument dans le bas de gamme, conscient sans doute de ne pouvoir attirer qu'une clientèle de teenagers n'ayant ni les moyens pécuniaires ni les facilités de transport pour aller acheter dans les quartiers chics de Southampton.

Roz demanda à parler à la responsable. C'était une femme d'une trentaine d'années, aux cheveux blonds incroyablement crêpés qui lui faisaient une coiffure tout en hauteur. Roz lui remit une de ses cartes et recommença son laïus à propos de son livre sur Olive Martin.

« Je cherche quelqu'un qui aurait connu sa sœur Ambre, et je me suis laissé dire qu'elle avait travaillé ici juste avant le drame. Étiez-vous déjà en fonctions ? Ou pourriez-vous m'indiquer une employée ?

— Désolée. Dans ce genre d'endroit, le personnel change tout le temps. Ce sont pour la plupart des filles très jeunes qui font cela en attendant mieux. Je ne sais même pas qui dirigeait le magasin à l'époque. Vous devriez poser la question aux propriétaires. Je peux vous donner leur adresse, si vous voulez, ajouta-t-elle d'un ton serviable.

— Merci. Cela vaudrait peut-être la peine que j'essaie. »

Elle conduisit Roz jusqu'à la caisse et consulta un fichier.

« C'est drôle, je me souviens bien de cette histoire de meurtres, mais je n'avais jamais fait le rapprochement. Sa sœur a travaillé ici, vous en êtes sûre ?

— Elle n'est pas restée longtemps et je ne crois pas

que les journaux en aient parlé. Olive les intéressait davantage.

— Bien sûr. »

Elle sortit une fiche.

« Ambre. Ce n'est pas un prénom très répandu, vous ne croyez pas ?

— Je suppose. D'ailleurs, ce n'était qu'un surnom. En réalité, elle se prénommait Alison. »

La femme hocha la tête.

« Depuis trois ans que je suis ici, je n'arrête pas de réclamer qu'on refasse les toilettes. Mais, évidemment, ils ne font rien en prétextant de la crise, pour ça comme pour le reste, depuis les baisses de salaire jusqu'aux importations bon marché qui ne sont même pas bien cousues. Toujours est-il que les toilettes sont carrelées et qu'apparemment cela coûterait une fortune pour les remettre en état. »

Roz sourit poliment.

« Ne craignez rien, je ne veux pas vous embêter avec ça, reprit la commerçante. Si je demande qu'on remplace les carreaux, c'est parce que quelqu'un s'est escrimé dessus avec un ciseau ou un instrument du même genre. Des inscriptions ont été tracées en remplissant les entailles avec une espèce d'encre indélébile. J'ai tout essayé pour les faire disparaître, eau de Javel, produits à récurer, décapants, absolument tout. » Elle secoua la tête. « Sans succès. Et vous savez pourquoi ? Parce que leur auteur a creusé si profond qu'il a réussi à transpercer la céramique et que l'argile au-dessous a absorbé cette saloperie. Chaque fois que je vois ça, j'en ai des frissons. En réalité, ce n'est pas avec un ciseau qu'on a fait ces graffitis, c'est avec de la haine, de la haine à l'état pur.

— Qu'y a-t-il de marqué ?

— Venez, je vais vous montrer. C'est au fond. »

Elle franchit deux portes, en poussa une troisième et se mit de côté pour laisser passer Roz.

« Tenez. Ça fait un drôle d'effet, pas vrai ? Évidemment, je me suis toujours demandé qui était Ambre. Sûrement sa sœur, hein ? Comme je vous disais, ce n'est pas un prénom très courant. »

Les deux mêmes mots étaient répétés une dizaine de

fois sur le carrelage, en une sorte de brutale inversion de la formule consacrée par ces cœurs transpercés d'une flèche qui ornent fréquemment les murs des toilettes. DÉTESTE AMBRE... DÉTESTE AMBRE... DÉTESTE AMBRE...

— Qui a bien pu faire ça ?

— À mon avis, un cerveau salement malade. Certainement qu'on ne voulait pas que ça se sache, vu qu'il n'y a pas de nom devant.

— Ça dépend, dit Roz d'une voix rêveuse. Si c'était dans un cercle, on lirait : "Ambre déteste Ambre déteste Ambre", et ainsi de suite à l'infini. »

Le Belvedere était un hôtel comme il en existe tant dans les quartiers populaires, formé de deux vastes maisons mitoyennes, auquel on accédait par une volée de marches et une porte d'entrée flanquée de pilastres. L'intérieur avait un air d'abandon, comme si les clients — en majorité des représentants de commerce — avaient fui sans espoir de retour. Roz actionna la sonnette de la réception.

Une femme d'une cinquantaine d'années émergea, tout sourire, par une petite porte.

« Bonjour, chère madame. Bienvenue au Belvedere. » Elle tira le registre vers elle. « Vous cherchez une chambre ? »

Triste chose que la récession, songea Roz. Combien de temps encore les gens auraient-ils la force de maintenir un optimisme de façade au milieu d'un marasme aussi absolu ?

« Hélas non », répondit Roz.

Elle lui tendit sa carte.

« Je suis journaliste et je crois savoir qu'une personne sur laquelle je suis en train d'écrire est descendue chez vous. J'espérais que vous pourriez l'identifier d'après une photographie. »

La jeune femme donna une tape sur le registre et le poussa de côté.

« Ce sera publié ? »

Roz hocha la tête.

« Avec la mention du Belvedere si la personne que vous cherchez a séjourné ici ?

— À moins que cela vous ennuie.

— Ma pauvre petite, on voit bien que vous ne connaissez rien à l'hôtellerie. Si vous croyez qu'on crache sur la publicité en ce moment ! »

Roz éclata de rire et posa la photo d'Olive sur le bureau.

« Elle serait venue durant l'été 1987. Vous étiez là ?

— Oui, répondit la femme avec regret. Nous avons acheté en 1986, quand les affaires étaient florissantes. »

Elle tira de sa poche une paire de lunettes, l'ajusta sur son nez et se pencha pour examiner la photo.

« Effectivement, je me souviens très bien d'elle. Une grosse fille. Avec son mari ils arrivaient généralement le dimanche. Ils louaient la chambre pour la journée et repartaient en fin d'après-midi. » Elle poussa un soupir. « Ça nous arrangeait bien. On relouait pour le dimanche soir. Ainsi, la chambre était payée deux fois. » Elle se remit à soupirer. « C'est maintenant qu'il nous faudrait un bon coup de pouce. Si encore je trouvais à vendre, je n'hésiterais pas, mais avec tous les petits hôtels qui se cassent la figure, je ne récupérerais même pas le prix que j'ai payé. S'accrocher, c'est tout ce qu'on peut faire. »

Roz désigna la photographie d'Olive.

« Quel nom donnaient-ils ? »

La femme la regarda avec un sourire amusé.

« Comme d'habitude. Smith ou Brown, je suppose.

— Ils signaient le registre ?

— Bien sûr. Là-dessus, nous sommes très pointilleux.

— Puis-je jeter un coup d'œil ?

— Je ne vois pas pourquoi je vous le refuserais. »

Elle ouvrit un placard au bas du bureau de réception, en sortit le registre de 1987 et se mit à le feuilleter.

« Attendez. Ah, voilà. Mr et Mrs Grimm. Eh bien, ils avaient plus d'imagination que la moyenne. »

Elle tourna le registre à l'intention de Roz. Celle-ci contempla les caractères bien nets, tout en se disant : cette fois, je te tiens, mon salaud !

« C'est l'écriture de l'homme ? »

Mais elle le savait déjà.

« Oui. C'est toujours lui qui signait. Elle était beaucoup plus jeune, et très timide, surtout au début. Avec le temps, elle l'est devenue un peu moins, mais elle ne se mettait jamais en avant. Qui est-ce ? »

Roz se demanda si la femme se montrerait aussi aimable lorsqu'elle le saurait. En même temps, il n'y avait pas de raison de le lui cacher. Elle l'apprendrait aussitôt le livre paru.

« Olive Martin.

— Jamais entendu parler.

— Elle a été condamnée à la prison à perpétuité pour avoir tué sa mère et sa sœur.

— Seigneur Dieu ! C'est celle qui... »

Elle hacha l'air des deux mains. Roz répondit par un signe de tête.

« Seigneur Dieu !

— Vous voulez toujours que le nom du Belvedere apparaisse ?

— Sapristi, si je le veux ? lança la femme, le visage rayonnant. Et comment ! Une meurtrière dans l'hôtel. C'est fantastique ! On mettra une plaque au-dessus de la porte. Qu'est-ce que vous écrivez au juste ? Un livre ? Un article pour un magazine ? Nous vous fournirons toutes les photos de la chambre que vous désirez. Ça alors, vous parlez d'une aubaine ! C'est terriblement excitant ! Si seulement je l'avais su plus tôt ! »

Roz ne put s'empêcher de rire. Cette façon cynique de se servir du malheur d'autrui en jouant sur l'attrait du morbide lui répugnait, mais elle n'arrivait pas à en vouloir à l'hôtelière. Après tout, elle aurait été bien bête de ne pas en profiter.

« Ne vous emballez pas trop, l'avertit Roz. Le livre ne paraîtra sans doute pas avant un an, et ce ne sera pas pour la noircir davantage, mais pour la disculper. Voyez-vous, je la crois innocente

— Encore mieux. Nous mettrons le livre en vente à la réception. Je savais bien que la chance finirait par tourner. » Elle gratifia Roz d'un grand sourire. « Dites à Olive qu'elle pourra séjourner ici gratuitement aussi longtemps qu'elle le voudra dès qu'ils l'auront relâchée. Nous savons prendre soin de nos bons clients. Et maintenant, ma chère petite, y a-t-il autre chose que je puisse faire pour vous ?

— Avez-vous une photocopieuse ?

— Bien sûr. Nous disposons de tout le confort moderne, vous savez.

— Dans ce cas, vous serait-il possible de me photocopier la page du registre ? Et de me fournir une description de ce Mr Grimm ? »

L'autre fit la moue.

« Il n'avait rien de très original. Environ cinquante ans, toujours en costume noir, et il fumait. Ça peut vous aider ?

— Peut-être. Il avait ses cheveux naturels ? Vous vous en souvenez ? »

L'hôtelière émit un gloussement.

« C'est vrai, j'allais oublier. Je n'y avais jamais fait attention, jusqu'au jour où, alors que je leur montais du thé, je l'ai surpris en train d'ajuster sa perruque devant la glace. Après ça, je peux vous dire que je m'en suis payé une tranche. N'empêche que c'était bien imité. Je ne l'aurais jamais deviné en le voyant. Vous voyez de qui il s'agit ? »

Roz acquiesça.

« Vous le reconnaîtriez sur une photo ?

— Je pense. D'habitude, j'ai une bonne mémoire des visages. »

« Une visite, l'artiste ! »

Olive n'eut pas le temps de dissimuler ce qu'elle faisait que la surveillante était déjà dans la pièce.

« Allons ! Secouez-vous ! »

D'une main, Olive ramassa les figurines en cire et les broya dans sa paume.

« Qui est-ce ?

— La bonne sœur. »

Le regard de la surveillante se posa sur le poing fermé d'Olive.

« Qu'est-ce que vous tenez ?

— De la pâte à modeler. »

Elle desserra les doigts. Les figurines soigneusement peintes, aux vêtements formés de taches de couleur, n'étaient plus qu'un magma multicolore, aussi peu reconnaissable que la chandelle qui avait servi à les fabriquer.

« Eh bien, laissez ça là. La sœur est venue pour vous

parler, pas pour vous voir jouer avec de la pâte à modeler. »

Hawksley sommeillait, assis à la table de la cuisine, le dos raide, les bras déployés, la tête dodelinant contre la poitrine. Roz l'observa un instant par la fenêtre, puis donna un léger coup contre la vitre. Il ouvrit subitement des yeux rougis par la fatigue et tourna la tête dans sa direction. Contre toute attente, il parut extrêmement soulagé de la voir. Il la fit entrer.

« J'espérais que vous ne reviendriez pas, déclara-t-il, les traits tirés.

— De quoi avez-vous peur ? »

Il la regarda avec une expression qui ressemblait à du désespoir.

« Rentrez chez vous. Ce n'est pas vos oignons. »

Il s'approcha de l'évier, ouvrit le robinet d'eau froide et se passa la tête sous l'eau, avec un hoquet lorsque le liquide glacé lui mouilla la nuque.

Soudain, des coups violents résonnèrent à l'étage. Roz fit un bond en l'air.

« Grand Dieu ! Qu'est-ce que c'est ? »

Il s'avança, la saisit par le bras et la poussa vers la porte.

« Rentrez chez vous, lui ordonna-t-il. Et tout de suite ! Ne m'obligez pas à employer la force. »

Elle se cramponna.

« Que se passe-t-il ? Qu'est-ce que c'est que ce bruit ?

— Je vous en prie, murmura-t-il d'un air résolu, partez ou je vous jette dehors. »

Sans craindre de se contredire, il pressa le visage de la jeune femme entre ses mains et l'embrassa.

« Bon sang, souffla-t-il, tout en ramenant en arrière les cheveux qu'elle avait sur les yeux. Je ne veux pas que vous soyez mêlée à ça, Roz. Vous entendez ? »

Elle allait répondre lorsque, par-dessus son épaule, elle vit la porte du restaurant s'ouvrir.

« Trop tard, fit-elle, l'invitant à se retourner. Nous avons de la compagnie. »

Pris au dépourvu, il retroussa les lèvres avec un sourire de loup.

« Je vous attendais », prononça-t-il d'une voix lente.

D'un geste impérieux, il poussa Roz derrière lui et s'apprêta à affronter l'assaillant.

Ils étaient quatre, quatre malabars, le visage masqué par des cagoules. Sans dire un mot, ils se mirent à frapper à l'aveuglette avec leurs battes de base-ball en prenant Hawksley pour cible. Roz n'avait pas eu le temps de comprendre ce qui arrivait qu'elle était devenue la spectatrice de ce jeu sinistre. Apparemment, elle ne méritait pas qu'on s'occupe d'elle.

Sur le moment, elle fut tentée d'attraper un des bras en action, mais le souvenir de son échauffourée avec Rupert l'incita à davantage de prudence. Les doigts tremblants, elle ouvrit son sac à main, en tira l'épingle à chapeau d'une dizaine de centimètres qu'elle avait toujours avec elle et l'expédia de toutes ses forces dans un postérieur qui passait par là. L'épingle s'enfonça jusqu'à la tête de jade et un long gémissement s'échappa de la bouche de l'homme qui, sous l'effet de la douleur, lâcha son arme. Les autres ne semblèrent pas s'en être aperçus.

Avec une exclamation de triomphe, Roz plongea vers le sol, ramassa la batte et, exécutant un arc de cercle, en frappa les parties intimes de son adversaire. Celui-ci s'affaissa en poussant un hurlement.

« J'en ai une, Hal ! s'écria-t-elle d'une voix haletante. J'ai une batte !

— Alors servez-vous-en, bonté divine ! brailla-t-il en essuyant une grêle de coups.

— Oh, mon Dieu ! »

Les jambes, se dit-elle. Elle mit un genou en terre, visa le pantalon le plus proche qu'elle faucha avec un cri de satisfaction, l'objectif atteint. Elle s'apprêtait à recommencer lorsqu'une main l'agrippa par les cheveux, lui rejetant violemment la tête en arrière. Elle eut l'impression qu'on lui arrachait la peau du crâne et ses yeux s'emplirent de larmes.

Hawksley, à quatre pattes, le cou rentré dans les épaules pour se protéger, eut à peine conscience du ralentissement des coups. Il ne songea qu'au cri suraigu qu'il supposa provenir de Roz. Il bondit sur ses pieds et, fou de rage, se jeta sur le premier individu qu'il découvrit dans son champ de vision, le projetant contre la cuisinière, où du bouillon frémissait dans une casserole. Sans prêter attention au marteau-pilon qui lui emboutissait le dos, il inclina le type vers les plaques, saisit la casserole et arrosa la cagoule avec le liquide bouillant.

Se retournant, il arrêta avec l'avant-bras le poing lancé vers lui et abattit à toute volée la casserole sur un morceau de mâchoire qui se trouvait à découvert. Dans l'ouverture de la cagoule, une expression de surprise se peignit une fraction de seconde, puis les yeux roulèrent dans leurs orbites et l'homme s'effondra, inconscient.

Épuisé, Hawksley chercha Roz du regard. Il lui fallut un moment pour la localiser, car les cris emplissaient toute la cuisine. Il secoua la tête pour dissiper la brume qui l'entourait et se tourna vers la porte. Il la vit aussitôt, le cou coincé dans le bras replié du seul protagoniste encore valide. Elle fermait les yeux et sa tête s'agitait désespérément.

« Si tu fais le moindre geste, lui lança l'homme d'un ton saccadé, je lui brise la nuque. »

Une vague de haine submergea Hawksley comme une lame de fond immense et déchaînée. N'écoutant que son instinct, il baissa la tête et s'élança.

15

À mi-chemin entre lucidité et inconscience, Roz émergea dans un monde étrangement crépusculaire. Elle savait qu'elle se trouvait toujours dans la pièce, mais il lui semblait voir les choses à travers un verre dépoli. Les bruits lui parvenaient comme feutrés. Elle se souvenait vaguement d'une main serrant sa gorge. Mais ensuite ? Elle ne savait plus très bien, sinon que la douleur avait soudain fait place à une sensation d'apaisement.

Le visage de Hawksley s'approcha du sien.

« Ça va ? fit-il à des kilomètres de distance.

— Oui », répondit-elle d'une voix béate.

Il la gifla du plat de la main.

« Épatant, prononça-t-il d'une voix sourde. Allons. Secouez-vous un peu. Il faut que vous me donniez un coup de main. »

Elle lui jeta un regard furieux.

« Une minute. »

Il la tira et la remit sur pied.

« Maintenant, répliqua-t-il d'une voix ferme, ou nous ne serons pas plus avancés que tout à l'heure. » Il lui fourra une batte de base-ball dans la main. « Je vais les ficeler, mais j'ai besoin que vous protégiez mes arrières. Je ne tiens pas à ce qu'un de ces salauds me tombe dessus à l'improviste. »

Il vit son air ahuri.

« Allons, s'écria-t-il d'un ton brusque en la secouant, ressaisissez-vous ! Un peu de courage, bon sang ! »

Elle avala une goulée d'air.

« On vous a déjà dit que vous étiez un abruti de première ? J'ai failli y laisser ma peau.

— Vous êtes tombée dans les pommes, répondit-il, les yeux brillants mais le visage impassible. Tapez sur tout ce qui bouge. Sauf celui qui a la tête sous le robinet, il a déjà salement dégusté. »

Ce furent les bruits environnants qui ramenèrent Roz à la réalité. Grognements, gémissements, et le gargouillement de l'eau dans l'évier. Il y avait bel et bien un homme, la tête sous le robinet. Du coin de l'œil, elle vit une ombre bouger et lança à toute volée la batte de base-ball, qui heurta l'épingle à chapeau que le malheureux s'efforçait d'extraire avec d'infinies précautions. Il se mit à bramer.

« Bon Dieu, qu'est-ce que j'ai fait ? s'écria-t-elle. C'est affreux ! »

Les larmes lui vinrent aux yeux.

Hawksley finit de ligoter le lascar qu'il avait étalé raide dans sa charge frénétique, puis passa à une autre silhouette immobile dont il lia les poignets et les chevilles d'un geste expert.

« Qu'est-ce qu'il a à gueuler comme ça ? demanda-t-il en attachant sa victime à la table pour faire bonne mesure.

— Une épingle dans les fesses. »

Il s'approcha avec circonspection.

« Quel genre d'épingle ?

— L'épingle à chapeau de ma mère, répondit-elle avec un haut-le-cœur. Je crois que je vais me trouver mal. »

Il aperçut l'ornement qui dépassait de l'étoffe du Levi's et en éprouva un peu de pitié. Mais pas longtemps. Laissant l'objet en place, il ficela les poignets et les chevilles de l'homme et l'attacha à la table comme son acolyte. Après coup seulement, il saisit la tête de jade et extirpa d'un coup sec l'épingle à chapeau, avec un grand sourire à l'adresse des rondeurs frémissantes.

« Enfoiré ! jeta-t-il gaiement, tout en glissant l'épingle dans le devant de son pull.

— Je ne me sens pas bien, dit Roz.

— Eh bien, asseyez-vous. »

Il prit une chaise et la força à s'asseoir, puis se dirigea vers la porte de derrière et l'ouvrit en grand.

« Dehors ! ordonna-t-il à l'homme près de l'évier. Je te conseille de filer dare-dare à l'hôpital. Si tes petits copains ont un minimum de décence, ils la boucleront. Sinon — il eut un haussement d'épaules —, une demi-heure après ton admission tu verras débarquer les flics. »

L'homme ne se le fit pas dire deux fois. Il se rua vers la sortie et s'éloigna en cavalant le long de l'allée.

Avec un grognement de fatigue, Hawksley claqua la porte et se laissa tomber sur le sol.

« J'ai besoin d'un entracte. Rendez-moi service, mon chou, enlevez leur masque. Voyons un peu la récolte. »

Roz avait affreusement mal à la tête, là où on lui avait presque arraché les cheveux. Elle le regarda, les yeux fiévreux, le visage blême.

« Sachez, pour votre gouverne, que je tiens à peine sur mes jambes. Cela vous a peut-être échappé, mais, si je n'avais pas été là, vous n'auriez rien récolté du tout. »

Il bâilla à s'en décrocher la mâchoire, puis fit soudain une grimace en sentant une douleur aiguë lui transpercer la poitrine et le dos. Probablement quelques côtes cassées, songea-t-il avec lassitude.

« Laissez-moi vous dire une chose. Vous êtes une femme merveilleuse, la plus merveilleuse qui existe en ce monde et je vous épouserai quand vous le voudrez. Mais pour l'instant, ajouta-t-il avec un sourire suave, je suis claqué. Soyez sympa. Descendez un peu de vos grands chevaux et ôtez leur masque.

— Du baratin », murmura-t-elle, mais elle fit ce qu'il lui demandait.

Les coups de batte qu'il avait reçus lui avaient déchiré la peau et son visage avait commencé à enfler. Dans quel état devait être son dos ! Sans doute couvert de bleus, comme la fois précédente.

« Y en a-t-il un que vous ayez déjà vu quelque part ? »

Elle examina les traits mous de celui qui gisait près de la porte. Durant un bref instant, elle eut l'impression qu'ils lui étaient familiers, mais l'homme remua la tête et l'impression se dissipa.

« Non. »

Hawksley sentit son hésitation.

« Vous en êtes sûre ?

— J'ai cru un instant que je le connaissais, prononça-t-elle d'une voix lente, mais non. Il doit ressembler à quelqu'un de la télé. »

Hawksley se releva et se dirigea à pas lents vers l'évier, le corps raidi en une protestation douloureuse. Il remplit un bol d'eau et en expédia le contenu vers la bouche béante de l'homme, tout en guettant ses paupières closes. Celles-ci s'ouvrirent presque instantanément sur des prunelles en alerte, suspicieuses et vigilantes, qui firent comprendre à Hawksley que les questions ne suffiraient pas.

Avec un haussement d'épaules résigné, il se tourna vers Roz.

« Rendez-moi service, voulez-vous ? »

Elle acquiesça.

« Il y a une cabine téléphonique à deux cents mètres sur la route. Allez-y en voiture, appelez police secours et dites-leur que des inconnus se sont introduits au Pique-Assiette, puis rentrez chez vous. Ne donnez pas votre nom. Je vous passerai un coup de fil dès que je le pourrai.

— Je préférerais rester.

— Je sais. »

Le visage de Hawksley s'adoucit. Elle avait à nouveau son air désemparé. Il s'approcha et lui passa un doigt sur la joue.

« N'ayez crainte. Je vous appellerai. »

Elle aspira une grande bouffée d'air.

« De combien de temps avez-vous besoin ? »

Un jour, il lui ferait le grand jeu, songea-t-il.

« Prévenez-les dans un quart d'heure. »

Elle récupéra son sac à main sur le sol, y remit les objets qui s'en étaient échappés et tira la fermeture Éclair.

« Un quart d'heure », fit-elle en écho.

Après avoir ouvert la porte, elle s'immobilisa sur le seuil. Elle le regarda un long moment, puis referma la porte et s'en alla.

Il attendit que les pas se soient éloignés.

« Cela risque de faire mal », annonça-t-il.

Il tira l'épingle à chapeau, saisit l'homme par les cheveux et le plaqua au sol, le visage contre terre. Puis il lui appuya un genou entre les omoplates, serra un doigt d'un des poings ligotés et inséra l'épingle entre l'ongle et la chair.

« Tu as cinq secondes pour me dire ce que signifie tout ce bordel. »

Il sentit le doigt se crisper.

« Un. Deux. Trois. Quatre. Cinq. »

Il respira profondément, ferma les yeux et poussa.

L'homme hurla.

Hawksley eut à peine le temps d'entendre :

« Les saisies. Tu nous coûtes trop de pognon », avant de recevoir un formidable coup sur la nuque.

Sœur Bridget, toujours aussi imperturbable, conduisit Roz au salon, la fit asseoir et lui servit un verre de cognac. De toute évidence, sa visiteuse avait encore reçu une sévère correction. Ses vêtements étaient sales et froissés, ses cheveux ébouriffés, et les marques rouges qu'elle portait au visage et au cou ressemblaient fort à des empreintes de doigts. Quelqu'un devait lui faire jouer les souffre-douleur, mais comment pouvait-elle l'accepter, voilà ce que la religieuse n'arrivait pas à comprendre. Roz était aussi éloignée que possible de la Nancy de Dickens et possédait assez d'indépendance d'esprit pour ne pas avoir à supporter les sévices d'un Bill Sykes.

Elle attendit placidement que le fou rire de Roz se fût calmé.

« Voulez-vous me dire ce qui se passe ? finit-elle par demander lorsque Roz eut retrouvé assez de sang-froid pour sortir un mouchoir et s'en tamponner les yeux.

— Je ne crois pas que j'en aie le courage. Cela n'a rien de très comique. »

L'hilarité réapparut dans ses yeux et elle porta son mouchoir à sa bouche. « Je m'excuse de vous causer autant de souci. J'ai eu peur d'avoir un accident en rentrant. C'est ce qui s'appelle avoir les nerfs qui craquent. »

Sœur Bridget décida en son for intérieur de ne voir là que la conséquence du choc subi par la jeune femme.

« Eh bien, je suis heureuse que vous soyez venue. Racontez-moi où vous en êtes au sujet d'Olive. Vous avez du nouveau ? »

Soulagée de pouvoir oublier un instant Le Pique-Assiette, Roz répondit :

« Elle avait bien un amant. J'ai trouvé l'hôtel où ils avaient l'habitude d'aller. » Elle contempla son verre de cognac. « Ils y ont passé chaque dimanche de l'été 1987. »

Elle but une gorgée d'alcool, reposa prestement le verre sur la table placée à côté d'elle et se laissa retomber dans le fauteuil en pressant son front de ses doigts tremblants.

« Je suis confuse, dit-elle, mais je ne me sens vraiment pas bien. J'ai horriblement mal à la tête.

— Je l'imagine volontiers », répondit sœur Bridget avec plus d'aigreur qu'elle ne l'aurait voulu.

Roz se massa les tempes.

« Cette espèce de brute a failli m'arracher les cheveux, murmura-t-elle. C'est sûrement à cause de ça. » Elle se tâta l'arrière du crâne et fit une grimace. « Il y a de l'aspirine dans mon sac. Cela vous ennuierait-il de me le passer? Je crois que j'ai la tête qui va exploser. » Elle partit d'un rire hystérique. « À moins que ce ne soit Olive qui me plante des aiguilles dans le corps.

— Allons, allons ! » fit sœur Bridget d'un ton maternel. Elle lui apporta trois cachets et un verre d'eau.

« Je regrette d'avoir à le dire, ma chère, reprit-elle avec gravité, mais je suis offusquée. Même si je trouve impardonnable de la part d'un homme de traiter une femme comme un objet, j'estime, si dur que cela puisse paraître, que la femme n'est pas moins responsable en se laissant faire. Plutôt vivre seule que de vivre avec quelqu'un qui ne cherche qu'à vous dégrader. »

Roz ferma à demi les yeux pour éviter la lumière venant de la fenêtre. Sœur Bridget paraissait réellement indignée, et elle lui fit penser à un oiseau qui hérisse les plumes. Elle fut sur le point de céder à un nouveau fou rire.

« Vous voilà soudain bien sévère. Je doute qu'Olive ait eu le sentiment d'être dégradée. À mon avis, ce serait plutôt le contraire.

— Je ne songeais pas à Olive, ma chère, mais à vous. Cette brute dont vous avez parlé... Il n'en vaut pas la peine. Vous le savez sûrement, n'est-ce pas ? »

Roz éclata d'un rire irrépressible.

« Je suis tout à fait désolée. Vous devez me trouver bien mal élevée. En réalité, cela fait des mois que je mène une vie de barreau de chaise. » Elle s'essuya les yeux et se moucha. « La faute en incombe à Olive. Sa rencontre a été pour moi une bénédiction. Elle m'a permis de me sentir à nouveau utile. »

Elle vit une expression de surprise polie sur le visage de son interlocutrice et poussa un soupir intérieur. Décidément, il était plus facile de mentir. Plus facile et plus simple. « *Ça va... Tout se passe bien... J'adore les salles d'attente... Rupert a beaucoup fait pour Alice... Nous nous sommes séparés à l'amiable...* » C'étaient tout le complexe écheveau de la vérité, l'insondable profondeur des êtres qui rendaient la vie si difficile. À présent, elle n'arrivait même plus à démêler le vrai du faux. Avait-elle haï à ce point Rupert ? Elle doutait d'en avoir eu l'énergie. La seule chose dont elle se souvenait, c'était de cette sensation d'étouffement qui ne l'avait pas quittée durant les douze mois écoulés.

« Je crois bien que je suis amoureuse, dit-elle d'une voix fébrile, mais j'ignore si c'est sérieux ou seulement le fruit de mon imagination. » Elle secoua la tête. « Je suppose qu'on ne sait jamais vraiment.

— Prenez garde, ma chère, répondit sœur Bridget, ce genre d'engouement n'est qu'un piètre substitut de l'amour. Il disparaît aussi rapidement qu'il est venu. L'amour — l'amour véritable — a besoin de temps pour s'épanouir, et comment le pourrait-il dans une atmosphère de brutalité ?

— Il n'y est pour rien. J'aurais dû me sauver à toutes jambes, mais je suis contente de ne pas l'avoir fait. Je suis sûre qu'ils l'auraient tué s'il s'était retrouvé seul. »

Sœur Bridget poussa un soupir.

« Il me semble qu'il y a un malentendu. La brute en question n'est pas l'homme dont vous êtes éprise ? »

Les yeux embués de larmes, Roz se demanda si mourir de rire n'était qu'une expression.

« Ma foi, vous avez du courage, déclara sœur Bridget. J'aurais plutôt cru qu'il ne valait pas grand-chose.

— C'est possible. Je ne suis guère psychologue, comme vous le savez. »

Sœur Bridget sourit intérieurement.

« Ma foi, tout cela a l'air très excitant, dit-elle avec une pointe d'envie en prenant la robe de Roz sur le sèche-linge et en l'étalant sur la planche à repasser. Le seul homme qui se soit véritablement intéressé à moi était un employé de banque qui habitait à deux pas de chez mes parents. Le pauvre, il n'avait que la peau sur les os, et une pomme d'Adam qui lui courait le long du cou comme un gros scarabée rose. Je ne pouvais pas le sentir. L'Église me paraissait nettement plus attirante. »

Elle se mouilla un doigt et en effleura le fer à repasser.

Roz, enveloppée dans une vieille chemise de nuit en finette, ne put s'empêcher de sourire.

« Et cela reste vrai ?

— Pas toujours. Je ne serais pas un être humain si je n'éprouvais pas de regrets.

— Avez-vous déjà été amoureuse ?

— Mon Dieu, oui. Et même bien plus souvent que vous, j'imagine. De façon purement platonique, bien sûr. Dans mon travail, il m'arrive de rencontrer des ecclésiastiques tout à fait séduisants. »

Roz émit un gloussement.

« Quel genre ? Soutane, pantalon ? »

Les prunelles de sœur Bridget se mirent à pétiller de malice.

« Je vous dirai seulement, à condition que vous me promettiez de ne pas le répéter, que je trouve la soutane un peu rébarbative, et qu'avec tous les divorces qui ont lieu en ce moment, j'ai plus souvent l'occasion de parler avec des hommes seuls qu'il n'est raisonnable pour une religieuse.

— Si un jour les choses s'arrangent et que j'aie à nouveau une fille, je m'empresserai de la mettre dans votre école.

— J'y compte bien.

— Malheureusement, je ne crois pas aux miracles. Il y en a déjà eu un.

— Je prierai pour vous. Il faut bien que je me rattrape. J'ai prié pour Olive et vous voyez le résultat.

— Cette fois-ci, vous allez me faire pleurer. »

Elle s'éveilla, le visage baigné par un rayon de soleil qui filtrait à travers les rideaux de la chambre d'ami de sœur Bridget. Plutôt que d'affronter la lumière trop crue, elle se renfonça sous la couette et se mit à écouter les bruits venant du dehors. Dans le jardin, des oiseaux gazouillaient en un délicieux concert et une radio débitait les nouvelles, trop loin pour que Roz puisse saisir les paroles. De l'étage inférieur, où se trouvait la cuisine, montait une alléchante odeur de bacon grillé qui l'engagea à se lever. Elle se sentait renaître et s'étonna d'être restée si longtemps engluée dans son cafard. La vie était une chose fabuleuse et l'instinct de conservation bien trop fort pour qu'on puisse lui résister.

Elle fit un signe de la main à sœur Bridget, prit la direction du Pique-Assiette et introduisit la cassette de Pavarotti dans l'auto-radio. C'était une manière de conjurer les démons. La voix superbe s'échappa soudain des haut-parleurs. Elle l'écouta sans le moindre regret.

Le restaurant était désert et personne ne lui répondit, ni à la porte d'entrée ni à celle de la cuisine. Elle retourna à la cabine qu'elle avait utilisée la veille, composa le numéro et laissa sonner un bon moment au cas où Hawksley dormirait encore. Comme on ne répondait pas, elle raccrocha et regagna sa voiture. Au fond, elle n'avait pas de raison de se tracasser — en vérité, de tous les hommes qu'elle avait connus, Hawksley était de loin le plus débrouillard —, et pour l'heure elle avait d'autres chats à fouetter. Dans la boîte à gants, elle prit un appareil photo automatique muni d'un gros zoom — autre legs du divorce — et vérifia qu'il contenait bien une pellicule. Puis elle démarra et s'élança dans la circulation.

Elle dut attendre deux heures, recroquevillée sur le siège arrière, mais ce ne fut pas pour rien. En sortant de chez lui le don Juan d'Olive s'immobilisa quelques secondes, offrant de façon idéale son visage à l'objectif. Grossies par le zoom, ses pupilles sombres semblèrent fixer l'appareil photo avant de remonter l'avenue plantée d'arbres pour prendre la mesure de la circulation. Il n'avait pas pu voir Roz — elle avait garé sa voiture assez loin le long du trottoir d'en face —, et le zoom s'appuyait contre son sac à main sur la plage arrière, mais elle n'en fut pas moins parcourue d'un frisson. Les vues des corps mutilés de Gwen et d'Ambre posées sur le siège montraient suffisamment qu'elle avait affaire à un détraqué.

Elle rentra chez elle, lasse et accablée par la chaleur oppressante d'un été survenu trop brutalement. Après la fraîcheur hivernale des trois derniers jours, le soleil brillait dans un ciel sans nuages qui promettait plus de chaleur encore. Elle ouvrit les fenêtres et le fracas de la circulation emplit l'appartement. Avec plus de mélancolie que d'habitude, elle se prit à songer à la beauté et au silence du décor de Bellevue.

Elle fit défiler la bande des messages tout en se versant un verre d'eau, mais le répondeur n'avait rien enregistré depuis son départ. Elle appela Le Pique-Assiette et écouta, cette fois avec une sérieuse inquiétude, la sonnerie retentir en vain. Où diable avait-il pu passer? Énervée, elle mâchonna un instant son pouce, puis composa le numéro d'Iris.

« Que dirait Gerry si tu lui demandais de bien vouloir endosser sa robe d'avocat — Gerald Fielding travaillait dans une des plus grandes sociétés juridiques de Londres —, de téléphoner au commissariat de police de Dawlington et de mener une petite enquête discrète avant la paralysie du week-end ? »

Iris avait toujours été du genre direct.

« Pourquoi ça? interrogea-t-elle. Qu'est-ce que j'y gagnerais ?

— Ma tranquillité d'esprit. Je suis trop préoccupée en ce moment pour arriver à écrire.

— Hum. Et pour quelle raison ?

— Mon flic me donne du souci.

— Ton flic? répéta Iris d'un ton méfiant.

— Exactement. »

La voix de Roz exprimait une certaine gaieté.

« Oh, mon Dieu ! gémit Iris. Ne me dis pas que tu en pinces pour ce type. C'est une de tes principales sources de renseignements.

— De renseignements... et d'innombrables fantasmes. »

Iris poussa un grognement.

« Comment peux-tu espérer parler avec objectivité de ces flics pourris si tu t'amouraches de l'un d'eux ?

— Qui t'a dit qu'il était pourri ?

— Il le faut bien, pour qu'Olive soit innocente. Je croyais que c'était à lui qu'elle avait confessé ses crimes. »

« *Dommage que vous ne soyez pas catholique. Vous seriez allée vous confesser et cela vous aurait soulagée.* » Olive était-elle coupable, en définitive ?

« Tu es toujours là ? demanda Iris.

— Oui. Gerry va le faire ?

— Pourquoi ne pas téléphoner toi-même ?

— Parce que je me suis déjà mouillée et qu'ils pourraient reconnaître ma voix. J'ai dû appeler police secours. »

Iris poussa un nouveau grognement.

« Qu'est-ce que tu as encore fabriqué ?

— Rien de répréhensible, du moins à mon sens. »

Elle entendit un glapissement à l'autre bout du fil.

« Écoute, tout ce que Gerry a à faire, c'est de poser quelques questions anodines.

— Il devra mentir ?

— Un tout petit peu.

— Il va me piquer une crise. Tu le connais. La moindre entorse à la vérité le met dans tous ses états. » Elle poussa un profond soupir. « Ce que tu peux être empoisonnante ! Tu te rends compte que je vais être obligée de le corrompre en lui promettant de me tenir correctement ! Ma vie ne vaudra même plus la peine d'être vécue.

— Tu es un ange. Maintenant, voici le peu que Gerry a besoin de savoir. Il s'efforce de joindre son client, Hal Hawksley, le patron du Pique-Assiette, dans Wenceslas Street, à Dawlington. Il croit savoir que le restaurant a été mis à sac et se demande si la police pourrait lui indiquer le moyen de contacter Hawksley. D'accord ?

— Non, ce n'est pas d'accord, mais je vais voir ce que je peux faire. Tu seras là dans la soirée ?

— Oui. À me tourner les pouces.

— Eh bien, tâche plutôt de les tourner vers ton clavier. J'en ai assez d'être la seule à faire du boulot efficace dans cette relation abracadabrante. »

Elle avait profité de ce qu'elle avait des courses à faire

pour porter la pellicule à une boutique qui les développait en une heure. Elle étala les photographies sur une table basse et les examina un instant. Puis elle mit de côté celles du don Juan, les deux gros plans du visage et d'autres où on le voyait de dos tandis qu'il s'éloignait, et sourit en contemplant les autres. Elles montraient Rupert et Alice jouant dans le jardin le jour de l'anniversaire de celle-ci, une semaine avant l'accident. Ce jour-là, se souvenait-elle, par égard pour Alice, ils avaient conclu une trêve. Et ils l'avaient respectée, du moins jusqu'à un certain point, même si, comme d'habitude, elle avait refusé d'entrer dans son jeu. Tant qu'elle avait la force de rester calme et souriante pendant qu'il lui envoyait ses flèches empoisonnées concernant Jessica, l'appartement de Jessica et le travail de Jessica, tout allait bien.

Roz repoussa délicatement les photographies, fouilla dans son sac à provisions et en tira un rouleau de plastique transparent, un pinceau et trois tubes de peinture acrylique. Puis, tout en mangeant un pâté en croûte, elle se mit au travail. Elle aurait dû les faire développer bien avant, murmura-t-elle à l'intention de Mrs Antrobus qui s'était installée confortablement sur ses genoux. La poupée de chiffon qu'avaient exhibée les journaux n'avait rien à voir avec Alice. La vraie Alice, c'était celle-là.

« Il s'est fait la malle, lui déclara deux heures plus tard Iris au téléphone. Gerry s'est entendu menacer de toutes sortes de désagréments s'il ne révélait pas où se trouvait son client dès qu'il l'apprendrait. Apparemment, un mandat d'arrêt a été lancé. Bon sang, où vas-tu dénicher des énergumènes pareils ? Tu devrais te dégotter un brave type, comme Gerry, dit-elle avec sévérité, quelqu'un à qui il ne viendrait pas à l'idée de frapper une femme ou de l'entraîner dans des activités criminelles.

— Je sais, répondit doucement Roz, mais tous les braves types sont déjà pris. Est-ce qu'ils ont dit de quoi on l'accusait ?

— Oui, il y en a long comme le bras. Incendie volontaire, résistance à la force publique, coups et blessures, délit de fuite. Il est sûrement capable de tout. Au cas où il te donnerait de ses nouvelles, ne te crois pas obligée de m'avertir. Gerry fait déjà une tête comme s'il était obligé de garder le secret de Jack l'Éventreur. Qu'il pense en plus que je sais où se trouve ton lascar et il est bon pour l'infarctus !

— Motus, bouche cousue ! » promit Roz.

Il y eut un moment de silence.

« S'il téléphone, tu ferais peut-être bien de raccrocher. À l'hôpital, il y a un type avec, paraît-il, d'horribles brûlures au visage, un flic à la mâchoire fracturée, et quand ils sont allés l'arrêter, il était en train de mettre le feu au restaurant. Il m'a l'air sacrément dangereux.

— Tu as sans doute raison, répondit lentement Roz, tout en se demandant ce qui avait bien pu se passer après son départ. Sans compter qu'il a des fesses ravissantes. Ne suis-je pas une grande veinarde ?

— Garce ! »

Roz éclata de rire.

« Remercie Gerry de ma part. J'apprécie sa gentillesse, même si ce n'est pas ton cas. »

Elle coucha sur le canapé pour être bien certaine d'entendre le téléphone. Peut-être n'avait-il pas envie de se confier à un répondeur.

Mais l'appareil demeura silencieux tout le week-end.

16

Le lundi matin, de nouveau en proie à la déprime, Roz se rendit à l'hôtel Belvedere et posa la photographie sur le bureau de réception.

« Est-ce Mr Grimm ? » demanda-t-elle.

L'aimable propriétaire chaussa ses lunettes et jeta un coup d'œil attentif. Puis elle secoua la tête d'un air contrit.

« Non, je suis désolée. Cela ne lui ressemble pas du tout.

— Et maintenant ? »

Roz appliqua le plastique transparent sur le cliché.

« Grand Dieu, c'est incroyable ! Aucun doute, c'est bien lui. »

Marnie acquiesça.

« Oui. C'est ce saligaud. » Elle plissa les yeux. « Eh bien, ça ne l'avantage pas. Qu'est-ce qu'une jeune fille pouvait trouver auprès d'un type comme ça ?

— Je l'ignore. Peut-être une certaine compréhension.

— Qui est-ce ?

— Un désaxé. »

La secrétaire émit un sifflement.

« Alors, vous avez intérêt à vous tenir à carreau.

— Oui. »

Marnie pianota sur le bureau avec ses ongles vernis.

« Vous êtes sûre que vous ne voulez pas me dire son nom, des fois qu'on vous récupère en petits morceaux sur le carrelage de votre cuisine ? »

Elle lança à Roz un regard interrogateur. Il devait y

avoir une histoire de gros sous derrière tout ça, songea-t-elle.

Roz surprit l'étincelle dans les yeux de son interlocutrice.

« Non, merci, répondit-elle d'un ton sec. Je tiens à garder cette information pour moi. Je ne donne pas cher de ma peau s'il apprend que je suis sur sa piste.

— Mais je ne le répéterai pas, l'assura Marnie en prenant une mine de vierge outragée.

— Si vous ne savez rien, vous ne serez pas tentée de le faire. » Roz rangea la photo dans son sac. « D'ailleurs, ce serait parfaitement irresponsable. Vous êtes un témoin essentiel. Il pourrait aussi bien s'en prendre à vous et vous réduire en chair à pâté. » Et, avec un sourire glacial : « Je ne tiens pas à avoir ça sur la conscience », ajouta-t-elle.

Elle regagna sa voiture et, assise au volant, se contenta pendant quelques minutes d'observer la rue. Si elle avait jamais eu besoin d'un ex-flic pour la guider dans le labyrinthe des procédures juridiques, c'était bien maintenant. Comme tout néophyte, elle risquait de commettre des erreurs et de gâcher les chances d'un nouveau procès. Et qu'en résulterait-il pour Olive ? Probablement continuerait-elle à moisir en prison. La seule façon de modifier rapidement le verdict était d'obtenir l'arrestation du coupable. Avant que le ministère de la Justice admette l'existence de doutes sérieux, cela prendrait des années de démarches et de pressions en tous genres.

Cependant, même si elle répugnait à se l'avouer, une autre pensée la tracassait plus encore : elle savait qu'il lui serait impossible d'écrire trois mots tant que le monstrueux amant d'Olive resterait en liberté. Elle avait beau faire, elle n'arrivait pas à chasser de son esprit les images de Gwen et d'Ambre.

Elle abattit ses poings sur le volant. Hawksley ! Bon Dieu, qu'est-ce que ce salaud pouvait bien fabriquer ? N'avait-elle pas toujours été là quand il avait eu besoin d'elle ?

Graham Deedes, un temps défenseur d'Olive Martin, réintégra son cabinet après une dure journée au palais de justice et fronça les sourcils d'un air irrité en apercevant Roz assise dans l'antichambre. Il jeta un coup d'œil éloquent à sa montre.

« Je suis très pressé, Miss Leigh. »

Roz poussa un soupir et s'étira, tout endolorie par la dureté de son siège.

« Cinq minutes. Cela fait deux heures que je suis là.

— Non, désolé. Nous avons des gens à dîner et j'ai promis à ma femme de ne pas rentrer tard. »

Il ouvrit la porte de son bureau et fit un pas à l'intérieur.

« Téléphonez-moi pour prendre rendez-vous. Je suis au palais les trois prochains jours, mais je pourrais éventuellement vous recevoir en fin de semaine. »

Il était sur le point de refermer la porte. Roz se leva, appuya son épaule au montant et le maintint ouvert d'une main.

« Olive avait bien un amant. Je sais qui c'est, et deux témoins ont reconnu sa photographie, dont la patronne de l'hôtel où ils allaient durant l'été qui a précédé le drame. Un troisième témoin a confirmé les allégations d'Olive au sujet de son avortement. D'après la date, l'enfant, s'il avait vécu, serait né à l'époque des meurtres. Par ailleurs, j'ai appris que deux personnes, Robert Martin et le père d'une amie de sa fille, avaient déclaré à la police, sans s'être jamais concertés, qu'Olive ne pouvait pas avoir tué sa sœur. Leur hypothèse était que Gwen avait tué Ambre — qu'elle semblait détester — et qu'Olive avait ensuite tué Gwen. J'admets que cette théorie ne colle pas avec l'expertise médico-légale, mais cela prouve du moins qu'il existait déjà à l'époque des invraisemblances criantes, invraisemblances qui ne furent probablement pas portées à votre attention. »

Elle vit l'impatience sur le visage de son interlocuteur et s'empressa d'ajouter :

« Pour toutes sortes de raisons, principalement parce que c'était son anniversaire, je doute fort qu'Olive se soit trouvée dans la maison la veille du drame, et je suis persuadée que Gwen et Ambre furent tuées beaucoup plus tôt qu'Olive ne l'a indiqué. À mon avis, celle-ci est rentrée chez elle à un moment quelconque, durant la matinée ou l'après-midi du 9. Elle a découvert le carnage dans la cuisine et aussitôt compris que son amant en était responsable. Alors, bouleversée et prise de remords, elle s'est accusée des meurtres. Sans doute a-t-elle perdu pied, éprouvé un immense désarroi et une totale impuissance en constatant que son principal appui dans la vie, sa mère, lui était soudain enlevé. »

Deedes prit quelques papiers sur son bureau et les fourra dans son attaché-case. Il devait tellement avoir l'habitude d'entendre ses clients lui débiter des explications saugrenues qu'il eut l'air plus poli qu'intéressé.

« Si j'ai bien compris, vous prétendez que, le soir de son anniversaire, Olive se trouvait en compagnie de son amant dans un hôtel, quelque part. »

Roz hocha la tête.

« Vous avez une preuve ?

— Non. Ils ne sont pas inscrits à leur hôtel habituel, mais cela n'a rien de surprenant. Ce n'était pas un jour comme les autres. Il se peut même qu'ils soient allés à Londres.

— Dans ce cas, pourquoi aurait-elle cru que son amant était le meurtrier ? Ils sont probablement rentrés ensemble. Même s'il l'a laissée à quelque distance de la maison, il n'aurait pas eu le temps nécessaire.

— Sauf s'il est parti en la laissant seule à l'hôtel, répondit Roz.

— Pour quelle raison aurait-il agi ainsi ?

— Parce qu'elle lui a avoué que, sans l'enfant illégitime de sa sœur, et la peur viscérale de sa mère de voir se répéter une telle situation, il aurait enfin le bonheur d'être père. »

Deedes consulta sa montre.

« Quel enfant illégitime ?

— Celui qu'Ambre a eu à l'âge de treize ans. Il n'y a aucun doute là-dessus. Il figure dans le testament de Robert Martin. Gwen a toujours dissimulé son existence, mais, comme elle n'aurait pas pu en faire autant en ce qui concerne Olive, elle l'a persuadée d'avorter. »

L'avocat claqua la langue avec impatience.

« C'est de la haute fantaisie, Miss Leigh. À ce que je vois, vous ne disposez d'aucun élément susceptible d'étayer vos affirmations et, pour accuser quelqu'un par écrit, il vous faudra des preuves solides ou un capital suffisant pour payer une montagne de dommages et intérêts. » Il jeta un nouveau coup d'œil à sa montre, partagé entre le désir de rester et celui de partir. « Supposons un instant que vous ayez vu juste. Où se trouvait le père d'Olive pendant qu'on massacrait Gwen et Ambre dans la cuisine ? Si je me souviens bien, il a passé la soirée à la maison et est allé travailler le lendemain matin comme d'habitude. Selon vous, il n'aurait donc rien entendu ?

— Exactement. »

Deedes eut une moue perplexe.

« C'est absurde !

— À moins qu'il ne se soit pas trouvé chez lui. Les seules personnes à avoir prétendu le contraire sont Olive, Robert Martin lui-même et leur voisine, encore que celle-ci en ait seulement parlé pour dire que Gwen et Ambre étaient en vie à 8 h 30. »

Deedes secoua la tête, l'air ahuri.

« Et tout ce monde-là aurait raconté des sornettes ? C'est absolument ridicule. Quel intérêt la voisine avait-elle à mentir ? »

Roz poussa un soupir.

« C'est difficile à avaler, je le sais. J'y ai réfléchi pendant un bon bout de temps, ça m'est donc plus facile. En dépit des apparences, Robert Martin était un homosexuel. J'ai retrouvé le pub gay où il se rendait pour faire des rencontres. Il y sévissait sous le nom de Mark Agnew. Le patron a tout de suite reconnu sa photo. S'il est resté avec un petit ami avant de repartir directement à son travail, il a fort bien pu ignorer ce qui s'était passé dans la cuisine jusqu'à ce que la police le mette au courant. » Elle leva un sourcil en une expression ironique. « Et il n'a pas eu besoin de dire où il se trouvait en réalité, parce que Olive, le croyant à la maison, a déclaré dans sa déposition qu'elle avait frappé sa mère seulement après le départ de son père.

— Hé, pas si vite ! lança Deedes comme s'il s'adressait à un témoin particulièrement retors. Ce que vous dites ne tient pas debout. Il y a un instant vous laissiez entendre que l'amant d'Olive avait filé en pleine nuit pour régler son compte à Gwen. » Il passa une main lisse dans ses cheveux, tout en s'efforçant de rassembler ses idées. « En ne voyant pas, à son retour, le corps de son père dans la cuisine, Olive aurait bien dû deviner qu'il n'était pas resté chez lui. Pourquoi a-t-elle déclaré dans sa déposition qu'il y était ?

— Parce que cela aurait dû être le cas. Écoutez, peu importe à quelle heure son amant l'a quittée — au milieu de la nuit ou au petit matin —, cela ne changeait rien pour elle. Elle n'avait pas de voiture, était probablement très triste d'avoir été abandonnée, outre le fait qu'elle avait pris une journée de congé, sans doute pour la passer avec lui, aussi y a-t-il de fortes chances pour qu'elle ne soit rentrée qu'après le déjeuner. Elle a dû penser que son amant avait attendu le départ de Robert Martin pour trucider Gwen et Ambre et il est parfaitement logique qu'elle en ait fait état dans sa déposition. Son père vivait dans une petite pièce du bas et il semble que personne ne se soit jamais douté, sauf peut-être Gwen, qu'il ressortait à la nuit tombée pour des plaisirs d'un genre spécial. »

Deedes regarda sa montre pour la troisième fois.

« Ce n'est pas bien. Je dois absolument m'en aller. » Il attrapa son manteau, le jeta sur son bras et se dirigea vers la sortie. « Vous ne m'avez toujours pas dit pourquoi la voisine avait menti. »

Il poussa Roz sur le palier et referma la porte.

« Parce que, répondit-elle par-dessus son épaule tout en descendant les marches, il y a gros à parier que, quand la police lui a annoncé ce qui était arrivé à Gwen et à Ambre, elle a aussitôt supposé que Robert Martin les avait tuées à la suite d'une scène au sujet de son mari. »

Elle entendit l'avocat pousser un grognement dubitatif et poursuivit :

« Elle savait l'atmosphère tendue qui régnait dans la maison, elle savait également que son mari passait des heures entières enfermé avec Robert dans la pièce du bas et, selon toute vraisemblance, n'ignorait pas que celui-ci était homosexuel, ce qui signifiait que son mari l'était aussi. Elle a dû se faire un sang d'encre jusqu'au moment où elle a appris qu'Olive avait avoué les meurtres. Le scandale, si Robert avait tué par amour pour Edward, aurait eu des effets désastreux, aussi, dans une ultime tentative pour protéger celui-ci, a-t-elle déclaré que Gwen et Olive vivaient encore lorsqu'il était parti au travail. »

Elle le précéda dans le hall.

« Heureusement pour elle, personne n'a pris la peine de vérifier ses dires parce qu'ils s'accordaient logiquement avec ceux d'Olive. »

Ils franchirent la porte cochère et, après avoir dévalé les quelques marches du perron, se retrouvèrent sur le trottoir.

« Trop logiquement, selon vous ? murmura-t-il. La version d'Olive est si simple et la vôtre si compliquée.

— Comme toutes les vérités, répliqua-t-elle avec une certaine âpreté. En réalité, chacun a fourni un tableau de ce qui, en effet, aurait pu être un mercredi matin ordinaire. Mais les jours se suivent et ne se ressemblent pas.

— Je vais par là, dit-il en désignant la station de métro.

— Très bien. Je vous accompagne. »

Elle dut forcer l'allure pour ne pas se laisser distancer.

« Pourquoi me racontez-vous tout ça, Miss Leigh ? Vous auriez mieux fait de vous adresser à Mr Crew, l'avocat d'Olive. »

Elle préféra ne pas répondre directement.

« Alors, vous croyez que je tiens quelque chose ? »

Il sourit d'un air bon enfant, ses dents étincelant dans son visage sombre.

« Non, et vous en êtes encore loin. Mettons que ce soit un début. Parlez-en à Mr Crew.

— Mais c'est vous qui vous êtes occupé du dossier, insista-t-elle. Si vous deviez à nouveau défendre Olive, de quoi auriez-vous besoin pour convaincre un jury de son innocence ?

— D'un élément prouvant de façon indubitable qu'elle ne pouvait pas se trouver dans la maison au moment du drame.

— Ou du vrai coupable ?

— Ou du vrai coupable, effectivement, mais je doute que vous réussissiez à le démasquer.

— Et pourquoi ?

— Parce qu'il n'existe aucune preuve contre lui. Selon vous, Olive se serait évertuée à travestir la vérité afin d'endosser la responsabilité des meurtres. Dans ce cas, elle y a réussi à merveille. Tous les faits l'accusent. » Il ralentit le pas à l'approche de la station de métro. « À moins que votre meurtrier hypothétique ne passe de lui-même aux aveux et ne révèle à la police des détails que seul le coupable pouvait connaître, je ne vois aucun moyen de retourner la situation. » Il sourit d'un air désolé. « Et je n'imagine pas ce type allant se livrer maintenant alors qu'il ne l'a pas fait à l'époque. »

Du métro, elle appela la prison et laissa un message afin qu'on prévienne Olive qu'elle ne pourrait pas aller la voir. Elle avait le sentiment que les choses étaient sur le point de lui exploser à la figure et c'est vers la prisonnière que convergeaient ses pensées.

Lorsqu'elle pénétra dans son immeuble, il était tard. Contrairement à l'habitude, le hall était plongé dans une obscurité complète. Elle pressa en vain le bouton qui commandait la lumière de l'escalier et du premier étage, puis poussa un soupir. Encore une coupure d'électricité, se dit-elle. Elle aurait dû s'y attendre. Cela ne pouvait pas mieux coller avec son humeur de la journée. Elle chercha ses clés et monta à tâtons les marches, tout en s'efforçant de se rappeler où en était sa réserve de bougies. Par chance, il devait en rester une dans le tiroir de la cuisine, ce qui lui éviterait une soirée aussi morne qu'interminable.

Elle farfouillait des deux mains pour trouver le trou de la serrure quand une ombre se dressa, l'effleurant au passage.

Elle poussa un hurlement et se mit à frapper l'air de toutes ses forces. La seconde suivante elle fut soulevée du sol et une main robuste se plaqua sur sa bouche.

« Chut ! » lui souffla Hawksley à l'oreille en riant comme un bossu.

Il l'embrassa sur le nez.

« Aïe ! »

Il la lâcha et se plia en deux.

« Vous ne l'avez pas volé, déclara-t-elle en se baissant pour récupérer les clés qu'elle avait laissées tomber. Encore une chance que je n'avais pas mon épingle à chapeau. Ah, les voilà ! »

Elle ouvrit la porte, essaya le commutateur de l'entrée mais n'obtint pas plus de résultat.

« Venez, fit-elle en l'agrippant par son veston et en le tirant à l'intérieur. Il me semble que j'ai une bougie dans la cuisine.

— Tout va bien ? interrogea une voix chevrotante à l'étage supérieur.

— Oui, merci, répondit Roz. J'ai glissé sur quelque chose. Cela dure depuis combien de temps ?

— Une demi-heure. Je leur ai téléphoné. Il paraît qu'un fusible a sauté Dieu sait où. À leur avis, il y en a pour trois heures. Je leur ai répondu que, si cela durait plus longtemps, je ne paierais pas ma facture. Y a pas de raison de se laisser faire. Vous ne croyez pas ?

— Tout à fait », approuva Roz en se demandant à qui elle était en train de parler.

Elle connaissait les habitants de l'immeuble d'après les noms inscrits sur les boîtes aux lettres mais ne croisait jamais personne.

« Eh bien, bonsoir ! »

Elle referma la porte.

« Je vais tâcher de mettre la main sur cette sacrée bougie, murmura-t-elle.

— Pourquoi parlons-nous tout bas ? murmura-t-il à son tour.

— Parce que c'est toujours ce qu'on fait dans le noir », répondit-elle en pouffant de rire.

Il trébucha.

« C'est ridicule. Il y a de la lumière dans la rue. Vous devez avoir vos rideaux fermés.

— Probablement. Je suis partie tôt ce matin. »

Elle ouvrit le tiroir de la cuisine. Ses doigts repérèrent un enchevêtrement de bobines de fil et de tournevis.

— J'y suis. Auriez-vous des allumettes ?

— Non, répondit-il patiemment. Sinon je m'en serais déjà servi. J'espère que vous n'élevez pas de serpents.

— Ne dites pas de sottises. J'ai une chatte. »

Mais où Mrs Antrobus était-elle donc passée ? Elle aurait dû accourir avec des miaulements joyeux au premier tintement de la clé dans la serrure. Roz retourna à la porte pour prendre son porte-documents qui contenait les allumettes destinées à Olive. Elle l'ouvrit et fourragea parmi ses papiers.

« Si vous arrivez à trouver le canapé, les rideaux sont derrière. Il y a un cordon sur la gauche.

— J'ai trouvé quelque chose, mais ce n'est sûrement pas le canapé.

— Qu'est-ce que c'est ?

— Je l'ignore, répondit-il d'une voix hésitante, mais ça n'a rien de particulièrement excitant. C'est long, visqueux et ça s'enroule autour de mon cou. Vous êtes sûre de ne pas avoir de serpents ?

— Arrêtez ! » fit-elle avec un ricanement nerveux.

Ses doigts rencontrèrent la boîte d'allumettes et elle s'en saisit, soulagée. Elle gratta une allumette et la leva. Hawksley se tenait au milieu de la pièce, la tête et les épaules enveloppées dans le chemisier humide qu'elle avait lavé le matin et pendu ensuite sur un cintre accroché à l'abat-jour. Elle éclata de rire.

« Vous l'avez fait exprès », réussit-elle à articuler, en même temps qu'elle approchait la bougie de la flamme vacillante.

Il trouva le cordon et ouvrit les rideaux. Le halo orangé des réverbères se joignant à la lueur de la bougie, l'appartement émergea des ténèbres. Il promena son regard autour de lui. Tables et chaises étaient encombrées de torchons, de vêtements, de sacs en plastique et de photographies ; sur le canapé, le duvet avait à moitié glissé et des tasses sales ainsi que plusieurs paquets de chips traînaient par terre.

« Eh bien, c'est gentil, dit-il, en écartant son pied des restes de pâté en croûte. Cela faisait longtemps que je n'avais pas respiré une telle atmosphère d'intimité.

— Je ne vous attendais pas, répliqua-t-elle, tout en ramassant avec dignité les débris de nourriture qu'elle jeta dans une corbeille à papiers. Ou du moins, j'espérais que vous auriez la courtoisie de m'appeler avant. »

Il se baissa et caressa la boule de poils blancs lovée sur le duvet. Mrs Antrobus lui lécha la main avant d'entamer une séance de ronronnement approbateur.

« Vous dormez toujours sur le canapé ?

— Il n'y a pas le téléphone dans la chambre. »

Il hocha gravement la tête mais ne dit rien.

Elle s'approcha de lui, inclinant la bougie pour éviter que la cire chaude ne lui coule sur les doigts.

« Cela me fait plaisir de vous voir. Où étiez-vous passé ? J'étais morte d'inquiétude. »

D'un geste las, il pressa son front contre la chevelure au parfum suave.

« J'ai pas mal circulé. »

Les poignets posés sur les épaules de Roz, il suivit d'un doigt léger la ligne du cou.

« Il y a un mandat de lancé contre vous, prononça-t-elle d'une voix molle.

— Je sais. »

Ses lèvres parcoururent la courbe des joues, les frôlant de manière presque imperceptible.

« Je vais vous mettre le feu, gémit-elle.

— C'est déjà fait. »

Lui enserrant les reins, il attira son corps contre le sien gonflé de désir.

« Toute la question est de savoir, lui souffla-t-il au creux du cou, si une douche froide ne s'imposerait pas avant qu'on ne puisse plus le maîtriser.

— Vous parlez sérieusement ? »

Avait-il réellement la force de s'arrêter là ? Pour sa part, elle en était incapable.

« Non, par politesse.

— Je suis au supplice.

— J'espère bien, répliqua-t-il, les yeux scintillants dans la lumière orangée. Moi, cela fait déjà des semaines. »

Chassée du duvet, Mrs Antrobus fila d'un air indigné vers la cuisine.

Un peu plus tard, la lumière revint, éclipsant la minuscule flamme de la bougie qui, rallumée, s'était mise à crépiter dans la soucoupe posée sur la table.

Hawksley passa une main sur le visage de Roz pour en écarter des mèches de cheveux.

« Tu es la femme la plus ravissante que j'aie jamais rencontrée. »

Elle eut un sourire malicieux.

« Pas trop maigre ? »

Son regard sombre s'éclaira.

« Je savais bien que tu mentais à propos du répondeur. »

Il caressa les bras soyeux, puis ses doigts serrèrent la chair tendre en une étreinte fiévreuse. Elle se sentait comme envoûtée. Il la souleva et la mit à califourchon sur lui.

« J'en ai rêvé.

— Et c'était agréable ?

— Rien à voir avec la réalité. »

« Assez, dit-elle, un peu plus tard encore, en s'écartant pour attraper ses vêtements qu'elle enfila. Que vas-tu faire au sujet de ce mandat d'arrêt ? »

Il ignora la question et remua le tas de photographies abandonné sur la table basse.

« C'est ton mari ?

— Mon ex-mari. »

Elle lui jeta son pantalon.

Il s'habilla en soupirant, puis ramena du tas un portrait d'Alice.

« Et je suppose que c'est ta fille ? demanda-t-il d'une voix égale. Elle a le même regard que toi.

— Elle avait, rectifia Roz. Elle est morte. »

Elle s'attendait à ce qu'il s'excuse et change de sujet, mais il toucha du doigt le visage souriant.

« Elle est jolie.

— Oui.

— Comment s'appelait-elle ?

— Alice. »

Il regarda de plus près la photographie.

« Je me souviens qu'à l'âge de six ans, j'étais amoureux d'une petite fille qui lui ressemblait comme deux gouttes d'eau. Je me sentais très intimidé, et au moins une fois par jour je lui demandais si elle m'aimait. Elle répondait toujours de la même façon. Elle écartait les mains — il fit le geste d'un pêcheur indiquant la longueur d'un poisson — et me disait : "Comme ça."

— Oui, murmura Roz, reprise par le passé, Alice le faisait aussi pour parler de ses sentiments. J'avais oublié. »

Elle tenta de lui arracher la photographie, mais d'un geste vif il la mit hors de sa portée.

« Elle a l'air très décidée.

— Elle savait ce qu'elle voulait.

— Une femme sensée. Et elle arrivait à l'obtenir ?

— En général. Elle avait des idées bien arrêtées. Je me souviens qu'une fois... »

Elle n'alla pas plus loin.

Hawksley eut un haussement d'épaules et se mit à boutonner sa chemise.

« Telle mère, telle fille. Je parie qu'elle ne tenait pas sur ses jambes qu'elle avait déjà réussi à t'embobiner. J'aurais bien voulu voir ça. »

Roz tira un mouchoir pour essuyer ses larmes.

« Je suis désolée.

— De quoi ?

— D'être aussi assommante. »

Il l'attira contre son épaule et pressa sa joue contre les cheveux de la jeune femme. Curieux monde, où une mère devait se retenir de pleurer la mort de sa fille pour ne pas incommoder autrui.

« Merci. »

Elle surprit son regard interrogateur.

« De m'avoir écoutée, expliqua-t-elle.

— Ce n'était pas difficile. » Il devina son anxiété. « Tu ne vas pas passer le reste de la nuit à te ronger les sangs pour te réveiller demain matin en regrettant de m'avoir parlé de ta fille ? »

Il était beaucoup trop perspicace. Elle détourna la tête.

« J'ai horreur de me sentir vulnérable.

— Oui. » Il n'avait pas de mal à le comprendre. « Viens, dit-il en se donnant une tape sur les genoux. Je vais te parler de mes points faibles. Cela fait des semaines que tu essaies de me percer à jour. Maintenant, c'est à ton tour de te moquer de moi.

— Je ne me moquerai pas.

— Ah ! s'exclama-t-il. Vraiment. Tu veux me faire croire que tu vaux mieux que moi. Je pourrais m'amuser à tes dépens, mais pas le contraire. »

Elle l'enlaça.

« Tu es comme Olive.

— Je préférerais que tu cesses de me comparer à l'égorgeuse de Dawlington.

— Tu te trompes. C'est quelqu'un de bien. Comme toi.

— Je ne suis pas quelqu'un de bien, Roz. »

Il lui prit le visage dans ses mains.

« Je suis poursuivi pour infraction aux règles sur la santé et l'hygiène. L'inspecteur qui a établi le rapport a déclaré que ma cuisine était la pire poubelle qu'il ait jamais vue. La viande contenue dans le réfrigérateur se trouvait dans un tel état de putréfaction que les quatre cinquièmes grouillaient d'asticots. Les produits secs, qui auraient dû être conservés dans des récipients hermétiques, ne l'étaient pas et renfermaient des crottes de rat. Le cellier regorgeait de sacs de détritus ouverts. Les légumes étaient tout juste bons à balancer, et on a même déniché un rat vivant sous la cuisinière. » Il leva un sourcil d'un air accablé. « Mes clients ont tous mis les voiles, mon affaire est jugée dans six semaines et je ne vois pas ce qui pourrait me sauver. »

17

Roz resta un moment silencieuse. Elle avait pensé à des tas de scénarios concernant Le Pique-Assiette, mais pas à celui-là. Cela expliquait qu'il n'y eût pas un chat. Quel individu normal serait allé manger dans un restaurant où on avait trouvé des asticots dans la viande ? La chose lui était arrivée. Deux fois. Mais elle ignorait ce qui l'attendait. En se souvenant des repas qu'elle avait pris dans la cuisine de Hawksley, elle eut un pincement à l'estomac et songea qu'il aurait tout de même pu la prévenir. Elle sentit qu'il la regardait et elle contint son indignation.

« Je ne comprends pas, dit-elle lentement. Tu es vraiment poursuivi ? Tu m'as plutôt l'air d'avoir déjà été jugé et condamné. Si le procès n'a pas encore eu lieu, comment tes clients connaissent-ils le contenu du rapport de l'inspecteur ? Et qui étaient ces hommes masqués ? » Elle fronça les sourcils. « Dans tous les cas, je n'arrive pas à imaginer que tu aies été assez bête pour ne pas respecter la réglementation. Du moins, pas au point d'avoir un frigo plein de viande pourrie et des rats partout. »

Soulagée, elle éclata brusquement de rire et, de sa main menue, lui donna une tape sur la poitrine.

« Hawksley, tu n'es qu'un forban ! Tout ça, ce sont des bobards. Tu veux me coller la frousse. »

Il secoua la tête.

« J'aimerais bien. »

Elle l'observa un instant d'un air songeur, puis se leva de ses genoux et se dirigea vers la cuisine. Il l'entendit déboucher une bouteille et entrechoquer des verres.

Comme elle s'attardait, il se souvint que sa femme avait aussi l'habitude, chaque fois qu'elle était mécontente ou déçue, de disparaître dans la cuisine. Il aurait cru Roz différente.

Elle revint enfin avec un plateau.

« Bien, fit-elle d'une voix ferme, j'ai réfléchi. »

Il ne broncha pas.

« Je ne crois pas que tu garderais une cuisine sale. Tu aimes trop ce que tu fais. Tu as acheté Le Pique-Assiette pour réaliser un rêve et non pour en tirer le maximum d'argent et le revendre ensuite. » Elle lui versa un verre de vin. « Il y a une semaine, tu m'as accusée d'avoir essayé de te rouler une fois de plus, ce qui supposait qu'on l'avait fait une première fois. » Elle remplit le second verre pour elle. « Conclusion : rat et viande pourrie ont été placés là à dessein. Exact ?

— Oui. » Il huma son verre. « De toute façon, je ne vais pas dire le contraire. »

Quel écorché vif ! pensa-t-elle. Pas étonnant qu'il n'ait confiance en personne.

Elle s'assit au bord du canapé et poursuivit, imperturbable :

« En outre, d'après ce que j'ai vu, tu t'es fait tabasser à deux reprises, on a brisé les vitres de ta voiture et saccagé Le Pique-Assiette. » Elle but une gorgée de vin. « Dans quel but ? »

Il fit jouer les muscles de son dos qui restait endolori.

« Que je déguerpisse le plus vite possible, je suppose. Mais pour quel motif et qui tire les ficelles, je n'en ai pas la moindre idée. Il y a seulement un mois et demi, j'étais un patron heureux et sans histoires, dirigeant une bonne petite affaire. Puis un beau matin, vers 10 heures, en rentrant du marché, voilà que je tombe sur un inspecteur du service d'hygiène en train d'engueuler mon assistant, que je trouve ma cuisine changée en dépotoir et que j'écope d'un procès-verbal en bonne et due forme. » Il se passa une main dans les cheveux. « J'ai fermé trois jours le restaurant pour nettoyer. Mais le personnel n'est pas revenu à l'ouverture. Les clients, en majorité des policiers et leurs familles — ce qui explique, soit dit en passant, que le constat de l'inspecteur n'ait pas mis longtemps à se répandre —, s'étaient envolés comme des moineaux en pensant que j'avais rogné sur les coûts pour me remplir les poches, pendant que les restaurateurs m'accusaient de vouloir couler la profession par mon incompétence. Ainsi, je me retrouvais complètement isolé. »

Roz secoua la tête.

« Mais, nom d'une pipe, pourquoi ne pas avoir raconté à la police ce qui s'est passé mardi dernier ? »

Il poussa un soupir.

« À quoi bon ? Je ne pouvais pas prouver que cela avait un rapport avec la visite de l'inspecteur. Le coup de l'appât me semblait une meilleure idée. » Il leva la tête et vit son expression ahurie. « J'en ai surpris deux, en train de tout saccager. C'était un coup de bol. Ils avaient profité du fait que le restaurant était vide pour s'en donner à cœur joie. » Il éclata de rire. « J'étais tellement furieux contre toi qu'avant qu'ils comprennent ce qui leur arrivait, je les avais bâillonnés, menottés et attachés aux barreaux de la fenêtre du premier. Sauf que ce n'étaient pas des mauviettes, ajouta-t-il avec une sincère admiration. Impossible de leur faire desserrer les dents. » Il haussa les épaules. « J'ai donc attendu, au cas où quelqu'un viendrait prendre de leurs nouvelles. »

Cela expliquait qu'il ait eu si peur.

« Tu penses vraiment que c'était un coup de bol qu'ils se soient trouvés là ? demanda-t-elle avec curiosité. J'aurais plutôt cru que c'était moi, ton coup de bol, et plutôt deux fois qu'une. »

Il plissa les yeux en un rire contenu.

« Si tu t'étais vue avec ce pied de table à la main ! Tu avais l'air littéralement terrorisée quand la porte s'est ouverte, puis si soulagée quand tu t'es rendu compte que c'était moi et tellement à cran quand je t'ai dit que je n'avais pas prévenu la police. Ah, ça valait le spectacle ! » Il prit une gorgée de vin et la savoura un instant. « Ce qui n'empêche que je suis coincé. Les flics ne me croient pas. Ils pensent que j'essaie par tous les moyens d'échapper au procès. Même Geoff Wyatt, qui était mon associé et me connaît mieux que personne, prétend qu'il en fait dans son froc depuis qu'il a vu les photos prises par l'inspecteur. Avant, ils venaient tous régulièrement, en partie parce que je leur consentais des ristournes, en partie par désir d'aider un ancien collègue. » Il s'essuya la bouche du revers de la main. « Maintenant, je suis devenu *persona non grata*, et je ne peux pas leur en vouloir. Ils ont l'impression de s'être fait escroquer.

— Pourquoi aurais-tu fait ça ?

— À cause de la crise, répondit-il avec un soupir. Un tas de commerces se cassent la figure. Il n'y a pas de raison que le mien soit à l'abri. Quel est le premier réflexe auquel on s'attend de la part d'un restaurateur dans la panade ? Qu'il vous serve de vieux rogatons dans une sauce épicée. »

Pourtant, quelque chose clochait.

« Ton personnel ne peut pas témoigner en ta faveur ? »

Il sourit, d'un sourire sans joie.

« Les deux serveuses sont d'accord, mais le seul dont le témoignage aurait eu un certain poids est mon assistant qui, aux dernières nouvelles, aurait mis le cap sur la France. »

Il s'étira et la douleur dans ses côtes lui arracha une grimace.

« De toute façon, cela ne m'aurait pas beaucoup servi. On l'a sans doute acheté. Il a bien fallu que quelqu'un fasse entrer le fumier qui a salopé la cuisine et il était le seul à posséder un double des clés. » Son regard se durcit. « J'aurais dû l'étrangler quand je le pouvais encore, mais j'étais tellement déboussolé que je n'ai pas compris sur le moment ce qui se passait. Ensuite, il avait déjà disparu. »

Roz se mit à mordiller son pouce.

« Et ce type, il t'a dit quelque chose après mon départ ? Tu avais l'air bien décidé à le cuisiner avec mon épingle à chapeau. »

La franchise de ces paroles amena un sourire sur le visage maussade de Hawksley.

« Oui. Mais cela n'avait pas grand sens. "Les saisies. Tu nous coûtes trop de pognon." Voilà tout. » Il leva un sourcil. « Ça t'éclaire ?

— Non, sauf si tes créanciers sont sur le point de te laisser tomber. »

Il secoua la tête.

« J'ai emprunté le strict minimum. Il n'y a aucune

urgence. Logiquement, ça devrait se rapporter aux boutiques qui se trouvent de chaque côté. Elles ont fait faillite et, dans les deux cas, les prêteurs ont réclamé la saisie.

— Alors, inutile de chercher plus loin, répondit Roz, tout excitée. Quelqu'un veut s'adjuger les trois. Tu ne lui as pas demandé qui et pourquoi ? »

Il se frotta délicatement la nuque.

« On m'a assommé avant que j'en aie eu le temps. Il devait y avoir un cinquième type, qui a profité de la bagarre pour aller délivrer les deux zèbres en haut. Cela expliquerait les coups que nous avons entendus. Quand je suis revenu à moi, il y avait une poêle en feu sur la cuisinière, des flics un peu partout et un voisin qui leur racontait qu'il avait dû appeler une ambulance parce que j'avais tenté d'ébouillanter un client avec le contenu d'une casserole. » Il sourit d'un air penaud. « Un vrai cauchemar ! Aussi, j'ai cogné sur le premier flic venu et je me suis fait la paire. Je ne pouvais penser à rien d'autre. » Il la regarda. « Ma première idée a été qu'on voulait effectivement mettre la main sur le restaurant. Voilà un peu plus d'un mois, je me suis renseigné au sujet de ces deux fonds de commerce, mais je n'ai trouvé aucun lien entre eux. L'un a été racheté directement par une petite chaîne de magasins de détail et l'autre acquis aux enchères par une société de placement.

— Ce ne sont peut-être que des façades. Tu t'es renseigné auprès de la Chambre de commerce ?

— À quoi crois-tu que j'ai passé mon temps durant ces trois jours ? » Il serra les dents, furieux. « J'ai consulté tous les registres possibles et imaginables. Bernique. J'ignore à quoi rime tout ça, sinon que ce procès sera bel et bien la fin du restaurant, et j'imagine qu'à ce stade quelqu'un viendra me trouver avec une proposition de rachat. Un peu comme tu l'as fait. »

Elle ne prit pas la peine de protester. Elle avait compris.

« Quand il sera trop tard.

— Exactement. »

Ils restèrent silencieux quelques instants.

« Pour quelle raison t'avait-on tabassé la première fois que je t'ai vu ? finit-elle par demander. Je suppose que c'était après la visite de l'inspecteur ? »

Il hocha la tête.

« J'avais rouvert depuis trois ou quatre jours. Ils m'ont agrafé sur le pas de la porte au moment où j'introduisais ma clé dans la serrure. Même topo que ce que tu as vu. Des types masqués armés de battes de base-ball. Cette fois-là, ils m'ont embarqué dans une camionnette, puis, au bout d'une quinzaine de bornes, dans la New Forest, ils se sont défoulés sur ma carcasse et m'ont balancé en bordure de route sans argent ni papiers. J'ai mis l'après-midi à faire le trajet en sens inverse, car aucune voiture ne voulait s'arrêter, et quand je suis arrivé... — il lui jeta un regard en coin — j'ai trouvé la *Vénus* de Botticelli errant comme une âme en peine au milieu des tables. Je me suis dit que je tenais enfin ma chance, jusqu'à ce que la Vénus en question ouvre la bouche et se change en harpie. » Il esquiva la main lancée dans sa direction. « Allons, mon chou, dit-il avec un sourire. J'étais complètement flagada et tu m'as encore plus sonné les cloches que ces salauds dans la camionnette. Du pur sadisme ! Je pouvais à peine mettre un pied devant l'autre.

— C'est ta faute aussi, avec tes barreaux aux fenêtres ! Et d'ailleurs, à quoi ça te sert ?

— Ils y étaient déjà quand j'ai acheté la maison. La femme de l'ancien propriétaire était somnambule. Je dois dire que ça m'a plutôt rendu service ces derniers jours. »

Elle revint à sa première question.

« Tout ça n'explique pas pourquoi ils t'ont passé à tabac. Si la visite de l'inspecteur avait pour but de t'obliger à plaquer rapidement, ils auraient dû le faire le lendemain de la réouverture et non quatre jours plus tard. Et s'ils avaient réussi leur coup en te collant un procès sur les reins, pourquoi en rajouter ?

— Je sais, admit-il. Au début, j'étais extrêmement méfiant à ton égard. Je me disais que tu devais forcément être de mèche, mais j'ai vérifié et tu semblais sincère.

— Eh bien, merci », fit-elle d'un ton sec.

Une ride barra son front.

« À ma place, tu en aurais fait autant. C'est bizarre, avoue-le, que tout cela se soit produit justement au moment de ton arrivée. »

Roz ne pouvait pas ne pas le reconnaître.

« Sauf que, lorsqu'on t'a monté cette mise en scène, fit-elle remarquer, nous ne nous connaissions ni l'un ni l'autre. C'est sûrement une coïncidence. » Elle lui remplit à nouveau son verre. « De plus, il y a cinq semaines, le seul lien existant entre nous était Olive et tu ne supposes tout de même pas qu'elle y soit pour quelque chose. Elle a déjà suffisamment à faire avec ses propres problèmes sans aller organiser je ne sais quel complot pour te priver de ton restaurant. »

Il eut un geste d'impatience.

« Je sais bien. Je n'ai pas cessé de réfléchir à cette histoire. Cela n'a aucun sens. Une seule chose est sûre : c'est le traquenard le mieux ficelé que j'aie vu jusqu'ici. Quoi que je fasse, je suis coincé. Et j'ai beau être le dindon de la farce, je n'ai pas la moindre idée de qui se trouve derrière tout ça. » Il gratta sa barbe de plusieurs jours. « Aussi, Miss Leigh, que pourriez-vous espérer d'un restaurateur dans la mélasse, accusé d'atteinte à la santé publique, assortie de coups et blessures, incendie volontaire et résistance à agents ? Car, à moins d'un miracle, c'est bien ce qui va me tomber dessus d'ici à trois semaines. »

Roz le fixa par-dessus son verre, les yeux brillants.

« Un pied d'enfer ! »

Il ne put retenir un gloussement. Sur la photo, le regard d'Alice avait le même éclat.

« On peut dire que tu ressembles à ta fille. » Il reprit les photographies. « Tu devrais les accrocher au mur afin de ne pas oublier sa jolie frimousse. À ta place, c'est ce que je ferais. »

Il devina le soupir intérieur de Roz et se ravisa.

« Pardon. C'est ridicule.

— Ne sois pas idiot !... À propos de photos, je viens juste de me rappeler où j'ai vu ce type. Je savais bien que sa tête me disait quelque chose. C'est un des fils de Mr Hayes. L'ancien voisin des Martin. Il y avait des photos de famille sur son buffet. » Elle battit des mains. « J'ignore si c'est un miracle, Hawksley, mais ce ne serait pas impossible. Les prières de sœur Bridget ont dû faire de l'effet. »

Elle s'assit à la table de la cuisine tandis que Hawksley

s'efforçait d'accomplir des prodiges avec les maigres restes contenus dans le réfrigérateur. Il avait abandonné sa rancœur comme une peau morte et fredonnait gaiement tout en mêlant bacon et fines tranches de blanc de poulet, sur lesquels il répandit du persil.

« Tu ne comptes pas embrocher Mr Hayes avec mon épingle à chapeau ? Je suis sûr qu'il n'a pas la plus petite idée de ce que trafique son rejeton. C'est un brave petit vieux.

— Je n'en sais trop rien », répondit-il, amusé.

Il couvrit le plat d'un papier en aluminium et le mit au four.

« C'est à ne rien y comprendre. Pourquoi Hayes Junior aurait-il soudain décidé d'augmenter la pression alors qu'il lui suffisait d'attendre tranquillement la décision du tribunal ?

— Fais-le arrêter et tu le sauras, répliqua-t-elle d'un ton pondéré. Si j'étais toi, je filerais sur-le-champ demander son adresse à son père et je l'expédierais en tôle.

— Cela n'avancerait strictement à rien. »

Il réfléchit.

« Tu m'as dit que tu avais un enregistrement de votre conversation. J'aimerais bien l'écouter. Je n'arrive pas à croire à une coïncidence. Il y a fatalement un rapport. Pourquoi se sont-ils brusquement énervés, jusqu'à jouer de la batte de base-ball ? C'est absurde.

— Je peux te le faire entendre tout de suite. »

Elle alla chercher son porte-documents, en sortit le magnétophone et le mit en marche.

« On parlait du fils d'Ambre, expliqua-t-elle tandis que s'élevait la voix chevrotante du vieil homme. Il connaissait tous les détails, y compris le nom d'adoption de celui-ci et le pays où il avait émigré. À condition qu'on le retrouve, c'est à lui que reviennent les biens de Martin. »

Hawksley écouta avec attention.

« Brown ? dit-il enfin. Et il vit en Australie ? Comment sais-tu que le vieux a raison ?

— Parce que, quand je suis allée voir cet avocat à la noix qui s'est occupé d'Olive et que je lui ai laissé entendre que j'étais au courant, il m'a menacé de poursuites. » Elle fronça les sourcils. « Je me demande comment Mr Hayes a bien pu apprendre tout ça. Crew n'a même pas voulu dire le nom du gamin à Olive. Il tient absolument à garder le secret. »

Hawksley ôta du feu une casserole de riz qu'il versa dans une passoire.

« Combien Martin laisse-t-il ?

— Un demi-million.

— Vingt dieux ! » Il émit un sifflement et répéta : « Vingt dieux ! Déposé sur un compte en attendant la réapparition du fiston ?

— Je suppose.

— Qui est l'exécuteur testamentaire ?

— Ce même avocat. Peter Crew. »

Hawksley versa le riz dans un plat.

« Qu'est-ce qu'il t'a dit d'autre quand tu as abordé le sujet ? Il a admis qu'il recherchait l'enfant ?

— Non, il m'a seulement menacée. » Elle haussa les épaules. « Mais il a écrit à Olive pour l'informer qu'il y avait peu de chances qu'on le retrouve, qu'une date limite avait, semble-t-il, été fixée et qu'en cas d'échec l'argent irait à des institutions charitables. » Elle se tut puis reprit : « La lettre était écrite à la main. J'ai d'abord cru que c'était par économie. Il paraît plus probable qu'il voulait éviter que son secrétariat ne la lise.

— Et pendant ce temps, il gère le fric et dispose ainsi d'un capital qui permettrait de racheter des entreprises en difficulté. » Il plissa les yeux, le regard vague. « De plus, en tant qu'avocat, il doit vraisemblablement pouvoir obtenir à la source des informations concernant les projets de construction et les plans d'aménagement. » Il regarda à nouveau Roz. « Tant qu'on ne réclame pas l'héritage de Martin, Crew se retrouve en quelque sorte avec un crédit gratuit illimité. Quand l'as-tu vu pour la première fois ?

— La veille du jour où tu t'es fait agresser », répondit-elle avant même qu'il ait fini sa phrase. Ses yeux brillaient d'excitation. « Il était extrêmement méfiant à mon égard, me reprochant d'avoir des idées préconçues sur la manière dont il avait défendu Olive. J'ai tout enregistré. »

Elle tria ses cassettes.

« Il affirmait qu'Olive n'aurait jamais l'héritage parce

qu'il était hors de question qu'elle puisse profiter de la mort de Gwen et d'Ambre. Mais imagine qu'Olive soit innocente — elle bondit sur le magnétophone avec un sourire triomphal —, cela changerait tout ! Elle pourrait attaquer le testament. Je me souviens d'avoir dit à Crew, à la fin de la conversation, que la seule façon d'expliquer le décalage entre la monstruosité des crimes et le fait que les psychiatres l'ait jugée saine d'esprit était qu'elle ne les avait tout bonnement pas commis. Bon sang, ça a l'air de prendre tournure, hein ? D'abord, il apprend que l'enfant d'Ambre n'a pas totalement disparu, puis c'est moi qui débarque en prenant à toute force le parti d'Olive. Le restaurant doit avoir pour lui une sacrée importance. »

Hawksley retira le poulet du four et le posa sur la table à côté du riz.

« Il n'est pas impossible que ton petit vieux soit mouillé jusqu'au cou dans l'histoire, tu t'en doutes ? Crew n'a pas vidé son sac au sujet de l'enfant sans que Hayes ait fait pression sur lui d'une manière ou d'une autre. »

Elle le regarda un long moment puis tira de son porte-documents les photographies du don Juan.

« Hayes sait peut-être que Crew se sert de l'argent de Martin. À moins, prononça-t-elle lentement, qu'il ne connaisse la véritable identité du meurtrier de Gwen et d'Ambre. Ce qui, dans les deux cas, suffirait à ruiner la carrière de Crew. »

Elle étala les photos sur la table.

« L'amant d'Olive, dit-elle simplement. Si j'ai réussi à le retrouver, n'importe qui pouvait en faire autant. À plus forte raison la police. Mais, toi et les autres, vous avez préféré voir en elle une coupable. Ce qui est contraire à la justice, selon laquelle toute personne est présumée innocente tant que son crime n'a pas été prouvé. »

Les prunelles d'un bleu délavé se posèrent sur Roz avec un plaisir évident.

« Eh bien, vous voilà revenue. Entrez, entrez ! »

Puis, apercevant l'homme à l'arrière-plan, le vieillard eut un froncement de sourcils comme s'il ne lui était pas inconnu.

« M'est avis qu'on s'est déjà rencontrés. Y a pas à dire ! J'oublie jamais un visage. Attendez, quand était-ce ? »

Hawksley lui serra la main.

« Il y a six ans, répondit-il d'un ton affable. Je m'occupais de l'affaire Olive Martin. Sergent Hawksley. »

La main palpita légèrement dans la sienne comme un oiseau en cage avide de liberté. Sans doute l'effet de l'âge et de la décrépitude, pensa-t-il.

Mr Hayes acquiesça avec force.

« Oui, ça me revient maintenant. Des circonstances bien tristes. »

Il les précéda dans la salle de séjour.

« Allons, asseyez-vous ! Vous avez du nouveau ? »

Il choisit un solide fauteuil et s'assit, le dos raide, la tête légèrement inclinée dans l'attente de la réponse.

Sur le buffet derrière lui, son fils fixait l'objectif avec un sourire désarmant.

Roz sortit son calepin de son sac et mit le magnétophone en marche. D'un commun accord, ils avaient décidé que ce serait elle qui poserait les questions. « S'il sait réellement quelque chose, avait fait remarquer Hawksley, il se coupera plus facilement en discutant d'Olive avec — y a pas à dire — une charmante jeune femme !

— Oh, pour ça, lança Roz d'un ton de mégère qui fit grincer des dents Hawksley mais parut ravir le vieillard, ce n'est pas ce qui manque ! Par quoi voulez-vous commencer ? Olive ou le fils d'Ambre ? »

Avec une expression approbatrice, elle poursuivit :

« Vous aviez raison, ils ont retrouvé sa trace, malgré les centaines de Brown qui peuplent l'Australie.

— Ah ! fit-il en se frottant les mains. Je me disais bien qu'ils finiraient par y arriver. Alors le gamin va recevoir l'argent ? Croyez-moi ! C'est tout ce que désirait Bob. Il en était malade à l'idée que l'État pourrait rafler le paquet.

— Il a aussi laissé des instructions au cas où on ne le retrouverait pas. L'héritage irait à des institutions œuvrant en faveur des enfants. »

Le vieillard serra soudain les lèvres en une grimace de dégoût.

« Comme si on ne savait pas le genre de gosses qu'on élève là-dedans ! Des voyous de la pire espèce. Qui n'apprendront jamais rien mais vivent aux crochets des honnêtes gens en attendant de les trucider. Et vous savez par la faute de qui ? Des assistantes sociales. De vraies chiffes molles quand il s'agit de dire à une bonne femme qu'elle a déjà bien assez de marmots comme ça.

— Absolument », s'empressa d'affirmer Roz afin de couper court à l'obsession du vieux.

Elle donna de petits coups sur son bloc avec son crayon.

« Vous souvenez-vous de m'avoir dit que, selon votre femme, Olive avait commis ces crimes à cause d'une histoire d'hormones ? »

Il parut mécontent d'être interrompu dans sa tirade.

« Peut-être bien.

— Votre femme a-t-elle laissé entendre que cela avait un rapport avec l'avortement d'Olive, le Noël précédent ?

— Possible.

— Qui était le père, vous le savez, Mr Hayes ? »

Il secoua la tête.

« D'après ce qu'on a raconté, un type qu'elle avait connu à son travail. Quelle idiote ! Et tout ça pour faire enrager sa sœur. » Il tripota sa bouche ridée. « Du moins, c'est mon idée. Ambre avait un tas de petits copains. »

Voilà qui mettait un point final à la conspiration du silence Hayes-Crew.

« Quand avez-vous découvert le pot aux roses ?

— C'est Gwen qui en a parlé à Jeannie. Elle était dans tous ses états. Elle pensait qu'Olive allait se marier et les planter là. Sûr que, pour Gwen, ça changeait complètement le tableau. Elle n'aurait jamais pu s'en tirer.

— De quoi ?

— De tout, répondit-il sans autre précision.

— Vous voulez dire, le ménage ?

— Le ménage, la cuisine, les factures, les courses. Tout, quoi. Olive s'occupait de tout.

— Et Gwen ? »

Il se tut, sembla hésiter. Son regard se porta vers Hawksley.

« Vous et vos collègues ne m'avez jamais posé de telles questions. Sans quoi j'aurais répondu. »

Hawksley se renversa sur son siège.

« À l'époque, l'affaire paraissait simple, dit-il en pesant

ses mots. Mais Miss Leigh a relevé un certain nombre d'incohérences qui montrent les choses sous un nouveau jour. Qu'auriez-vous dit si on vous l'avait demandé ? »

Mr Hayes suçota son dentier.

« Eh ben, d'abord, que Gwen Martin buvait beaucoup trop. Elle avait des problèmes, c'est certain, et elle essayait de faire bonne figure, c'est certain aussi, n'empêche que c'était une mauvaise mère. Elle avait fait une erreur en se mariant et ça l'avait aigrie. Elle pensait que la vie ne lui avait pas donné ce qu'elle méritait et elle en voulait à Bob et aux filles. Jeannie disait toujours que, sans Olive, la famille aurait sombré depuis longtemps. Bien sûr que ça nous en a fichu un coup qu'elle ait fait ça, mais chacun a ses limites et elle n'arrêtait pas d'en baver, d'un côté comme de l'autre. Enfin, c'était tout de même pas une raison pour les tuer.

— Non, fit Roz d'une voix songeuse. Vous ne m'avez toujours pas dit à quoi Gwen passait son temps en l'absence des autres. »

Les mains parcheminées voltigèrent comme pour contenir la curiosité de son interlocutrice.

« Ambre était plus souvent là qu'ailleurs. Le travail, ça ne l'emballait pas. Elle ne restait jamais bien longtemps dans la même place. Sa mère piquait des crises parce qu'elle passait des disques pop, le volume à fond, et invitait des garçons dans sa chambre. C'était un joli brin de fille, mais Jeannie lui trouvait un caractère de cochon. Pour ça, j'ai jamais eu à me plaindre. » Il sourit à cette évocation du passé. « Elle a toujours été aimable avec moi. J'avais un faible pour la petite Ambre. Je suppose qu'elle s'entendait mieux avec les hommes qu'avec les femmes. » Il regarda Roz d'un air interrogateur. « Vous m'avez demandé ce que faisait Gwen. Comment vous dire, Miss Leigh ? Elle maintenait les apparences. Quand on allait frapper à sa porte, elle était toujours tirée à quatre épingles, l'air très comme il faut, faisant un tas de politesses, n'empêche que la plupart du temps elle en avait un bon coup dans le nez. Drôle de femme. Je n'ai jamais compris comment elle en était arrivée à boire, à moins que ce ne soit à cause de l'enfant d'Ambre. Après ça, elle s'est mise à picoler deux fois plus. »

Roz se mit à dessiner son habituel chérubin.

« Robert Martin était un homosexuel qui jouait la comédie à son entourage, déclara-t-elle à brûle-pourpoint. Peut-être qu'elle ne le supportait pas. »

Hayes fit la grimace.

« C'est elle qui l'a fait devenir ainsi. Il n'y avait rien chez Bob qu'une femme n'aurait pas pu arranger avec un peu d'affection. Les deux filles sont de lui, ça prouve bien qu'au début, il mettait du cœur à l'ouvrage, si vous voyez ce que je veux dire. C'est elle qui l'a détourné des femmes... Un glaçon ! »

Roz ne releva pas. Hayes était trop obnubilé par sa vision des choses pour se rendre compte de l'absurdité de son raisonnement et, d'ailleurs, il y avait probablement du vrai dans cette idée de la frigidité de Gwen. Il était difficile d'imaginer que Robert Martin ait pu épouser une femme à la sexualité normale. Pour lui, cette normalité même aurait constitué une menace.

« Mais si Gwen était à ce point désespérée à cause de l'enfant d'Ambre, dit Roz en feignant l'étonnement, pourquoi n'a-t-elle pas essayé de le reprendre ou, du moins, d'entrer en contact avec lui ? Elle devait savoir qui l'avait adopté, sinon elle n'aurait pas révélé son nom à votre épouse. »

Il eut un geste d'impatience.

« Ce n'est pas Jeannie qui m'a dit le nom, c'est mon fils, Stewart, il y a un peu moins de deux mois. Il se doutait bien que ça m'intéresserait vu que, Bob et moi, on était très copains. » Il agita un doigt vers Roz. « On voit que vous n'y connaissez rien en matière d'adoption. Une signature et hop ! On ne vous donne pas de dossier. Gwen n'a jamais su chez qui il vivait. »

Roz sourit tranquillement.

« Alors, comme ça, votre fils travaille pour Mr Crew ? C'est drôle, je ne l'ai jamais rencontré. Je croyais qu'il avait repris le flambeau en s'engageant dans l'armée.

— Sauf que cette fichue armée ne veut plus de lui, grommela le vieux visiblement contrarié. Y a pas à dire. On dégraisse là comme ailleurs. Et tout ça après s'être dévoué corps et âme pour la reine et le pays. Évidemment qu'il ne travaille pas pour Mr Crew. Il a monté une petite société de surveillance avec son frère, mais les affaires ne marchent pas fort. » Il se mit à jouer avec ses doigts déformés par l'arthrite. « Des soldats de métier, et ils en sont à courir après les boulots de veilleur de nuit. Ça ne fait pas plaisir à leur femme, c'est le moins qu'on puisse dire. »

Roz serra les dents tout en affectant un sourire ingénu. « Dans ce cas, qui l'a renseigné à propos de l'enfant ? »

Hayes se donna une tape sur le nez.

« Pas de nom, pas de démon ! »

Hawksley se pencha soudain en avant.

« Un instant, Miss Leigh. »

Ses sourcils se rejoignirent en un froncement hargneux. « Vous êtes bien conscient, Mr Hayes, que, si votre fils ne travaille pas véritablement pour Mr Crew, le fait qu'on lui ait communiqué une information confidentielle constitue en soi un délit. La profession juridique est assujettie aux mêmes règles que le corps médical, et il est important pour Mr Crew, comme pour la police, de savoir qui, parmi le personnel, s'est montré trop bavard.

— Ah ! s'exclama avec mépris le vieillard, vous êtes bien tous les mêmes. Y a pas à dire. Toujours prompts à accabler les innocents pendant que les voleurs courent les rues, libres comme l'air, en s'en donnant à cœur joie. Au lieu d'aller menacer les personnes âgées, vous devriez commencer, sergent, par faire ce pour quoi on vous paie. Le renseignement vient de Mr Crew lui-même. Il l'a dit à mon fils et mon fils me l'a répété. Comment pouvait-il savoir que c'était confidentiel si ce satané avocat le raconte à n'importe qui ? Et il était logique qu'il m'en parle, puisque j'ai été l'ami de Bob jusqu'à la fin. » Il jeta un regard méfiant à Hawksley, puis à Roz. « Et d'abord, pourquoi êtes-vous venue avec un policier ?

— Parce qu'il existe certains doutes quant à la culpabilité d'Olive, répondit Roz d'un ton dégagé, tout en se demandant si ce genre de raccourci n'était pas le privilège de la force publique. Le sergent essaie de se faire une idée pendant que je parle avec les gens.

— Je vois », dit Hayes.

Mais il était évident qu'il ne voyait rien du tout.

« J'en ai presque fini. » Roz sourit gaiement. « Au fait, j'ai retrouvé les Clarke. J'ai bavardé avec eux il y a environ une semaine. Cette pauvre Mrs Clarke est complètement gâteuse. »

Une lueur amusée brilla dans les yeux humides du vieillard.

« Ça ne m'étonne pas. Elle n'avait déjà plus toute sa tête du temps où je la connaissais. Je me dis parfois que Jeannie était la seule personne sensée vivant dans cette rue.

— J'ai cru comprendre que Mr Clarke devait rester à la maison pour la surveiller ? »

Elle leva les sourcils comme pour quêter une approbation.

« Mais il passait plus de temps avec Robert qu'avec elle. Ils étaient si bons amis, Mr Hayes ? À votre avis ? »

Il avait parfaitement saisi la question. Il préféra — par délicatesse ? — ne pas répondre sur le fond.

« Pour ça oui, marmonna-t-il, et qui pourrait le leur reprocher ? La femme de Bob était une pocharde, et celle de Ted la plus stupide créature que j'aie jamais rencontrée. Chaque jour, elle nettoyait la maison de la cave au grenier. » Il laissa échapper un grognement de mépris. « Une dingue de la propreté ! Elle avait l'habitude de se balader avec juste une blouse et rien en dessous, pour ne pas trimballer de microbes, et elle passait tout au désinfectant. »

Il éclata soudain d'un petit rire.

« Je me souviens qu'une fois, elle a même frotté la table de la salle à manger à l'eau de Javel pure. Ah la la, Ted a cru devenir fou. Lui qui avait payé si cher pour la faire vitrifier, après l'eau bouillante qu'elle avait renversée dessus. Et vous dites qu'elle est complètement gâteuse ? Pas étonnant. Pas étonnant du tout. »

Roz resta un instant silencieuse, son crayon posé en travers de son calepin.

« Croyez-vous qu'ils étaient amants ? finit-elle par demander.

— Aucune idée. Cela ne me regardait pas.

— Bien. »

Elle rassembla ses affaires.

« Merci beaucoup, Mr Hayes. Je ne sais pas si le sergent a une question à vous poser... »

Elle se tourna vers Hawksley. Celui-ci se leva.

« Une seule. Comment s'appelle la société de surveillance de votre fils ? »

Le vieil homme le regarda d'un air suspicieux.

« Qu'est-ce que ça peut vous faire ?

— Cela me permettrait de régler directement et en douceur ce problème de fuite. » Il sourit avec froideur. « Autrement, je serai contraint de rédiger un rapport et il y aura une plainte de déposée. Mais ne vous inquiétez pas. Je vous promets que ça n'ira pas aussi loin.

— Une promesse de flic, hein ? Allons, on ne me la fait pas. Pas à moi. »

Hawksley boutonna son veston.

« Dans ce cas, je devrai utiliser la voie officielle, et votre prochaine visite sera celle d'un inspecteur.

— Y a pas à dire. Un sale chantage, c'est tout ce que c'est. STC Sécurité, Bell Street, Southampton. Voilà. Maintenant, voyons ce que valent vos promesses. »

Le regard de Hawksley glissa du vieillard à la photo de son fils.

« Merci, Mr Hayes, dit-il d'un ton avenant. Vous avez été très utile. »

18

Roz se dirigea vers la voiture, l'air préoccupé.

« À quoi penses-tu ? demanda Hawksley.

— À une chose qu'il a dite... »

Elle posa son sac sur le toit de la voiture, le regard fixé sur un point invisible devant elle.

« Et qui ne colle pas avec le reste. Il faut que je recherche dans mes notes. »

Elle ouvrit la portière.

« Où va-t-on ? Au commissariat ? »

Elle débloqua l'autre portière et il s'assit à côté d'elle.

« Non. Ils vont nous interroger toute la journée, et rien ne nous garantit au bout du compte qu'ils feront quoi que ce soit. »

Il réfléchit un instant.

« De même qu'il est inutile d'aller se frotter à Crew. Si nous devons le pincer, ce sera par Stewart Hayes et sa société de surveillance.

— Nous ? fit Roz avec une grimace. Écoute, Hal, ce gorille a déjà failli m'arracher la tête et je n'ai pas très envie de le revoir. »

C'était peu dire.

Hawskley lui posa une main sur l'épaule en un geste rassurant.

« Si cela peut te consoler, je n'en ai pas plus envie que toi. »

Un léger parfum de savon se dégageait d'elle.

« Mais il faut bien en finir d'une manière ou d'une autre. D'ailleurs, j'en ai assez.

— Assez de quoi ? fit-elle, de nouveau inquiète.

— De rester enfermé chez toi à tourner en rond, grommela-t-il. Si ça continue, je vais craquer. Viens. Prenons le taureau par les cornes. Je vais téléphoner à Geoff Wyatt pour voir s'il ne voudrait pas me donner un coup de main pendant que je négocie la vente du restaurant.

— Ce ne serait pas plus simple de faire arrêter Hayes ?

— Pour quel motif ?

— Violation de domicile ?

— Avec quelle preuve ?

— Mon témoignage. Je l'ai vu là-bas.

— Tu peux être sûre qu'il aura un alibi. »

D'un geste tendre, il écarta une mèche de cheveux sur la joue de Roz.

« Ce qu'il faut, c'est forcer Crew à se démasquer. »

Roz poussa un soupir. Son raisonnement de la veille ne lui semblait plus aussi convaincant.

« Tout ça ne repose que sur des suppositions, Hal. Il se peut que Crew ne soit pour rien dans l'histoire du Pique-Assiette, Mr Hayes joue à se donner l'air d'en savoir long. Cela lui permet de se croire important.

— Mais c'est le scénario le plus logique. »

Il se passa une main sur la figure et lui adressa un sourire confiant que rien en lui ne justifiait.

« Quand j'ai le nez qui remue, c'est un signe.

— De quoi ?

— Que je suis sur la bonne piste.

— Si tu te trompes, tu perds Le Pique-Assiette.

— Il est perdu, de toute façon. »

Il pianota sur le tableau de bord.

« En route, dit-il brusquement. Direction, le centre ville. Bell Street est près de l'avenue commerçante. Arrête-toi à la première cabine téléphonique. Et préviens-moi si tu vois un magasin d'électricité. »

Elle tourna la clé de contact et démarra.

« Pour quoi faire ?

— Tu verras bien. »

Il appela le commissariat de Dawlington et demanda à parler à Geoff Wyatt.

« Hal au bout du fil. »

Il écouta un instant le flot d'invectives puis répliqua d'une voix sèche :

« Inutile de gaspiller ta salive. J'essaie de régler cette affaire, mais j'ai besoin de ton aide. Qu'est-ce que vous avez sur STC Sécurité dans Bell Street ? Non, j'attends. »

Il coinça l'écouteur sous son menton et sortit un carnet.

« Oui. Hayes. Ancien militaire. Pas de casier. Tu en es sûr ? D'accord. Tu peux me rejoindre dans une demi-heure ? » Nouveaux glapissements. « Eh bien, en souvenir du bon vieux temps. Non, mon salaud ! Je m'en fiche pas mal, que tu en aies ta claque. D'ailleurs, tu me dois bien ça. Pour Sally. »

Et il raccrocha.

Roz considéra ses ongles avec une indifférence marquée.

« Qui est Sally ?

— Mon ex.

— Pourquoi te doit-il quelque chose ?

— Parce qu'il l'a épousée.

— Ah ! »

Elle ne s'attendait pas à cela. Sa mine perplexe le fit sourire.

« Il m'a rendu un fier service sans le savoir. Il croit que j'ai démissionné à cause de ça. Il a affreusement mauvaise conscience, ce qui est parfois salutaire.

— Mais guère charitable. »

Il leva un sourcil.

« D'autres fois, non.

— Désolée, dit-elle, confuse. J'oublie toujours que nous avons chacun un passé. »

Il l'attira contre lui.

« Notre mariage ne marchait plus depuis longtemps et Geoff n'osait pas faire du gringue à Sally. C'est un type bien. Il lui a fait le coup de l'amitié et a fini par décrocher le reste en prime. Je ne dis pas ça par dépit, je lui suis sincèrement reconnaissant. » Il embrassa Roz sur le nez. « Ce pauvre andouille ne savait pas à quoi il s'engageait.

— La vengeance d'Olive ! »

Il fronça les sourcils et se mit à composer le numéro des renseignements.

« Comprends pas. »

Roz eut un petit rire forcé.

« Dans sa cellule, Olive fabrique des poupées en argile qu'elle transperce avec des aiguilles. Elle en a fait une à mon effigie alors qu'elle était en colère contre moi. Et j'ai eu la migraine pendant toute une semaine.

— Quand ça ? Oui, dit-il dans le téléphone. STC Sécurité, à Southampton, s'il vous plaît.

— Il y a de ça quinze jours.

— Il y a quinze jours, on t'a tapé dessus, fit-il remarquer. C'est ce qui t'a donné la migraine. »

Il inscrivit un numéro sur son carnet et raccrocha.

« Mon ex-mari. Je venais de raconter à Olive que j'avais envie de le tuer, et le voilà qui débarque. Je l'aurais fait à coup sûr, si j'avais eu un couteau ou si je l'avais su à l'avance. J'étais comme folle. Et puis il y a toi, Crew et le restaurant, Wyatt qui te barbote ta femme et son propre père qui meurt. Rien que des gens dont elle pense qu'ils sont responsables de sa situation. »

Il la regarda, surpris.

« Voyons, tu ne crois pas à ce genre de truc ?

— Non, bien sûr », répondit-elle en riant.

Et pourtant, il avait suffi qu'Olive tourne l'aiguille dans la figurine pour qu'elle prenne soudain conscience de la violence de son mal de tête.

« STC Sécurité », fit une femme à la voix joviale à l'autre bout du fil.

Tout en parlant, Hawksley gardait les yeux fixés sur Roz.

« Bonjour. J'aimerais discuter avec Mr Stewart Hayes de mesures de sécurité pour mon restaurant.

— J'ignore s'il est disponible.

— Il le sera. Appelez-le et dites-lui que Hal Hawksley du Pique-Assiette souhaiterait lui dire un mot.

— Une seconde. »

Quelques instants s'écoulèrent avant que la femme le reprenne en ligne.

« Mr Hayes va vous parler. »

Une voix directe et cordiale résonna dans l'écouteur.

« Bonjour, Mr Hawksley. Que puis-je pour vous ?

— Vous, rien, Mr Hayes, mais moi, oui. Je vous offre

une option valable le temps qu'il me faut pour me rendre à vos bureaux. Mettons une demi-heure.

— Je ne comprends pas.

— Je suis prêt à vendre Le Pique-Assiette, mais à mon prix, et tout de suite. Vous n'aurez pas d'autre occasion. »

Il y eut un bref silence.

« Je ne m'occupe pas d'achats de restaurants, Mr Hawksley.

— Pas vous, mais Mr Crew oui, aussi, je vous conseille de le consulter au plus vite avant de laisser passer cette chance. »

Il y eut un nouveau silence.

« Je ne connais pas de Mr Crew. »

Hawksley fit semblant de ne pas avoir entendu.

« Dites-lui que l'affaire Olive Martin est sur le point de rebondir. » Il lança un clin d'œil à Roz. « Elle a engagé un nouvel avocat et compte déposer sous huitaine une requête afin d'annuler le testament de son père en prétextant de son innocence. Ou Crew achète Le Pique-Assiette aujourd'hui et à mon prix, ou il peut faire une croix dessus. »

Lorsqu'ils arrivèrent, Wyatt attendait sur le trottoir.

« Tu ne m'as pas prévenu que tu aurais de la compagnie », dit-il en se penchant et en jetant un coup d'œil suspicieux par la vitre ouverte côté passager.

Hawksley fit les présentations.

« Sergent Wyatt, Miss Rosalind Leigh.

— Bon Dieu, Hal, murmura le sergent d'un ton réprobateur, pourquoi diable l'as-tu emmenée ?

— Parce que ça me plaît. »

Wyatt secoua la tête, l'air exaspéré.

« Tu es dingo ! »

Hawksley ouvrit la portière et descendit.

« Je suppose que tu veux parler de mes raisons de l'amener ici. Si j'avais pensé que tu critiquais mon choix, tu aurais déjà reçu mon poing sur la figure. »

Il lança un regard à Roz qui était sortie et verrouillait la portière.

« Tu ferais mieux de m'attendre.

— Pourquoi ?

— Tu pourrais y laisser ton cuir chevelu.

— Toi aussi.

— C'est mon affaire.

— Et la mienne, si cette relation doit se prolonger. En outre, tu as besoin de mon aide. C'est moi qui ai les Tampax.

— Ça ne marchera jamais. »

Roz poussa un gloussement en voyant la tête de Wyatt. « Ça marchera. Crois-moi. »

Hawksley toucha du doigt son ancien collègue.

« Maintenant, tu as pigé pourquoi je l'ai emmenée ?

— Vous êtes aussi dingos l'un que l'autre ! »

Wyatt lâcha son mégot et l'écrasa sous son talon.

« Que veux-tu que je fasse ? Normalement, je devrais t'arrêter. » Il lança à Roz un regard curieux. « J'imagine qu'il vous a tout raconté ?

— J'en doute, répondit-elle d'une voix enjouée. Voilà à peine une demi-heure, j'ai appris que son ex-femme se prénomme Sally et que vous l'aviez épousée. À partir de là, on peut s'attendre à tout.

— Je parle, rectifia-t-il avec aigreur, des multiples accusations dont il devra répondre lorsque cette petite farce sera terminée et que je l'aurai fourré au bloc.

— Oh, ça ! » Elle eut un geste vague. « Des chiffons de papier et rien de plus. »

Wyatt, que son nouveau ménage ne satisfaisait pas entièrement, les regarda échanger des coups d'œil, tout en se demandant pourquoi des gens qui le méritaient infiniment moins que lui avaient toujours plus de chance. Légèrement patraque, il écouta les instructions de Hawksley, une main sur l'estomac.

Roz s'attendait à des locaux crasseux et délabrés dans le genre de ceux d'Hirondelles Service. Au lieu de cela, ils trouvèrent une réception luisante de propreté, aux couleurs gaies, où une réceptionniste zélée s'affairait derrière un bureau ultra-moderne. Manifestement, pensa Roz, quelqu'un n'avait pas hésité à investir largement dans STC Sécurité. Mais qui ? Et d'où provenait l'argent ?

Hawksley gratifia la réceptionniste de son sourire le plus enjôleur.

« Hal Hawksley. Mr Hayes m'attend.

— Ah oui, fit-elle en lui retournant son sourire. Il m'a recommandé de vous introduire tout de suite. » Elle se pencha, un doigt pointé vers le couloir. « Troisième porte à gauche. Si vos amis veulent bien prendre un siège, ajouta-t-elle en indiquant des chaises dans un coin. »

« Merci, répondit Wyatt. Je n'osais pas vous le demander. »

Il saisit une chaise au passage et s'engagea à son tour dans le couloir.

« Je ne vous ai pas dit de l'emporter ! » lança-t-elle.

Il pivota, le visage épanoui, tandis que Hawksley et Roz pénétraient sans frapper dans le troisième bureau à gauche, puis s'installa à proximité de la porte.

« Et moi, je me trouve très bien là. »

Il alluma une cigarette et regarda avec une mine amusée la jeune femme décrocher nerveusement le téléphone.

Dans le bureau, Stewart Hayes reposa l'écouteur.

« Lisa m'informe que vous êtes venus avec un ange gardien. Serait-ce un policier, par hasard ?

— Vous avez deviné.

— Bon, fit-il en joignant les mains sur son bureau d'un air indifférent. Asseyez-vous, je vous en prie. »

Il sourit à Roz et lui désigna une chaise.

Celle-ci s'exécuta, tout en observant intensément son interlocuteur. Ce n'était pas l'homme qui avait tenté de l'étrangler. Il était plus jeune, mieux habillé et paraissait aussi direct et chaleureux que sa voix. Probablement son frère, pensa-t-elle en se rappelant les photographies trônant sur le buffet. Il avait le sourire sincère du vieillard, le même charme un peu suranné et, en d'autres circonstances, elle l'aurait sûrement trouvé sympathique. Seul le regard bleu pâle, mobile et attentif, démentait cette apparence de franchise. Hawksley était resté debout.

Le sourire de Hayes les engloba tous les deux.

« À présent, peut-être voudrez-vous m'expliquer ce que signifie votre coup de téléphone ? Pour être honnête — mais le ton de sa voix s'accordait mal avec ses propos —, je n'ai pas compris pourquoi je devais, en une demi-heure, acheter le restaurant de quelqu'un que je ne connais pas au profit de quelqu'un dont je n'ai jamais entendu parler, sous prétexte qu'une dénommée Olive Martin, meurtrière de son propre aveu, désire attaquer le testament de son père. »

Hawksley promena son regard autour de lui.

« Mazette ! Vous vous débrouillez à merveille, votre frère et vous. » Il posa un œil interrogateur sur Hayes. « Votre père s'imagine que vous êtes dans la mouise. »

Hayes eut un léger froncement de sourcils mais ne dit rien.

« Crew paie combien pour les parties de base-ball ? Vu les risques, ça ne doit pas être bon marché. »

Une lueur amusée brilla dans les yeux bleu pâle.

« J'ai peur de ne pas vous suivre.

— Votre frère a été très facile à identifier, Hayes. Il y a un tas de photos sur le buffet de votre père. Mais Crew s'est évidemment bien gardé de vous dire qu'il y avait une timbrée dans l'histoire. Ou peut-être auriez-vous dû l'avertir. Sait-il que votre père habitait à côté de chez Olive Martin ? »

Devant l'incompréhension de l'autre, il désigna Roz d'un signe de tête.

« Miss Leigh prépare un livre sur Olive Martin. Crew était l'avocat d'Olive, votre père son voisin et c'est moi qui ai procédé à l'arrestation. Miss Leigh est allée voir chacun de nous et a reconnu votre frère sur les photos. Le monde est plus petit que vous l'imaginez. »

Un léger changement se produisit dans l'expression de Hayes.

« Elle a confondu. Vous ne pouvez rien prouver. C'est votre parole contre la sienne. Il était à Sheffield toute la semaine dernière. »

Hawksley haussa les épaules avec une feinte indifférence.

« Je vous ai offert une chance et vous êtes en train de la gâcher. » Il posa les mains à plat sur le bureau et se pencha d'un air mauvais. « Je vais vous dire comment je me représente les choses. Crew se servait de l'argent de Robert Martin pour racheter à bas prix des entreprises naufragées en attendant que les affaires reprennent, mais le voilà pris de court. L'enfant d'Ambre ne s'est pas totalement volatilisé, comme il l'espérait, et Olive, grâce aux efforts déployés par Miss Leigh pour l'innocenter, est en passe de devenir une "cause célèbre". Elle ou son neveu, peu importe lequel, réclamera bientôt des comptes à l'exécuteur testamentaire, en l'occurrence Crew. Celui-ci ne s'attendait pas à ce que la crise se prolonge et il risque maintenant d'être pris la main dans le sac. Il a absolument besoin de liquidités pour boucher les trous dans ses comptes. » Il leva un sourcil. « À ce propos, qu'est-ce qu'on projette de construire à l'angle de Wenceslas Street ? Supermarché ? Appartements ? Bureaux ? Quoi qu'il en soit, il lui faut Le Pique-Assiette pour boucler l'opération. Je le lui vends. Aujourd'hui. »

Hayes ne semblait pas du genre à se laisser intimider pour si peu.

« D'après ce qu'on m'a dit, Hawksley, votre restaurant est de toute façon sur le point de fermer. Dès lors, vous serez bien obligé de vous en débarrasser. Et ce ne sera plus vous qui dicterez les conditions mais celui que sa reprise intéresse. »

Hawksley sourit.

« S'il ne se casse pas la figure avant moi. Que ses tripatouillages viennent à être découverts avant que ma banque me tombe dessus et Crew se retrouvera complètement grillé. À sa place, j'hésiterais à prendre un tel risque. » Il hocha la tête en direction du téléphone. « Il pourrait se l'éviter en concluant l'affaire maintenant. Appelez-le. »

Hayes réfléchit un instant, puis se tourna vers Roz.

« Je suppose que vous avez un magnétophone dans votre sac, Miss Leigh. Auriez-vous l'obligeance de me laisser jeter un coup d'œil ? »

Roz se tourna vers Hawksley qui acquiesça. Elle posa à contrecœur le sac sur le bureau.

« Merci », fit poliment Hayes.

Il l'ouvrit, en sortit le magnétophone et inspecta rapidement le reste des affaires avant de soulever le capot et d'ôter la cassette. Puis il déroula la bande, la sectionna à coups de ciseaux, et, l'opération terminée, se leva.

« Vous d'abord, Hawksley. Je préférerais ne pas avoir d'autres petites surprises. »

Il palpa Hawksley avec des doigts d'expert, puis fit la même chose pour Roz.

« Bien. » Il tendit la main vers la porte. « Maintenant, dites à votre ange gardien d'aller s'asseoir à la réception. »

Il reprit sa place derrière le bureau et attendit que Hawksley eût transmis le message. Quelques minutes plus tard, il décrocha le téléphone pour s'assurer que Wyatt n'était pas à portée de voix.

« À présent, prononça-t-il d'un ton songeur, j'ai le choix entre plusieurs solutions. La première serait évidemment d'accepter votre offre. » Il s'empara d'une règle et, la serrant à chaque bout, s'amusa à en éprouver la résistance. « Je ne suis guère tenté. Vous auriez pu mettre Le Pique-Assiette en vente depuis plusieurs semaines et vous ne l'avez pas fait. Ce brusque revirement ne me dit rien qui vaille. » Il s'interrompit un instant. « La deuxième consisterait à laisser les choses suivre leur cours. La loi n'est qu'une blague, une longue blague en l'occurrence, et il n'y a pas plus d'une chance sur deux pour que les détournements de Peter Crew soient découverts avant que vous fassiez le plongeon. » Il ploya la règle au maximum et la relâcha brusquement. « Je ne suis pas davantage tenté. Une chance sur deux, c'est encore beaucoup. » Les yeux bleus se durcirent. « La troisième solution, et de loin la meilleure, serait de souhaiter qu'il vous arrive un malheureux accident, ce qui permettrait de faire d'une pierre deux coups. » Il lança un regard à Roz. « Votre mort, Miss Leigh, reléguerait aux oubliettes, temporairement du moins, le livre que vous écrivez sur Olive Martin, et la vôtre, Hawksley, se traduirait inévitablement par la mise en vente du Pique-Assiette. Cela résoudrait tout, vous ne croyez pas ?

— Certainement. Mais vous n'adopterez pas non plus celle-là. D'ailleurs, il reste le gamin en Australie. »

Hayes eut un petit rire rappelant curieusement celui de son père.

« Alors, qu'allez-vous faire ?

— Vous donner ce que vous êtes venu chercher.

— À savoir ?

— La preuve que vous êtes victime d'un coup monté. »

Il ouvrit un tiroir et en sortit une pochette en plastique transparent. La tenant par le bord supérieur, il l'agita et en fit glisser le contenu — une feuille de papier à en-tête striée de plis comme si on l'avait froissée — sur son bureau. L'adresse de l'en-tête était celle d'une société d'un des plus riches quartiers de Southampton et, en travers de la feuille, Crew avait inscrit à la main une série de notes brèves :

Objet : Le Pique-Assiette	Coût en £
Viande avariée à culture bactérienne, excréments rat, etc.	1 000
Clé petite porte + départ France	1 000
Avance installation	5 000
E H si aboutissement poursuites	5 000
Rachat Pique-Assiette	80 000 ?
SOUS-TOTAL	92 000
Offre site	750 000
Moins Pique-Assiette	92 000
Moins 1 Wenceslas St	60 000
Moins Newby's	73 000
TOTAL	525 000

« Tout ce qu'il y a d'authentique, ajouta Hayes en voyant l'expression sceptique de Hawksley. C'est l'adresse de Crew, son écriture — il donna une tape avec sa règle en bordure des notes — et ses empreintes. Avec ça, vous êtes tiré d'affaire. Quant à savoir si ce sera suffisant pour le faire inculper, je l'ignore. C'est votre problème, pas le mien.

— Où avez-vous eu ce papier ? »

Hayes se contenta de secouer la tête en souriant.

« Je suis un ancien soldat. J'aime bien assurer mes arrières. Mettons qu'il soit tombé entre mes mains et que je l'aie transféré entre les vôtres. »

Hawksley se demanda si Crew se doutait du genre de loustic qu'il avait engagé. Ce document était-il destiné, en dernière instance, à le faire chanter ?

« J'avoue que je ne pige pas. Crew va nécessairement vous accuser. Moi aussi. Et Miss Leigh également. D'une manière ou d'une autre, vous êtes cuits, votre frère et vous. Alors pourquoi nous faciliter la tâche ? »

Au lieu de répondre directement, Hayes déclara :

« Je sauve les meubles, Hawksley, et je vous rends votre gargotte. Soyez-m'en reconnaissant.

— Et puis quoi encore ? riposta Hawksley d'un ton aigre. Qui est derrière ce racket ? Crew ou vous ?

— Il n'y a pas de racket. Les faillites sont hélas une réalité quotidienne. N'importe quel individu disposant d'un petit capital peut racheter de plein droit et pour une somme modique une boîte en perdition. Crew faisait partie d'un consortium parfaitement légal. Malheureusement, il s'est servi de fonds qui ne lui appartenaient pas.

— Et qui est à la tête de ce consortium ? »

Hayes s'abstint de répondre.

« Pas de racket, mon cul ! explosa Hawksley. Le Pique-Assiette n'avait aucune chance d'être mis en vente et vous avez néanmoins racheté les commerces d'à côté. »

Hayes ploya de nouveau la règle.

« Vous auriez fini par y venir. Les restaurants sont des entreprises à haut risque. » L'ombre d'un sourire passa sur ses lèvres. « Songez à ce qui se serait passé si Crew, au lieu de s'énerver, avait attendu l'issue des poursuites. »

Son regard se durcit.

« Et si mon frère m'avait informé de ses contacts avec lui. Vous et moi n'aurions jamais eu cette petite conversation, pour la bonne raison que vous n'auriez pas su à qui vous adresser. »

Hawksley fut parcouru d'un frisson.

« Le coup de la visite sanitaire aurait tout de même eu lieu ? »

La règle, courbée à l'extrême, se rompit avec fracas. Hayes sourit.

« Les restaurants sont des entreprises à haut risque, scanda-t-il à nouveau. Je vous le répète, soyez-m'en reconnaissant. Alors Le Pique-Assiette deviendra une affaire prospère.

— Autrement dit, nous avons intérêt à la boucler en ce qui vous concerne.

— Évidemment, laissa-t-il tomber comme si cela allait sans dire. Parce que la prochaine fois, le feu ne prendra pas seulement à une poêle à frire — ses yeux bleus se posèrent sur Roz — et vous, ainsi que votre amie, risquez de ne pas vous en tirer aussi bien. Mon frère n'a guère apprécié la façon dont vous l'avez traité. Il a très envie d'une revanche. » Il indiqua du doigt la feuille de papier.

« Faites ce que vous voudrez avec Crew. Je n'ai aucune estime pour les gens sans principes. C'est un homme de loi. Il s'était vu confier les biens d'un défunt et il en a abusé. »

Quelque peu ébranlé, Hawksley attrapa la feuille par un coin et la glissa dans le sac de Roz.

« Vous ne valez pas mieux que lui, Hayes. Vous avez trahi sa confiance en parlant du fils d'Ambre à votre père. Sans cela, nous ne serions jamais remontés jusqu'à lui. » Il attendit que Roz se soit levée et marcha vers la porte. « Mais je veillerai personnellement à ce qu'il en soit informé quand la police l'arrêtera. »

Hayes eut l'air amusé.

« Crew ne parlera pas.

— Qu'est-ce qui l'en empêcherait ? »

Hayes passa la règle brisée sous sa gorge. « La même chose qui vous en empêchera, Hawksley. La peur. » Les yeux bleus parcoururent Roz de la tête aux pieds. « Mais lui, ce sont ses petits-enfants qu'il affectionne. »

Wyatt les suivit en silence jusque sur le trottoir.

« Bon, alors accouchez ! À quoi rime tout ce cirque ? »

Hawksley regarda le visage blême de Roz.

« Allons boire un verre.

— Ça, sûrement pas ! glapit Wyatt. J'ai payé mes dettes, à ton tour, Hal. »

Celui-ci le saisit par le coude et serra violemment.

« Mets-la en veilleuse, espèce d'abruti, murmura-t-il. Le type qui bosse là-dedans serait capable de t'arracher les couilles et de les avaler toutes crues sans sourciller. Où est le pub le plus proche ? »

Ce n'est que lorsqu'ils furent blottis dans un coin de la salle face à un horizon de tables vides que Hawksley consentit à desserrer les dents. Il résuma l'histoire à coups de petites phrases ponctuées d'hésitations, insistant sur le rôle joué par Crew et décrivant l'expédition au Pique-Assiette comme le fait de voyous enrôlés pour la circonstance. Pour finir, il tira la feuille du sac de Roz et l'étala avec précaution sur la table.

« Je veux qu'on coince ce salaud, Geoff ! Qu'il ne puisse pas inventer un truc pour se défiler. »

Wyatt parut sceptique.

« C'est un peu mince, tu ne crois pas ?

— Ça devrait aller. »

Wyatt rangea la feuille dans son carnet qu'il fourra dans sa poche intérieure.

« Quel rôle joue STC Sécurité dans tout ça ?

— Aucun. Hayes a récupéré ce papier et me l'a remis. Sa boîte n'est pas dans le coup.

— Il y a dix minutes, il était prêt à m'arracher les couilles.

— J'avais soif. »

Wyatt eut un haussement d'épaules.

« Tu ne me donnes pas grand-chose. Je ne peux même pas t'affirmer que tu éviteras une condamnation. Crew va forcément prétendre qu'il n'y est pour rien. »

Il y eut un silence.

« Il a raison », intervint soudain Roz en tirant un paquet de Tampax de son sac.

Hawksley lui agrippa la main et la pressa contre la table.

« Arrête, dit-il à voix basse. Crois-moi ou non, je tiens plus à toi qu'au restaurant ou à je ne sais quelle idée de justice. »

Elle hocha la tête en souriant, son regard rivé au sien.

« Le problème, c'est que moi aussi je tiens à toi. Nous voilà donc dans le pétrin. Tu veux me protéger et moi protéger le restaurant, ce qui paraît contradictoire. » Elle libéra lentement sa main. « Or il faut bien que quelqu'un l'emporte, et ce sera moi, pour la bonne raison que cela n'a rien à voir avec une quelconque idée de justice et tout avec ma tranquillité d'esprit. Je me sentirai beaucoup mieux avec Hayes sous les verrous. »

Comme Hal posait à nouveau la main sur la sienne, elle secoua la tête.

« Je ne tiens pas à ce que tu perdes ton restaurant à cause de moi, Hal. Tu as fait tout ce que tu as pu pour le garder, tu ne vas pas céder maintenant. »

Mais Hawksley était moins facile à manœuvrer que Rupert.

« Arrête, répéta-t-il. Tout ça, c'est du blabla. Hayes ne proférait pas des menaces en l'air. Il n'a pas parlé de te tuer. »

Il leva une main vers le visage de Roz.

« Les types comme lui ne tuent pas parce qu'ils n'en voient pas la nécessité. Ils vous brisent les os ou vous défigurent. Une victime réduite à l'impuissance incite davantage qu'un mort à la docilité.

— Mais s'il est reconnu coupable..., commença Roz.

— Tu es décidément naïve, l'interrompit-il d'une voix douce. Même s'il est reconnu coupable, ce dont je doute fort — un ancien militaire, sans antécédents, accusé sur de simples indices car Crew niera tout —, il ne restera pas longtemps en prison. Au pire, il écopera d'un an pour escroquerie et ne purgera que six mois. Il est plus vraisemblable qu'on lui collera une peine avec sursis. Ce n'est pas Stewart que tu as vu dans le restaurant armé d'une batte de base-ball, c'est son frère, ne l'oublie pas. Et lorsque tu devras témoigner, tu seras bien obligée de le dire. » Son regard pesait sur elle. « J'essaie de voir les choses en face, Roz. Occupons-nous de Crew et réunissons de quoi répondre à la plainte des services sanitaires. Ensuite — il eut un haussement d'épaules — je parie que Hayes ne songera même plus au Pique-Assiette. »

Elle resta un moment silencieuse.

« Agirais-tu de la même façon si tu ne m'avais pas rencontrée et que je ne sois pas impliquée dans l'histoire ? Ne mens pas, je t'en prie, Hal.

— Non, avoua-t-il, mais tu es dans le bain jusqu'au cou et la question ne se pose pas.

— Très bien. » Sa main mollit sous celle de Hawksley. « Je te remercie. Je préfère largement cela.

— Alors, puisque tu es d'accord... »

Soulagé, il relâcha son étreinte. Elle en profita pour lui arracher la boîte de Tampax.

« Sûrement pas. »

Elle l'ouvrit, la vida d'une partie des tubes en carton et en extirpa un minuscule dictaphone à commande vocale.

« Avec un peu de chance, déclara-t-elle à l'adresse de Wyatt, voilà qui devrait régler le compte de Hayes. Le volume était à plein, et mon sac juste devant lui sur le bureau. »

Elle rembobina la bande et pressa le bouton de mise en marche.

La voix de Hawksley s'éleva, assourdie en raison de la distance :

« Autrement dit, nous avons intérêt à la boucler en ce qui vous concerne ? »

Celle de Hayes était d'une clarté limpide : « Évidemment. Parce que la prochaine fois, le feu ne prendra pas seulement à une simple poêle à frire et vous ainsi que votre amie risquez de ne pas vous en tirer aussi bien. Mon frère n'a pas apprécié la façon dont vous l'avez traité. Il a très envie d'une revanche. »

Elle arrêta le dictaphone et le poussa vers Wyatt.

« Ça ira ?

— Avec encore deux ou trois petites choses du même genre, Hal ne devrait pas avoir de problèmes, à condition que vous soyez prête à y ajouter foi.

— Tout à fait. »

Wyatt lança un coup d'œil à Hawksley et, devant l'expression tendue de celui-ci, se tourna vers Roz.

« Mais Hal a raison, pour autant que j'aie compris l'essentiel. Il faut être réaliste. » Il prit le dictaphone. « Quel que soit le verdict du tribunal, si ce type veut se venger sur vous, il le fera. Et la police ne pourra rien pour l'en empêcher. Alors ? Vous tenez vraiment à ce que j'embarque cette bande ?

— Oui. »

Wyatt regarda à nouveau Hawksley et poussa un soupir résigné.

« Désolé, mon pote. J'ai fait de mon mieux, mais on dirait que, cette fois-ci, tu es tombé sur une tigresse. »

Hawksley éclata de son rire rauque.

« Ne le dis pas, Geoff, je le sais déjà. »

Mais Wyatt le dit quand même :

« Sacré veinard, va ! »

Penchée sur sa table, Olive s'était lancée dans une nouvelle sculpture. Ève, ses deux visages et son poupon avaient fini aplatis sous le poing robuste, tandis que le crayon demeurait pointé vers le ciel comme un doigt accusateur. Le chapelain considéra d'un air pensif cette dernière création. Une forme massive, à l'aspect vaguement humain, gisant sur le dos, semblait jaillir d'un socle d'argile. C'était curieux comme Olive, en dépit de sa maladresse, arrivait à rendre ses figurines expressives.

« Que faites-vous à présent ?

— Un HOMME. »

Il l'aurait parié. Il la regarda rouler entre ses doigts un petit morceau d'argile et le planter verticalement au bas de la tête.

« Adam ? » suggéra-t-il.

Il avait l'impression qu'elle lui jouait la comédie. En entrant, il avait senti qu'elle s'activait soudain, comme si elle n'attendait que ce moment pour sortir d'une longue torpeur.

« Caïn. »

Elle prit un autre crayon, le posa sur le morceau d'argile, parallèlement à la forme étendue, puis le pressa jusqu'à ce qu'il y reste collé.

« Faust. Don Juan. Peu importe.

— Au contraire, répliqua l'aumônier d'un ton sec. Les hommes ne vendent pas tous leur âme au diable, de même que les femmes ne sont pas toutes hypocrites. »

Un léger sourire aux lèvres, elle coupa quelques centimètres de ficelle à une pelote qui se trouvait sur la table. Elle fit une boucle à une extrémité et enroula l'autre autour du crayon, de sorte que la boucle pendait au-dessus de la tête en argile. Puis, avec d'infinies précautions, elle passa une allumette dans la boucle et serra.

« Et ça ? » demanda-t-elle.

L'aumônier fronça les sourcils.

« Je ne sais pas. Une potence ? »

Elle balança l'allumette.

« Ou l'épée de Damoclès. Quand Lucifer vous tient, cela ne fait guère de différence. »

Le prêtre s'assit sur le bord de la table et lui offrit une cigarette.

« Ce n'est pas n'importe quel homme, dit-il en approchant la flamme de son briquet. C'est un individu précis, n'est-ce pas ?

— Peut-être.

— Qui ? »

Elle tira une feuille de sa poche et la lui tendit. Il l'étala sur la table et la lut. C'était une lettre circulaire, très brève, tapée sur un traitement de texte :

Chère Miss Martin.

Nous vous prions de noter que, en raison de circonstances imprévues, Mr Peter Crew a dû quitter son cabinet pour une période indéterminée. Dans l'intervalle, les dossiers de ses clients seront traités par ses collaborateurs. Nous restons comme d'habitude à votre entière disposition.

Veuillez agréer, etc.

L'aumônier releva la tête.

« Je ne comprends pas. »

Olive aspira à pleins poumons et souffla une grosse bouffée de fumée vers le bâtonnet. Celui-ci s'agita follement avant de glisser le long du nez et de heurter le front d'argile.

« Mon avocat a été arrêté. »

Surpris, l'aumônier considéra le personnage sculpté. Il ne prit pas la peine de lui demander si c'était certain. Il connaissait aussi bien qu'elle la fiabilité du téléphone arabe.

« Pourquoi ?

— Parce qu'il avait le mal en lui. » Elle écrasa sa cigarette dans l'argile. « Comme tous les HOMMES. Même vous, mon père. »

Elle lui lança un coup d'œil pour voir sa réaction.

Il laissa échapper un gloussement.

« Vous avez probablement raison. Mais je vous assure que je fais tout mon possible pour résister. »

Elle préleva une nouvelle cigarette dans le paquet.

« Vous me manquerez, lança-t-elle soudain.

— Quand ça ?

— Quand ils me libéreront. »

Il la regarda, étonné.

« Alors ce n'est pas pour tout de suite. Nous avons encore quelques années devant nous. »

Mais elle secoua la tête et se mit à malaxer le morceau d'argile avec le mégot au milieu.

« Vous ne m'avez jamais demandé qui était Ève. »

Voilà qu'elle recommençait son petit jeu.

« C'était inutile. Je le savais déjà. »

Un sourire de dédain flotta sur les lèvres de la prisonnière.

« Naturellement. L'avez-vous deviné tout seul ? Ou est-ce Dieu qui vous l'a soufflé ? "Écoute, mon fils, Olive a frappé son image dans l'argile. Aide-la à guérir de sa propre duplicité." Eh bien, que vous y réussissiez ou non, je me souviendrai de ce que vous avez fait pour moi. »

Qu'espérait-elle au juste ? Qu'il la rassure en lui disant qu'elle sortirait de là, délivrée de ses mensonges ? Il poussa un soupir. Cela aurait été tellement plus facile s'il avait eu de la sympathie pour elle, mais il n'en avait pas. Et c'était ça, son mal à lui.

19

Olive considéra Roz avec une profonde méfiance. Le visage de la visiteuse était moins pâle que d'habitude et reflétait une certaine satisfaction.

« Vous avez changé ! lança Olive d'un ton de reproche comme si ce qu'elle voyait lui déplaisait.

— Mais non, je vous assure », répondit Roz.

Mieux valait mentir. Olive n'aurait-elle pas interprété comme une trahison le fait que la journaliste vécût maintenant avec le policier qui l'avait arrêtée ?

« Vous avez eu mon message, lundi ? »

Olive était plus repoussante que jamais : des cheveux ternes et gras lui tombaient sur la figure, le devant de sa robe laissait voir des traces de Ketchup et l'odeur de transpiration emplissait la petite pièce, rendant l'atmosphère presque irrespirable. Le front buté, les nerfs à vif, elle semblait décidée à prendre le contre-pied de tout ce qu'on lui dirait. Elle s'abstint de répondre.

« Ça ne va pas ? demanda Roz sans se troubler.

— Je ne veux plus vous voir. »

Roz tourna son crayon entre ses doigts.

« Et pourquoi ?

— Je n'ai pas à vous donner de raison.

— Ce serait plus poli, répliqua Roz d'un ton égal. J'ai investi beaucoup de temps et d'énergie dans cette histoire, sans parler de mes sentiments pour vous. Je croyais que nous étions amies. »

Olive eut une moue méprisante.

« Amies ! s'exclama-t-elle d'un ton acerbe. Vous voulez rire. Vous vous êtes servie de moi dans l'espoir de faire un gros coup qui en mettrait plein la vue et vous rapporterait du pognon. » Elle posa les mains à plat sur la table et tenta de se lever. « Je ne veux pas que vous écriviez ce livre.

— Parce que vous préférez jouer les terreurs ici qu'avoir l'air ridicule dehors ? » Roz secoua la tête. « Vous n'êtes qu'une imbécile, Olive. Et une lâche. Je pensais que vous aviez plus de courage. »

Olive pinça ses lèvres épaisses, tout en s'efforçant de se redresser.

« Je ne vous écoute pas, prononça-t-elle d'un ton enfantin. Vous essayez me faire changer d'avis.

— Évidemment. »

Roz posa sa tête dans sa main.

« J'écrirai ce livre, que vous le vouliez ou non. Vous ne me faites pas peur. Vous pouvez demander à un avocat de m'en empêcher, mais il n'y réussira pas, car j'affirmerai que vous êtes innocente et j'obtiendrai du tribunal l'autorisation de le publier dans l'intérêt suprême de la justice. »

Olive retomba sur sa chaise.

« Je m'adresserai à une association de défense des libertés civiques. Ils me soutiendront.

— Pas quand ils sauront que j'essaie de vous faire libérer. Alors, c'est moi qu'ils soutiendront.

— J'en appellerai au Tribunal des droits de l'homme. Je dirai que vous portez atteinte à ma vie privée.

— Allez-y. Le livre se vendra comme des petits pains. Les gens se l'arracheront pour connaître la raison de tout ce ramdam. Et si l'affaire arrive devant les tribunaux, je veillerai à ce que cette fois-ci on sache la vérité.

— Quelle vérité ?

— Que vous ne les avez pas tuées. »

Olive abattit son poing sur la table.

« Si, je les ai tuées !

— Non !

— Si ! hurla la grosse fille.

— C'est faux, répliqua Roz, les yeux étincelants de colère. Votre mère est morte, quand vous déciderez-vous enfin à l'accepter, espèce d'idiote ! » Elle cogna à son tour sur la table. « Elle n'est plus là et n'y sera jamais plus, quand bien même vous préféreriez finir vos jours en prison. »

Deux grosses larmes roulèrent sur les joues d'Olive.

« Je vous déteste.

— En rentrant chez vous, continua impitoyablement Roz, vous avez découvert ce que votre cher amant avait fait et cela vous a bouleversée. Dieu sait que je vous comprends. »

Elle sortit de son sac les photos des cadavres de Gwen et d'Ambre et les jeta sur la table devant Olive.

« Vous aimiez votre mère, n'est-ce pas ? Comme vous aimez tous ceux qui ont besoin de vous. »

Olive écumait de rage.

« Des conneries ! Rien que des conneries ! »

Roz secoua la tête.

« Je le sais, parce que moi aussi j'avais besoin de vous. »

Les lèvres d'Olive tremblaient.

« Vous vouliez seulement savoir quelle impression cela fait de tuer quelqu'un.

— Non, répondit Roz en tendant la main et en la posant sur celle d'Olive. J'avais besoin de donner de l'affection. Avec vous, c'était facile. »

Olive retira vivement sa main et la plaqua sur son visage.

« Personne ne m'aime, murmura-t-elle. Personne ne m'a jamais aimée.

— Vous vous trompez, répliqua Roz d'une voix ferme. Moi, oui. Et sœur Bridget aussi. Et nous n'avons pas l'intention de vous laisser tomber dès que vous serez dehors. Vous devez le croire. »

Elle se refusait à écouter la voix insidieuse qui la mettait en garde contre des engagements qu'elle ne pourrait pas tenir et de pieux mensonges qui risquaient de se retourner contre elle.

« Parlez-moi d'Ambre, demanda-t-elle doucement. Dites-moi pourquoi votre mère avait besoin de vous. »

Un soupir de résignation s'échappa de la montagne de chair.

« Ambre n'en faisait qu'à sa tête et, quand elle ne pouvait pas avoir ce qu'elle voulait, elle rendait la vie impossible à tout le monde. Elle mentait sur ce qui lui arrivait, racontait des histoires horribles et se montrait parfois cruelle. Un jour, pour punir ma mère, elle lui a renversé de l'eau bouillante sur le bras, si bien que, pour avoir la paix, on finissait généralement par lui céder. »

Elle lécha les larmes qui lui humectaient les lèvres.

« Elle ne prenait aucune responsabilité, mais c'est devenu encore pire après la naissance du bébé. Maman disait qu'elle s'était arrêtée de grandir.

— Pour se racheter ?

— Non, pour se donner des excuses. » Elle pinça le tissu de sa robe. « Les enfants ont le droit de faire des bêtises, alors Ambre se comportait comme une enfant. Jamais personne ne l'a disputée parce qu'elle était tombée enceinte. On avait bien trop peur de sa réaction. » Elle s'essuya le nez avec le dos de la main. « Maman avait décidé de la conduire chez un psychiatre. Elle pensait qu'Ambre était schizophrène. » Elle poussa un profond soupir. « Puis elles ont été tuées. »

Roz lui passa un Kleenex et attendit qu'elle se mouche.

« Pourtant, elle n'était pas désagréable à l'école ?

— Oh si, répondit Olive d'un ton sans appel, quand les autres filles la taquinaient ou lui chipaient ses affaires sans prévenir. Il m'est arrivé de piquer des colères quand elles le faisaient, mais la plupart du temps je m'arrangeais pour que ça n'arrive pas. Tant qu'on ne la contrariait pas, elle était adorable. Oui, vraiment adorable, répéta-t-elle.

— Les deux visages d'Ève.

— C'est ce que devait se dire maman. »

Elle prit le paquet de cigarettes dans le sac ouvert de Roz et défit l'emballage.

« Lorsqu'elle n'était pas en cours, je la gardais avec moi. Ça ne la dérangeait pas. Les filles plus âgées la chouchoutaient et elle aimait bien ça. Elle n'avait pas d'amie de son âge. »

Elle tira plusieurs cigarettes du paquet et en prit une.

« Et quand elle s'est mise à travailler ? Vous n'étiez plus là pour la protéger.

— Elle ne restait jamais plus d'un mois dans la même place. Elle passait le plus clair de son temps à la maison. Maman ne savait plus quoi faire.

— Et chez Glitzy ? »

Olive gratta une allumette et alluma sa cigarette.

« Ça a été la même chose. Elle n'y était pas depuis trois semaines qu'elle parlait déjà de s'en aller. Il y a eu des histoires avec les filles. Elle en a fait virer une, un truc comme ça. Je ne me souviens plus des détails. C'est alors que maman en a eu assez et a décidé de l'envoyer chez un psychiatre. »

Roz demeura un moment songeuse.

« Je sais qui est votre amant, déclara-t-elle à brûle-pourpoint. Je sais que vous passiez vos dimanches au Belvedere dans Faraday Street et que vous vous inscriviez sous un faux nom. La patronne du Belvedere et la réceptionniste à Hirondelles Service ont reconnu sa photographie. Selon moi, il a quitté brusquement l'hôtel le soir de votre anniversaire, après que vous lui avez appris que vous aviez avorté, et il a filé chez vous pour en découdre avec votre mère et avec Ambre qu'il considérait toutes deux comme responsables du meurtre de l'enfant qu'il avait toujours rêvé d'avoir. Votre père n'était pas à la maison et c'est alors que le drame a éclaté. Vous êtes rentrée bien longtemps après et, en découvrant les corps, vous avez perdu la tête parce que vous étiez persuadée que tout était votre faute. »

Elle prit à nouveau une des mains d'Olive et la serra dans la sienne. Olive ferma les yeux et se mit à pleurer doucement, ses doigts caressant ceux de Roz.

« Non, finit-elle par dire en ôtant sa main. Cela ne s'est pas passé ainsi. J'aurais préféré. Au moins, je saurais à quoi m'en tenir. »

Son regard, étrangement vague, semblait fixer un point en elle-même.

« Nous n'avions rien prévu pour mon anniversaire. Cela ne tombait pas un dimanche, qui était le seul jour où nous pouvions être ensemble. Sa belle-sœur venait prendre le relais, ce qui lui permettait de laisser sa femme. Elles croyaient toutes les deux qu'il passait la journée avec des anciens combattants. » Elle sourit, d'un sourire sans joie. « Pauvre Edward. Il avait affreusement peur d'être découvert et de se retrouver à la rue sans un sou. La maison était à elle, l'argent aussi, et il en souffrait. Il avait l'air si pitoyable et nigaud, avec ce ridicule postiche sur la tête, qu'il méritait bien son surnom de Simplet. » Elle poussa un soupir. « C'était censé être un déguisement. Il pensait que cela lui éviterait d'être reconnu. Moi, je trouvais ça grotesque. Je le préférais avec son crâne chauve.

— Et à l'hôtel, vous vous faisiez appeler Mr et Mrs Grimm. »

Olive soupira à nouveau.

« Lorsque nous étions petites, Ambre et moi, le conte de *Blanche-Neige* était une de nos histoires préférées. »

Roz l'avait deviné.

« De qui aviez-vous peur ? De Mrs Clarke ou de vos parents ?

— De tout le monde, et avant tout d'Ambre. Elle était d'une jalousie maladive.

— Elle savait que vous aviez avorté ? »

Olive secoua la tête.

« Seulement ma mère. Je n'en ai pas parlé à Edward, et encore moins à Ambre. Elle était la seule dans la maison à avoir le droit de s'envoyer en l'air. Et elle ne s'en privait pas. Comme maman la forçait à prendre tous les soirs la pilule, elle n'est pas retombée enceinte. »

Elle fit la grimace.

« En apprenant que je l'étais, maman a été furieuse. Nous savions toutes les deux qu'Ambre en ferait une maladie.

— C'est pour cela que vous avez préféré avorter ?

— Je suppose. Cela semblait être alors la seule solution. Maintenant, je le regrette.

— Vous aurez bien d'autres occasions.

— J'en doute.

— Que s'est-il passé ce fameux soir ? » demanda Roz au bout d'un moment.

Olive la regarda sans ciller à travers la fumée de sa cigarette.

« Ambre a trouvé le cadeau que m'avait offert Edward. Il était bien caché, mais elle avait la manie de fouiller partout. » Sa bouche se tordit. « J'étais sans cesse obligée d'aller rendre les objets qu'elle avait volés. Naturellement, on m'accusait à sa place. » Elle serra son poignet entre le pouce et l'index.

« C'était un petit bracelet en métal argenté. Dessus, il avait fait graver : "A.M.A.B.L.C.H.N.G." Vous comprenez ? "À ma Blanche-Neige." » Elle sourit malgré elle. « C'était un joli cadeau.

— Il tenait beaucoup à vous.

— Avec moi, il avait l'impression de retrouver sa jeunesse. »

Ses yeux se mouillèrent.

« Nous ne faisions de mal à personne. Nous nous contentions de nous voir une fois par semaine, et cela nous aidait à vivre. » Des larmes coulèrent sur ses joues. « Maintenant, je me dis que je n'aurais pas dû, mais c'était une sensation agréable. Je n'avais encore jamais eu de liaison et j'enviais Ambre. Elle avait plein de petits copains. Elle les faisait monter dans sa chambre. Maman n'osait rien lui dire. » Elle se mit à sangloter. « Ils n'arrêtaient pas de se moquer de moi et je déteste ça. »

Roz essaya d'imaginer l'atmosphère sinistre qui devait régner dans la maison, chacun cherchant désespérément un peu d'amour sans jamais en trouver. L'auraient-ils seulement reconnu, s'il s'était présenté ?

Roz attendit qu'Olive se soit calmée.

« Votre mère se doutait que c'était Edward ?

— Non. Je lui ai dit que j'avais rencontré quelqu'un à mon travail. Nous faisions très attention. Edward était le meilleur ami de mon père. Si on avait su ce qui se passait, ç'aurait été une catastrophe. »

Elle se tut.

« La catastrophe a tout de même eu lieu.

— Ils l'ont découvert. » Olive hocha tristement la tête. « En voyant le bracelet, Ambre a tout de suite deviné. C'était prévisible.

— Qu'a-t-elle fait ?

— Comme toujours. Elle a piqué une colère noire. Je me souviens qu'elle m'a saisie par les cheveux. En même temps elle hurlait. Papa et maman ont dû nous séparer. J'ai fini par la frapper. Papa me tenait les poignets, tout en repoussant Ambre qui continuait à me tirer les cheveux. C'est alors qu'elle a explosé. Elle a crié que je sortais avec Mr Clarke. »

Olive fixa la table d'un air malheureux.

« Maman est devenue blême — on trouve généralement répugnant que de vieux messieurs puissent être attirés par des jeunes filles... pour ça les regards de la patronne du Belvedere étaient suffisamment éloquents. » Elle tourna sa cigarette dans ses doigts. « À présent, je me dis que maman était au courant de ce qu'il y avait aussi entre Edward et mon père. Et que tout cela la dégoûtait. Comme cela me dégoûte aujourd'hui.

— Pourquoi ne pas avoir nié ? »

Olive tira une bouffée de sa cigarette.

« À quoi bon ? Elle avait compris qu'Ambre ne mentait pas. Une intuition, j'imagine. On s'aperçoit d'un fait, et d'innombrables détails, qui semblaient n'avoir aucun sens jusque-là, s'ajustent soudain. Quoi qu'il en soit, ils se sont mis tous les trois à me crier dessus. Je n'avais jamais vu mon père aussi en colère. Maman a parlé de l'avortement et il a commencé à me gifler en me traitant de putain. Ambre n'arrêtait pas de brailler qu'il était jaloux parce qu'il aimait lui aussi Edward, et c'était un tel cauchemar — ses yeux s'embuèrent à nouveau — que je me suis enfuie. » Une expression presque comique se peignit sur son visage. « Et quand je suis rentrée le lendemain, il y avait du sang partout et maman et Ambre étaient mortes.

— Vous avez passé la nuit dehors ? »

Olive acquiesça. « Et la plus grande partie de la matinée.

— Excellent, fit Roz en se penchant en avant. On devrait pouvoir le prouver. Où êtes-vous allée ?

— Sur la plage. » Elle regarda ses mains. « Je voulais en finir. Je regrette de ne pas l'avoir fait. En fin de compte, je suis restée là à réfléchir.

— Quelqu'un vous a vue ?

— Non. Chaque fois que j'entendais du bruit, j'allais me cacher derrière un canot.

— À quelle heure êtes-vous rentrée ?

— Vers midi. Je n'avais rien mangé et j'avais faim.

— Vous avez parlé à quelqu'un ? »

Olive poussa un soupir de lassitude.

« Non. Je n'ai rencontré personne. Sinon, je ne serais pas ici.

— Comment avez-vous pénétré dans la maison ? Vous aviez une clé ?

— Oui.

— Pourquoi ? » interrogea Roz d'un ton tranchant. Vous venez de me dire que vous vous étiez enfuie. Logiquement, vous auriez dû partir comme vous étiez. »

Olive écarquilla les yeux.

« Je savais bien que vous ne me croiriez pas ! s'écria-t-elle. Personne ne me croit quand je dis la vérité. » Elle se remit à pleurer.

« Mais si, je vous crois, répliqua Roz d'une voix ferme. Je veux seulement y voir clair.

— Je suis d'abord montée dans ma chambre, ensuite j'ai pris mes affaires. C'est parce que je ne supportais plus de les entendre que je suis partie. » Son visage se crispa de détresse. « Mon père pleurait. C'était horrible.

— Bon. Continuez. Vous rentrez chez vous.

— Je suis allée dans la cuisine chercher quelque chose à manger. Il y avait du sang partout et, avant même que j'aie compris, j'ai mis le pied dedans. »

Elle eut un regard vers la photographie de sa mère et les larmes lui revinrent aux yeux.

« Je préfère ne pas trop en parler. Cela me rend malade rien que d'y penser. » Sa lèvre inférieure tremblait violemment.

« Bien, dit Roz d'une voix calme. Passons à autre chose. Pourquoi êtes-vous restée là, au lieu de courir dans la rue chercher de l'aide ? »

Olive s'essuya les yeux.

« J'étais comme paralysée. Je voulais le faire, mais je n'en avais pas la force. Je ne pouvais pas m'empêcher de penser que ma mère aurait honte que les gens la voient sans vêtements. » Sa lèvre continuait à trembler de façon grotesque. « Je me sentais tellement mal. J'avais envie de m'asseoir, mais il n'y avait pas de chaise. »

Elle étouffa un hoquet.

« C'est alors que Mrs Clarke a tapé à la fenêtre de la cuisine. Elle répétait en criant que Dieu me punirait et elle avait l'écume à la bouche. Je savais que je devais la faire taire, sinon ce serait encore pire. J'ai pris le rouleau à pâtisserie et je me suis précipitée vers la porte de derrière. » Elle poussa un soupir. « Mais j'ai glissé et, quand je me suis relevée, elle n'était plus là.

— C'est alors que vous avez appelé la police ?

— Non. » Son visage moite se plissa de manière affreuse. « À présent, je me souviens de chaque détail. J'étais épouvantée à cause du sang que j'avais sur moi et je n'arrêtais pas de me frotter les mains pour m'en débarrasser. Mais il y en avait sur tout ce que je touchais. Le sol en était couvert et je glissais sans cesse sur les corps, qui étaient pêle-mêle. J'ai essayé tant bien que mal de les remettre en ordre. Après ça, j'avais du sang partout. » Elle était sur le point de s'effondrer à nouveau. « Je me disais que c'était ma faute, que si je n'avais pas existé, il ne se serait rien produit. Je suis restée un long moment assise par terre parce que j'avais envie de vomir.

— Mais pourquoi ne pas avoir tout raconté aux policiers ? »

Elle leva vers Roz des yeux noyés de larmes.

« Je comptais le faire, mais ils refusaient de m'adresser la parole. Ils étaient convaincus que je les avais tuées. Il aurait fallu que je leur parle d'Edward et de moi, d'Edward et de mon père, de mon avortement, d'Ambre et de son bébé. Je savais qu'ils ne m'écouteraient pas et qu'il était beaucoup plus simple pour tout le monde que je dise que je les avais tuées.

— D'après vous, qui l'a fait ? demanda Roz d'un ton volontairement anodin.

— Sur le coup, je ne me suis même pas posé la question », répondit Olive avec une expression pitoyable. Elle arrondit les épaules en un mouvement de protection. « Puis j'ai compris que c'était mon père et que j'aurais beau dire, cela ne changerait rien, car il était le seul à pouvoir me sauver. » Elle tira sur ses lèvres. « Ça m'a soulagée et j'ai raconté tout ce qu'on voulait. Je ne supportais pas l'idée de me retrouver seule à la maison, sans maman, avec Edward juste à côté et tout le monde qui était au courant. Je n'en aurais jamais eu la force.

— Comment avez-vous deviné que votre père était le meurtrier ? »

Olive poussa un gémissement d'animal blessé.

« À cause de l'attitude de Mr Crew. » Des larmes ruisselèrent sur ses joues. « Il venait de temps en temps à la maison et, chaque fois, il me donnait une tape sur l'épaule en me demandant comment ça allait. Mais, au commissariat de police, il a sorti un mouchoir de sa poche comme s'il allait se trouver mal et m'a déclaré, de l'autre bout de la pièce : "Taisez-vous ou il me sera impossible de vous aider." Alors j'ai compris. »

Roz fronça les sourcils.

« Compris quoi ?

— Que papa n'avait rien dit à Mr Crew alors qu'il savait très bien que je n'étais pas à la maison. Et il n'a rien dit non plus aux policiers. S'il n'avait pas été coupable, il aurait essayé de me tirer de là. Mais, par lâcheté, il les a laissés me mettre en prison. » Elle éclata en sanglots. « Ensuite, il est mort en léguant son argent à l'enfant d'Ambre, alors qu'il aurait pu écrire une lettre en déclarant que j'étais innocente. Qu'est-ce que ça pouvait faire, puisqu'il n'était plus là ? »

Roz prit la cigarette des doigts d'Olive et la posa sur la table.

« Pourquoi n'avez-vous pas confié vos soupçons à la police ? Le sergent Hawksley vous aurait écoutée. Il a toujours suspecté votre père. »

La grosse fille regarda fixement la table.

« Je n'ai pas envie de vous le dire.

— Il le faut, Olive.

— Vous allez vous moquer de moi.

— Allez-y.

— J'avais faim. »

Roz secoua la tête, ahurie.

« Pardon ?

— Le sergent m'a apporté un sandwich et m'a dit que je pourrais avoir un vrai repas quand j'aurais terminé ma déposition. » Elle était à nouveau au bord des larmes. « Je n'avais rien avalé de la journée et j'avais tellement faim, dit-elle en pleurnichant. Pour que ça aille plus vite, j'ai fait ce qu'ils voulaient, et ils m'ont donné à manger. » Elle se tordit les mains. « Ça semble ridicule, n'est-ce pas ? »

Roz s'en voulut de ne pas avoir pensé que la nourriture avait joué un rôle essentiel dans la confession d'Olive. Mrs Hopwood l'avait décrite comme une boulimique et, compte tenu de son état d'angoisse, la malheureuse devait être au supplice.

« Non, ce n'est pas ridicule, répondit-elle d'un ton ferme. Mais pourquoi avez-vous tenu à plaider coupable au procès ? Dans le cas contraire, cela vous aurait permis de gagner du temps pour réfléchir. »

Olive s'essuya les yeux.

« C'était trop tard. J'avais déjà avoué. Je n'avais plus rien à espérer, sinon les circonstances atténuantes, et je ne voulais pas laisser à Mr Crew le plaisir de me faire passer pour une psychopathe.

— Mais si vous aviez dit la vérité, on vous aurait peut-être écoutée. Vous me l'avez dite à moi, et je vous ai crue. »

Olive secoua la tête.

« Je ne vous ai rien dit. Vous avez découvert les choses par vous-même. C'est pourquoi vous m'avez écoutée. » Après un instant, elle reprit : « J'ai bien essayé au début, en arrivant à la prison. J'en ai parlé à l'aumônier, mais il ne pouvait pas me sentir et pensait que je mentais. J'en avais déjà trop fait, vous comprenez ? Le plus effrayant, c'étaient les psychiatres. Je craignais, si je niais et ne montrais pas de remords, qu'ils ne m'envoient à Broadmoor. »

Roz considéra avec compassion la tête inclinée. Olive n'avait jamais eu la moindre chance. Qui fallait-il blâmer en définitive ? Mr Crew ? Robert Martin ? La police ? Ou cette pauvre Gwen, dont la dépendance vis-à-vis de sa fille avait conditionné toute la vie de celle-ci ? Michael Jackson avait vu juste à propos d'Olive : « Elle faisait partie de ces gens auxquels on pense seulement quand on a besoin de quelque chose et qu'on est bien content de trouver parce qu'on sait pouvoir compter sur eux. » Pour sa part, Ambre n'avait jamais eu à faire d'efforts pour plaire, contrairement à Olive, qui était devenue totalement dépendante à son tour. En l'absence de tout soutien, elle avait choisi la solution de facilité.

« On vous en informera officiellement dans quelques jours, mais vous l'apprendrez sans doute bien avant. Mr Crew a été mis en liberté sous caution. Il est accusé d'avoir détourné l'argent de votre père et trempé dans une tentative d'escroquerie. Il est également possible qu'il soit inculpé de complicité de meurtre. »

Roz surprit dans le regard d'Olive une étrange expression de certitude mêlée de défi qui lui donna le frisson. Elle se souvint des quelques mots par lesquels sœur Bridget lui avait confié sa propre vision des choses : « C'est vous qui avez été choisie, Roz, pas moi. » Et Olive ? Quelle était sa vision des choses ?

« Je le sais déjà. » D'un geste désinvolte, elle ôta une épingle du devant de sa robe. « Le téléphone arabe. Mr Crew a envoyé les frères Hayes faire une descente dans le restaurant du sergent Hawksley. Vous étiez là et on vous a tabassés, le sergent et vous. C'est dommage, mais c'est bien la seule chose que je regrette. Je n'ai jamais beaucoup apprécié Mr Hayes. Il parlait sans cesse à Ambre et faisait comme si je n'existais pas. »

Elle ficha l'épingle dans la table. Des miettes d'argile adhéraient encore à la tête d'acier.

À la vue de l'épingle, Roz leva un sourcil.

« Ce sont des superstitions ridicules, Olive.

— Vous m'avez dit qu'il suffisait d'y croire pour que ça marche. »

Roz haussa les épaules.

« Je plaisantais.

— Ce n'est pas le genre de l'*Encyclopedia britannica*. “La sorcellerie réussit à Salem parce que les personnes impliquées y croyaient.” Page 96, volume 25, rubrique “Occultisme” », récita-t-elle d'une voix chantonnante de fillette. Elle vit l'air sévère de Roz. « D'accord, c'est absurde, laissa-t-elle tomber avec calme. Est-ce que Mr Crew sera condamné ?

— Je l'ignore. Il prétend que votre père, en le désignant comme exécuteur testamentaire, l'a autorisé à investir l'argent le temps que dureraient les recherches pour retrouver votre neveu. Le plus beau, ajouta-t-elle avec un sourire sardonique, c'est que, si l'immobilier repart, ce qui paraît assez probable, il aura réalisé quelques belles opérations. »

Parmi les autres charges, seule la tentative d'escroquerie visant Hawksley semblait avoir des chances d'aboutir, dans la mesure où le frère de Stewart Hayes, qui était loin d'avoir la trempe de celui-ci, avait craqué durant l'interrogatoire de police.

— Il nie tout en bloc, mais les flics ont bon espoir de pouvoir les coincer pour coups et blessures, lui et ses deux compères. Je donnerais cher pour arriver à montrer qu'il s'est rendu coupable de négligence dans votre cas. Fait-il partie des gens auxquels vous avez essayé de dire la vérité ?

— Non, répondit Olive à regret. Cela n'aurait servi à rien. Il était depuis des années l'avocat de mon père. Il ne l'aurait jamais cru coupable. »

Roz réfléchit un instant.

« Votre père n'a tué ni votre mère ni votre sœur, Olive, déclara-t-elle soudain. Il pensait que c'était vous. Lorsqu'il est parti travailler le lendemain matin, Gwen et Ambre vivaient encore. Pour lui, votre déposition était parfaitement véridique.

— Mais il savait que je n'étais pas là.

— Je n'ai aucun moyen de le prouver, mais il ne s'est sans doute même pas aperçu de votre départ. Il dormait en bas, souvenez-vous, et je parierais volontiers que vous avez filé sans bruit, pour qu'on ne vous remarque pas. Si vous aviez accepté de le voir, vous auriez compris que vous aviez commis une erreur. »

Elle se leva.

« Cela n'a plus aucune importance aujourd'hui, mais vous l'avez puni inutilement. Il n'était pas plus coupable que vous, Olive. Il vous aimait. Simplement, il ne savait pas le montrer. Sa seule erreur, à mon avis, a été de ne pas faire davantage attention aux tenues des femmes. »

Olive secoua la tête.

« Je ne comprends pas.

— Il a raconté à la police que votre mère possédait une blouse en nylon.

— Pourquoi a-t-il dit ça ? »

Roz poussa un soupir.

« Pour ne pas avoir à reconnaître, j'imagine, qu'il ne la regardait jamais. Il n'était pas méchant. Et il n'était pas plus responsable de sa sexualité que vous ou moi. Votre vrai drame, ça a été de ne pas pouvoir en parler. »

Elle saisit l'épingle sur la table et en essuya la tête.

« Je doute qu'il vous en ait voulu de ce qui s'est passé. Il s'en est plutôt voulu à lui-même. À cause de cela, il a continué à habiter la maison. C'était sa pénitence. »

Une grosse larme coula sur la joue d'Olive.
« Il disait toujours que le jeu n'en valait pas la chandelle. »
Elle tendit la main pour reprendre l'épingle.
« Si je l'avais moins aimé, je l'aurais peut-être moins haï. Et il ne serait pas trop tard, n'est-ce pas ? »

20

Hawksley attendait dans la voiture en somnolant, les bras croisés, une vieille casquette rabattue sur les yeux pour se protéger du soleil. Il leva la tête et lança à Roz un regard endormi au moment où elle ouvrait la portière.

« Eh bien ? »

Elle jeta son porte-documents sur le siège arrière et se glissa au volant.

« Elle a descendu ma version en flammes. »

Hawksley la considéra d'un air pensif.

« Où allons-nous, à présent ?

— En découdre avec Edward. Celui-là est loin d'avoir eu tout ce qu'il méritait.

— Est-ce bien raisonnable ? Je croyais que c'était un détraqué. »

Il inclina sa casquette sur ses yeux et se prépara à reprendre sa sieste.

« Enfin, je suppose que tu sais ce que tu fais. »

Roz lui inspirait à présent une confiance inébranlable. Elle avait cent fois plus de cran que bien des types qu'il connaissait.

Elle pressa la cassette qui se trouvait dans l'auto-radio et la remit au début.

« Moi oui, sergent, mais pas vous. Aussi prenez-en de la graine. En réalité, c'est avec toi que je devrais en découdre. Cette pauvre fille — parce qu'elle n'a jamais rien été d'autre en fin de compte — n'avait pas mangé et tu lui as promis un "vrai repas" dès qu'elle aurait fini sa déposition. Pas étonnant qu'elle se soit empressée d'avouer. Je suppose que si elle ne l'avait pas fait, tu l'aurais laissée crever de faim. »

Elle poussa le volume à fond.

Il fallut plusieurs coups de sonnette pour qu'Edward Clarke se décide enfin à ouvrir la porte, de la longueur de la chaîne de sûreté. D'un geste irrité, il leur fit signe de partir.

« Vous n'avez rien à faire ici ! lança-t-il à Roz d'une voix sifflante. Et si vous continuez à nous harceler, j'appelle la police ! »

Hawksley s'avança d'un pas, un sourire aimable aux lèvres.

« Sergent Hawksley, Mr Clarke. Police judiciaire de Dawlington. Affaire Olive Martin. Vous vous souvenez sûrement de moi. »

Une expression de découragement se peignit sur le visage d'Edward Clarke.

« Je croyais que nous en avions terminé avec tout ça.

— J'ai bien peur que non. Pouvons-nous entrer ? »

L'homme eut une brève hésitation et Roz se demanda un instant s'il n'allait pas exiger de Hawksley qu'il lui montre son insigne. Il n'en fut rien. Manifestement, il faisait partie de ces gens qui ont par-dessus tout le respect de l'autorité. Il ôta la chaîne et ouvrit la porte en grand, les épaules basses comme s'il déclarait forfait.

« Je savais bien qu'Olive finirait par parler. C'est humain, n'est-ce pas ? »

Il les conduisit dans la salle de séjour.

« Mais je vous donne ma parole que je ne sais rien à propos des meurtres. Croyez-vous que, si je l'avais mieux connue, je lui aurais offert mon amitié ? »

Roz s'installa à la même place où elle s'était trouvée quelques jours auparavant et mit discrètement en marche son magnétophone dans son sac à main. Hawksley s'approcha de la fenêtre et regarda dehors. Mrs Clarke était assise dans le petit jardin derrière la maison, son visage, vide d'expression, tourné vers le soleil.

« Olive et vous étiez plus que des amis, dit Hawksley sans hostilité en revenant dans la pièce.

— Nous ne faisions de mal à personne », répliqua

Mr Clarke, reprenant involontairement les paroles d'Olive.

Quel âge pouvait-il avoir? se demanda Roz. Soixante-dix ? Plus, à en juger d'après sa physionomie, mais les tracas que lui occasionnait sa femme y étaient peut-être pour quelque chose. La perruque grossièrement dessinée sur le papier cellophane avait agi comme un révélateur. Avec des cheveux un homme paraissait toujours plus jeune. Il glissa ses mains entre ses genoux comme s'il ne savait pas où les mettre.

« Ou du moins, ce n'était pas notre intention. Je n'ai rien compris au geste d'Olive.

— Et vous ne vous sentez aucunement responsable ? »

Il se mit à contempler la moquette pour éviter leur regard. « À mon avis, elle a toujours été très instable.

— Pour quelle raison ?

— Sa sœur l'était aussi. Question d'hérédité.

— Elle se comportait déjà bizarrement avant les meurtres ?

— Non, admit-il. Comme je vous l'ai dit, je n'aurais pas continué — il s'interrompit — cette... relation, si j'avais su de quoi Olive était capable.

— En quels termes étiez-vous avec son père ? » demanda Hawksley, changeant brusquement de sujet.

Mr Clarke serra plus étroitement ses mains entre ses genoux.

« Amicaux.

— C'est-à-dire ? »

Son interlocuteur poussa un soupir.

« Est-ce si important ? Cela fait longtemps de ça et Robert est mort. »

Il lança un coup d'œil vers la fenêtre.

« Oui, fit Hawksley d'un ton sec.

— Nous étions bons amis.

— Vous avez eu des rapports sexuels avec lui ?

— Pas longtemps. »

Il retira ses mains d'entre ses genoux et se cacha le visage.

« Maintenant, cela a l'air affreusement sordide, mais ce n'était pas ainsi. Je me sentais très seul. Dieu sait que ce n'est pas sa faute, mais ma femme n'a jamais été pour moi une vraie compagne. Nous nous sommes mariés tard, nous n'avons pas d'enfants et elle n'a jamais eu la tête solide. Au bout de cinq ans de mariage, je me suis retrouvé à jouer les infirmières en même temps que les gardes-chiourmes, enfermé chez moi aux côtés d'un être avec qui je pouvais à peine communiquer. » Il avala péniblement sa salive. « Je n'avais que l'amitié de Robert, lequel, comme vous le savez, était homosexuel. Lui aussi, encore que pour des motifs différents, se sentait étouffé dans sa vie conjugale. Nos rapports physiques ne furent que la conséquence de nos autres liens. Cela comptait beaucoup pour Robert, nettement moins pour moi, même si j'admets que, pendant un temps — trois ou quatre mois, pas plus —, j'ai sincèrement cru être aussi homosexuel.

— Puis vous êtes tombé amoureux d'Olive ?

— Oui. Tout comme son père, auquel, naturellement, elle ressemblait par bien des points, elle était intelligente, sensible, tout à fait charmante quand elle le voulait, et extrêmement compréhensive. Contrairement à ma femme, elle ne demandait rien pour elle. » Il poussa un soupir. « Cela peut paraître étrange de dire ça, compte tenu de ce qui s'est passé ensuite, mais on se sentait à l'aise avec elle.

— Olive était au courant de vos relations avec son père ?

— Pas que je sache. Elle était très naïve sous bien des aspects.

— Et Robert ignorait ce qu'il y avait entre vous et Olive.

— Oui.

— Vous jouiez avec le feu, Mr Clarke.

— Je ne l'avais pas voulu, sergent. C'est arrivé par hasard. Tout ce que je puis dire pour ma défense, c'est que j'ai cessé — il chercha ses mots — toute intimité avec Robert dès que j'ai compris la nature de mes sentiments pour Olive. Néanmoins, nous sommes restés bons amis. Il aurait été cruel d'agir autrement.

— Mon œil ! s'exclama Hawksley avec une colère feinte. Vous ne vouliez pas être découvert. Vous baisiez avec les deux en même temps, ce qui devait vous exciter encore plus. Et vous avez le culot de dire que vous ne vous sentez pas responsable !

— Pourquoi le devrais-je ? répliqua Clarke avec à-propos. Ni l'un ni l'autre n'a jamais parlé de moi. Croyez-vous qu'ils se seraient abstenus si, par mégarde, j'avais été la cause du drame ? »

Roz lui adressa un sourire de mépris.

« Vous ne vous êtes jamais demandé pour quelle raison Robert Martin avait cessé de vous parler après les meurtres ?

— Je suppose qu'il avait trop de chagrin.

— C'est bien le moins, répliqua Roz avec ironie, quand on découvre soudain que son amant a séduit sa fille. Vous avez été effectivement la cause du drame, Mr Clarke, et vous le savez fort bien. Mais pour rien au monde vous n'auriez bougé le petit doigt. Vous auriez préféré voir toute la famille Martin décimée plutôt que de mettre en péril votre petit confort.

— Était-ce si déraisonnable ? protesta-t-il. Ils auraient très bien pu mentionner mon nom. Ils ne l'ont pas fait. À quoi cela aurait-il servi que je me manifeste ? Gwen et Ambre n'auraient pas ressuscité pour autant. Olive n'en serait pas moins allée en prison. » Il se tourna vers Hawksley. « Je regrette profondément ce qui s'est passé, mais je ne saurais être tenu pour responsable du fait que mes liens avec les membres de cette famille ont pu jouer un rôle dans les événements. Je n'ai rien fait d'illégal. »

Hawksley regarda de nouveau par la fenêtre.

« Dites-moi, Mr Clarke, pourquoi avez-vous déménagé ? Était-ce une décision de votre femme ? »

Clarke fourra à nouveau ses mains entre ses genoux.

« Non, une décision commune. La vie là-bas nous était devenue insupportable. Nous avions l'impression de voir des fantômes partout. Changer de décor nous semblait encore le plus sage.

— Pourquoi teniez-vous tellement à ce qu'on ne connaisse pas votre nouvelle adresse ?

— Pour couper définitivement avec le passé, répondit-il, l'œil hagard. Depuis, je n'ai pas cessé de vivre dans la crainte de le voir resurgir. » Il se tourna vers Roz. « Vous ne me croirez probablement pas, mais c'est presque un soulagement de le déballer maintenant. »

Elle eut un mince sourire.

« Le jour des meurtres, votre femme a déclaré à la police qu'elle avait aperçu, le matin, Gwen et Ambre sur le pas de leur porte, peu après votre départ et celui de Robert Martin. Mais la dernière fois que je suis venue, elle m'a affirmé qu'elle avait menti.

— Je ne peux que vous répéter ce que je vous ai dit alors, répondit-il d'un ton las. Dorothy est gâteuse. On ne peut pas se fier à ce qu'elle raconte. La plupart du temps, elle ne sait même pas quel jour on est.

— Disait-elle la vérité il y a cinq ans ?

— En ce qui concerne le fait qu'elles étaient encore en vie lorsque j'ai quitté la maison, oui. Ambre guettait à la fenêtre. Je l'ai vue de mes propres yeux. Elle s'est brusquement reculée quand je lui ai fait signe. Je me souviens que ça m'a paru bizarre. » Il s'interrompit. « Quant à savoir si Dorothy a vraiment vu Robert s'en aller, reprit-il au bout d'un moment, je l'ignore. C'est ce qu'elle a prétendu, et, d'après ce que j'ai compris, Robert avait un alibi en béton.

— Votre femme vous a-t-elle jamais laissé entendre qu'elle avait vu les cadavres ? interrogea Hawksley d'un ton désinvolte.

— Dieu du ciel, non ! »

Il avait l'air sincère.

« Je me demandais seulement ce qui avait bien pu la troubler au point qu'elle se mette à voir des fantômes. Elle n'était pas particulièrement en bons termes avec Gwen et Ambre, n'est-ce pas ? Plutôt le contraire, je dirais, compte tenu de tout le temps que vous passiez chez les Martin.

— Des fantômes, qui n'en voyait pas dans cette rue ? prononça-t-il d'une voix morne. Nous savions tous ce qu'Olive avait fait à ces pauvres femmes. Et il n'était pas besoin de beaucoup d'imagination pour en avoir la tête chavirée.

— C'est vrai. Vous souvenez-vous de la manière dont était habillée votre épouse ce matin-là ? »

Il dévisagea Hawksley.

« Pourquoi me demandez-vous ça ?

— Quelqu'un a affirmé avoir aperçu une femme passer devant le garage des Martin... »

C'était faux, mais proféré avec le plus grand naturel.

« D'après la description, poursuivit Hawksley, elle était plus petite qu'Olive et vêtue d'un ensemble noir de bonne coupe. Nous aimerions bien la retrouver. Est-il possible qu'il s'agisse de votre femme ? »

Le soulagement de l'homme était presque palpable.

« Non. Elle n'a jamais possédé d'ensemble noir.

— Portait-elle un vêtement noir ?

— Non. Une blouse à fleurs.

— Vous en êtes certain ?

— Elle la mettait tous les matins pour faire le ménage. En général, elle s'habillait lorsqu'elle avait fini. Sauf le dimanche, où elle ne faisait pas le ménage. »

Hawksley eut un hochement de tête.

« Elle utilisait tous les jours la même blouse ? Et quand la blouse était sale ? »

Clarke fronça les sourcils, visiblement surpris de la tournure prise par la conversation.

« Elle en avait une autre, bleu uni. Mais je suis sûr qu'elle portait celle à fleurs le matin des meurtres.

— Et le lendemain matin ? »

Clarke se lécha nerveusement les lèvres.

« Je ne m'en souviens pas.

— La bleue, n'est-ce pas ? Et je parierais qu'elle a continué jusqu'à ce qu'à ce qu'elle ou vous en achetiez une nouvelle.

— Je ne me rappelle pas. »

Hawksley lui lança un regard mauvais.

« A-t-elle toujours sa blouse à fleurs, Mr Clarke ?

— Non, murmura-t-il. Cela fait longtemps qu'elle ne fait plus le ménage.

— Qu'est-elle devenue ?

— Je n'en sais rien. Nous avons jeté tout un tas de vieilleries lors du déménagement.

— Où en avez-vous trouvé le temps ? interrogea Roz. Mr Hayes prétend que vous avez filé un beau matin, sans prévenir, et que, trois jours après, un camion est venu prendre vos affaires.

— Je m'en suis sans doute débarrassé en arrivant ici, répliqua-t-il d'une voix légèrement fébrile. Cela remonte si loin que je suis bien incapable de me souvenir dans quel ordre les choses se sont passées. »

Hawksley se gratta la joue.

« Saviez-vous, laissa-t-il tomber sur le même ton, que votre femme avait identifié les restes carbonisés d'une blouse à fleurs découverts dans l'incinérateur du jardin des Martin comme faisant partie des vêtements que portait Gwen le jour où elle a été tuée ? »

Le visage de Clark perdit soudain ses couleurs et vira au gris sale.

« Non, je l'ignorais. »

Sa voix était à peine audible.

« Ces restes ont été photographiés sous toutes les coutures et soigneusement conservés au cas où un débat s'élèverait quant à leur véritable propriétaire. Je suis sûr que Mr Hayes sera en mesure de nous dire s'ils appartenaient à la blouse de votre femme ou à celle de Gwen. »

Clarke leva les mains en un signe de capitulation.

« Elle m'a dit qu'elle l'avait jetée parce qu'elle avait fait un trou sur le devant avec le fer à repasser, expliqua-t-il. Je l'ai crue. C'est le genre de choses qui lui arrivait sans arrêt. »

Hawksley l'écouta à peine et poursuivit d'une voix imperturbable :

« J'espère, Mr Clarke, réussir à apporter la preuve que vous avez toujours su que votre femme avait tué Gwen et Ambre. J'aurais grand plaisir à ce que vous soyez jugé et condamné pour avoir laissé emprisonner une jeune fille dont l'innocence ne pouvait faire aucun doute à vos yeux, une jeune fille dont vous aviez de surcroît usé et abusé de façon honteuse. »

Bien sûr, il ne pourrait jamais le prouver, mais il lui restait au moins la satisfaction de voir la peur déformer le visage de Clarke.

« Comment l'aurais-je su ? Des questions... — sa voix grimpa d'un ton —, évidemment que je m'en suis posé mais Olive a avoué. » Il lança à Roz un regard implorant. « Hein, pourquoi a-t-elle avoué ?

— Parce qu'elle avait reçu un choc, qu'elle était terrorisée, qu'elle ne savait pas quoi faire, que sa mère était morte et qu'on lui avait appris à toujours garder un secret. Elle pensait que son père la sauverait, mais il ne l'a pas fait parce qu'il la croyait coupable. Vous l'auriez pu, mais vous n'avez pas bougé parce que vous redoutiez les commérages. La réceptionniste d'Hirondelles Service l'aurait pu également, si elle n'avait pas craint de se retrouver impliquée. De même son avocat s'il avait été plus honnête. » Roz jeta un coup d'œil à Hawksley, puis poursuivit : « La police, elle aussi, aurait sans doute pu la sauver, si, une fois au moins, elle s'était interrogée sur la valeur de tels aveux. Mais cela remonte à six ans et, il y a six ans, les aveux — elle leva un pouce — c'était le fin du fin. Cependant, je ne les en blâme pas, Mr Clarke. Vous, oui. Pour tout. Vous avez joué à l'homosexuel parce que vous en aviez par-dessus la tête de votre épouse, puis vous avez séduit la fille de votre amant pour vous prouver que vous n'étiez pas aussi pervers que lui. » Elle le considéra avec un profond mépris. « Et c'est ainsi que je vous décrirai dans mon livre, qui permettra à Olive de sortir enfin de prison. Les types comme vous me dégoûtent.

— Vous me briserez.

— Soit.

— C'est ce qu'elle désire ? Que je sois brisé ?

— J'ignore ce que désire Olive. Je sais seulement ce que moi je désire, qui est d'obtenir sa libération. Si vous devez en faire les frais, tant pis. »

Clarke resta un moment à tripoter de ses doigts tremblants les plis de son pantalon. Puis, comme s'il venait de prendre une décision, il regarda Roz.

— J'aurais parlé si Olive n'avait pas avoué. Mais elle l'a fait et, comme tout le monde, j'ai pensé qu'elle disait la vérité. Vous ne tenez pas, je présume, à voir se prolonger son séjour en prison ? Si sa libération pouvait intervenir juste avant la publication de votre livre, cela augmenterait considérablement les ventes de celui-ci, n'est-ce pas ?

— Peut-être. Que proposez-vous ? »

Les pupilles de l'homme se rétrécirent :

« Si je vous remettais une preuve susceptible de hâter sa libération, me donneriez-vous votre parole que vous ne divulguerez ni mon nom ni mon adresse dans le livre ? Vous n'aurez qu'à me désigner par le pseudonyme dont se servait Olive : Mr Grimm. Qu'en dites-vous ? »

Roz sourit faiblement.

Quelle ordure ! Bien entendu, il n'avait aucun moyen de l'obliger à tenir sa promesse et il ne semblait pas en avoir conscience. En outre, la police le mentionnerait de toute façon, ne serait-ce que comme le mari de Mrs Clarke.

« D'accord. Pour autant que cela puisse aider à faire sortir Olive. »

Il se leva, tira des clés d'une poche et marcha jusqu'à un coffret chinois qui se trouvait sur le buffet. Il l'ouvrit, leva le couvercle et en tira un objet enveloppé dans du papier de soie, qu'il tendit à Hawksley.

— Je l'ai trouvé quand nous avons déménagé. Elle l'avait dissimulé au fond d'un tiroir. Je vous jure que j'ignore comment elle l'a eu, mais je me suis toujours demandé si Ambre ne s'en était pas servie pour la faire enrager. Il lui arrivait souvent de bavarder avec Ambre. » Il se frotta les mains en un geste de Ponce Pilate. « Elle l'appelait la diablesse. »

Hawksley défit le papier de soie. Il contenait un bracelet argenté sur lequel on déchiffrait encore, malgré les nombreuses rayures faites d'une main rageuse, l'inscription : A.M.A.B.L.A.N.C.H.N.G.

À l'approche de Noël, la balance de la justice finit par pencher en faveur d'Olive, qui se vit signifier sa libération imminente. Naturellement, il resterait toujours des gens pour douter et la traiter de meurtrière jusqu'à la fin de ses jours. Six ans après, les preuves pour étayer ses dires se réduisaient à bien peu de chose. Un bracelet en argent trouvé là où il n'aurait pas dû être. De minuscules lambeaux de blouse à fleurs identifiés par le mari frustré d'une femme sénile. Et, pour finir, grâce aux progrès de l'informatique, le long et minutieux réexamen des photographies de la cuisine, lesquelles avaient révélé, sur le carrelage couvert de sang, l'empreinte d'une chaussure mince et fine sous celles, beaucoup plus grandes, des chaussures de sport d'Olive.

Personne ne saurait jamais ce qui s'était vraiment passé ce jour-là, parce que la vérité gisait au fond d'une mémoire qui avait cessé de fonctionner et qu'Edward Clarke, volontairement ou non, ne fut d'aucune aide en rapportant les propos tenus jadis par sa femme. Il s'obstina à prétendre qu'il ignorait tout de l'affaire, qu'il s'était laissé abuser par les aveux d'Olive et que la responsabilité pour les erreurs commises n'incombait qu'à elle-même ainsi qu'à la police. Le scénario le plus probable, et celui généralement accepté, fut qu'Ambre avait attendu le départ de son père et d'Edward Clark pour faire venir l'épouse de celui-ci afin de la faire enrager avec l'histoire du bracelet et de l'avortement. La suite était purement hypothétique. Roz estimait que Mrs Clarke avait perpétré les deux crimes de sang-froid et en toute lucidité. Qu'elle eût vraisemblablement mis des gants pour accomplir son forfait et pris bien soin de contourner les flaques de sang pour laisser le moins d'empreintes possible montrait suffisamment ce que son geste avait de calculé. Plus significatif encore, le fait qu'elle avait brûlé sa blouse tachée de sang au milieu de vêtements appartenant à Gwen et à Ambre, et déclaré froidement par la suite que les restes étaient ceux de la blouse de Gwen. Roz se demandait même si elle n'avait pas essayé, d'un bout à l'autre, de compromettre Olive. De toute évidence, elle avait cherché à attirer l'attention de celle-ci en frappant à la fenêtre de la cuisine, et Roz ne pouvait pas s'empêcher de penser que, si elle ne l'avait pas fait, Olive aurait peut-être eu la présence d'esprit de téléphoner à la police au lieu de se précipiter, furieuse, dans la cuisine et d'effacer ainsi les marques qui l'auraient disculpée.

Il n'y eut aucune sanction prise à l'encontre des policiers qui avaient mené l'enquête. Le commissaire principal publia un communiqué dans lequel il faisait état des nouvelles mesures adoptées pour renforcer le contrôle des procédures policières, principalement en matière d'aveux, tout en affirmant que, en ce qui concernait l'affaire Olive Martin, les droits de l'inculpée avaient été, dans toute la mesure du possible, respectés et que ses aveux paraissaient parfaitement sincères. Il en profita pour rappeler que le témoin d'un crime avait l'obligation absolue de ne rien faire qui risquât de brouiller les indices.

Le rôle joué par Peter Crew dans l'affaire, et notamment la manière dont il s'était servi du legs de Robert Martin, lui avait valu une notoriété dont il se serait bien passé. Certains, les plus sévères, l'accusaient d'avoir délibérément contribué à la condamnation d'Olive afin de disposer de fonds illimités, d'autres, les plus charitables, d'avoir exercé d'inadmissibles pressions sur une jeune fille momentanément perturbée et d'avoir lésé ses intérêts au lieu de les défendre. Il nia farouchement l'une et l'autre accusation, affirmant, d'une part, qu'il lui aurait été impossible de prévoir les succès en Bourse de Robert Martin, pas plus que sa mort prématurée, et, d'autre part, que la version donnée par Olive Martin recoupant entièrement les faits, il avait, en l'absence de toute rétractation de sa part, accepté, tout comme la police, la véracité de ses aveux. Il lui avait d'ailleurs conseillé de ne rien dire et ne pouvait donc être considéré comme fautif si elle n'avait pas suivi son avis. Libéré sous caution, il se retrouvait sous le coup du genre d'inculpation qui aurait valu à ses clients la détention immédiate et, comme eux, ne cessait de clamer son innocence.

Lorsqu'on lui rapporta ses propos, Roz en fut indignée au point de l'accoster dans la rue en compagnie d'un confrère d'un journal local.

« Vous pouvez bien disserter à perte de vue sur la notion de responsabilité, Mr Crew, mais expliquez-moi une chose. En quoi les aveux d'Olive collaient-ils si bien avec les faits, alors qu'elle a prétendu que le miroir dont elle s'était servie ne portait aucune trace de buée, et cela à une heure où Gwen et Ambre étaient encore en parfaite santé ? »

Comme il s'apprêtait à traverser la chaussée, elle le retint par le bras.

« Pourquoi n'a-t-elle pas mentionné que la hache était trop rouillée pour couper la tête d'Ambre ? Et qu'elle avait dû s'y reprendre à trois fois, pour se rabattre finalement sur le couteau à découper ? Qu'elle s'était battue avec sa mère et lui avait entaillé la gorge avant de la trancher ? Qu'elle avait ensuite brûlé les vêtements ? En fait, citez-moi un seul détail de la déposition d'Olive qui s'accorde pleinement avec les faits ! »

Il se dégagea brutalement.

« Elle a déclaré qu'elle avait utilisé la hache et le couteau à découper ! glapit-il.

— On n'a retrouvé ses empreintes sur aucun des deux. Ça ne colle toujours pas.

— Elle était couverte de sang.

— Couverte, c'est vrai, Mr Crew. Mais disait-elle dans sa déposition qu'elle s'était roulée dedans ? »

Il tenta une nouvelle fois de lui échapper, mais le journaliste lui barra la route.

« Les empreintes de pas. Il n'y avait alors que les siennes.

— Oui. Et, de cette seule constatation, qui contrastait étrangement avec le reste, vous avez déduit qu'elle était une psychopathe et vous avez décidé d'invoquer la "responsabilité limitée". Pourquoi ne pas avoir informé Graham Deedes de ce que son père avait dit à la police ? Pourquoi ne pas vous être interrogé en apprenant les conclusions des psychiatres ? Pourquoi, au nom du ciel, ne pas l'avoir traitée comme un être humain, Mr Crew, au lieu d'un monstre ? »

Il la regarda avec aversion.

« Parce que, Miss Leigh, c'est un monstre. Pis encore, un monstre intelligent. Cela ne vous gêne pas que la malheureuse que vous lui avez substituée soit, mentalement, dans l'incapacité totale de se défendre ? Et cela ne vous gêne pas non plus qu'Olive ait attendu la mort de son père pour parler ? Pesez bien mes mots : c'est sur lui qu'elle espérait faire retomber la faute. Facile... il était mort. Mais, à la place, vous lui avez livré Mrs Clarke en pâture. »

Il avança vers elle son visage rageur.

« Les détails que vous avez mentionnés soulèvent des doutes et rien de plus. L'analyse de photographies par ordinateur relève tout autant de l'interprétation que la nature de la psychopathie. » Il secoua la tête. « Bien entendu, Olive n'en sera pas moins libérée. La justice est devenue extrêmement laxiste, ces derniers temps. Mais j'étais là quand elle a débité son histoire et, comme je vous l'ai dit dès le début, Olive Martin est un être dangereux. Elle en a après l'argent de son père. Vous vous êtes fait mener par le bout du nez, Miss Leigh.

— Sûrement moins dangereux que vous, Mr Crew. Elle, au moins, n'a jamais loué les services de malfrats pour démolir les biens et menacer la vie d'autrui. Vous n'êtes qu'un escroc ! »

Crew haussa les épaules.

« Écrivez cela, Miss Leigh, et je vous attaquerai en diffamation. Croyez-moi, la note sera infiniment plus salée pour vous que pour moi. Je vous conseille de vous en souvenir. »

Le journaliste le regarda s'éloigner.

« Il vous joue un coup à la Robert Maxwell.

— La loi est ainsi faite, fit Roz avec une moue dégoûtée. Un gros bâton pour ceux qui savent s'en servir ou qui ont les moyens de payer quelqu'un pour s'en servir à leur place.

— Vous croyez qu'il a raison au sujet d'Olive ?

— Bien sûr que non ! répondit-elle, furieuse, sentant les hésitations du journaliste. Mais, au moins, vous savez à quoi elle a été confrontée. Penser que la présence d'avocats durant les interrogatoires constitue une garantie en soi est de la pure folie. Ces gens-là sont aussi faillibles, aussi négligents et aussi pourris que le reste de l'humanité. »

Il avait été prévu que le livre sortirait un mois après la libération d'Olive. Roz l'avait terminé en un temps record dans la paisible solitude de Bellevue qu'elle s'était brusquement décidée à acheter lorsqu'elle avait compris qu'elle ne pourrait jamais travailler au-dessus du perpétuel vacarme que faisaient les clients du restaurant. Le Pique-Assiette avait en effet bénéficié d'une publicité fracassante et quelque peu imméritée, présentant Hawksley comme l'homme qui avait osé braver à lui seul les forces occultes du crime organisé. Son rôle dans l'affaire Olive Martin et ses efforts récents pour innocenter celle-ci n'avaient fait qu'ajouter à son aura. Il approuva chaudement la décision de Roz d'acheter la maison. Le décor de l'océan possédait des vertus aphrodisiaques que n'avaient pas les barres de fer protégeant les fenêtres du Pique-Assiette.

En outre, elle était plus en sécurité là-bas.

Hawksley s'était découvert une sollicitude qu'il ne se connaissait pas. Plus solide que l'amour, elle rejaillissait dans chacun de ses sentiments, de l'admiration au désir, et, alors qu'il ne se serait jamais pris pour un inquiet, l'angoisse de savoir Stewart Hayes en liberté, même provisoire, devint peu à peu insupportable pour lui. Il se résolut à une visite surprise au domicile de celui-ci. Il le trouva jouant dans le jardin avec une fillette d'une dizaine d'années et lui fit une proposition que Hayes ne pouvait refuser. Œil pour œil, dent pour dent, une vie contre une autre, au cas où il arriverait quelque chose à Roz. Dans les pupilles sombres de son visiteur, Hayes lut une telle détermination, peut-être parce qu'il aurait agi de la même façon à sa place, qu'il consentit à une trêve illimitée. Apparemment, son amour pour sa fille n'avait d'égal que celui de Hawksley pour Roz.

Iris, qui revendiquait presque davantage encore que Roz la paternité du livre — « sans moi, elle ne l'aurait jamais écrit » —, s'était lancée dans une campagne mondiale de promotion sur le thème de la justice anglaise étranglée par son faux col. Selon une note brève et quelque peu ironique, ajoutée en dernière minute au texte, le garçon retrouvé en Australie par les services de Crew s'était révélé, en fin de compte, ne pas être le fils d'Ambre, et l'on avait rapidement abandonné les recherches. Le délai fixé par Robert Martin dans son testament était expiré et sa fortune, accrue par les investissements de Crew — auxquels l'avocat ne pouvait désormais plus toucher —, demeurait vacante, tandis qu'Olive attendait sa libération pour faire valoir ses droits.

ÉPILOGUE

À 5 h 30, par un petit matin glacial, Olive Martin franchit, enfin libre, l'enceinte de la prison, deux heures avant l'échéance annoncée par la presse. Elle avait obtenu l'autorisation de réintégrer la société loin des clameurs qui avaient salué, avant la sienne, la libération d'autres victimes célèbres d'erreurs judiciaires. Roz et sœur Bridget, averties par téléphone, attendaient sous un réverbère en tapant des pieds et en soufflant dans leurs mains pour se réchauffer. Elles sourirent en voyant la petite porte s'ouvrir.

Seul Hawksley, blotti bien au chaud dans la voiture garée à une dizaine de mètres, surprit l'expression triomphale qui éclaira un instant le visage d'Olive, comme elle prenait les deux femmes à bras-le-corps et les soulevait du sol. Il se souvint des mots qu'il avait inscrits sur son bureau alors qu'il travaillait encore dans la police : « La vérité se meut dans d'étroites limites, mais le champ de l'erreur est immense. »

Sans raison apparente, il eut un frisson.

Achevé d'imprimer en mars 2000
sur les presses de l'Imprimerie Bussière
à Saint-Amand (Cher)

POCKET - 12, avenue d'Italie - 75627 Paris Cedex 13
Tél. : 01-44-16-05-00

— N° d'imp. 623. —
Dépôt légal : octobre 1995.

Imprimé en France